DROEMER

MICHAELA KÜPPER

UND TROTZDEM LEBEN WIR

ROMAN

Besuchen Sie uns im Internet:
www.droemer.de

Aus Verantwortung für die Umwelt hat sich die Verlagsgruppe Droemer Knaur zu einer nachhaltigen Buchproduktion verpflichtet. Der bewusste Umgang mit unseren Ressourcen, der Schutz unseres Klimas und der Natur gehören zu unseren obersten Unternehmenszielen. Gemeinsam mit unseren Partnern und Lieferanten setzen wir uns für eine klimaneutrale Buchproduktion ein, die den Erwerb von Klimazertifikaten zur Kompensation des CO_2-Ausstoßes einschließt. Weitere Informationen finden Sie unter: www.klimaneutralerverlag.de

Originalausgabe April 2023
Droemer HC
© 2023 Droemer Verlag
Ein Imprint der Verlagsgruppe
Droemer Knaur GmbH & Co. KG, München
Alle Rechte vorbehalten. Das Werk darf – auch teilweise – nur mit Genehmigung des Verlags wiedergegeben werden.
Redaktion: Clarissa Czöppan
Covergestaltung: KRISTIN PANG
Coverabbildung: akg / mauritius images / Cornelius
Satz: Adobe InDesign im Verlag
Druck und Bindung: CPI books GmbH, Leck
ISBN 978-3-426-28404-9

2 4 5 3 1

Für meine Mutter

1.

Jetzt. Emil liebt den Moment, in dem Himmel und Erde entflammen, in dem der Fluss Feuer fängt. Er liebt diese magische Lichtflut, ihr rotgoldenes Gleißen.

Der Strom schwelgt in Purpur, Flusskiesel werden zu Diamanten und Stille legt sich über das Land. Sogar die Vögel verstummen. Ein ehrfürchtiges Innehalten der Natur.

Emils Blick schweift über die abgeholzten Pappeln hinweg, über die Betontrümmer und die Überreste des zerschossenen Panzers. Den aufgelaufenen Frachtkahn denkt er sich als ehernes, die Strömung teilendes Felsungetüm. So ist es fast wie früher. So kann er das Abendrot uneingeschränkt genießen als das, was es ist: ein unverrückbares Wunder der Schöpfung. Wunder sind so ähnlich wie Ewigkeit, fährt ihm durch den Sinn. Nicht kaputt zu kriegen.

Aus dem strahlenden Lichtfeuer löst sich eine Silhouette, unscharf, mehr Bewegung als Körper. Noch ehe er sie richtig erkennen kann, ahnt er instinktiv, dass es Hilda ist.

»Na, Kleener.« Sie stellt sich vor ihn hin, so nah, dass er den Kopf in den Nacken legen muss, um ihr ins Gesicht zu sehen. Er hebt den Arm, beschirmt seine Augen.

»Ach, du bist's!«, tut er überrascht.

»*Yes, it's me.* In vollster Pracht.« Sie lacht und tritt einen Schritt zur Seite, damit ihn das Licht nicht mehr so stark blendet. Langsam nimmt er seinen Arm herunter, mimt nun den Gleichgültigen.

»Noch Spaß gehabt gestern Abend?«

»Spaß? Von wegen!« Sie stößt ein verächtliches Schnauben aus. »Ist doch alles öde hier.«

»Für mich sah's aus, als hätt'st du dich köstlich amüsiert.«

»Amüsiert? Wobei?«

»Na, beim Tanzen.«

»Das Herumgehopse nennst du tanzen?« Sie furcht die Stirn, verzieht den Mund, schiebt dann scheinbar harmlos nach: »Oder meinst du wegen dem Kranzler?« Als ob sie das nicht gleich gewusst hätte! Er sagt nichts darauf. Eine so dämliche Frage hat keine Antwort verdient, doch Hilda scheint auch keine zu erwarten. »Kranzler ist ein aufgeblasener Gockel«, behauptet sie, legt ihre Hände ins Kreuz, streckt den Rücken durch. »Mit dem hab ich nur geredet, damit er mir was zu trinken spendiert. Diese ewige Selbstzahlerei hab ich satt. Wozu ist man jung, wenn man sich nicht mal einladen lassen darf?« Sie schaut zu ihm hin, wütend beinahe, als hätte er den Schlamassel zu verantworten. »Wie satt ich das hier alles habe. So satt!« Ihre Hände schleudern durch die Luft, eine allumfassende Geste, die folglich auch seine Person mit einbezieht.

»Dann geh doch weg«, brummelt er mit gesenktem Blick.

»Du, das mach ich!« Die Antwort kommt so prompt und entschlossen, dass er nun doch wieder aufschaut. »Ich geh in die Schweiz«, verkündet Hilda und legt gleich nach: »In der Schweiz sind alle stinkreich, weil sie sich aus dem beschissenen Krieg rausgehalten haben.«

»In die Schweiz«, wiederholt er gedehnt. »Wer's glaubt.«

»Was denn, du glaubst mir nicht?« Sie legt jetzt neckisch den Kopf zur Seite, grinst. »Wart's ab! Wirst schon sehen.«

»Warum sollten sie dich aufnehmen?«, kontert er mit vorgerecktem Kinn. »Da könnt ja jeder kommen.« Fast gegen seinen Willen gleitet ihm dieser Satz über die Lippen, denn er hat ihn immer gehasst. Da könnte ja jeder kommen. Er zum Beispiel. Und was hat einer wie er schon zu wollen?

»Nimmst du mich mit?« Die Frage ergibt sich wie von selbst. Fast glaubt er, jemand anders hätte sie gestellt.

»Dich?« Hilda lacht auf. »Nee du. Mit einem Kerlchen wie dir im Schlepptau komm ich bestimmt nicht weit.«

»Kommste sowieso nicht.« Er kreuzt die Unterarme auf den angewinkelten Knien, legt sein Kinn darauf ab, will ihr nicht zeigen, dass ihre Antwort ihn getroffen hat.

»Ich komm überall hin, wenn ich will.« Sie klingt plötzlich milde, fast nachsichtig. Mit einem Fuß streift sie ihre Sandale ab, entledigt sich auch der anderen, steht nun barfuß da in ihrem gelben Kleid, das in diesem besonderen Licht aufblüht wie eine Osterglocke. Vergessen alle Fadenscheinigkeit, vergessen die vorstehenden Rippen darunter, die kantigen Hüften. In diesem Moment wirkt Hildas Körper perfekt, wie der einer Tänzerin. Prompt hebt sie sich auf ihre Zehenspitzen und reckt die Arme empor, als wollte sie nach etwas greifen, doch ihre Hände greifen nicht, sie wedeln nur sanft hin und her, spielerisch, wie eine Blüte, die sich im Abendwind wiegt. Er schaut ihr zu, wie sie sich da biegt und streckt, glotzt regelrecht, bemerkt es selbst und kann doch nicht anders. Wie gestern Abend vor Jupps Büdchen. Es macht einen verrückt, dieses Sprunghafte an ihr.

Die spontane Darbietung endet mit einem klirrenden Lachen. Sie senkt die Fersen, steht mit beiden Füßen wieder fest auf dem Boden. »Sag mal, wie alt bist du eigentlich?«

»Sechzehn«, lügt er, weil man mit sechzehn schon ein halbwegs vollwertiger Mensch ist.

»Sechzehn«, wiederholt sie nachdenklich. »Tja, das ist traurig.«

»Traurig? Wieso?«

»Weil du aussiehst wie vierzehn. Das kann einem jungen Kerl doch nicht recht sein.« Sie hätte ihm auch einen Kübel Eiswasser über den Kopf schütten können.

»Blödsinn! Alle schätzen mich älter«, versucht er sich zu retten, setzt sich aufrecht, strafft die Schultern.

»Dann schauen sie nicht richtig hin«, beharrt Hilda stur. Er beißt sich auf die Lippen, weiß nicht, was er sagen soll. Was will sie eigentlich von ihm? Wieder steigt ihm das Blut zu Kopf. Wie gestern vor Jupps Büdchen. Der Schwoof auf dem Freiluft-Tanzboden war früher weithin bekannt. Dicht an dicht haben sich die Paare, von einem Flussdampfer oder aus den Nachbarorten kommend, aneinander vorbeigeschoben. Als kleiner Bengel ist er einmal in das Gewirr von Röcken und Hosenbeinen hineingeraten und war in Panik ausgebrochen bei dem Gedanken, es nie wieder hinauszuschaffen aus diesem lebendigen Irrgarten. Die Zeiten sind vorbei, in jeder Hinsicht. Jetzt spielt dort nur noch eine alte Frau namens Margarethe auf dem Bandoneon, und aus Mangel an Männern tanzen die Frauen paarweise, umgeben von einer Horde herumhüpfender Kinder, die eigentlich ins Bett gehören.

Aber Emil war dort. Hilda auch, und einer plötzlichen Laune folgend, hat sie ihn auf den Tanzboden gezerrt. Vom Tanzen hatte Emil keine Ahnung, aber davor war ihm nicht bang. Mit grätschbeinigen Polkaschritten im Kreis hüpfen kann jeder, so hat er gedacht und mutig seine Hände in Hildas verschränkt. Im parallelen Gleichschritt sind sie zu Oma Margarethes Aufspiel herumgehoppelt, hopp und hopp und hopp. Hildas Finger fühlten sich kühl an trotz der warmen Witterung, dazu dünn und leicht wie Vogelknöchlein. Sie grinste ihn an mit offenem Mund, ihr Atem ging immer schneller, doch ehe die Hüpferei wirklich anstrengend werden konnte, war sie auch schon wieder zu Ende. Noch immer grinsend, ließ sie ihn einfach stehen. Er ist ihr nachgegangen, fand sie an den Mauervorsprung gelehnt, der neuerdings als provisorische Theke diente, und noch ehe er bei ihr war, hörte er sie sagen: »Mannomann, hab ich 'nen Durst!« Aber sie hat nicht zu ihm gesprochen und auch nicht zu

Fräulein Schulze, die den Ausschank führte, sondern zu Kranzler, dem miesen Sack. Kranzler, der sich im beheizten Beschaffungsamt immer schön den Hintern warm gehalten hat, während die Brüder Hagemann – fast derselbe Jahrgang wie er – an der Ostfront die Arschbacken zusammenkneifen mussten. Emil hat für beide geschwärmt. Sie hatten die Junior-Fußballmannschaft trainiert, waren Mitglieder der Freiwilligen Feuerwehr gewesen und hatten sich auch sonst allerorten nützlich gemacht. Würden diese feinen Jungs noch leben, es wäre ein Gewinn für alle. Bei Kranzler ist das Gegenteil der Fall. Immer schön auf sich bedacht, immer schön den Großkotz raushängen lassen. Und zum Dank rissen sich jetzt auch noch die Weiber um ihn. Widerlich.

»Zwei Gläser Champagner«, hörte er ihn auch schon sagen, worauf Hilda ein perlendes Lachen ausstieß, als hätte sie bereits welchen getrunken. Dabei gab's nur wässrige Molke, wie überall. Dieses Lachen hat Emil endgültig die Laune verhagelt, und er ist gegangen.

Beim Gedanken an Kranzler rümpft er unwillkürlich die Nase, zieht den Nacken ein. Seine Schulterblätter zucken ein wenig, als wollte er die Erinnerung abschütteln. Ob Hilda es bemerkt hat? Sie hockt sich neben ihn, umschlingt ihre Knie mit den Armen, ihre Haut leuchtet golden in dem magischen Licht.

»Kranzler ist ein Depp«, behauptet sie, als wollte sie ihn trösten. »Ich habe ihn stehen lassen.«

Mich hast du stehen lassen, denkt er, sagt aber nichts. Ebenso schweigt er sich darüber aus, dass Egon Wegmeier den Deppen und Hilda später in der Laube hinterm Rebenfeld verschwinden sah.

Was will sie?, fragt Emil sich einmal mehr. Hat sie ihn nicht schon genug gedemütigt? Er bohrt seine Füße in den warmen Sand, bohrt tiefer, bis es kalt und nass wird, blickt dabei in die Ferne. Die Lichterglut erlischt allmählich. Aus dem flammenden Rot wird ein blaustichiges Violett, das in ein tiefdunkles Lila ausläuft. Eine Brise fährt übers Wasser und trägt Flussschlammgeruch mit sich. Vom Boden steigt Feuchtigkeit auf. Zwei Möwen kreischen, als wollten sie einander Gute Nacht sagen; von weit her kämpft sich ein Schlepper stromaufwärts. Das Stampfen seines Motors dringt durch das Tal wie ferne dunkle Trommelschläge.

Seit die Pontonbrücken erhöht wurden, ist der Fluss wieder für die Schifffahrt freigegeben, wenn auch nur für den Transport der allernötigsten Dinge. Emil ist froh darüber. Ohne Schiffe ist ein Fluss kein Fluss.

»In der Schweiz gibt's Schokolade, die man trinken kann«, tönt Hilda plötzlich in das Schweigen hinein.

»Und die Berge sind aus Käse«, ergänzt Emil abfällig und springt auf seine Füße. Er geht ein paar Schritte, sucht sich einen flachen Stein, lässt ihn übers Wasser plitschern. Eins-zwei-drei-vier.

»Du glaubst wirklich nicht, dass ich's schaffe, oder?« Auf einmal steht sie neben ihm. Sie hat wieder dieses Grinsen im Gesicht und spielt mit dem Anhänger ihres Kettchens, einem silbernen Kleeblatt.

»Das mit der Schweiz? Nein.«

»Na warte! Der Schlepper da drüben, das ist meiner!« Schon knöpft sie ihr Kleid auf, das gelbe, leuchtende, butterblumenhafte, lässt es zu Boden gleiten. Sie hat kräftige Schultern trotz aller Magerkeit. Vielleicht stimmt es sogar, dass sie einmal eine Goldmedaille im Kraulschwimmen gewonnen hat. Angeblich im Bombenhagel verschüttgegangen. Angeblich hätte sie sogar bei der Sommerolympiade in Helsinki dabei sein sollen, woraus dann leider nichts geworden ist, weil diese Olympiade nie stattgefunden hat. Er weiß nicht, ob er ihr die Geschichte glauben soll, aber er weiß, dass sie eine gute Schwimmerin ist. Jetzt rennt sie auch schon ins Wasser. Es spritzt nach allen Seiten.

»Wir sehen uns in der Schweiz!«

»Lass den Quatsch!«, ruft er ihr nach, und ausgerechnet in diesem Augenblick kippt ihm die Stimme weg. Nur gut, dass sie es nicht bemerkt haben kann, denn das stakkatohafte Wummern des nahenden Schiffsmotors übertönt alles. Was soll's. Sie wird sich ohnehin nicht aufhalten lassen, und auch er ist ein guter Schwimmer. Warum es also nicht einmal wagen? Schnell streift er sich das Hemd über den Kopf, kämpft sich mit einbeinigen Hüpfern aus der kurzen Hose, galoppiert durch das Flachwasser, watet mit rudernden Armen weiter, stürzt sich schließlich mit einem Hechtsprung in die Fluten. Sie hat bereits die Buhne passiert, er sieht ihren hellen Kopf die Flussmitte ansteuern, dem Schlepper entgegen, den sie im richtigen Moment abpassen muss. Nun hat er selbst mit der Strömung zu kämpfen, spürt einmal mehr, dass sie nicht zu unterschätzen ist. Wer sich auf Höhe des Sandstrands anschickt, den Rhein zu durchschwimmen, gelangt zwei Kilometer flussabwärts ans andere Ufer. Mindestens. Falls überhaupt. Der Fluss ist gefährlich. Alle Kinder kennen die Predigt. Aber er ist kein Kind mehr. Mit kraftvollen Zügen krault er voran, genießt seine Stärke, die Geschmeidigkeit seiner Bewegungen. Die Sonne ist bereits vor Minuten untergegangen, schnell fällt nun die Dunkelheit ein. Keine Lichter an den Ufern, nirgends. Wieder ein Abend ohne Strom.

Viel Zeit bleibt nicht. Noch immer ist Hilda weit vor ihm, sieht er sie zügig vorangleiten, doch beim letzten Widerschein des Lichts verliert er sie plötzlich aus dem Blick. Da ist nur noch der kompakte Schemen des sich nähernden Lastkahns, das Zigarettenglimmen seiner roten Warnleuchte.

Die Strömung erfasst ihn nun vollends. Schon ist er auf

Höhe des Schiffes, jedoch viel zu weit entfernt, als dass er es erreichen könnte. Ebenso schnell treibt er daran vorbei, machtlos gegen die Urgewalt des Wassers. Er dreht sich auf den Rücken, schaut zurück. Da! Steht dort nicht eine Gestalt Ausschau haltend am Achterdeck? Hebt sie nicht jetzt den Arm, um ihm zuzuwinken? Beim Versuch, sie schärfer in den Blick zu nehmen, klatscht ihm eine kabbelnde Welle ins Gesicht. Er schluckt Wasser, muss husten, dreht sich zurück in Bauchlage. Der Moment ist vertan, die ganze Aktion sinnlos, dazu lebensgefährlich. Nach kurzem Ringen mit sich selbst steuert er zurück in Richtung Ufer. Auf einmal kann es ihm nicht schnell genug gehen, wieder festen Boden unter den Füßen zu spüren. Das Motorstampfen wird leiser und schließlich vom unheilvollen Grollen der Heckwellen übertönt, die ihn jetzt mit Wucht erfassen. Alles ist ein Aufbäumen und Niedergehen, ein Fluten und Zurückfluten. Urplötzlich scheint ihn etwas festhalten zu wollen, eine geballte Energie, tausendfach stärker als er. Je mehr er kämpft, desto gnadenloser zieht ihn diese Kraft nach unten. Angst peitscht sein Herz auf. Jetzt nur die Nerven behalten, nicht in Panik verfallen! Scheinbar gegen alle Vernunft stellt er seinen Widerstand ein, lässt sich treiben. Und tatsächlich: Die unsichtbaren Hände geben ihn frei. Jörg, der ältere der Brüder Hagemann und ein ausgezeichneter Schwimmer, hat ihm einmal erklärt, wie mit diesem Phänomen umzugehen ist. Jörg Hagemann, der Lebensretter, der sein eigenes Leben so früh hergeben musste, sollte recht behalten, wie in allen anderen Dingen auch.

Emil ist wieder Herr seiner selbst, ein Gefühl unsäglicher Erleichterung durchströmt seinen Körper. Die auslaufenden Wellen tragen ihn nun wie von selbst in Richtung Ufer. Bald hat er schlammigen Grund unter den Füßen, schwimmt noch ein paar Züge, erspürt ein Kiesbett, watet an Land. Der

Strand ist hier steinig und schmal wie ein Handtuch, begrenzt von einem steil aufragenden Wall aus Basaltbrocken. Sofort macht er sich an den Aufstieg, hat Glitschiges, Moosüberzogenes unter Händen und Füßen. Dann die Scharfkantigkeit trockenen, nackten Gesteins. Er stößt sich den linken Zeh, zieht scharf die Luft ein, langt oben an, lässt sich erschöpft in einer glatten Mulde nieder. Noch immer trommelt sein Herz gegen seine Brust, doch allmählich beruhigt sich sein Atem. Er streckt die Glieder, erspürt dankbar die letzte, ins Dunkel herübergerettete Sonnenwärme des Gesteins. Wieder umfängt ihn Stille, unterbrochen nur vom leisen Spiel der kaum noch anschlagenden Wellen. Die Nacht hat Fluss und Schiff verschlungen. Und Hilda.

Es ist nicht das erste Mal. Sie hat ihn schon einmal zum Narren gehalten, in der ersten Hitzewelle Anfang Juni. Auch damals ist sie weit hinausgeschwommen, hat sich treiben lassen, um dann plötzlich wie in Todesangst mit den Armen zu rudern. Schon damals hat sie ihm einen Mordsschrecken eingejagt und auch noch die Frechheit besessen, ihn später damit aufzuziehen.

Ob es wirklich Hilda war, die winkend an der Reling stand? Er ist sich nicht sicher. Falls nicht, wird sie, die geübte Schwimmerin, sich allerdings geschickter angestellt haben als er, wird sich nicht von irgendwelchen Flussdämonen ergreifen lassen haben, sondern längst irgendwo an Land gegangen sein. Vermutlich lacht sie schon wieder über ihn.

Emil zieht Halt suchend die Beine an, ballt die Fäuste. Mit den zurückkehrenden Kräften kommt die Wut. Wie will sie jetzt nach Hause kommen? Es ist gefährlich, nachts am Flussufer herumzuschleichen. Einem Mädchen muss das wohl nicht erst gesagt werden. Wenn's nach der Mutter ginge, dürfte auch er längst nicht mehr hier sein. Aber mit dem nächtlichen Schleichen und Sichtummeln hat Hilda ja Erfahrung, denkt Emil grimmig. Und wenn's darum geht, jemandem – ihm! – eins auszuwischen, scheut sie offenbar kein Risiko. Soll sie's nur versuchen! Noch einmal lässt er sich nicht von ihr zum Narren halten. Soll sie zusehen, wie sie nach Hause kommt.

Plötzlich weht ihn eine schlammig feuchte Kälte an. Er erschauert, reibt sich die eiskalten Arme, spürt die Gänsehaut. Hier hat er nichts mehr verloren.

Ein paar Schritte durchs harte Gras, dann hat er den Weg oberhalb des Flusses erreicht. Ein schmaler grauer Streifen in der Schwärze der Nacht. Er fällt in seinen gewohnten Zockeltrab, kommt zügig voran, spürt unter der dicken Lederhaut seiner Fußsohlen kaum Split und Steinchen. Auf halber Strecke trifft er auf ein paar Gestalten, die sich um ein Feuer gruppiert haben, mehr Glut als Flamme. Gesindel, dem man lieber nicht begegnen möchte: ehemalige Fremdarbeiter, in die Freiheit entlassen und nun auf Rache sinnend, lichtscheues Volk, Halbverrückte und Kriminelle aller Art. Da, dieser gelbe Schein. Ist sie das nicht? Er drosselt sein Tempo, schaut genauer hin. Nein, unter den Lagernden ist keine Frau. Und überhaupt – wie soll sie so schnell an ihr Kleid gelangt sein? Schnell läuft er weiter, überhört die an ihn gerichtete Stimme, spöttisch, aber nicht unfreundlich, wird erst langsamer, als er wieder allein ist.

Soll Hilda doch in die Schweiz gehen. Oder zum Teufel. Dumme Kuh.

2.

Immer wenn man beim Essen sitzt!« Gerrit Mann schiebt rumpelnd ihren Stuhl zurück, stapft durch den dunklen Flur, reißt die Tür auf. »Wir kaufen nichts!«

Die junge Frau, die vor ihr steht, weicht erschrocken einen Schritt zurück, fängt sich aber gleich wieder.

»Ich will Ihnen nichts verkaufen«, erklärt sie schnell, tritt einen Moment auf der Stelle, wagt sich dann wieder vor. »Mein Name ist Eva Koch. Ich möchte fragen, ob Sie ein Zimmer für mich haben.«

»Ein Zimmer?« Gerrits Hand schließt sich unwillkürlich fester um die Türklinke. »Wenn Sie eine Unterkunft suchen, müssen Sie sich bei der Notquartierstelle melden.«

»Das habe ich ja!«, entgegnet die Fremde unerwartet heftig, spart jedoch das Ergebnis ihrer Bemühungen aus. Wäre sie erfolgreich gewesen, stünde sie nicht hier.

»Tut mir leid, ich kann Ihnen nicht helfen.« Schon schickt Gerrit sich an, die Tür zu schließen.

»Es ist furchtbar dort oben!«, legt diese Eva Koch nach.

»Wo *oben*?« In Gerrits Frage liegt argwöhnische Neugier.

»In der Burg.«

»Sie sind in der Burg untergebracht?« Diese Information erstaunt sie nun doch. »Wenn's Ihnen da nicht fein genug ist, wird es Ihnen hier kaum besser gefallen«, erklärt sie beinahe amüsiert.

»Bitte, verstehen Sie mich nicht falsch!« Der Ton der Fremden kippt ins Flehende. »Ich will nicht undankbar erscheinen oder anspruchsvoll. Aber es geht nicht.«

Gerrit sagt nichts darauf, mustert die junge Frau nur von

oben bis unten: das braun gewürfelte, puffärmelige Kleid, dessen lange Knopfleiste auf den ersten Blick Vollständigkeit suggeriert; die braune, vor den Bauch geklemmte Handtasche. Echtes Leder, wie's aussieht. Ebenso wie die zweifarbigen Halbschuhe, zwar abgetragen, aber durchaus noch tauglich. Unwillkürlich wandert Gerrits Blick zu ihren eigenen nackten Füßen hinunter. Bei dieser Hitze kann man getrost sein Schuhwerk schonen. Nur die Nägel sollte sie sich mal wieder schneiden. Es gab eine Zeit, da hat sie auf so etwas geachtet. Lang ist's her.

Dem Spiel muss ein Ende gesetzt werden. »Hören Sie, Sie sind hier an der falschen Adresse.« Sie tritt einen Schritt zurück, der Spalt zwischen Tür und Rahmen schließt sich fast.

»Aber das Zimmer im Hinterhaus – es ist doch frei!« Ein letzter verzweifelter Vorstoß der Blonden, ein Alles-oder-nichts.

»Woher wollen Sie das wissen?«, argwöhnt Gerrit, bereits zur Hälfte im dunklen, schützenden Hausflur verborgen.

»Ich ... ich weiß nicht«, windet sich die Angesprochene. »Irgendjemand hat's mir erzählt. Es ist möglich, dass ich –«

»Das Zimmer ist belegt!«, fährt Gerrit dazwischen und knallt ihr die Tür vor der Nase zu.

Trotz der Helligkeit draußen herrscht im ehemaligen Schankraum schummriges Zwielicht. Es dauert einen Moment, ehe sich ihre Augen wieder darauf eingestellt haben. Sie geht zum Esstisch zurück, lässt sich auf ihren Stuhl fallen.

»Jetzt sind sie kalt!« Mit zorniger Geste schiebt sie ihren Teller zur Seite. Die drei schrumpeligen Pellkartoffeln darauf geraten ins Rollen. Sie wendet den Kopf und ruft in die andere Ecke hinüber: »Mutter?«

»Ich hab mich schon hingelegt«, erwidert eine brüchige Stimme.

»Hast du's wieder im Kreuz?« Die Antwort ist ein Seufzen, das bis zu Gerrit vordringt.

»Warum warst du so barsch zu der Kleinen?« Guido Mewes führt seine Gabel zum Mund, ohne seine Schwester anzusehen. Dennoch bemerkt sie den Ausdruck belustigter Kritik in seinen Augen.

»Dass du Mitleid hast, wundert mich nicht.«

»Sie hat nett gefragt.«

»Sie hat schon ein Dach überm Kopf. Und ich will nicht noch mehr Leute im Haus haben.«

»Es ist ein großes Haus.«

»Herrje!« Gerrit wirft sich in ihrem Stuhl zurück. »Es ist randvoll mit Leuten, vom Keller bis zum Dach! Und ein kleines bisschen wollen wir ja auch noch mitzureden haben, wer hier haust und wer nicht.«

»Wir haben noch das Zimmer von Hilda Rieger«, wirft ihr Bruder ein.

»Eben. Es ist Hildas Zimmer.«

»Aber sie ist seit drei Wochen weg.«

»Na und? Besteht hier etwa Anwesenheitspflicht?«

»Du kennst ihren Lebenswandel. Sie wird den Amerikanern nachgelaufen sein oder bei sonst wem untergekrochen.«

»Genau das vermute ich auch! Wir haben ja gesehen, wie sie sich an die Boys rangeschmissen hat.« Gerrit lächelt grimmig. »Aber vielleicht hat sie übermorgen genug vom Poussieren, und dann steht sie wieder auf der Matte. Ist mir auch alles vollkommen schnurz. Offiziell ist sie hier einquartiert, also werde ich mir nicht freiwillig noch jemanden ins Nest setzen! Ich will meine Ruhe, verstehst du? Ich will, dass Gretchen und Mutti jede ein Zimmer für sich bekommen. Von mir ganz zu schweigen. Es ist doch eine Schande: Das Haus gehört uns, aber wir dürfen's nicht nutzen!«

»Nun fang nicht wieder damit an!« Guido Mewes seufzt resigniert. »Wir können froh sein, dass die Bude nicht dauerhaft konfisziert wurde. Dann säßen wir auch auf der Straße.«

»Blödsinn!« Mit forscher Geste wischt Gerrit seinen Einwand beiseite. »Schau dir die Baders drüben an! Wursteln gemütlich weiter zu zweit vor sich hin, während wir uns den Lokus mit zehn Leuten teilen müssen!« Nicht zum ersten Mal gerät sie bei diesem Thema in Rage. »Erst die Schickse aus dem Ruhrgebiet, diese Erika Schott. Trampelt von früh bis spät die Treppe rauf und runter, als würd sie Geld dafür kriegen. Dann diese wunderliche Ida Schlagmichtot, die angebliche Nichte der Nichte unserer Großcousine, wer auch immer das sein mag. Nicht zu vergessen ihr missratener Sohn, der sich vor jeder Arbeit drückt. Und über die Lemminge aus dem Osten wollen wir gar nicht reden.«

»Nein, wollen wir nicht.« Guido Mewes hat seine Mahlzeit beendet und legt die Gabel auf den Teller zurück. »Die Leute müssen irgendwo unterkommen.«

»Aber doch nicht alle bei uns!«

»Lass gut sein, Gerrit. Dieses Gerede führt zu nichts. Mir tat sie halt nur leid.« Er greift mit einer Hand nach seiner Krücke, stützt sich mit der anderen auf der Tischplatte ab, stemmt sich hoch.

»Doch nur, weil sie hübsch war!«, legt Gerrit nach.

»Das kann ich nicht beurteilen«, erwidert ihr Bruder gefasst. »Ich habe sie nicht gesehen. Nur ihre Stimme gehört.«

Nein, er wird sich nicht provozieren lassen, da kann sie sich auf den Kopf stellen, besagt sein Ton.

Diese demonstrative Gelassenheit bringt sie noch mehr auf die Palme.

»Ich weiß, du hast gern junge Frauen um dich«, giftet sie.

»Am liebsten in jedem Arm eine!« Kaum ausgesprochen, weiß Gerrit, dass sie zu weit gegangen ist. Doch zurücknehmen kann sie's nun nicht mehr. Sie greift nach ihrem Wasserglas, trinkt in großen, gierigen Schlucken, wischt sich mit dem Handrücken über den Mund. »Ganz schön heiß heute.«

Guido Mewes sagt nichts darauf. Mit Krücke und Teller hantierend, humpelt er in Richtung Theke, sorgsam darauf bedacht, nicht den Rest Heringslake zu verkleckern.

»Nun lass mal, ich mach das schon!« Gerrit springt auf, nimmt ihm den Teller aus der Hand und trägt ihn zu dem bereitgestellten Eimer, in dem schon das Frühstücksgeschirr dümpelt. In drei Schritten ist sie beim nächstgelegenen Fenster, schiebt die Gardine eine Handbreit zurück.

»Sieh mal einer an! Da ist sie immer noch!« Ihr Zeigefinger bohrt sich gegen die Scheibe. Tatsächlich steht Eva Koch nur wenige Meter entfernt auf dem Gehsteig und ist gerade dabei, einem Kind die Nase zu wischen. Ein Mädchen, etwas älter als Gretchen, ungefähr fünf oder sechs Jahre alt. In einem Handkarren hockt ein zweites Kind. Noch jünger.

»Siehste! Kinder hat sie auch!«, triumphiert Gerrit. »Und kein Wort davon gesagt, das Luder!« Schon reißt sie das Fenster auf. »He, Sie! Sie haben nichts von den Kindern gesagt!«

Eva Koch richtet sich auf, schaut sich nach der Ruferin um, entdeckt sie am Fenster, das in Brusthöhe auf die Gasse weist.

»Nein«, antwortet sie zögerlich. »Ich wollte nicht, dass –« Sie unterbricht sich, schüttelt resigniert den Kopf.

»Falls die Rieger zurückkommt, müssen Sie raus«, kräht Gerrit zu ihr herüber.

»Ja, aber –« Fassungsloses Staunen.

»Wenn Sie erst rumdiskutieren wollen, überleg ich's mir anders.«

»Aber nein!« Die Koch greift entschlossen nach ihrem Handkarren und setzt zum Wendemanöver an. Auf Gerrits

Wink hin zieht sie den Karren am Haupteingang vorbei und durch ein Bogentor, muss hier erst ein provisorisches Zaungatter öffnen, es wieder hinter sich schließen. Sie durchquert den Innenhof, nimmt ihren Sohn auf den Arm, die Tochter bei der Hand, folgt Gerrit eine Hinterhofstiege hinauf. Da ihr keine Hand frei bleibt, muss sie auf den stützenden Handlauf verzichten und ihr Gleichgewicht durch präzise austarierenden Körpereinsatz wahren.

Oben angelangt, sperrt Gerrit die Tür auf, eine schlichte Holztür mit Z-förmiger Verstrebung, tritt ein und fordert die Frau mit einer knappen Kinnbewegung auf, ihr zu folgen. Eva Koch schiebt sich an ihr vorbei – mit dem Kind auf dem Arm ein etwas umständliches Unterfangen –, tritt zögernd über die Schwelle. Geflissentlich ignoriert sie die dumpfe Backofenhitze, die ihr entgegenschlägt. In Sekundenschnelle hat ihr zweckgerichteter Blick das Wesentliche erfasst: Licht, Luft, Schutz vor Regen, Wind und unliebsamen Mitbewohnern. Nun bleibt Zeit für die Details: gekälkte Backsteinwände, eine tiefgezogene Dachschräge zur Hofseite hin, ein winziges Fensterchen, durch das das Licht als gleißend heller, scharf umrissener Quader auf den Dielenboden fällt. Vor die Stirnwand ist ein Bett geschoben. Keine Klappliege, kein Lager aus Strohsäcken. Ein richtiges Bett mit einer richtigen Matratze. Gerrit kennt die Vorteile dieser Räumlichkeit.

»Recht so?«, erkundigt sie sich mit beabsichtigter Ironie.

Eva Koch wendet sich zu ihr um.

»Ich bezahle für das Zimmer«, sagt sie. Offenbar will sie erst gar keine Zweifel aufkommen lassen, was Gerrit zu schätzen weiß. »Vorausgesetzt natürlich, dass wir bleiben können.« Entschlossen stellt die Koch ihren Sohn auf die Füße, lehnt ihn gegen ihre Knie, um ihn am Umfallen zu hindern. Mit ihren frei gewordenen Händen greift sie in den Ausschnitt ihres Kleides, zerrt einen ledernen Brustbeutel hervor, tastet darin herum, zieht schließlich einen kleinen Gegenstand hervor, den sie der Hauswirtin auf offener Handfläche präsentiert.

»Ein Ehering«, konstatiert diese ohne Regung. »Etwa Ihrer?« Die Angesprochene schüttelt verneinend den Kopf. »Na, wenn das so ist.« Gerrit Mann greift zu. Der Ring wiegt schwer, man könnte glatt zwei daraus machen. Für eine neuerliche Eheschließung beispielsweise, zwischen wem auch immer. Mit Gold kann man nichts falsch machen. Sie lässt den Ring in ihre Tasche gleiten, nickt der jungen Mutter bestätigend zu.

Soll Hilda Rieger bleiben, wo der Pfeffer wächst. Und falls sie doch zurückzukehren gedenkt, wird sie sich eben woanders umschauen müssen. Wohnraum auf Verdacht vorzuhalten, grenzt an Unmoral, wo doch die Not so groß ist! Da soll ihr mal einer kommen.

»Wasser gibt's an der Pumpe im Hof. Strom immer dann, wenn alle welchen kriegen. Den Schlüssel lass ich in der Tür stecken.« Mit diesen Informationen lässt sie es vorerst bewenden und stapft schon wieder die Stiege hinunter. Eine gute Tat am Tag ist genug.

3.

Eva wartet noch einen Moment ab, dann schließt sie die Tür hinter sich. Sie ist schweißgebadet, und ihr Atem geht schnell, wie nach einer großen Anstrengung. Und doch ist da eine plötzliche Freude, ein regelrechtes Triumphgefühl.

»Was sagst du dazu, Norbertchen?« Sie nimmt ihren Sohn wieder hoch und lässt ihn mit Schwung auf das Bett plumpsen, auf das weiche, federnde. Das Kind quietscht vor Wonne, und sie lacht über sein Behagen.

»Mama?« Ihre Tochter Martha zupft an ihrem Rock und schaut mit großen Augen zu ihr auf. »Wohnen wir jetzt hier?«

»Hier wohnen wir jetzt«, bestätigt Eva, und ihre Augen glänzen vor Stolz. »Eine Zeit lang zumindest«, schränkt sie dann doch ein. Man kann ja nie wissen.

Auch Martha hüpft nun auf das Bett wie ein Hündchen. Der kleine Norbert federt hoch, kippt zur Seite, giggelt und gluckst. Eva setzt sich zu ihm, lässt sich rückwärtsfallen, streckt die Arme von sich. Dieses anschmiegsame Einsinken, ein herrliches Gefühl. Im Luftschutzkeller gab es nur harte Holzbänke, im Bunker dann die typischen Stockbetten, jede Etage mit jeweils zwei Strohsäcken ausgestattet; drei, wenn man Glück hatte. Die Betten mitsamt den Säcken waren von den Bunkern geradewegs in die Notunterkünfte gewandert, stinkend, durchwanzt, verlaust. Wie oben in der Burg.

Am liebsten würde sie sich sofort in dieses Bett legen, richtig hineinlegen, darin einsinken und in einen Schlaf des Vergessens fallen. Bis der Albtraum vorbei wäre. Bis das Wort Frieden seine Bedeutung verdiente. Sie schließt kurz die Augen, streicht über die Bettdecke, kühles Leinen, von fleißigen Händen gewebt. Fürs Weben hat sie sich nie interessiert. Handarbeiten waren ihr schon immer verhasst, aber hier, in diesem Moment, wünscht sie sich die Fähigkeit, mit eigenen Händen etwas so Wunderbares wie diese Sommerdecke erschaffen zu können. Der Gedanke entzückt sie regelrecht. Es muss die Erleichterung sein nach all den Strapazen der letzten Tage und Wochen. Wochen und Monate. Monate und Jahre, wenn man's genau nehmen wollte.

Eva öffnet die Augen wieder, setzt sich auf, lässt ihren Blick nochmals durch den Raum schweifen. Bett, Nachttisch, Stuhl. Auf dem Nachttisch eine Waschschüssel. Eine Kiste für Kleidung. Sie nickt zufrieden.

»Stell dir vor, sogar einen eigenen Eingang haben wir«, murmelt sie. »Ein Anbau nach hintenraus; im Parterre hausen Ziegen. Ich hab sie noch nicht gesehen, aber ich kann sie riechen.« Sie kichert leise. »Du siehst, mein Schatz: Wir schlagen uns wacker.«

»Was hast du gesagt, Mama?« Martha, die gerade Schneeengel auf der kühlen weißen Leinendecke gespielt hat, wälzt sich nun herum, das Kinn auf ihre kleinen Fäuste gestützt, und mustert sie fragend.

»Ach, nichts«, wehrt Eva ab. Sie muss sich abgewöhnen, laut mit ihrem Mann zu reden. Er ist Tausende Kilometer weit weg, irgendwo im Ural oder in Sibirien, so genau weiß sie es nicht. Weit genug entfernt jedenfalls, dass er sie nicht hören kann, das steht allemal fest. Und doch: Es tut gut, auf diese Weise Verbindung zu ihm zu halten. Es schützt sie vor der Einsamkeit und hilft ihr gegen die lähmende Angst, dass er tatsächlich nicht heimkehren, womöglich gar nicht mehr am Leben sein könnte.

Allerdings müssen die Kinder diese Gespräche nicht unbedingt mitbekommen. Nur einen Satz erlaubt sie sich noch, spricht ihn sogar laut aus: »Du darfst stolz auf uns sein, Ferdi.« Und an Martha gerichtet, wiederholt sie es noch einmal: »Der Papa kann stolz auf uns sein.« Stolz ist sie vor allem auf sich selbst: Sie hat den Bombenterror überlebt und die Flucht, hat nun sogar eine Bleibe für ihre kleine Familie gefunden. Hier kann sie die Tür hinter sich schließen, hier lauert ihr niemand auf. Beim Gedanken an jenes Vorkommnis vor drei Tagen durchfährt sie erneut ein inneres Erschauern, trotz der Hitze. Dieser elende Kerl in der Burg. Besser gekleidet als die meisten, gar nicht bedürftig hat er ausgesehen. Höflich zunächst, gute Manieren vortäuschend. Hat sich als Kurt Schöntau vorgestellt. Sie weiß bis heute nicht, ob der Name stimmte. Er habe sie und die Kinder schon eine Weile beobachtet, behauptete er. Dort draußen, auf dem Vorplatz, unter den schattigen Linden, unter denen sie mit den Kindern die Nachmittage verbracht hatte. Ein Jammer, dass sie sich mit all dem Pack herumschlagen müsse. Das sei sicher eine große Belastung für eine Frau wie sie. Eine, die Besseres gewohnt war, implizierte das wohl, was wiederum auf ihn, der dies erkannt und zur Sprache gebracht hatte, ebenso zutreffen musste. Ein Gleich und Gleich, das sich gefunden hat. Aus diesem Grund wolle er ihr einen Vorschlag machen, kam er schnell zur Sache. Keine Angst, nichts Anrüchiges. Aber nicht hier, zwischen all den offenen Ohren. Zu viel Neid und Missgunst. Besser, die Sache unter vier Augen zu besprechen. Ob sie ein Stück mit ihm spazieren gehen wolle? Nicht weit, nur raus aus dem Trubel. Eine Sache von ein paar Minuten. Aber die Kinder … Ihre Kinder würden kaum bemerken, dass sie weg gewesen sei, beruhigte er sie und bot ihr seinen Arm an. Sie ging mit ihm durch den Park – der immer noch ein Park war trotz der ins Kraut geschossenen Buchsbaumhecken, der verwilderten Rasenflächen und der Gemüsebeete, die die Blumenrabatten ersetzten. Sie gingen weiter, auf eine Gruppe uralter Bäume zu. Er habe eine kleine Wohnung unterm Dach, fing er an. Nichts Besonderes, aber trocken und sauber. Dort könne sie mit den Kindern einziehen. Was sie davon halte? Er blieb stehen, ohne ihren Arm loszulassen, sah sie an. Doch in seinem Blick lag etwas, das nicht das Geringste mit seinen Worten zu tun hatte. Er würde sie auch gern mal zu einer Fahrt in seinem Cabriolet einladen, fuhr er fort. Die Welt aus den Fugen, aber er brüstete sich mit einem Cabriolet! Für wie blöd hielt er sie? Sie wich instinktiv zurück, er folgte ihr. Noch ein Schritt rückwärts, und sie prallte gegen einen Baumstamm. Hoppla. Unvermittelt beugte er sich vor und presste seine ausgestreckten Arme gegen den Stamm, rechts und links von ihrem Kopf.

Dann bohrte sich seine Zunge zwischen ihre Zähne, wie eine fette, feuchte, sich windende Schnecke. Er rammte sein Knie zwischen ihre Beine, zerrte an ihrem Rock. Sie rief um Hilfe – es waren Menschen in der Nähe –, es wimmelte von Menschen auf dem Gelände der Burg, aber da war niemand, der eingegriffen hätte.

Bei ihrer Rückkehr weinten die Kinder schon. Sie musste warten, bis sie eingeschlafen waren, und dann noch einmal eine Stunde vor dem Waschraum anstehen.

Diese Geschichte hat sie ihrem Ferdi nicht erzählt, und sie wird es auch niemals tun. Was soll er sich grämen.

Auch sie selbst will sich nicht länger grämen. Die Erinnerung beiseiteschieben, die Sache vergessen, das wird das Beste sein. Und wenn sie erst vergessen ist, dann hat sie nie stattgefunden.

Später am Nachmittag bringt Gerrit Mann, ihre neue Zimmerwirtin, einen Karton für die Sachen der vormaligen Mieterin. Viel ist es nicht, was diese Hilda zurückgelassen hat: eine Bürste. Einen hölzernen Kamm. Eine Garnitur Unterwäsche. Einen Büstenhalter mit ausgeleierten, sich zigfach windenden Trägern. Ein Paar Socken, beide löchrig. Strumpfhalter.

Neben der Waschschüssel liegt noch ihre Zahnbürste. Auch Zahnpasta. Echte Zahnpasta. Eva kann es geradezu spüren, das perlende Gefühl sauber geschrubbter Zähne, den frischen Mentholgeschmack. Die Versuchung ist groß, die Tube an sich zu nehmen, doch sie widersteht tapfer und legt sie zu den anderen Dingen in den Karton. Niemand soll ihr Diebstahl vorwerfen können. Nicht in diesem Haus.

Am Haken neben der Tür hängt eine Strickjacke. Echte Schafwolle und schön dick. Auch eine Versuchung. Aber wer braucht bei diesen Temperaturen eine Wolljacke? Eilig faltet Eva sie zusammen, legt sie obenauf und verschließt den Karton. Fertig.

»Mama, ein Hase!« Martha hat den Stuhl unters offene Fenster geschoben, um hinausschauen zu können. »Sieh doch mal!« Ihr Ton wird drängend. Eva tritt zu ihr und blickt über ihre Schulter hinweg in den Innenhof hinunter. Ein paar Hühner scharren dort im Staub, die bereits erschnupperten Ziegen – zwei an der Zahl – turnen auf einem Stapel ausgedienter Autoreifen herum. Nah der Mauer hockt ein braunes Kaninchen und knabbert am Löwenzahn, der sich durchs Pflaster gezwängt hat. »Ob wir ihn mal streicheln dürfen?«

»Demnächst vielleicht«, gibt Eva zur Antwort. »Und das ist kein Hase, sondern ein Kaninchen.« Sie hat ihren Blick bereits auf den Pritschenwagen gerichtet, der in diesem Moment röhrend und knatternd in den Innenhof einfährt. Gelbliche Qualmwolken steigen auf. Ein übel stinkender Holzvergaser. Das Karnickel schießt von der einen in die andere Ecke. Die Hühner stieben gackernd davon. Die Ziegen glotzen. Der Motor erstirbt, und Gerrit Mann steigt aus, jetzt in langen, derben Arbeitshosen. Sie knallt die Fahrertür zu und stapft zu dem großen Rolltor des gegenüberliegenden Gebäudes hinüber. Bevor sie es aufzieht, schweift ihr Blick noch einmal kurz über den Hof, und ihre Blicke treffen sich für Sekunden. Eva hebt die Hand zu einem verhaltenen Gruß, tritt dann schnell zurück, um ihre Zimmerwirtin nicht zu einer Reaktion zu nötigen. Falls eine Frau wie Gerrit Mann sich überhaupt nötigen lässt.

Das Norbertchen liegt noch immer auf dem Bett, gefällt wie ein Baumstamm und in tiefsten Schlaf gesunken. Sie tritt zu ihm und streicht über seine feuchten Schläfen, über das schweißverklebte Flaumhaar und die kleine Kuhle zwischen Hinterkopf und Nacken, in der die Haut so unfassbar weich und glatt ist.

Wenn es den Kindern gut geht, ist alles gut. Dann ist alles zu schaffen.

4.

Emil tritt in die Pedale, er hat es eilig. Noch eine Viertelstunde bis Mittag, bis dahin sollte die Sache geklärt sein. Möglich, dass auch andere davon Wind bekommen haben und bereits Pläne schmieden.

Im Rathaus sei noch eine Kiste Hakenkreuzfahnen aufgetaucht, hat Freddy Schüller ihm heute Morgen gesteckt. Das will er von seiner Mutter erfahren haben, die Sekretärin im Versorgungsamt ist. Die wiederum weiß es von Schildebach, dem Rathaus-Faktotum. Schildebach hat sich bei ihr beklagt, dass er sich nun mit der leidigen Sache herumschlagen müsse. Offenbar ist die Kiste beim Einmarsch der Amerikaner übersehen, folglich nicht vernichtet worden. Auch die Amis haben sie nicht entdeckt, nur eben jetzt Schildebach, als man ihn nach irgendwelchen verstaubten Grundbüchern in den Keller schickte. Regelrecht darüber gestolpert sei er. Zunächst war der Plan, sie am Rheinufer zu verbrennen – im Auftrag des Bürgermeisters, versteht sich. Aber bei der Hitze? Das würde doch sehr verdächtig riechen. Und der Bürgermeister und er, die würden dann auch sehr verdächtig riechen. Dabei könnten sie beide ja nun nichts für die vermaledeite Kiste, so Freddys Mutter. Bei Nacht und Nebel vergraben war ihr Vorschlag gewesen, aber dazu hat Schildebach sich noch nicht durchringen können. Ein Glück für Emil.

Was die Mutter daraus würde zaubern können! Daran hat er sofort denken müssen, als Freddy mit der Geschichte kam. Freddy hingegen hat das Potenzial nicht erkannt, sonst hätte er die Sache ja für sich behalten oder zumindest Ansprüche angemeldet. Emil weiß nur leider nicht, wem er sie noch auf die Nase gebunden hat, also Tempo. Mit klappernden Schutzblechen rattert er übers Pflaster der Krummgasse, umrundet die lange Schlange vor dem Milchladen, hebt kurz die Hand zum Gruß, als er Frau Schott unter den Wartenden entdeckt. Ein Stück weiter vorn erblickt er nun auch das hoch aufgeschossene Mädchen, das mit seiner Familie unterm Dach wohnt – Luise heißt sie –, schaut schnell wieder weg, als erfordere die Fahrt seine volle Konzentration. Nur noch ein paar Meter, dann hat er sein Ziel erreicht. Vor dem Rathaus kettet er sein Rad an, nimmt in zwei Sprüngen die Stufen, klopft beherzt an der ersten Tür, fragt nach Schildebach. Vermutlich in seiner Amtsstube im zweiten Stock, erfährt er von einer grämlich dreinblickenden Dame, und ihre Vermutung erweist sich als richtig. Emil wird hereingebeten.

»Schönen guten Tag, Herr Schildebach!« Ein angedeuteter Bückling erscheint ihm angemessen. Der alte Amtmann tut beschäftigt, schiebt einen Stapel Papier von links nach rechts, klopft die Seiten zusammen, schaut dann erst auf.

»Was führt dich zu mir, Junge?«

»Ein Mäuschen hat mir erzählt, es gäbe da eine Kiste Müll im Keller«, umreißt Emil ohne Umschweife das Problem, tut einen Atemzug, um das Gesagte wirken zu lassen, präsentiert dann auch gleich die Lösung. »Ich würde die Entsorgung übernehmen.«

»Du?« Schildebach beugt sich ein wenig vor und mustert ihn mit verschwommenem Blick.

»Ganz recht, Herr Schildebach. Ich kümmere mich um die Angelegenheit. Schnell und diskret.« Das Wort »diskret« hat er von seiner Mutter, die damit zum Ausdruck bringen wollte, ihre Kundschaft habe ein Anrecht darauf, dass außer ihr, der Schneiderin, niemand die Schmerbäuche, Kissenbrüste, Hängehintern oder sonstigen körperlichen Unvorteilhaftigkeiten zu sehen bekomme. Nötig geworden war diese Ansprache ein paar Mal, nachdem Emil, vielleicht sechs oder sieben Jahre alt, mit seinen Freunden Freddy und Willi ohne Vorwarnung durch die Nähstube geschossen kam, während seine Mutter gerade Maß nahm. Er hat schnell begriffen damals und begreift auch jetzt: Auf der aktuellen Beliebtheitsskala dürften Schmerbäuche und Hakenkreuzfahnen etwa gleichauf liegen.

»Jungchen, du scheinst mir ja ein ganz Fixer zu sein«, sagt Schildebach wohlwollend. Immerhin leugnet er nicht, dass es ein Problem gibt. »Aber die Angelegenheit kann ich dir nicht überlassen«, schränkt er dann doch ein und lehnt sich wieder in seinen Stuhl zurück. »Wie soll ich das erklären, wenn sie dich erwischen? Dass ich ein Kind mit der Sache beauftragt habe?«

»Es wird nichts zu erklären geben«, behauptet Emil vollmundig. »Sie gehen gleich zu Tisch, und wenn sie wiederkommen, ist die Kiste weg. Als wäre sie nie da gewesen.« Zur Unterstreichung seiner Worte schnippt er mit den Fingern wie ein Zauberkünstler. Der Amtmann sagt eine Weile nichts, zwirbelt nur nachdenklich an seinem Schnäuzer.

»Und wenn sie dich schnappen?«

»Dann hat ein dummes Kind einen noch dümmeren Diebstahl begangen.« Emil grinst.

»Der dich den Kopf kosten könnte«, ergänzt Schildebach.

»Ja, aber es ist mein Kopf.« Emils Grinsen wird noch breiter.

Schildebach scheint mit sich zu ringen. »Sag mir, Junge: Was willst du mit dem Zeug?«

»Vorkriegsware, beste Qualität«, antwortet Emil augenzwinkernd. »Die Weiber können sich die schönsten Kleider draus machen.«

»Kleider ...« Der alte Amtmann lässt von seinem Schnurrbart ab, räuspert sich. »Also gut. Vorausgesetzt natürlich, dieses Gespräch hat nie stattgefunden.«

»Sie haben mein Wort«, verspricht Emil feierlich.

»Pah!«, macht Schildebach nur, als wäre das Wort eines Jungen nichts wert.

Zehn Minuten später befindet er sich auf dem Weg nach Hause, wo das Mittagessen auf ihn wartet, und Emils Entsorgungsaktion ist in vollstem Gange. Eilig stopft er die Flaggen in den Sack mit der Aufschrift *REINIGUNG*, den seine Mutter mal in der Wäscherei Mischke hat mitgehen lassen, als sie noch dort gearbeitet hat.

Mit dem prall gefüllten Sack spaziert er zum Haupteingang hinaus, spannt ihn mittels Gurt am Gepäckträger seines Fahrrads fest und radelt los. Wieder geht es durch die Krummgasse, vorbei an Grundemanns Kolonialwarenladen, in dem es statt Bohnenkaffee, edlen Gewürzen und feinen Pralinen nur noch Schmierseife, Vierfruchtmarmelade und Muckefuck zu kaufen gibt. Während Emil über Kopfsteinpflaster rollt, muss er dem Sack mit einer Hand zusätzlich Halt geben. Erneut passiert er die Warteschlange vor dem Milchladen, grüßt abermals die Schott, schaut an Luise vorbei, überlegt kurz, ob er nicht doch den Umweg über den weniger frequentierten Burgpfad hätte nehmen sollen. Aber nein, was soll schon passieren?

Bereits wenige Minuten später schleppt er seine Beute die Treppe im Krug hinauf und in das Zimmer, das er sich mit seiner Mutter teilt. Vor ihren staunenden Augen stülpt er den Sack um und leert dessen wertvollen Inhalt auf dem Fußboden aus.

»Schöne lange Bannerfahnen«, lobt er in lockerem Ton, um dem erschrockenen Blick der Mutter entgegenzuwirken. »Solche, wie sie früher im Bürgersaal die Wände runtergehangen haben.« Er bückt sich und breitet die Fahnen aus. »Viel Rot dran, wie du siehst. Wenn du den Mittelteil rausschneidest ...«

Die Mutter braucht einen Moment, um sich zu fangen, kniet sich dann hin, befühlt den Stoff. »Das war noch Qualität«, haucht sie seufzend.

»Vorkriegsware eben«, bemerkt Emil altklug und freut sich an ihrem Mienenspiel, das mehr und mehr ins Verzückte gleitet. Wenn sie ein feines Stück Stoff in der Hand hält, ist sie wie ausgewechselt. Dann ist sie wieder die Person, die sie früher einmal war. Das Gegenteil von verträumt und weggetreten. Wach, zupackend, fleißig. Es ist wie ein Aufwecken, als brächte die Schneiderei sie ins Leben zurück. Als wären Tuche, Garne und Borten, Knöpfe und Pailletten ihre Medizin.

»Den Mittelteil könntest du in Streifen schneiden und uns daraus einen Trennvorhang nähen«, schlägt er vor, denn nach einem solchen Sichtschutz zwischen ihrer und seiner Zimmerhälfte sehnt er sich schon lange. Die Mutter will sehen, was sich machen lässt, und damit gibt er sich vorerst zufrieden. Wenn sie nicht Nein sagt, lässt sich fast immer was machen.

Fehlt nur noch das Garn, sie braucht es nicht extra zu erwähnen. Er weiß, was sie zum Nähen benötigt. Also auf zur Witwe Gutenkorn in die Bachstraße. Emil schaut auf die Küchenuhr. Gleich eins. Möglicherweise noch ein bisschen früh, falls die Alte sich hingelegt hat. Vielleicht ist sie aber auch schon auf, er wird sehen. Leise tappt er die Treppe hinunter, um die Mittagsruhe der alten Frau Mewes nicht zu stören. Aber noch wichtiger ist ihm, dieser Gerrit Mann nicht über den Weg zu laufen. Der fällt immer etwas ein, was er erledigen soll. Und das meist sofort.

Vorsichtig öffnet er die Haustür und späht nach draußen.

Mist. Sie steht neben einem Kübelwagen im Hof, einen schweren Schraubendreher in der Hand. Ohne sie aus den Augen zu lassen und gleichzeitig darum bemüht, ihren Blicken zu entgehen, schleicht er sich aus dem Haus.

»Hoppla!«, ruft plötzlich jemand, und er fährt herum. Vor ihm steht das Mädchen von oben. Luise. Um ein Haar wäre er mit ihr zusammengeprallt.

»Hoppla!«, äfft er sie nach, seinen Schrecken überspielend, fügt dann aber versöhnlich hinzu: »Du bist Luise, oder?« Luise nickt und presst dabei den kleinen Laib Brot so fest gegen ihre Brust, als bestünde Gefahr, er könnte ihn ihr entreißen. »Luiiiiiiise«, wiederholt er grinsend, als läge irgendeine Anzüglichkeit in ihrem Namen.

»Blödmann!« Sie schiebt sich schnell an ihm vorbei und verschwindet im Haus.

Immerhin ist die Witwe Gutenkorn schon auf den Beinen. »Mittag ist bei mir um halb zwölfe«, klärt sie Emil auf. »Danach wird geruht. Aber nur eine Stunde, sonst komm ich nicht mehr hoch.« Ihm kommt ihr kurzer Schlaf sehr entgegen.

Auch die alte Frau Gutenkorn hat früher genäht. Sogar eine eigene kleine Schneiderstube hat sie mal gehabt. Wohl noch zu Kaisers Zeiten, so seine Vermutung. Aus dieser Schneiderstube stammt das Kurzwarensortiment. Kurzwarensortiment, so nennt sie ihren Schatz, auf dem sie hockt wie die Spinne im Netz. Seit ihre Augen nicht mehr mitmachen, hat sie die Näherei zwar aufgegeben, aber sie weiß, was die Dinge wert sind. Da auch Emil das weiß, kommen beide gut miteinander aus. Die Witwe Gutenkorn liebt Schokolade, und es war ausgerechnet Emil, der sie auf den Geschmack gebracht hat. Anfangs haben die Amis ihre Hershey-Tafeln noch reichlich an die Kinder verteilt. Auch er hat davon probiert, aber ihm war schnell klar, dass das, was er da in Händen hielt, mehr wert war als ein kurzer Genuss. Also hat er die kleinen Tafeln in einer kühlen Felsspalte im Wald gehortet. Eine kluge Idee, die ihm bereits mancherlei eingebracht hat. Zum Beispiel die angefütterte Genusssucht der Witwe.

»Garn gegen Schokolade. Was halten Sie davon, werte Frau Gutenkorn?« So oder ähnlich fragt er immer. »Ein Nähfüßchen gegen Schokolade – das wäre doch ein guter Tausch, nicht wahr, Frau Gutenkorn? Eine Tafel gegen zwei Dutzend Stecknadeln und zehn Knöpfe, mindestens zwei davon Messing, was sagen Sie dazu?« Nach kurzen Verhandlungen sind sie sich bislang immer einig geworden.

»Der Verlobte einer Nichte meines Vaters ist gerade aus der Gefangenschaft heimgekehrt, und nun wollen sie heiraten«, fantasiert Emil. Es ist immer von Vorteil, seine Begehren in eine nette Geschichte zu verpacken. »Leider haben die beiden nicht viel Geld – ganz zu schweigen von dem, was die Marken so hergeben –, aber die Braut wünscht sich so sehr ein schönes Kleid.« Ein Kleid braucht die Braut unbedingt, pflichtet die alte Gutenkorn ihm bei. Geld und Marken hin oder her, man will doch hübsch aussehen an seinem großen Tag. Sie kann das gut verstehen, schließlich war sie auch mal jung. Emil lächelt verständnisvoll, obwohl er sich die Gutenkorn nicht in jung vorstellen kann. Sie muss schon als Witwe auf die Welt gekommen sein. Aber soll sie träumen. Er will ihr den Spaß nicht vermiesen. Die alte Frau stemmt sich hoch, beide Hände auf die Lehnen ihres Sessels gestützt, tastet sich dann aus dem Zimmer. Nebenan rumpelt es. Hoffentlich ist nichts zu Bruch gegangen. Eine gefühlte Ewigkeit vergeht, ehe sie zurückkehrt, ihr Schatzkästchen unter den Arm geklemmt. Sie reicht es Emil, haarscharf an seinen Händen vorbei. Kommentarlos korrigiert er das Missgeschick, und die Witwe setzt sich wieder. Er klappt den Deckel des

Holzkistchens auf, blickt auf Garn in allen Farben, auf Stecknadeln, Nähnadeln, Maßbänder. Ein ganzes Fach voller Knöpfe. Gummilitzen. Weiße Häkelborte, sorgsam um ein Stück Pappe gewickelt. Behutsam nimmt er zwei Rollen rotes Garn heraus. Nicht unbedingt die passende Farbe für ein Hochzeitskleid, aber das will er jetzt nicht thematisieren. Er könnte sich noch mehr Rollen nehmen, die Versuchung ist da. Aber vielleicht würde sie es merken. Außerdem ist er keiner, der alte Witwen bescheißt.

»Zwei Rollen Garn«, berichtet er und klappt das Kistchen zu. »Die Schokolade liegt schon auf dem Tisch.«

Die alte Frau nickt lächelnd und mit geschlossenem Mund. Dieses lippenlose Lächeln ist einer Zahnlücke geschuldet, für die sie sich geniert.

»Reich mal rüber.«

Sie streckt ihre Hände aus, und er legt die Tafel hinein. Interessiert schaut er zu, wie sie daran schnuppert, ungeduldig daran zu knibbeln beginnt, das Stanniolpapier aufreißt. Sie bricht sich ein Stück ab, schiebt es sich in den Mund, lächelt selig. Emil schweigt dazu, um den Genuss nicht zu stören. »Den Rest hebe ich mir für später auf«, verkündet sie schließlich, der Süße noch nachschmeckend, beugt sich vor und legt die angebrochene Tafel auf das Beistelltischchen zurück. Auf die Idee, ihm ein Stück anzubieten, kommt sie nicht. Aber auch ihm käme dergleichen niemals in den Sinn.

»Du wohnst doch im Siefenweg, oder nicht?« Die alte Witwe lehnt sich in ihrem Sessel zurück, um es wieder gemütlich zu haben.

»Nein, Frau Gutenkorn. Unser Haus ist doch abgebrannt. Im März dieses Jahres.«

»Richtig, du erzähltest davon. Entschuldige, das war taktlos von mir.«

»Ach, machen Sie sich keine Gedanken! Ist ja so vieles

weggebombt worden. Da kann man schon mal den Überblick verlieren.«

»Ja, aber doch nicht hier im Ort, Junge!«

»Nein, hier nicht. Da haben wir wirklich Pech gehabt.«

»Wo wohnt ihr denn jetzt?« Auch diese Frage stellt die Gutenkorn nicht zum ersten Mal.

»Bei der Familie Mewes.«

»Mewes? Der Name sagt mir nichts.«

»Es sind Verwandte vom alten Kränger«, stellt Emil klar.

»Ach, der Kränger! Ja, den kenne ich natürlich. Der ist gestorben.«

»Das stimmt, Frau Gutenkorn. Deshalb wohnen jetzt andere Leute in seinem Haus.«

»Und wer noch mal? Was sagtest du?«

»Die Familie Mewes. Das heißt, die Tochter heißt Mann. Gerrit Mann. Ist ein bisschen verwirrend.«

Die alte Gutenkorn denkt einen Augenblick nach. »Gerrit Mann ...« Sie schüttelt den Kopf. »Nein, diese Person kenne ich nicht.«

»Da haben Sie nichts verpasst«, antwortet Emil fröhlich.

»Wenn du es sagst, Jungchen.« Sie kichert hinter vorgehaltener Hand.

»So, Frau Gutenkorn.« Er klatscht sich auf die Schenkel. »Ich muss dann mal wieder.«

»Bist ein guter Bub«, lobt sie ihn zum Abschied. »Grüß die Mutter schön von mir.«

»Mach ich gern, Frau Gutenkorn. Dann bis die Tage. Und genießen Sie die Schokolade!«

Daheim angekommen, stellt er zufrieden fest, dass die Mutter auch nicht untätig war. Sie mag ja wunderlich sein, das lässt sich wohl nicht bezweifeln. Aber wenn spontanes Handeln gefragt ist, ist auf sie Verlass. Als er ins Zimmer tritt, sitzt sie am Tisch, einen Haufen schwarz-weißer Stoffstücke vor sich, gewürfelt und gestreift. Einen Teil davon hat sie bereits zu einer Art Flickendecke zusammengesteckt. Es sieht hübsch aus. Emil blickt kurz zu ihrem Bett hin, auf dem, sorgsam gefaltet, die roten Stoffbahnen liegen.

»Hier, Mama! Ich hab dir Garn besorgt.« Er legt die Rollen vor sie hin.

Sie hebt den Kopf, lächelt freudig. »Bist ein guter Junge!«

Emil feixt. Wenn das gleich zwei Frauen an einem Tag behaupten, muss wohl was Wahres dran ein.

5.

Ihre Arme wie Propeller schwingend, rennt die kleine Martha über den Innenhof und scheucht das Federvieh vor sich her.

»Lass die Hühner in Ruhe!«, mahnt Eva ihre Tochter. Sie will keinen Ärger riskieren. Die beiden Ziegen beobachten das Spektakel unbeeindruckt. Nur das Karnickel, von dem Martha sich immer so schwer loseisen kann, lässt sich nicht blicken. Eva ist das nur recht. Sie hat es eilig. Gegen zwölf Uhr soll's Milch für die Kinder geben, da will sie pünktlich sein. Pünktlich zum Schlangestehen. Sie hievt Norbert in den Leiterwagen, zieht das Gefährt zum Torbogen, öffnet das provisorische Gatter, das die Ziegen zurückhalten soll, schließt es wieder. Beim Einbiegen auf den Gehsteig passiert es dann: Plötzlich löst sich das linke Vorderrad, rollt ein paar Meter allein weiter und trudelt schließlich auf dem Pflaster aus. Auch das noch! Eva stöhnt auf. Wenn das Ding nun kaputt ist, hat sie verloren. Ersatzteile zu bekommen, für was auch immer, ist derzeit so gut wie aussichtslos. Aber bereits die Vorstellung, das Norbertchen fortan ständig herumschleppen zu müssen, übersteigt ihre Kräfte. Sie könnte heulen, doch das verbietet sie sich. Hebt stattdessen den Jungen aus dem Wagen, stellt ihn hin, beobachtet ihn skeptisch. Für ein paar Sekunden schafft er es tatsächlich, sich auf den Beinen zu halten, dann plumpst er auf seinen Po und beginnt zu plärren.

»Nicht doch, Männlein!«, versucht sie ihn zu trösten. »Ist ja nichts passiert.« Aber der Junge schreit weiter. Vielleicht hat er das Drängende in ihrer Stimme bemerkt, die nagende

Ungeduld. Wann wird dieses Kind endlich laufen lernen? Es ist längst alt genug. Schnell hebt sie es wieder hoch, schockelt es in den Armen. *Bitte, bitte, sei still!* Die Bitte kommt nicht von ungefähr, denn direkt hinter der Hausmauer ruht vermutlich gerade die alte Frau Mann, die in Wahrheit nicht Mann heißt, deren Namen Eva sich aber auf die Schnelle nicht merken konnte. In Erinnerung behalten hat sie allerdings, dass diese Person die Mutter der Zimmerwirtin ist. Und der mütterliche Mittagsschlaf sei heilig, hat diese ihr eingebläut.

»Warten Sie, ich helfe Ihnen.« Eine Frau tritt schnell neben sie. Bei dem Geplärre hat Eva sie nicht kommen hören, doch ein kurzer Blick verrät ihr, dass sie sie schon kennt. Sie wohnt ebenfalls im Alten Krug und hat zwei Kinder, wie sie selbst. Eins der Mädchen ist bereits losgerannt und hat den Vollgummireifen von der Straße gepflückt. Artig reicht sie ihn ihrer Mutter, die bereits fordernd die Hand ausgestreckt hat. Mit Kennerblick inspiziert sie zunächst das Rad, dann den Schaden am Leiterwagen. »Sieht nicht weiter schlimm aus«, stellt sie zufrieden fest und fordert Eva auf, kurz mit anzufassen. Schon steht der Leiterwagen auf dem Kopf. »Als mein Sabinchen noch klein war, hatte ich mal einen Achsbruch«, erzählt sie. »An jeder Hand ein Mädchen und der Kinderwagen randvoll mit unserem Kram. Das war ein Vergnügen! Es kommt mir noch vor, als wär's gestern gewesen. Ist's aber nicht. Na ja, auch egal. Jedenfalls ist plötzlich der Karren im Arsch. Ein Theater, sage ich Ihnen! Wir sind dann weiter, bepackt wie die Esel. Dem Sabinchen hab ich ihr Bettzeug auf den Rücken gebunden, ich konnte schließlich nicht alles tragen. Sah aus wie eine Schildkröte, die Lütte! Gott sei Dank war's nicht weit bis zur nächsten Bahnstation. Nur dass von da kein Zug fuhr, weil die Tommys die Gleise bombardiert hatten.« Während sie redet, hantiert sie an dem Karren herum und passt das Rad ein, pustet dabei fortwährend eine Strähne aus ihrem Gesicht, die sich aus ihrem sorgsam frisierten Haar gelöst hat. »Wir also weiter, bis Sabine nicht mehr konnte«, fährt sie fort und ächzt dabei, als wäre die Strapaze noch immer nicht überwunden. »Hat sich einfach auf die Straße gelegt und gesagt: ›Ich tu keinen Schritt mehr.‹ Blöd nur, dass es da schon dunkel wurde. Und dazu war's eiskalt. Ein freundlicher Einheimischer hat uns dann ein Stück in seinem Wagen mitgenommen.« Sie sagt tatsächlich ›Einheimischer‹, und es klingt dazu, als ob sie ›Eingeborener‹ meinte. »Man hat zwar kein Wort verstanden von dem, was er geredet hat – aber er hat's wohl gut gemeint. Hat den Mädchen sogar noch zwei Äpfel geschenkt. Danach ging's weiter nach Rosenheim. Schön haben die's da, wirklich schön. Aber hier ist's auch schön, und man ist näher an der Heimat. Dann sind wir schneller wieder zu Hause, wenn's so weit ist, nicht wahr?« Sie schaut kurz zu Eva auf, lacht dabei und widmet sich wieder dem Reifenproblem. »Nichts als Trümmer, schreibt meine Schwägerin. Alles in Schutt und Asche. Da will man ja nun auch nicht zwischen wohnen. Und wenn erst der Winter kommt, was dann? Da bleiben wir lieber hier, bis mein Manni zurück ist. ›Die Heimat tragen wir im Herzen‹, sag ich den Mädels immer. So, fertig.« Sie richtet sich auf, drückt eine Hand ins Kreuz, schiebt mit der anderen den Wagen probeweise ein Stück vor und zurück, lächelt zufrieden. »Wer sagt's denn!«

»Danke, das war sehr freundlich.«

»Aber bittschön! Man muss sich doch gegenseitig helfen in diesen Zeiten! Ich bin die Erika. Erika Schott aus Essen.«

»Eva Koch.« Die beiden Frauen reichen einander die Hände. »Das ist mein Sohn Norbert, und das ist Martha, meine Tochter.«

»Was für süße Mäuselchen!«, flötet Erika Schott. »Die

zwei da sind meine beiden: Sabine und Ursula.« Sie fasst ihre Töchter bei den Schultern und drängt sie einen Schritt vor. Die Mädchen bocken ein wenig und schauen zu Boden. »Sie wohnen nach hintenraus, in Hildas Zimmer, oder?«, erkundigt sich die Schott. Es klingt eher nach einer Feststellung als nach einer Frage, folglich scheint sie auch keine Antwort zu erwarten. »Eine merkwürdige Person war das«, setzt sie hinzu. »Aber schönes Haar hat sie gehabt.« Jetzt lächelt sie wieder. »Kommen Sie, gehen wir ein Stück. Wo wollen Sie hin?«

»Anstehen«, antwortet Eva halb im Scherz.

»Sieh einer an, das wollen wir auch!« Zum Beweis hält Erika Schott einen angestoßenen Henkelmann in die Höhe, und beide müssen sie lachen.

Eine Viertelstunde später ist Eva Koch über die vormaligen und gegenwärtigen Verhältnisse im Hause Mann bestens im Bilde. So weiß sie beispielsweise, dass der Krug ursprünglich einem Onkel gehört hat, einem gewissen Enno Kränger, der im Parterre eine Weinstube betrieb. In der Scheune hinten, die jetzt als Lagerhalle und Reparaturwerkstatt dient, gab es früher einen Tanzboden. Allerdings hatte der Onkel die Gaststätte schon seit dem Tod seiner Frau in den 1930er-Jahren aufgegeben, bewohnte das Haus aber weiterhin, bis er, selbst alt und krank, schließlich im letzten Winter verstarb. Erika Schott tippt auf Schwindsucht, kann es aber nicht beschwören.

Die Familie Mewes lebte bis dato in Köln-Mülheim, wo sie eine Reparaturwerkstatt betrieb. Die Werkstatt gehörte dem Senior und seinen drei Söhnen. Der älteste war gleich 1940 gefallen, der mittlere noch nicht aus der Gefangenschaft zurück. Der jüngste ist mit Mutter und Schwester hergekommen. Invalide, der arme Kerl.

All diese Informationen hat Erika Schott von der alten

Frau Mewes bezogen. Mewes, so lautet der Nachname der Mutter, fällt Eva nun wieder ein.

»Die Frau, die einen Schmetterling husten hört«, ergänzt die Schott. »Das jedenfalls behauptet die Tochter, diese Gerrit Mann. Ein richtiger Hausdrachen, unter uns gesagt.« Sie zwinkert Eva verschwörerisch zu. »Aber sorgen Sie sich nicht wegen dem Geplärre der Lütten. So schlimm steht es mit der Mewes nun nicht. Außerdem müsste die Mann dann auch dem Zeitungsjungen das Pfeifen verbieten, dem Kohlenhändler das Fluchen – und vor allem dürfte sie selbst mittags nicht mehr im Innenhof herumwerkeln. Diese Reparaturarbeiten sind ja immer mit viel Lärm und Gestank verbunden. So ein aufheulender Motor im engen Hinterhof, der kann Tote erwecken!« Sie lacht. »Aber was erzähle ich Ihnen! Sie haben's sicher schon mitbekommen, wo Sie doch nach hintenraus wohnen. Apropos Tote: Der alte Herr Mewes, also der Vater vom Hausdrachen, ist schon vor ein paar Jahren verstorben. Woran, weiß ich jetzt nicht. Jedenfalls lange vor dem letzten großen Angriff, bei dem es die Familie Mewes dann doch erwischt hat. Ausgebombt. Komplett ausgebombt. Da kam die Onkel-Erbschaft natürlich wie gerufen.« Erika Schott legt eine kurze Sprechpause ein, um Luft zu holen, und fährt fort: »Mutter, Sohn, Tochter und Enkelin zogen darauf also ins beschauliche Mittelrheintal, was sie sich aber wohl gemütlicher vorgestellt haben dürften. Denn in dem Haus, das nach dem Tod des Onkels zwischenzeitlich leer gestanden hatte, waren bereits andere Leute einquartiert worden. Immerhin hat man ihnen die ehemalige Gaststube zum Wohnen überlassen. Das aber wiederum auch nur, weil die Amerikaner das Untergeschoss anfangs konfisziert hatten, um es als eine Art Kantine zu nutzen. Diesen Plan haben sie dann jedoch recht schnell aufgegeben, weshalb die Mewes hier überhaupt erst untergekommen sind. Und in der

Lagerhalle, die mal ein Tanzsaal war, können sie jetzt sogar wieder Autos reparieren. Das heißt der junge Guido Mewes natürlich nicht mehr. Sie haben ihn gesehen, oder?« Erika Schott schaut kurz zu Eva hinüber. »Das rechte Bein ab bis hier!« Sie hackt sich mit der Handkante auf den Oberschenkel. »Jammerschade. Wirklich jammerschade. Dabei muss das so ein fescher Mann gewesen sein!« Sie seufzt laut auf. Inzwischen ist der kleine Trupp bei dem Milchladen angelangt, und die Frauen reihen sich in die Schlange ein, die bis ums Eck reicht. Egal, wann man kommt, immer sind schon welche vor einem da, ärgert sich Eva. Dabei sind sie eine Stunde vor der angegebenen Zeit hier. Außerdem haben sie einen Vorsprung vor den Berufstätigen, die sich erst nach der Arbeit anstellen können. Trotzdem ist die Warterei schon oft genug umsonst gewesen.

»Die Werkstatt hat jetzt Gerrit Mann übernommen, also seine Schwester. Stellen Sie sich das nur vor«, redet Erika Schott unverdrossen weiter und hebt die Hand zum Gruß, als ein Junge auf einem Fahrrad an ihnen vorbeirollt. »Na ja. So verwunderlich ist's nun auch nicht, wenn man bedenkt, was wir Frauen heute alles können müssen: Laster fahren, Kräne steuern, Maschinen bedienen … Warum sie dann nicht auch reparieren. Oder was meinen Sie?«

»Ja, es macht keinen Unterschied«, stimmt Eva ihr zu. Sie selbst ist allerdings nie Laster gefahren, hat nie einen Kran gesteuert oder irgendwelche Maschinen repariert. Doch nach Grundsatzdiskussionen steht ihr nicht der Sinn. Sie will nur Milch für die Kinder, zumal sie den Verdacht hegt, dass es dem Norbertchen an Nährstoffen fehlt. Trotzdem ist sie froh über all diese Informationen. Es ist immer gut, Bescheid zu wissen.

Die Schlange bewegt sich nur zäh vorwärts.

»Hoffentlich ist noch was übrig, wenn wir dran sind«, fasst

Erika Schott die mütterlichen Bedenken in Worte. »Letztes Mal gab's kaum ein Fingerhütchen voll.« Mit Daumen und Zeigefinger demonstriert sie den minimalen Füllstand der Kanne, kratzt sich anschließend an der Wade. Sie trägt braune, mit Strumpfhaltern zu befestigende Strümpfe. Unschöne Dinger, die am Fußgelenk Falten schlagen und unter denen man übel schwitzt bei dieser Hitze. Eva weiß das, sie trägt selbst ganz ähnliche. »Jedenfalls waren Schulzens schon vor mir da«, plappert die Schott unverdrossen weiter. »Ein nettes älteres Ehepaar, sehr zurückhaltend.«

»Diese Schulzens haben zuerst Milch bekommen?«, erkundigt sich Eva zweifelnd. Irgendwie hat sie den Faden verloren.

»Milch? Aber nein!« Erika Schott lacht gutmütig. »Die Schulzens wohnen auch im Krug, im Gewölbekeller. Sie waren schon vor allen anderen da. Hätten damals sicher auch eins der Zimmer oben nehmen können. Aber sie hatten wohl Angst, dass noch mal Bomben fallen. So denk ich mir das jedenfalls. Gesagt haben sie's nicht, aber beschweren tun sie sich auch nie. Mit denen ist gut auszukommen. Meine Mädel und ich wohnen im ersten Stock, falls Sie's noch nicht wissen. Im Zimmer ganz links. Neben uns wohnt die Radek mit ihrem Sohn. Sie ist ein bisschen wunderlich, redet kaum und guckt so komisch durch einen durch. Sonst gibt's über die nicht viel zu sagen. Aber der Sohn ist ein freundlicher Junge. Ist eben noch an uns vorbeigeradelt. Emil heißt er. Immer fröhlich und hilfsbereit. Dann sind da noch die Wenningmeiers. Oder Renningmeiers? Kann auch sein. Aber die bemerkt man praktisch nur, wenn sie das Klosett blockieren. Arbeiten beide meistens nachts, in der Konservenfabrik. Hier arbeiten viele Leute nachts, weil's da öfter Strom gibt als tagsüber. Bleibt der Dachboden ...« Erika Schott hält inne und holt tief Luft, wie um Anlauf zu nehmen. »Flüchtlinge.«

Sie stößt das Wort mit ihrem Atem aus. Was will man machen, besagt ihre Miene in vorwegnehmender Einvernehmlichkeit. »Eine Frau mit vier Kindern, wie die Orgelpfeifen.« Ihre Hand springt eine imaginäre Treppe hinauf, jede erklommene Stufe von einem trockenen Lippenschmatzen markiert. »Veronika Wollny heißt sie. Der Mann gefallen, soweit ich gehört habe.« Abermaliges Seufzen.

»Diese Leute wollen auch nur irgendwie überleben«, wagt Eva einzuwenden, wenn auch ohne rechten Elan. Sie hat die Trecks gesehen. Die Pferde- und Ochsenkarren, behangen und beladen mit dem ganzen Hausstand: Stühle, Töpfe, Schüsseln. Die zeltartigen Aufbauten darüber. Sie hat die erbärmlichen, in Decken gehüllten Gestalten gesehen, abgehärmt und mit erloschenem Blick; ihre hohlwangigen Kinder mit den Greisenaugen. Sie hat die Lagerplätze gesehen, irgendwo am Straßenrand, neben Gleisen, zwischen Ruinen. Diese Menschen waren ihr unheimlich. So fremd. Es heißt, sie stehlen alles, was nicht niet- und nagelfest sei. Man müsse sich hüten vor ihnen. Eva hat sich geschworen, sich vor allem Fremden zu hüten, was immer es sei. Sie wird sich nicht mehr leichtfertig Gefahren ausliefern.

»Wir müssen's hinnehmen, ob's uns passt oder nicht. Es ist ja auch –« Erika Schott unterbricht sich. Sie wirft Eva einen bedeutungsvollen Blick zu und weist mit dem Zeigefinger vor sich, ohne die Hand zu heben. »Wir müssen leiser sprechen«, flüstert sie. »Da drüben steht ihre älteste Tochter.«

Eva erblickt ein hoch aufgeschossenes, dürres Mädchen in der Schlange, vielleicht vierzehn oder fünfzehn Jahre alt. Sie nickt zum Zeichen, dass sie verstanden hat, und einen Moment lang herrscht Schweigen. Die Frauen schauen zu ihren eigenen Mädchen hin, die, jeden Sprung laut mitzählend, mit geschlossenen Knien übers Pflaster hüpfen. Martha in die eine, die Schott-Kinder in die andere Richtung.

»Der Hausdrachen beschwert sich ständig darüber, dass die Kinder so laut sind«, nimmt die Schott das Gespräch wieder auf. »Das find ich dann doch übertrieben.«

»Meine Kinder?«, fragt Eva erschrocken. Sie kommt schon wieder nicht mehr recht mit.

»Aber nicht doch! Die von denen da.« Sie deutet mit dem Kinn auf das Flüchtlingsmädchen. »Aber Kinder sind Kinder, sag ich immer. Die machen zwischendurch mal Krach.« Erika Schott hält kurz inne, fährt dann mit nachdenklicher Miene fort: »Eigentlich sind diese Kinder nicht mal besonders laut. Ich denke, sie haben einfach viele Füße. Auf der Treppe, meine ich. Diese ganzen Personen … Die Wände sind sehr hellhörig, das wissen Sie sicher. Obwohl … nach hintenraus war das Fräulein Hilda recht ungestört.« Die Schott grinst süffisant. »Sie hat nämlich gern Besuch empfangen, wissen Sie«, fügt sie augenzwinkernd hinzu. Eva hat kein Interesse daran, das Thema zu vertiefen. Sie hofft nur inständig, dass Hilda nie wieder aufkreuzt. Sie kann es nicht leugnen, der Gedanke an Hilda macht sie immer nervös. Sie tritt von einem Bein aufs andere, würde am liebsten türmen, wie früher in der Volksschule, wenn die anderen Mädchen sie der Lüge überführt hatten. Wenn sie als Aufschneiderin gebrandmarkt worden war und sie dem nichts entgegenzusetzen hatte. Halt suchend klammert sie sich an den Anblick ihres Norbertchens, das glücklicherweise eingeschlafen ist. An die perfekte Rundung seiner Lider, an die Rosenknospenlippen. Wenn du ihn sehen könntest, Ferdi!

Eine plötzliche Böe wirbelt Staub von der Straße auf. Das Pflaster ist mit einer bräunlichen Kruste überzogen, verursacht wohl durch schweres Gerät mit verschlammten Reifen, das bei schlechtem Wetter durch die Gasse gerollt sein musste. Später ist der Schlamm dann getrocknet und wurde zu Staub zermahlen. Der kleine Norbert muss niesen. Hatschi!

»Gesundheit!«, schallt es aus mehreren Mündern. Zwei Frauen lachen. Niesende Kleinkinder, sofern nicht ernsthaft erkrankt, sind immer ein willkommener Anlass für Heiterkeit. Eva gerät ein Sandkorn ins Auge, sie reibt daran. Kaum hat sich der Staub gelegt, steht die Luft wieder. Plötzlich verspürt sie unbändigen Durst. Der Tag ist so heiß wie der vorherige.

Das Norbertchen knöttert jetzt. Sie nestelt an der dünnen Decke, die sie als Sonnenschutz über den Wagen gespannt hat, reicht ihm seine Schmusewindel, die ihm aus der Hand geglitten ist. Die Windel an die Brust gepresst, Daumen im Mund, döst das Kind mit glasigem Blick vor sich hin, schläft schließlich wieder ein. Die Schlange kriecht langsam voran, träge wie die Mittagsstunde. Längst haben die Mädchen das Hüpfen aufgegeben. Der Junge von eben klappert erneut auf seinem Fahrrad vorbei, mit einer Hand einen großen Sack stützend, den er nun auf dem Gepäckträger mit sich führt. Auch die andere hebt er kurz, um Erika Schott erneut zu grüßen, und die Schott grüßt winkend zurück. Die Turmuhr schlägt die Stunde. Ein umherstreunender Hund schnüffelt an der Bereifung des Handkarrens. In einem der Häuser knallt eine Tür zu.

»Mama, es ist so heiß«, beschwert sich Ursula, die ältere Tochter der Schott. »Ich habe Durst.«

»Wir sind bestimmt bald dran«, vertröstet sie die Mutter. »Danach gehen wir zum Brunnen.« Die Antwort stellt Ursula keineswegs zufrieden. Sie stöhnt entnervt auf, doch Erika Schott lässt sich nicht aus der Fassung bringen, streift ihr nur das verschwitzte Haar aus dem Gesicht.

Noch zwei Frauen vor ihnen. Dann eine. Sie sind dran. Erika Schott lässt ihr großmütig den Vortritt. Die Frau an der Ausgabestelle taucht ihr Litermaß in den Kübel, misst die Hälfte ab.

»Es sind zwei Kinder«, korrigiert Eva mit einem Lächeln, um keine Verärgerung zu provozieren, zeigt die Marken vor.

»Heute gibt's nur die Hälfte«, antwortet die Frau nicht unfreundlich. »Wenn Sie morgen wiederkommen, ist hoffentlich mehr da.« Sie gießt die wässrige blaustichige Milch in das mitgebrachte Blechkännchen. Nachdem auch die Schott-Familie ihren Anteil erhalten hat, kehren sie um.

»Es hätte ruhig mehr sein dürfen«, fasst Erika Schott das Ergebnis ihrer Bemühungen knapp zusammen. »Aber wozu sich aufregen? Das ändert eh nichts.«

6.

Jetzt begegnet Emil ihr schon zum dritten Mal. Neuerdings laufen sie einander ständig über den Weg. Nicht dass er sie so toll fände, sie ist einfach irgendein Mädchen. Vielleicht erinnert sie ihn ein bisschen an Hilda, obwohl sie überhaupt keine Ähnlichkeit mit ihr hat. Doch da ist etwas in ihren Bewegungen, in der Art, wie sie beim Gehen den Kopf hält. Vielleicht erinnern ihn aber auch alle jungen Mädchen und Frauen an Hilda, wenn er nicht aufpasst. Nein, bis auf ihre Magerkeit hat diese Mansardenzimmer-Luise nichts mit Hilda gemein.

Er spielt den Kavalier, lässt ihr mit galanter Geste den Vortritt, obwohl auf dem Gehsteig Platz genug für beide wäre. War das ein Nicken von ihr, als Dankeschön? Er ist sich nicht sicher. Mit gesenktem Kopf huscht sie an ihm vorbei. »Der Blödmann heißt übrigens Emil«, ruft er ihr nach, und nun dreht sie sich doch noch einmal um, schaut ihn kurz an.

»Hab's nicht so gemeint, tut mir leid.«

Er macht eine wegwerfende Handbewegung. Kein Problem, ich bin nicht nachtragend, soll sie besagen, und im gleichen Moment kommt ihm eine Idee. »Biste schon mal entlaust worden von den Amis?«

»Entlaust?« Sie starrt ihn ungläubig an. »Willst du mir damit sagen, dass ich's nötig hätte, oder was?« Die plötzliche Feindseligkeit in ihrem Blick überrascht ihn. Wahrscheinlich hätte er die Sache geschickter angehen müssen. Zugleich spürt er Ärger in sich aufwallen. Er hat ihr doch nur eine Verdienstquelle vorschlagen wollen, jawohl. Deshalb hat er sie angesprochen, das wird ihm nun erst bewusst. Er hat ihr einen Weg zeigen wollen, sich ein paar Groschen zu verdienen. Jeder weiß doch, dass mit den Lebensmittelmarken nichts mehr zu reißen ist, und wer noch dazu kein Geld hat, der kriegt gar nüscht. Er sieht sie wieder vor sich stehen, mit diesem kleinen Laib Brot, der für so viele Mäuler reichen musste. Sieht sie die zwei Handvoll Kartoffeln nach Hause tragen. Nein, sie hat überhaupt keinen Grund, ihm jetzt hochnäsig zu kommen.

»Biste nun schon mal entlaust worden oder nicht?«

»Na klar!« Sie reckt ihr spitzes Kinn vor, verschränkt die dünnen Arme vor ihrer Brust. »Was glaubst denn du, was wir für Hinterwäldler sind?«

»Reden tust du jedenfalls wie einer«, kontert er, alle Höflichkeitsfloskeln in den Wind schreibend. Es stimmt ja auch: Ihr Dialekt ist wirklich kaum zu verstehen.

»Du redest auch nicht gerade wie ein Professor«, erwidert sie mit wachsamem Blick.

»Ich sprech, wie ich sprech.«

»Eben.«

»Jedenfalls wie alle hier«, schiebt er nach und kann sich ein grimmiges Feixen nicht verkneifen. Damit hat er sie ausgehebelt. Prompt wendet sie sich ab, will weitergehen, doch das kann er nun auch nicht zulassen.

»Eigentlich ging's ums Geldverdienen«, ruft er ihr hinterher.

»Etwa durch Entlausen?«

»Genau. Warte, ich erklär's dir.« Er holt schnell zu ihr auf und geht im Gleichschritt neben ihr her. »Wer über die Rheinbrücke will, braucht einen Schein, dass er entlaust worden ist«, beeilt er sich zu sagen.

»Weiß ich doch.«

»Na, dann weißt du wohl auch, dass es viele Maiden nicht so gernhaben, wenn man ihnen unter die Röcke pustet.« Er grinst schon wieder. »›Haben du Delausungsscheinpapier?‹«, ahmt er die amerikanischen Militärpolizisten in äffischem Tonfall nach. »Die reden immer, als hätten sie den Mund voll. Wowowo-wowo.«

»Mich interessiert nur der Teil mit dem Geldverdienen«, schneidet Luise ihm das Wort ab, was ihn ein klein wenig aus dem Konzept bringt.

»Mir macht das Entlausen jedenfalls nichts aus.« Er zuckt gleichgültig die Achseln. »Dieses DDT-Zeugs ist wie Mehlstaub. Stört mich nicht. Dafür krieg ich den Schein und verscherbele ihn weiter. Leicht verdientes Geld, verstehste? Die Nachfrage ist enorm, ich kann den Bedarf allein nicht decken. Wenn du dir also was dazuverdienen willst ...«

Luise sagt erst einmal nichts darauf, bleibt aber erneut stehen. »Meinst du's ernst?« Sie legt den Kopf schräg und mustert ihn prüfend.

»Glaubst du mir etwa nicht?«

»Keine Ahnung.«

»Wirst sehen: Auf der Trasse zur Brücke kommt dir die Kundschaft schon entgegen. Nimmste fünfzig Pfennige, und gut is'!«

»Also schön, gehen wir!« Sie schwenkt energisch den Kopf.

»Was denn, jetzt gleich?« Nun ist er doch überrascht.

»Siehste! Wenn's ans Eingemachte geht, machst du einen Rückzieher.«

»Überhaupt nicht! Wir können sofort starten.«

Luise nickt zufrieden. »Aber um vier Uhr muss ich zurück sein, wegen der neuen Marken«, schränkt sie ein. Emil sieht darin kein Problem. Sie braucht auch nicht zu laufen, verspricht er. Sie können das Rad nehmen.

»Du hast ein Fahrrad?«

Er kann nicht glauben, dass sie das nicht weiß. Sie muss

ihn doch schon damit gesehen haben. Wahrscheinlich will sie nur nicht zugeben, dass sie ihn überhaupt wahrgenommen hat. Was soll's. Ihm kann's egal sein. Sie drehen um und gehen zurück zum Alten Krug. Wenige Meter vor ihrem Ziel stoppt sie unvermittelt.

»Steht dein Rad im Hof?« Er nickt. »Gut. Ich warte hier.«

Plötzlich wird ihm klar, dass sie nicht gesehen werden möchte. Das kann er gut verstehen. Der Hof ist auch für ihn nicht ganz unproblematisch, hat er doch dort die Hauswirtin zu fürchten, die ihm immer irgendetwas auftragen will. Aber er hat Glück. Das Werkstatttor ist aufgeschoben, man hört sie drinnen rumoren. Schnell schnappt er sich sein Rad und trollt sich. Draußen auf der Straße schwingt Luise sich auf den Gepäckträger, und es kann losgehen. Er tritt fest in die Pedale, schlingert ein paar Mal, findet sein Gleichgewicht wieder, muss gleich darauf einem Sandsack ausweichen, der vor einem der Kellerfenster platziert ist. Die Säcke waren einmal als Schutz vor Granatsplittern und Bombeneinschlägen gedacht, und die meisten Bewohner haben sie liegen lassen nach dem Motto: Man weiß ja nie, was kommt. Emil glaubt nicht, dass noch was kommen wird. Er macht sich keine Sorgen um seine Zukunft. Im Gegenteil, jetzt, da der Spuk vorbei ist, sieht er sie vor sich liegen wie ein goldenes Land. Er braucht es nur unerschrocken zu erobern.

Sie hubbeln über das Kopfsteinpflaster, und während er in die Rheinpromenade einbiegt, betätigt er zur Warnung die Schelle. Mit ihrem gellenden Gebell kann man so herrlich Leute erschrecken. Aber heute springt niemand zur Seite, niemand flucht über die rücksichtslose Raserei. Da ist nur Luise, die in der scharfen Kurve ihre Hände um seine Hüften krallt. In schneller Fahrt geht es nun am Fluss entlang in Richtung Brücke. Welch ein herrlicher Tag! Ein strahlend blauer Himmel spannt sich über das Rheintal, Sonnenreflexe tanzen wie Spiegelplättchen auf den Wellen. Kein Schiff weit und breit, noch immer ist nicht viel los auf dem Fluss. Emil ist es recht so. Seine Begeisterung für Schiffe ist vorerst verflogen. Er tritt noch fester in die Pedale. Das Fahren ist anstrengender mit einem Mädchen hintendrauf, doch er genießt es, sich zu verausgaben. Ein jähes Glücksgefühl durchströmt ihn. Glück über die Freiheit, die er in diesem Moment genießt, Glück über die Gesellschaft, Glück darüber, am Leben zu sein. Sie sausen vorbei an sandigen Ufern und flüsternden Schwarzpappeln, an Ziegenweiden, Obstwiesen und Gemüsegärten. Bei der letzten Baumgruppe vor offenem Gelände bremst er ab und bringt das Fahrrad zum Stehen. Ein Karren blockiert den Weg. Menschen hocken auf der Ladefläche, Menschen hocken am Wegrand. Sie alle warten darauf, die Brücke passieren zu dürfen. Auch Luise steigt ab, und beide gehen, das Rad neben sich herschiebend, zu Fuß weiter.

Das Fährgelände sieht ganz anders aus als früher, bemerkt Emil einmal mehr. Die großen Obstbäume, die hier mal standen, sind gefällt, ebenso die Kastanienallee, durch die einst Hitler, von der anderen Rheinseite übersetzend, paradierte. Von Prunk und Pomp ist nichts mehr zu sehen. Das vormals sanft abfallende Ufergelände ist aufgeschüttet, die Kirmeswiese, auf der sonntags Fußball gespielt wurde, existiert nicht mehr. Eine breite Trasse führt zu der neu erbauten Pontonbrücke über den Fluss. *Hodges Brigde*, steht auf einem großen Schild zu lesen. Ihren rasanten Bau hat er fasziniert verfolgt. Lastschiffe wurden, zu langen Ketten aneinandergereiht, herbeigezogen und mit Gewichten versenkt, um sie als Träger für die Pontons zu nutzen. Tage und Nächte hindurch dauerten die Arbeiten an, die grellen Scheinwerfer konnte man kilometerweit sehen. Der Bau war gefährlich, er hat Todesopfer gefordert. Jetzt ist diese Brücke die wichtigste zwischen Köln und Kaub. Rund einhundert Kilometer liegen dazwischen, entsprechend viel ist hier los. Menschenmassen hüben wie drüben. Menschen, die mit Sack und Pack in die Eifel geflohen sind und jetzt wieder nach Hause wollen, andere wiederum, die sich vor den Bombenangriffen auf Bonn und Köln in Sicherheit gebracht haben und nun in umgekehrter Richtung heimwärts ziehen. Evakuierte, die den Rückweg von sonst woher antreten; Fremdarbeiter, die sich in ihre Heimatländer durchschlagen wollen. Dazu fahrendes Volk undefinierbarer Herkunft und natürlich die Flüchtlinge aus dem Osten. Diese halb toten Jammergestalten mit ihren erloschenen Augen. Beim ersten Anblick dachte Emil, die Ochsen- und Pferdekarren würden von alten Männern kutschiert, bis er bemerkte, dass diese vermummten Gestalten fast noch Kinder waren, Jungen in seinem Alter. Er hat nie ein Wort mit ihnen gewechselt und wird es ganz sicher auch heute nicht tun. Nichts, aber auch gar nichts hat er mit diesen Leuten gemein. Dass Luise vor gar nicht langer Zeit selbst Teil eines solchen Trupps war, kommt ihm gar nicht in den Sinn.

Am gespenstischsten sind für ihn die Gefangenentransporte. Deutsche Soldaten, die einstigen Helden, nun aller Glorie beraubt, armselig, ausgebrannt, von hü nach hott verfrachtet.

Emil und Luise gehen nun dicht nebeneinanderher, als müssten sie sich der Nähe des anderen versichern. Er bemerkt ihre Neugier, ihr Schaudern und kann spüren, wie sie die Eindrücke regelrecht in sich aufsaugt. Sie kommen an ein paar Hütten vorbei, von den Amerikanern aus Türen und Brettern zusammengezimmert. Bei schlechtem Wetter hat sich das Wachpersonal hier untergestellt. Diese baumstarken Kerle, die die Dorfkinder anzogen wie die Motten das Licht! Gutmütig waren sie, wie sanfte Märchenriesen, verteilten Schokolade und Chewinggum. So gutmütig sind sie keineswegs gewesen, sagen die Alten. Aber den Kindern gegenüber schon. Emil hat es selbst erlebt.

Etwas abseits steht noch ein anderes Hüttchen, das sie regelmäßig in Beschlag genommen haben. Dorthin schaut er nicht so gern. ›Verlustigungslaube‹ war Freddys Wort dafür. Vier Wände, ein Dach, eine Matratze am Boden. Sonst nichts.

Die Amerikaner sind weg, aber die Hütten stehen noch. Jetzt haben hier die Briten das Sagen.

»Wir müssen dahinten rüber!« Emil deutet in die Richtung, in der sich, von ihrer jetzigen Position aus noch nicht sichtbar, die Entlausungsstelle befindet. Sie steuern darauf zu, doch als sie dort ankommen, existiert diese zu seiner großen Überraschung nicht mehr.

»Das versteh ich nicht.« Er schaut sich suchend um, geht schließlich zu einem alten Mann, der in der Nähe auf einem Kilometerstein hockt, fragt ihn nach den Bescheinigungen. Der Alte schaut zu ihm auf, blinzelt gegen die Sonne an.

»Brauchste nicht mehr, Jungchen. Wir sind jetzt alle entlausifiziert.« Er stößt ein meckerndes Lachen aus, kratzt sich über die unrasierte Wange.

»Wir dürfen also einfach so rüber?«, hakt Emil sicherheitshalber nach.

»Ja, darfst du! Musst nur warten, bis die Tommys dich lassen.«

Es ist nicht die Antwort, die Emil zufriedenstellt, aber er bedankt sich höflich und zwingt sich dazu, seine Enttäuschung zu verbergen. Nicht dass er auf die paar Groschen angewiesen wäre. Er hat andere Verdienstquellen. Aber vor Luise ist es ihm peinlich. Er will nicht als Lügner oder Aufschneider dastehen. Mit lässigem Gang, die Daumen in die Vordertaschen seiner Lederhose gehakt, schlendert er zu ihr zurück.

»Tja, dumm gelaufen. Seit heute darfst du so verlaust sein, wie du willst«, behauptet er halb belustigt, halb bedauernd.

»Und das wusstest du nicht?« Sie starrt ihn ungläubig an.

»Ich war schon eine Weile nicht mehr hier«, muss er zugeben.

Der Mund klappt ihr auf vor Betroffenheit. »Und was ist jetzt mit dem Geld?«

»Ich hab noch andere Eisen im Feuer«, behauptet er großspurig. »Es wird sich was ergeben, verlass dich drauf.«

»Auf dich verlass ich mich ganz bestimmt nicht mehr!« Ihre Augen funkeln jetzt vor Wut.

»Was kann ich dafür, wenn die Tommys die Sache drangegeben haben?«, gibt er sich gelassen.

»Du hast mich den ganzen Weg hierhergeschleppt für nichts und wieder nichts!«

»Nun hab dich mal nicht so! Darfst auch 'ne Runde mit meinem Rad fahren, wenn du willst.«

»Ehrlich?« Ihre Stimme wird schrill. »Das würdest du mir erlauben?«

»Klar doch«, erwidert er gönnerhaft und schiebt ihr den Lenker hin. Luise schnappt sich das Rad – ein Damenrad übrigens, dessen fehlende Mittelstange sie nicht weiter vor Probleme stellt –, schwingt sich auf den Sattel und strampelt, geschickt durch die Menschenmenge lavierend, davon.

»Hey!«, ruft er verdattert und rennt ihr ein paar Schritte nach. So haben sie nicht gewettet. Aber was soll's. Dann geht er eben zu Fuß. Ist ja ein herrlicher Tag.

Gänzlich kann er die Sorge um sein Rad allerdings nicht abstreifen. Den Berechtigungsschein für diverse Sondertouren hat schließlich er in der Tasche. Eine kranke Oma, die ständig Medikamente braucht, eine fußlahme Mutter und so weiter ... Alles nicht sonderlich glaubhaft, trotzdem hat es geklappt. Der Schein ist sein Tor zur Freiheit. Was, wenn sie

Luise nun das Rad wegnehmen? Er verfällt in seinen Hundetrab, in dem er ewig durchhalten kann, trottet den altbekannten Weg oberhalb des Flusses entlang, den er eben noch mit dem Rad genommen hat, zurück in Richtung Heimat. Bald hat er den Trubel hinter sich gelassen, trifft nur noch hier und da auf Menschen. Ein paar Spaziergänger, eine Horde Kinder, eine Alte mit aufgespanntem Schirm als Sonnenschutz, die Regenhaut eingerissen. Dann, in einiger Entfernung, eine Frau in einem gelben Kleid. Augenblicklich fährt er zusammen, wie elektrisiert. Doch dem plötzlichen Schrecken folgt Erleichterung: Die Frau ist älter, hat viel Busen und breite Hüften. Hilda ist es nicht.

Luise wartet bei den gefällten Pappeln auf ihn.

»Da bist du ja endlich!«, höhnt sie ihm entgegen. Er sagt nichts darauf, trabt einfach weiter. Sie schwingt sich wieder in den Sattel, rollt jetzt neben ihm her. Als sie auf Höhe der Fährgasse ankommen, springt sie vom Rad und reicht es ihm wortlos.

»Ich lass mir was anderes einfallen«, verspricht er, doch sie reagiert nicht darauf, verabschiedet sich auch nicht. Ihre Wege trennen sich, als wären sie einander nie begegnet.

7.

Erika Schott hat sich einen Stuhl in den Hof gestellt, direkt neben den Berg alter Autoreifen, auf dem die Ziegen herumklettern. Hier, auf dem schmalen Streifen vor der Lagerhalle, ist es noch sonnig und hell, während der Rest des Innenhofes bereits in bläulichem Schatten liegt.

Mittwochs stehen keine Fahrzeuge im Innenhof, die auf ihre Reparatur warten, wie Eva inzwischen weiß. Mittwochs ist Gerrit Mann außer Haus.

Die Schott sitzt da mit geschlossenen Augen, öffnet sie aber, als sie Eva mit den Kindern die Stiege herunterkommen hört.

»Ah, Frau Koch! Wie geht es Ihnen?«

»Danke, gut«, antwortet Eva ein wenig steif.

»Müssen Sie noch los?«

»Nein, nicht direkt. Aber die Kinder brauchen Bewegung.«

»Setzen Sie sich doch zu mir«, fordert Erika Schott sie auf. »Im Stall steht ein Hocker, gleich hinter der Tür.«

Eva folgt der Einladung gern. Ein bisschen Gesellschaft wird ihr guttun.

»Mama! Mein Zopf ist aufgegangen«, beschwert sich die jüngere Tochter, Sabine, bei der Schott und deutet auf ein paar lange Strähnen, die ihr ins Gesicht fallen.

»Komm her, wir bringen das in Ordnung.« Erika Schott steht auf, greift dem Mädchen ins Haar und flechtet es mit präzisen, schnellen Bewegungen zu einem eleganten Zopf, über dessen Ende sie ein mit zwei Kirschen geschmücktes Haargummi stülpt.

»Das machen Sie sehr geschickt«, lobt Eva, der dieses Talent völlig abgeht.

»Ich bin Friseurin«, erklärt die Schott. »Vor mir ist keine Mähne sicher!« Sie lacht. »Dreh dich einmal zu mir«, fordert sie anschließend Sabine auf. »Sehr schön. Nun lauf!« Sie gibt dem Mädchen einen Klaps. »Wie die Zeit vergeht«, schnurrt sie beinahe wohlig, während ihr Blick voller Mutterstolz ihrer Tochter folgt. »Mein Manni wird Augen machen.«

»Ihr Mann?«

»Jawoll.« Die Schott nickt eifrig. »Hermann heißt er. Hermann Schott. Aber für mich ist er mein Manni. Immer gewesen. Was wird der sich wundern, wenn er die Kinder sieht!« Sie strahlt Eva Koch an, ohne diese wirklich zu meinen.

»Ja, sie wachsen schnell«, pflichtet Eva ihr bei, weil sie nicht nach dem Verbleib des Ehemanns fragen will. Meist werden derlei Fragen mit Tränen beantwortet, und das möchte sie nicht riskieren. In Erika Schotts Fall erweist sich ihre Vorsicht allerdings als unbegründet.

»Es kann ja nun nicht mehr lange dauern, bis mein Manni wieder da ist«, verkündet sie zuversichtlich. »Überlegen Sie mal: Wer will unsere Jungs denn so lange durchfüttern? Das kostet doch nur einen Haufen Geld.«

Eva sagt nichts darauf. Sie wünschte, sie könnte den Optimismus dieser Frau teilen.

»Ist Ihrer auch in Gefangenschaft?«, erkundigt diese sich jetzt.

Sie nickt. »Russland. Sibirien vermutlich.« Es kostet Überwindung, die Schreckensworte auszusprechen.

Erika Schott ist ausnahmsweise mal still, mustert sie nur eindringlich. »Unsere Männer sind bald wieder zurück«, verkündet sie schließlich, als hätte sie das soeben entschieden.

»Wenn Sie es sagen.« Evas Ton gerät abfälliger als beabsichtigt. Es tut ihr sofort leid. Aber die Schott wirkt nicht beleidigt.

»So dürfen Sie nicht reden«, erwidert sie mit milder Strenge. »Wenn Sie nicht dran glauben, dass Ihr Mann heimkommt, wie soll er es dann tun? Sie dürfen die Hoffnung nicht aufgeben. Und beten müssen Sie. Immer fleißig beten.«

»Beten, nun ja ...« Mit Gebeten hat Eva ihre Schwierigkeiten. Lieber spricht sie direkt mit ihrem Ferdi, aber das erwähnt sie natürlich nicht.

»Oh, oh! Nachtijall, ick hör dir trapsen!« Die Schott hebt mahnend den Zeigefinger. »Unterschätzen Sie mal nicht, was so ein Gebet ausrichten kann! Ich für meinen Teil bete jeden Tag, und ich kann behaupten: Es hilft. Schauen Sie: Als die Bomberei losging in Essen, bin ich mit den Kindern gleich nach Bayern runter. Das hatte ich mit dem lieben Gott so besprochen. Und mit meinem Manni natürlich, wie er auf Urlaub war. In Bayern habe ich auch die Geschichte mit dem Achsbruch erlebt, von der ich neulich erzählt habe. Schöne Gegend da unten, wie ich schon sagte. Alles so grün. Und zu futtern gab's auch. Dann die gute Luft! Ganz anders als in Essen. Die Leute – na ja. Sind auch nur Menschen. Irgendwann kam das Heimweh, und dagegen kommt man nun mal nicht an. Ich wollte wieder nach Hause, aber Tante Annegret schrieb mir, ich solle nicht kommen. Die ganze Straße: nur noch Schutt und Asche. Unser Wohnhaus komplett zerbombt. Ich hab Rotz und Wasser geheult, können Sie sich ja denken. Aber gebetet. Immer gebetet. Bin dann trotzdem los, und dank einer himmlischen Fügung konnten die Mädchen und ich in einem Konvoi mitfahren bis zur nächsten Besatzungszone. Da hab ich dann rein zufällig diesen Lokomotivführer getroffen. Der kam auch aus Essen. Und wie wir so reden, stellt sich raus, dass er mal meinen Vater gekannt hat! Können Sie sich das vorstellen? So weit weg von zu Hause, und dann kennt einer Ihren Vater? Na, das war eine Überraschung! Da konnten wir gleich bis Koblenz mitfahren. Dort gab's einen ziemlichen Zores wegen der Papiere, und wir mussten ein paar Nächte im Freien übernachten. Aber dann hat sich die Sache einigermaßen geklärt, und wir durften weiterreisen. Schließlich sind wir hier gestrandet. Zack! Schon wieder Glück gehabt!« Sie strahlt Eva an, breitet die Arme aus. »Haben wir's nicht gut getroffen? All diese schönen Häuser hier mit ihren schmucken Fensterläden: so üdyllisch.« Sie sagt üdyllisch, Eva hört es genau. Ihr eigener Vater ist immer stolz auf seine korrekte Ausdrucksweise gewesen und hat entsprechende Erwartungen an seine Familie gestellt. Falsches Deutsch bereite ihm geistige Zahnschmerzen, pflegte er zu sagen.

»Jedenfalls haben wir ein Dach überm Kopf, dazu in einer Gegend, in der andere Urlaub machen«, plappert die Schott weiter. »Ist das nun Glück oder nicht oder doch?« Sie lacht aufs Neue. »Ich warte hier mit den Kindern auf meinen Manni, und wenn er wieder da ist, gehen wir gemeinsam zurück in die Heimat. Das ist mein Plan. Und Ihrer?«

Eva zuckt die Achseln. Sie hat nicht viele Pläne, eigentlich nur einen: die Kinder durchkriegen. Irgendwie.

»Ja, die Kinder. Die gehen doch über alles«, pflichtet die Schott ihr bei. »Man will sie ja satt kriegen, und anständig angezogen sollen sie auch sein. Deshalb suche ich jetzt eine Arbeit.«

»Haben Sie sich denn schon umgehört?«, erkundigt sich Eva.

»Und ob ich das habe!«, bestätigt die Schott. »In der Schindelgasse gibt es einen Friseur. Zu dem gehen alle, die hier wohnen. Alle Einheimischen, sollte ich besser sagen. Ich also hin und ihn gefragt, ob er mich brauchen kann. Und was hat er geantwortet? ›Mit den paar Kunden werde ich noch selbst fertig.‹ Seine Worte! Also, höflich war das nicht, wenn Sie mich fragen.«

»Nein, das hätte er auch netter formulieren können«, pflichtet Eva ihr bei.

Erika Schotts Blick wandert zu Martha hinüber. »Die Kleine hat ja Nester in den Haaren, meine Güte!«

Es klingt beinahe tadelnd, was Eva peinlich ist. »Dieses fisselige Haar hat sie von mir geerbt«, sagt sie schnell, wie um die Schuld auf sich zu nehmen. »Ständig verknotet und verheddert sich alles. Man müsste mal mit richtiger Haarseife ran, aber die ist uns ausgegangen, und auf Marken gab's nichts.«

Erika Schott scheint nur mit halbem Ohr zuzuhören. »Diese schiefen Stirnfransen: Haben Sie die verbrochen?« Die Frage ist als gutmütiger Scherz gemeint.

»Wer sonst?«, gibt Eva zurück. Die Schott lacht auf, offen und herzlich, und Eva stimmt mit ein. Das Lachen tut gut.

»Was ist los?«, erkundigt sich Martha, die am Boden hockt und ein ums andere Mal versucht, eine Murmel in ein Loch im Pflaster rollen zu lassen.

»Wir freuen uns über den schönen Tag«, antwortet Erika Schott und wendet sich wieder Eva zu. »Ich könnte Ihnen beiden die Haare schneiden«, schlägt sie vor. »Meine Scheren habe ich noch, die sind mir heilig.«

»Wir könnten zwar einen Haarschnitt brauchen, aber ich kann leider nichts zahlen«, bedauert Eva. »Mir geht es ähnlich wie Ihnen: Erst muss ich Arbeit finden. Trotzdem vielen Dank für das Angebot.«

»So war die Sache nicht gemeint!« Erika Schott hebt mahnend die Hand. »Nachbarinnen helfen sich gegenseitig, das ist ja wohl selbstverständlich. Und wir sind jetzt Nachbarinnen, oder nicht oder doch?«

Eva nickt, wenn auch zaghaft. »Wenn Sie vielleicht bei der Kleinen etwas ausrichten könnten …«

»Na also!« Die Schott steht auf. »Ursula, lauf bitte und hol mir meine Frisiertasche!« Die ältere der beiden Töchter schaut wenig begeistert drein, gehorcht aber.

Bald darauf kämpft Erika Schott sich mit einem grobzinkigen Kamm durch Marthas feines Haar und löst die verfilzten Knoten. Es gelingt ihr nicht immer.

»Wie sieht's denn aus bei Ihnen, wegen der Arbeit? Haben Sie was in Aussicht?«, erkundigt sie sich bei Eva.

»Ich könnte drei Tage im Postamt aushelfen«, antwortet diese. »Allerdings wüsste ich nicht, wo ich in dieser Zeit die Kinder lassen sollte.«

»Ja, das ist auch so ein Problem«, bekennt die Schott und kneift die Augen zusammen. Diesem Haarfilz ist schwer beizukommen.

»Autsch!«, jammert Martha. »Es ziept so!«

»Halt still!«, mahnt Eva ihre Tochter. »Lass die Tante machen, damit das Elend ein Ende hat.« Sie bückt sich und hebt den kleinen Norbert hoch, der auf allen vieren davonkriechen will. Neulich erst hat er sich eine rostige Schraube in seine Handfläche gebohrt.

»Das Postamt ist vielleicht besser als nichts«, überlegt Erika Schott laut.

»Für die Arbeit gibt's aber nur normale Lebensmittelkarten«, wendet Eva ein. »Die reichen einfach nicht für uns drei.«

»Für wen reichen die schon?« Die Schott seufzt tief. Jede Frau kann auswendig hersagen, was ihrer Familie wöchentlich zusteht: gut anderthalb Kilo Brot, ein knapper Liter Milch – aber nicht die gute, fette, sondern nur wässrige Magermilch –, zweieinhalb Kilo Kartoffeln. Dazu hundertfünfzig Gramm Fleisch, hundert Gramm Fett, zweihundert Gramm Zucker, hundert Gramm Marmelade – Vierfrucht zumeist – und hundertfünfundzwanzig Gramm Nährmittel.

Das ergibt gerade mal tausendzweihundert Kalorien pro Tag. Zugesagt waren tausendfünfhundertfünfzig. Aber wer hält sich heute noch an seine Zusagen?

»Ich habe Angst, dass aus meinem Norbertchen nicht richtig was wird bei dem wenigen Essen«, gesteht Eva. »Wenn es wenigstens mehr Milch gäbe.«

»Ich gehe jetzt immer erst donnerstags«, entgegnet die Schott, pragmatisch wie immer. »Die Schwarzhaarige, die an diesem Tag ausschenkt, lässt manchmal die Sahne auf der Milch, wenn sie sieht, dass die Kinder noch klein sind.«

»Ist es die mit dem großen Muttermal am Hals?«

»Ja, die meine ich.«

Eva ist dankbar für den Tipp. Bei der Schwarzhaarigen wird sie es auch wieder einmal probieren. »Was die Arbeit betrifft, würde ich lieber in der Wäscherei anfangen«, kommt sie auf das vorherige Thema zurück. »Auf Arbeiterkarten gibt's mehr Nährmittel. Außerdem könnte ich nachts arbeiten, wenn die Kinder schlafen.«

»Klingt gar nicht schlecht«, findet Erika Schott und steckt den Kamm zurück in ihre Gürteltasche. »Aber sagen Sie mal, haben Sie nichts gelernt?«

»Gelernt?« Eva lacht auf. »Doch, hab ich. Ich bin Lehrerin.«

»Lehrerin. Na, hör sich das einer an! Eine ganz Schlaue!« Die Schott pfeift durch die Zähne. »Wer weiß, vielleicht dürfen Sie bald wieder Unterricht geben. Dann sind Sie fein raus.«

Schön wär's, denkt Eva. Aber sie glaubt nicht daran, dass das in absehbarer Zeit der Fall sein wird.

»Sabine, pass auf!«, mahnt Erika Schott beiläufig ihre jüngere Tochter, die auf der Reifenhalde herumkraxelt. »Du bist schließlich keine Ziege.«

»Ist sie wohl!«, giftet Ursula quer über den Hof. Sie steht

drüben bei den Hasenställen und hält eine Handvoll trockenes Gras in der Faust.

»Ich bin keine Ziege!«, protestiert die Jüngere und setzt zu einem gewagten Sprung auf das Pflaster an.

»Sabine!«, mahnt Erika erneut, doch die Kleine stürmt bereits auf ihre Schwester zu und schubst sie mit aller Kraft. Ursula strauchelt, fängt sich wieder, lacht hämisch auf.

»Ursula, Sabine! Schluss mit dem Affentheater!« Die Mahnung verhallt ungehört, die Schubsereien gehen weiter. Von den streitenden Mädchen wandert Evas Blick kurz zu ihrer eigenen Tochter hinüber, die reglos auf ihrem Stuhl ausharrt und zu dem Mansardenfenster im zweiten Stock aufschaut. Zahlreiche Kindergesichter drücken sich dort oben die Nasen an der Scheibe platt, um sich das Spektakel im Hof nicht entgehen zu lassen.

»Sofort aufhören! Sonst gibt's heute kein Abendbrot.« Die neuerliche Drohung der Schott zeigt Wirkung, und sie wendet sich wieder ihrer Arbeit zu. »Da wird ganz schön was runtermüssen.« Sie deutet auf Marthas Haar und hebt eine Strähne hoch. »Dieser Filz hier ... da ist nichts zu machen.«

»Kurz, meinen Sie?«

»Ja, meine ich. Eine Ponyfrisur. Die Ohren halb bedeckt, zum Nacken hin rund auslaufend, hinten etwas länger. Das wird nett aussehen, Sie werden sehen.«

Eva verzieht das Gesicht. Ein Mädchen – ihr Mädchen – mit kurzem Haar, das ist so gar nicht nach ihrem Geschmack. Wie vieles im Leben.

»Tun Sie, was getan werden muss«, fordert sie mit entschlossenem Ernst, als ginge es um einen chirurgischen Eingriff.

»Schnipp, schnapp, Haare ab!« Die Friseurin nimmt es humorvoll. Lange sandblonde Haarsträhnen fallen zu Boden. »So, das hätten wir. Fehlen nur noch die Feinarbeiten.« Sie zirkelt ein paar Strähnen ab, steckt sie auf dem Oberkopf fest, beugt sich ganz nah zu Martha vor und begutachtet prüfend die Kopfhaut. »Läuse aber keine, soweit ich sehe.« Zufrieden mit dieser Erkenntnis, richtet sie sich wieder auf.

»Stellen Sie sich vor«, wendet sie sich erneut an Eva. »In der Warteschlange vorm Gemüsehändler hat eine Frau einer anderen eine Geschichte erzählt, die ich zufällig mitbekommen habe. Na ja, so zufällig nun auch wieder nicht. Beim Anstehen hört man ja sowieso alles mit, was die Leute reden. Jedenfalls ist drüben im Nachbarort einer aus der Kriegsgefangenschaft heimgekommen. Und wie er in der Straße anlangt, in der er gewohnt hat, tippelt ihm ein Jüngelchen entgegen und beäugt ihn neugierig. Spontan fragt er das Kind: ›Bist du ming Rudichen?‹ Und was macht der Knirps? Bleibt stehen und nickt! Da bekommt der Mann feuchte Augen, fasst seinen Sohn bei der Hand, und Hand in Hand gehen sie nach Hause.« Erika bekommt nun selbst feuchte Augen, spitzt die Lippen, atmet tief ein und aus. »Also wenn ich solche Geschichten höre ...« Sie fächelt sich Luft zu, als wäre ihr plötzlich zu heiß geworden. »›Bist du ming Rudichen?‹ – Und er ist es tatsächlich!« Ihr Griff in die Rocktasche fördert ein Taschentuch zutage, mit dem sie sich die Augen betupft. »Ich schwöre, in der Schlange haben mindestens drei Frauen zum Heulen angefangen«, rechtfertigt sie sich. ›Zum Heulen‹ sagt sie und: »Ist ja auch kein Wunder. Man stelle sich das vor: Das Jungchen hat seinen Papa noch nie gesehen. Oder war zu klein, sich zu erinnern. Und dann so was! Blut ist eben dicker als Wasser, sag ich immer. Das ist ein Naturgesetz.« Sie stopft das Tuch zurück in ihre Tasche. »Wie oft habe ich mir das schon ausgemalt, wenn mein Manni erst heimkommt!« Erika Schott hält inne, beißt sich auf die Lippen. »Das wird der schönste Tag in meinem Leben. Der allerschönste.« Sie lächelt jetzt, lächelt unter Tränen, und wieder muss das Taschentuch herausbefördert werden.

Eva überlegt lange, was sie sagen soll. Was ihren Ferdi betrifft, hat ihre Fantasie nie so weit gereicht, sich seine allererste Begegnung mit dem Norbertchen vorzustellen.

»Mein Manni und ich hatten ja ein bisschen was gespart«, ergreift Erika wieder das Wort. »Wir wollten –« Sie bricht unvermittelt ab, als sie bemerkt, dass Eva in Richtung Hoftor starrt. Von dort kommt eine junge Frau auf sie zu, gut gekleidet und sehr gepflegt. So etwas fällt auf in einer Zeit, die den Lumpensammlern zu gehören scheint.

»Eva, bist du's?«

»Marie!« Die Überraschung steht Eva ins Gesicht geschrieben. »Was tust du denn hier?«

»Ich suche nach meiner Schwester«, antwortet die Fremde prompt und schiebt wie anklagend hinterher: »Immer noch.«

»Du hast nichts von ihr gehört?«

»Sonst wäre ich nicht hier.«

»Ja, natürlich.« Die Frage war dumm, aber Eva hat einen Moment gebraucht, um ihre widerstreitenden Gefühle in den Griff zu bekommen. »Frau Schott, das ist Marie Werner«, stellt sie vor. »Eine alte Bekannte aus Köln.«

»Wir waren einmal Nachbarinnen«, ergänzt die Werner bedeutungsvoll. »Nachbarinnen und Freundinnen, möchte ich sagen.«

»Wie schön!«, freut sich Erika Schott. »Ich sage ja, es gibt keine Zufälle im Leben.« Sie zückt einen weiteren Haarklips, nimmt ihre Arbeit wieder auf. »Wen suchen Sie denn?«

»Meine Schwester Hilda. Sie hat mal hier gewohnt.«

»Hilda? Unsere Hilda?« Nun lässt die Schott doch ihre Schere sinken. »Die, die in Ihrem Zimmer gewohnt hat?« Sie schaut mit offenem Mund zu Eva hinüber.

»Was heißt ›Ihrem Zimmer‹?«, fährt die Werner messerscharf dazwischen, den Blick auf Eva geheftet.

»Tja, also ja … Die Kinder und ich, wir sind dort untergeschlüpft.« Eva zupft nervös am Ausschnitt ihres Kleides.

»Untergeschlüpft?« Marie Werner stößt ein bitteres Lachen aus.

»Das Leben geht merkwürdige Wege.« Eva lächelt gequält, dreht dabei ihre Handflächen nach oben.

»In der Tat!« Marie Werner wendet sich nun demonstrativ an Erika Schott. »Aber wie Sie schon sagten: Es gibt keine Zufälle im Leben. Dieser Meinung kann ich mich nur anschließen.«

Die Angesprochene schweigt peinlich berührt.

»Die Sache mit Hilda tut mir sehr leid, das kannst du mir glauben.« Evas Stimme bekommt etwas Flehendes.

»Dein Mitleid kannst du dir sparen«, faucht Marie Werner, und ihre hellen Augen funkeln wie Glassplitter. »Du bist hier. Du lebst in ihrem Zimmer. Ich frage dich also, Eva: Was hast du mir über Hilda zu sagen?«

8.

»Was wird denn das, wenn's fertig ist?« Gerrit Mann späht durch die Gardine nach draußen. Das Fenster geht zum Innenhof hinaus und gibt den Blick frei auf die Frauen aus dem Haus, die dort offenbar eine Freiluftfrisierstube eröffnet haben. »Sieht aus wie ein Zigeunerlager!«

»So schlimm ist es nun auch wieder nicht«, entgegnet Bertha Mewes, ihre Mutter. Sie sitzt wie gewohnt in ihrem Sessel neben besagtem Fenster und hat die Szenerie bestens im Blick. »Ich musste spontan an früher denken, als Onkel Enno und Tante Iris noch die Weinstube geführt haben«, erzählt sie. »Im Sommer standen draußen Tische, und die Lagerhalle war ein Tanzsaal. Schön war das: die bunten Lichter im Hof, die Musik, die lachenden Menschen.« Sie seufzt leise auf. »Wir haben Enno und Iris ein paar Mal besucht und getanzt dort draußen. Es waren sehr schöne Abende.« Bertha Mewes lächelt wehmütig, und Gerrit wirft ihr einen verwunderten Blick zu. Es kommt nicht oft vor, dass die Mutter von früher erzählt.

»Nach Ringelpiez mit Anfassen sieht mir das nicht aus da draußen«, bemerkt sie trocken.

»Diese jungen Frauen tun mir leid«, entgegnet Bertha Mewes nachsichtig. Sie ist die ungelenken Herbheiten ihrer Tochter gewohnt. »All das Elend, das hinter ihnen liegt, die Entbehrungen, die nicht aufhören wollen. All diese ungelebten Lieben.«

Gerrit wendet abrupt den Kopf. Was ist plötzlich in die Mutter gefahren? Ungelebte Lieben! Und das aus ihrem Munde!

»Da haben wir's noch besser gehabt«, behauptet die Mutter jetzt mit ungewohnt fester Stimme. Es ist einer jener seltenen Momente, in denen sie nicht so malad wirkt wie üblich. »Mein Harald und ich, wir hatten wenigstens Zeit, einander kennenzulernen. Wir durften flittern und unser junges Eheglück genießen.«

»Eheglück?« Auch davon hat die Tochter bislang nicht viel gehört.

»Wir waren einander in aufrichtiger Hingabe zugetan«, bekräftigt die Mutter, worauf sich Gerrits Stirnfalten noch vertiefen. »Ich gebe zu, die Formulierung stammt nicht von mir. Aber mir gefällt sie, und deshalb habe ich sie mir gemerkt.« Wieder dieses feine Lächeln, das sich jedoch schnell verliert. »Du weißt, dass deine Großeltern an der Spanischen Grippe gestorben sind«, fährt sie fort und sucht erneut den Blick ihrer Tochter. »Das war ein schwerer Schlag für mich. Ihr Kinder wart ja noch klein, und meine eigene Mutter hatte mich immer nach Kräften unterstützt. Ich fiel damals in ein riesiges Loch. Aber Harald hat mir geholfen, über den Verlust hinwegzukommen, und uns blieben ein paar glückliche Jahre. Ja, es waren glückliche Jahre, Politik hin oder her.« Der letzte Satz kommt beinahe trotzig herüber. Gerrit versteht die Anspielung. Ihr Vater, Inhaber einer großen Kfz-Werkstatt, war früh in die Partei eingetreten. Eine eher nebensächliche Selbstverständlichkeit, so sahen es die Eltern, vergleichbar mit der Mitgliedschaft in einem Fußballverein. Etwas, das eben sein musste. Weil es sein musste. Harald und Bertha Mewes hatten ihr kleines, unpolitisches, sicheres Leben gelebt. Und nein, ihr Vater war nicht in irgendeiner Schlacht gestorben, sondern an den Folgen einer Tuberkuloseinfektion, schon 1937.

»Wenn ich die jungen Dinger so sehe«, greift Bertha Mewes den Faden wieder auf und deutet mit dem Kinn in Richtung Fenster. »Diese Mütter – wie sie zu kämpfen haben. Das ist nicht schön. Ganz und gar nicht. Da bin ich froh, dass ich schon alt bin. Auf mich warten höchstens Siechtum und Tod.« Sie lacht leise auf, als hätte sie einen Witz gemacht.

»Mutter, jetzt reicht's aber!« Genug ist genug, findet Gerrit. »Was ist denn los mit dir heute?«

»Darf ich nicht in Erinnerungen schwelgen?«, setzt diese sich zur Wehr. »Mir bleibt doch sonst kaum noch etwas.« Ihr Gesicht verzieht sich urplötzlich im Schmerz, und sie ändert ihre Sitzposition. Immer hat sie Schwierigkeiten mit dem Rücken.

»Schwelge, so viel du willst, worin auch immer. Aber hör mir auf mit Siechtum und Tod!« Gerrit greift sich ein Küchentuch aus dem Wäschekorb und schlägt es mit einer peitschenden Bewegung aus. Während sie die Wäsche zusammenlegt, herrscht lange Zeit Stille, die erst durch lautes Kindergeschrei ihr Ende findet. Die Mädchen der Friseurin zanken miteinander, bis ihre Mutter sie scharf zurechtweist.

»Nein, ich beneide sie nicht, diese Frauen«, hebt Bertha Mewes von Neuem an. »So allein mit den Kindern, die Männer alle fort. Und seien wir ehrlich – so mancher wird nicht wiederkommen. Es ist schwer, das zu akzeptieren. Sehr schwer.« Sie stößt hörbar die Luft aus. »Nun, wir beide wissen, wie wir mit dem Schmerz fertigwerden. Wir haben genug Übung.«

»So? Haben wir das?«, fragt Gerrit scharf.

»Wir sind beide Witwen. Und das nicht erst seit gestern«, gibt ihre Mutter zur Antwort. »Wir haben gelernt, mit all den Ängsten und Sorgen fertigzuwerden. Unser Schicksal zu akzeptieren. Die Zeit heilt, zumindest oberflächlich. Das weißt du.«

»Wenn du es sagst, wird es wohl stimmen.« Gerrits Unwille ist nicht zu überhören. Sie faltet einen blauen Kinderpullover, legt ihn auf den Stapel zu den anderen.

Der Mutter scheint ihre abweisende Haltung nicht zu behagen. »Du für deinen Teil hast dich ja recht schnell entschlossen, den Kummer hinter dir zu lassen«, bemerkt sie spitzzüngig.

»Was soll das jetzt wieder heißen?«, faucht Gerrit.

»Ich denke, das weißt du ganz gut.« Bertha Mewes schaut ihre Tochter an. »Schließlich warst du schwanger, als du aus Frankreich zurückgekehrt bist. Von deinem Heiner konnte das Kind ja beim besten Willen nicht mehr sein. Ich verstehe immer noch nicht, wie sie dich in dieses Sündenbabel schicken konnten. Eine junge Frau! Allein! Trotzdem hätte ich dich für standfester gehalten. Diese ... Verfehlung ... Ich hätte sie dir nicht zugetraut. Du als junge Witwe ...«

»Hör mir auf mit deinen Moralpredigten!«, fährt Gerrit dazwischen. »Ich dachte immer, du und Gretchen, ihr seid eine verschworene Gemeinschaft. Ich wusste nicht, dass du sie verachtest, wie du mich verachtest.«

»Aber ich verachte Gretchen doch nicht!«, widerspricht Bertha Mewes heftig. »Ich wollte nur betonen, dass ich dir ein anderes Glück gewünscht hätte. Wer weiß, vielleicht war Gretchens Vater sogar ein Franzos. Ich darf gar nicht darüber nachdenken.«

»Dann lass es!«, faucht ihre Tochter.

Bertha Mewes zuckt zusammen, wird ganz klein in ihrem Sessel.

»Warum bist du eigentlich hier? Es ist doch Mittwoch«, wechselt sie das Thema, und ihre Stimme klingt wieder gewohnt brüchig.

»Heute gab's nichts zu tun für mich«, antwortet Gerrit kurz angebunden. »Mein Patient ist gestern Nacht gestorben.« In diesem Moment klopft es an der Tür. Sie wendet sich ab und geht, um zu öffnen.

»Ja bitte? Ach, Sie sind's! Hildas Schwester, nicht wahr?«

9.

Emil tritt so scharf die Rücktrittbremse, dass das Hinterrad wegrutscht. Er stellt sich mit seinem Drahtesel quer und versperrt Luise den Weg.

»Was willst du?« Sie bleibt stehen, stemmt die Hände in die Seiten. Diese Haltung kennt er bereits, wie auch ihren Blick, eine Mischung aus Neugier und Verdruss.

»Ich hab was zu tun für dich«, erklärt er ohne Umschweife. »Kannst du schreiben?«

»Ob ich schreiben kann?«, fragt sie verwundert. »Was denkst denn du? Dass wir Analphabeten sind?«

»Ich meine, ob du richtige Sätze hinkriegst, mit Punkt und Komma und was so dazugehört.«

»Du etwa nicht?« Sie zieht eine Augenbraue in die Höhe, blickt ihn herausfordernd an. Eigentlich ist es seine Masche, Fragen mit Gegenfragen zu beantworten. Das beste Mittel, um von sich abzulenken. Luise beherrscht den Trick offenbar auch.

Allerdings heißt das nicht, dass er ihr auf den Leim gehen wird, und so sagt er nur: »Kannst was verdienen dabei.«

»Ungefähr so viel wie bei der Entlausungsaktion?« Jetzt macht sie sich über ihn lustig.

»Diesmal springt was dabei heraus, ich schwör's.«

Luise schürzt die Lippen, zieht eine Grimasse, schließt die Augen, öffnet sie wieder. »Also gut.«

Emil nickt zufrieden. »Lass uns an den Rhein runtergehen«, schlägt er vor und schiebt sein Fahrrad in Richtung Ufer. Luise folgt ihm widerspruchslos. Offensichtlich legt auch sie keinen Wert darauf, im Ort mit ihm gesehen zu werden.

Hinter einem Weidengebüsch machen sie halt und setzen sich auf einen angeschwemmten Baumstamm. Emil öffnet seinen Ranzen, holt das mitgebrachte Schreibpapier hervor und reicht es ihr. Auch Umschläge und Briefmarken hat er aufgetan.

»Du musst für mich einen Brief schreiben«, weist er Luise an.

»Etwa einen Liebesbrief?«, zieht sie ihn auf.

»Unsinn.« Er kramt den Füllfederhalter seines Vaters hervor, den er heimlich eingesteckt hat, und reicht ihn ihr ebenfalls. Man will ja Eindruck schinden.

»So einen ähnlichen hatte ich auch mal«, behauptet sie, ihre Augen auf den eleganten Füller geheftet. Emil weiß nicht, ob er ihr das glauben soll. »An wen geht denn jetzt dieser Brief?«, hakt sie nach.

Er zieht einen Zettel aus der Tasche und reicht ihn ihr. Hastig überfliegt sie die Zeilen.

»Eine Adressliste«, stellt sie fest. »Woher hast du die?«

»Aus dem Rathaus.«

»Du warst im Rathaus?«

»Klar.«

»Ich dachte, da dürfen nur Erwachsene hin.«

»Ich hab einen Kumpel da«, antwortet Emil mit absichtlicher Beiläufigkeit. »Schildebach heißt er. Er war mir noch einen Gefallen schuldig und hat sich für mich umgehört, an wen ich mich wenden muss.« Luise hebt kurz den Kopf. Er spürt die Bewunderung in ihrem Blick, unterdrückt ein Grinsen, reicht ihr stattdessen seine Schreibtafel als Unterlage. »Können wir starten?« Sie nickt. »Sehr geehrte Herren«, diktiert er.

»Damen nicht?«, erkundigt sie sich.

»Damen? Welche Damen?«

»Na, in der Anrede.«

»Ich glaub, bei den Tommys sitzen nur Herren«, erwidert

er, ein wenig unsicher geworden. »Die fühlen sich vielleicht verhohnepipelt, wenn wir denen mit Damen kommen.«

»Ich würd's machen, wie's üblich ist. Aber wie du meinst.« Sie zuckt gleichgültig die Achseln. »Und weiter?«

»Sehr geehrte Damen und Herren«, beginnt Emil von vorn. »Mein Name ist Emil Radek, und ich möchte mich nach meinem Vater erkundigen, Gunther Radek, geboren am 3. April 1905 in Mayen. 87. Infanteriedivision, IR 187. Seinen letzten Brief haben wir im August 1941 gekriegt. Aus Bobruisk. Danach –«

»Bekommen«, korrigiert sie. »Es heißt: haben wir den letzten Brief aus Bobruisk bekommen. Und wie schreibt sich dieses Bobruisk?«

»Weiß nicht genau. So wie man's spricht, glaube ich.«

»Sprichst du Russisch?«

»Haha!«

»Und weiter?«

Emil kratzt sich am Kopf, fährt zögerlich fort: »Leider haben wir bisher nichts gehört, wo er geblieben ist …«

»… keinerlei Informationen über seinen weiteren Verbleib«, schlägt sie vor und fügt auch gleich hinzu: »weshalb ich mich mit der freundlichen Bitte um Hilfe an Sie wende.«

»Das klingt vornehm, das ist gut«, lobt er.

»Noch was?«

»Mehr fällt mir nicht ein.«

»Hochachtungsvoll, Ihr Emil Radek«, schreibt sie. »So, fertig.«

Emil springt freudig auf. Ihn hat der Eifer gepackt. »Jetzt schreiben wir noch ans Rote Kreuz und an die anderen Adressen. Es müsste doch mit dem Teufel zugehen, wenn wir auf solche Briefe keine Antwort kriegen.«

»Habt ihr denn noch nie irgendwo nachgefragt?«, erkundigt sich Luise ungläubig.

»Doch, schon zigmal«, widerspricht er. »Aber wir haben's nicht so mit dem Briefeschreiben, meine Mutter und ich.« Er tänzelt ein paar Schritte auf und ab, schwingt die Arme, bleibt wieder stehen. »Was ist eigentlich mit deinem alten Herrn?«, erkundigt er sich.

»Tot.« Die Antwort klingt erstaunlich gleichmütig.

»Ist er gefallen?«

»Ja.«

»Wann denn?«

»Sag mal, wird das jetzt ein Verhör?«, fragt sie patzig, ringt sich aber trotzdem zu einer Antwort durch. »1942, in Russland. Ist also schon ziemlich lange her. Ich erinnere mich kaum noch an ihn.«

Emil wundert sich. »Drei Jahre sind aber eine kurze Zeit, um jemanden zu vergessen.«

»Er war schon vorher nicht viel zu Hause. Immer in Berlin«, antwortet sie und starrt dabei aufs Wasser. »Können wir jetzt weitermachen?«

Nach einer knappen Stunde sind alle Briefe geschrieben, adressiert und frankiert. Mit einem zufriedenen Lächeln lässt Emil sie in seinem Schulranzen verschwinden.

»Und was krieg ich jetzt dafür?«, erkundigt sich Luise ungeduldig.

»Wart's ab! Erst bringen wir die Briefe zur Post, dann fahren wir schnell im Krug vorbei und anschließend noch wohin.« Emil steht auf und greift nach seinem Rad, das er gegen die Büsche gelehnt hat.

»Nichts da!« Auch Luise ist aufgesprungen. »So haben wir aber nicht gewettet! Du willst mich nur wieder reinlegen.« Sie gibt ihm einen Schubs vor die Brust, worauf er eine Hand in die Höhe reckt, als wollte er sich ergeben.

»Hey, ich bescheiß dich schon nicht! Komm einfach mit.«

»Erst wenn du mir sagst, wo du hinwillst!«

Er gibt ein unwilliges Brummen von sich, schaut sich noch einmal kurz um, ob auch niemand in der Nähe ist, der mithören könnte. »Ich kenne jemanden, der ist so scharf auf Weinbrand, dass er Streichwurst und Schmierkäse dafür hergibt«, flüstert er. »Vielleicht sogar Speck und Schinken.«

»Na prima!«, spottet Luise. »Dann hole ich mal schnell die sechs Flaschen Schnaps, die ich zu Hause unter meinem Bett liegen habe.«

Emil wiegt sacht den Kopf hin und her. »Vielleicht brauchen wir deine Flaschen gar nicht«, erklärt er mit vielsagender Miene und zwinkert ihr zu. »Könnte ja sein, dass ich einen Vorrat angelegt habe.« Was durchaus der Wahrheit entspricht.

Er hat schon immer vorausschauend gehandelt. Seinen ersten Coup konnte er unmittelbar vor Kriegsende landen – dem örtlichen Kriegsende am 16. März. Mit dem offiziellen Datum im Mai kann er nicht viel anfangen, da war im Rheintal schon alles gelaufen.

Am 7. März haben die amerikanischen Truppen die Brücke von Remagen im Handstreich genommen und sind langsam in nördlicher Richtung vorgedrungen; vorsichtig, ohne übereilte Hast, wie es ihre Art war. Auf der anderen Rheinseite hatten sie Geschütze aller Kaliber in Stellung gebracht, mit denen sie in unregelmäßigen Abständen hinüberfeuerten. Dazu kreisten ständig Artilleriebeobachter am Himmel, die jede Bewegung registrierten.

Er hatte sie schon zuvor gesehen, die Pulks von Fliegern, die übers Rheintal zogen wie wütende Hornissenschwärme, Hunderte, wenn nicht gar Tausende: Jabos, Spitfire, Lightnings. Er hat die Fallschirme gesehen, an denen die getroffenen Flieger zu Boden glitten.

Das Leben fand nun nahezu ausschließlich in Luftschutzkellern und Bunkern statt. Nur einige wenige Mutige gingen weiter ihrer Arbeit nach. Rainer Feldhausen etwa, der Bäcker, oder Wiegand Schild, der Elektriker. Auch Emil und sein Freund Willi trauten sich aus ihrem Versteck und trafen auf der Straße Hansi Schüller, der gerade Brot holen wollte. Hansi erzählte ihnen, er sei kurz vorher einem Trupp Fallschirmjäger begegnet, die nach dem Brandweinlager der Wehrmacht gefragt hätten. Sie hatten erklärt, die Bestände vor Eintreffen des Feindes vernichten zu wollen, worauf Hansi sie bereitwillig zu der kleinen Werkshalle geführt hatte, in der sich besagtes Lager befand. Dort angekommen, hatten die Jäger die Wachposten weggeschickt und das Türschloss gesprengt. Sie hatten sich bedient und waren wieder abgezogen, schon nicht mehr ganz nüchtern und jeder mit reichlich Nachschub im Gepäck. Und was hatte Hansi getan? War ebenfalls wieder abgezogen, allerdings ohne sich zu bedienen. Emil hat es kaum glauben können. Was er sich denn denke, war Hansi wütend geworden. Die Feldjäger noch in der Nähe, dazu die ganze Zeit Artilleriefeuer und der Aufklärungsflieger direkt über der Straße. Da habe man doch anderes als Schnaps im Sinn gehabt! Emil hörte kaum hin, spürte nur noch dieses Kribbeln im Nacken, das er immer spürte, wenn eine große Idee in der Luft hing. Nachdem Hansi kopfschüttelnd abgezogen war, hat es ihn einige Überredungskünste gekostet, Willi zum Mitmachen zu bewegen, doch schließlich holte der Freund sogar noch einen Handkarren von zu Hause, und sie zogen gemeinsam zu dem Lager, in dem sich bereits eine Menge Leute tummelten. Hatte er sich's doch gedacht! Kreisende Feindflieger hin oder her: Von Aquavit, Bommerlunder, Cognac und Co. wollte jeder was abbekommen. Wären sie auch nur eine Viertelstunde später eingetroffen, sie wären leer ausgegangen.

So aber stürzten sie sich mit Feuereifer ins Gewühl,

grabschten und griffen, was sie kriegen konnten. Es war eine harte Währung, die ihnen da in die Hände fiel: Die Flaschen waren mindestens so wertvoll wie Zigarettenstangen. Zu guter Letzt mussten sie ihren vollen Handkarren sogar noch gegen die wild gewordene Horde verteidigen. Dann war der Spuk plötzlich vorbei, die Straßen wieder menschenleer. Sie zogen mit ihrer Beute ab, allerdings nicht etwa zurück zu Willis Elternhaus oder zur Wohnung der Radeks – das Haus im Siefenweg stand zu diesem Zeitpunkt noch –, sondern über einen holprigen Waldweg zu dem Stollenversteck, das sie einige Zeit zuvor angelegt hatten und das ihm auch später für die gehortete Schokolade nützlich werden würde.

Kurz nach dieser tolldreisten Aktion legten die Amerikaner Emils Wohnhaus in Trümmer und nahmen die Region ein. Damit einher ging die Aufforderung zur sofortigen Herausgabe aller Spirituosen. Aber die Mutter besaß selbstverständlich keine, zumal sie ja nicht mal mehr eine Wohnung besaß. Und er, Emil? Er war ja noch ein Kind. Ein Kind, das heimlich einen Schatz gehortet hatte – und noch immer darauf sitzt. Das ganze Ausmaß seines Reichtums braucht Luise allerdings nicht zu kennen. Den Tipp mit dem Spirituosenliebhaber hat er von Meerbusch bekommen. Anton Meerbusch, König des Schwarzmarkts und ein Pfennigfuchser vor dem Herrn. Zugutehalten muss man ihm aber, dass er nicht mit Tipps und Informationen geizt, sofern ihm die Nase seines Gegenübers passt. Und an Emils Nase hat er offenbar nichts auszusetzen.

»Von deinem Tauschgeschäft willst du mir also was abgeben?«, erkundigt sich Luise misstrauisch.

»Klar doch. Ich hab ja noch was gutzumachen.« Emil legt ein breites Grinsen auf.

»Und wo ist der Haken?«

»Es gibt keinen, Ehrenwort! Schließlich hast du mir mit

den Briefen geholfen. Alles, was du tun musst, ist, Schmiere zu stehen. Das heißt, du bleibst mit der heißen Ware draußen, bis ich das Okay gebe. Kann ja sein, dass der Typ uns übers Ohr hauen will.«

Luise überlegt kurz, nickt dann. Ihr scheint offenbar, das ist zu machen. Allerdings hat Emil ihr verschwiegen, dass sich die Hinfahrt ein wenig heikel gestalten würde. Die angegebene Adresse liegt hinter der Sektorgrenze. Es ist mit Kontrollposten zu rechnen, die umgangen werden müssen, dazu sind die Wege stellenweise nicht befahrbar oder gesperrt. Aber Emil sieht die Sache sportlich.

Wie geplant fahren sie zunächst zum Postamt und danach zum Krug. Hier, auf dem Grund seiner Kleiderkiste, hat Emil die wertvolle Ware zwischengelagert. Die Mutter sitzt an ihrem Nähtisch und achtet nicht weiter auf ihn, als er die Flaschen, sorgsam in einen Kopfkissenbezug gewickelt, in seinen Rucksack stopft. Schon ist er wieder aus dem Zimmer und macht sich gemeinsam mit Luise auf den Weg.

Die erste Hälfte der Strecke klappt alles wie am Schnürchen, dann tauchen schwer bewaffnete Soldaten auf, die die Passanten kontrollieren. Zum Glück erblickt Emil sie schon von Weitem und kann rechtzeitig in einen Feldweg abbiegen. Er stellt sich in die Pedale und radelt schneller. Das Rad holpert über die Ackerfurchen, bis Luise aufjault. Endlich sind sie außer Sichtweite des Wachtpostens. Sie steigen ab, gehen zu Fuß weiter.

»Was, wenn sie uns erwischen?« Ärger mit fremden Soldaten zu bekommen, jagt Luise eine Heidenangst ein. Wenn sie nun festgenommen wird? Wenn die Mutter davon erfährt? Ohnehin müsste sie längst von der Schule zurück sein.

»Wird schon gut gehen«, brummelt Emil, was jedoch keineswegs beruhigend auf sie zu wirken scheint. Erst als sie in ein Wäldchen gelangen, wird sie ruhiger. Zeitweise muss er nun sein Rad tragen.

»Pass auf, wohin du trittst!«, mahnt er, als sie sich ins Unterholz schlagen. »Hier können überall Minen oder Blindgänger liegen.«

»Du hast gesagt, die Sache wäre völlig ungefährlich!«, beschwert sie sich.

»Ist sie ja auch. Man muss nur vorsichtig sein.«

»Ach, du! Worauf habe ich mich da nur wieder eingelassen?«, ärgert sie sich. »Los! Geh du voran. Dann fliegst du wenigstens als Erster in die Luft.«

Er folgt ihrer Aufforderung, und sie stapft wütend hinter ihm her. Schließlich lichtet sich der Wald, und sie erreichen ein dichtes Brombeergestrüpp.

»Hier kommen wir niemals durch.« Sie seufzt resigniert.

»Schauen wir mal.« Emil hebt sein Rad über eine Baumwurzel, blickt sich suchend um und entdeckt schließlich, wonach er gesucht hat: einen Hohlweg inmitten des Dickichts. Er weiß nicht, wer ihn freigeschnitten hat, aber sicher hielt diese Person auch nichts von Wegekontrollen. Er und Luise laufen nun dicht hintereinander und machen sich ganz schmal, um nur ja den Brombeertrieben auszuweichen, die sich ihnen entgegenstrecken und gierig an Armen und Beinen festhaken, als würden sie sich von Blutstropfen ernähren.

»Donner noch eins!«, schimpft Luise, während sie mit einer besonders widerborstigen Ranke kämpft, die ihre heruntergerollte Socke umschlungen hat. »Ist es noch weit?«

Emil verneint, obwohl das nicht stimmt. Sie haben noch ein gutes Stück vor sich. Hinter dem Brombeerdickicht liegt eine Wiese, durch die ein schmaler, unebener Trampelpfad führt. Sie steigen wieder aufs Rad, und er strampelt in gekrümmter Kaninchenhaltung weiter, tapfer darum kämpfend, nicht ins Strauchein zu geraten. Ein Sturz wäre für beide nicht nur schmerzhaft, sondern fatal. Schließlich befinden sich zwei Flaschen Cognac in dem Rucksack, den nun Luise auf dem Rücken trägt.

Endlich erreichen sie wieder die Straße, haben den Wachtposten nun weit hinter sich gelassen. Links und rechts Häuser, die keinen Krieg erlebt zu haben scheinen. Hier schlummert alles in friedlichem Dornröschenschlaf. Emil hält nach Hausnummern Ausschau, die allerdings in den seltensten Fällen vorhanden sind. Doch da ist sie, die von Meerbusch beschriebene graue Kate mit den hellgerahmten Fenstern. Die Einundsechzig. Hier muss es sein.

Er setzt Luise auf dem Dorfanger schräg gegenüber ab, kehrt um. Auf sein Klopfen öffnet niemand. Er wartet einen Moment, geht dann um das Gebäude herum. Der größte Teil des Gartens besteht aus einem Kartoffelacker mit halb verwelktem Laub, dahinter eine Reihe abgeernteter Bohnenstangen. Nebendran ein Gemüsebeet: ein paar Blumenkohlköpfe, Weißkohl, Rosenkohl auch für den Winter. Ein Mann steht mit gekrümmtem Rücken zwischen zwei Beetreihen und jätet Unkraut.

»Guten Tag!«, ruft Emil laut. Der Mann richtet sich auf, wendet sich ihm zu. »Sind Sie Herr Monscheid?«

»Der bin ich«, erwidert der Gärtner und stützt sich auf seine Harke. »Was gibt's?«

Emil tritt näher, legt seine Hand an den Mund, sagt leise: »Ich hätte Ihnen etwas anzubieten.«

»Und das wäre?« Monscheid ist plötzlich auf der Hut. »Komm da rüber!« Er deutet auf den Schweinekoben, der rückwärtig ans Haus grenzt. Der Winkel davor ist von außen uneinsehbar. Sie steuern auf die Ecke zu, und der Schweinegeruch wird stärker.

»Dürfen Sie noch schlachten?«, erkundigt sich Emil. Eine geradezu indiskrete Frage, die er sich besser verkniffen hätte, denn offiziell darf das natürlich niemand mehr. Aber Monscheid wirkt nicht vergrätzt.

»Da gibt's nichts zu schlachten«, brummt er nur. »Sind bloß zwei Ferkel, kaum größer als Karnickel. Also, Junge, was willst du mir Gutes tun?«

»Interesse an einem edlen Tröpfchen?« Emil lächelt vielsagend.

»Alkohol?« Monscheid lacht auf. »Machst du Witze, Jungchen?«

»Keine Witze. Purer Ernst. Also, wie sieht's aus?«

»Hm.« Monscheid schürzt die Lippen, kneift die Augen zusammen. »Du spielst doch keine Spielchen, versuchst mich dranzukriegen, oder irgendwas in der Art?«

»Aber nein, davon hätte ich doch nichts«, beteuert Emil und beugt sich noch ein wenig weiter vor. »Cognac«, flüstert er verheißungsvoll. »Echter Cognac. Was würden Sie dafür geben?«

Monscheid holt tief Luft. »Das käme auf das edle Tröpfchen an«, antwortet er vage. Aber er hat angebissen, das spürt Emil genau.

»Eine schnöde Flasche Doppelkorn geht für fünfhundert Reichsmark weg«, versucht Emil nachzuhelfen und setzt eine Kennermiene auf. »Da muss so ein feines Cognäckchen deutlich mehr einbringen. Sagen wir sechshundert.«

»Sechshundert?« Monscheid lacht nun wieder. »Von was träumst du nachts, Jungchen?«

»Also gut, dann eben nicht.« Emil spielt den Beleidigten. »Meerbusch meinte, Sie wären jemand, der Interesse an einem reellen Geschäft hat. Aber da hat er sich wohl geirrt. Nun ja, was soll's! Auf meiner Liste stehen noch mehr interessierte Kunden.« Er wendet sich ab, schickt sich an zu gehen.

»Nun mal nicht so eilig, junger Freund! So ins Blaue hinein verhandelt es sich schlecht. Zeig mir doch erst mal, was du anzubieten hast.«

Emil hält inne, eine Spur länger als nötig.

»Also gut. Warten Sie, bin gleich wieder da.« Er geht um das Haus herum, winkt Luise heran. Kurz darauf stehen beide im geschützten Winkel des Schweinekobens. Luise schnürt den Rucksack auf, nimmt vorsichtig den Kissenbezug heraus, in den Emil die wertvolle Ware eingeschlagen hat, reicht ihn ihm. Emil ergreift eine der beiden Flaschen, hält sie Monscheid hin. Der beugt sich vor und studiert höchst interessiert das Etikett.

»Ein Hennessy, zehn Jahre gereift! Donnerwetter!«

»Das Feinste vom Feinsten. Fast noch aus Napoleons Zeiten«, behauptet Emil aufs Geradewohl und setzt sein gewinnendes Lächeln auf. Cognac, Frankreich und Napoleon, das gehört für ihn untrennbar zusammen.

Monscheids Gesichtszüge entspannen sich, die wässrigen Äuglein glitzern. Ein Säufer, denkt Emil, was sonst. Andererseits, wie soll einer heutzutage noch ein Säufer sein? Es gibt ja nichts, das man in sich hineinschütten könnte. Und einmal angenommen, dieser Mann besäße noch ein geheimes Lager, dann würde er sich wohl kaum mit einem wie ihm abgeben.

»Herr im Himmel, Jungchen! Wo hast du den bloß her?« In Monscheids Stimme liegt plötzlich Gier. Die Äuglein quellen über, die Hände schießen vor. »Nun schieb mal rüber!«

Emil tritt schnell einen halben Schritt zurück, um ihm auszuweichen, lächelt entschuldigend.

»Erst mal Butter bei die Fische, Herr Monscheid: Was ist Ihnen der Spaß wert?« Ohne dessen Antwort abzuwarten, zeigt er sich dann doch gnädig und reicht ihm die Flasche. Möglicherweise steigert das In-Händen-Halten des Begehrten die Zahlungsbereitschaft. »Wie heißt es so schön? Das Cognäckchen ist das wärmste Jäckchen«, scherzt er mit eifrigem Lächeln. »Sich mal so richtig stilvoll besaufen! Das wär was, Herr Monscheid. Oder was meinen Sie?«

»Besaufen?« Monscheids Augen werden auf einmal kugelrund. Dann lacht er schallend, will sich schier nicht mehr einkriegen, verschluckt sich beinahe.

Emil stutzt. Was hat er falsch gemacht?

»Warum lachen Sie?«, erkundigt er sich irritiert.

Monscheid schüttelt den Kopf, gluckst noch immer, bringt schließlich mühsam heraus: »Mit einem so feinen Stöffchen besäuft man sich doch nicht, Junge!«

Nun ist es an Emil, dumm aus der Wäsche zu schauen. Was tut man denn sonst mit einer Flasche Schnaps? Hilflos schaut er zu Luise hinüber, die jedoch auch keinen blassen Schimmer zu haben scheint. Ihm bleibt nichts anderes übrig, als nachzufragen. »Nun spucken Sie's aus: Was macht man sonst damit?«

»Na, man hebt's auf!«, antwortet Monscheid, als wäre es das Selbstverständlichste der Welt.

»Aufheben? Wofür denn? Etwa für bessere Zeiten?« Emil kann es noch immer nicht glauben.

»Bessere Zeiten, genau!« Amüsiert klopft Monscheid ihm auf die Schulter. »Sofern's die mal geben wird, was, Jungchen?« Nun lachen beide. So kommt man ins Geschäft. Doch noch sind nicht alle Einwände ausgeräumt. »Woher weiß ich, dass das Zeug echt ist?« Monscheid klingt nicht mehr ganz so euphorisch. »Vielleicht hast du bloß aus irgendeinem Kesselwagen Methylalkohol abgezapft und mit ein bisschen Zuckercouleur gefärbt? Und dann werde ich hinterher blind davon oder bin gleich tot?«

Emil verkneift sich den Hinweis, dass er den Cognac gar nicht trinken wollte. Der Einwand ist außerdem berechtigt. Wie soll er die Echtheit der Ware prüfen, wenn er sie nicht probiert?

»Sie können ihm vertrauen«, sagt Luise auf einmal. »Die Ware stammt aus einem ehemaligen Wehrmachtslager. Und Sie können sich denken, dass sich die Offiziere nicht vergiften wollten. Im Gegenteil. Sie haben die Flaschen direkt aus Frankreich mitgebracht.«

Monscheid schaut Luise an, kratzt sich den fast kahlen Schädel, kommt offenbar zu dem Schluss, sie für vertrauenswürdig zu halten.

»Du magst wohl recht haben, Mädel«, erklärt er versöhnlich. »Dann sehen wir mal zu, dass wir uns einig werden.«

Auf der Heimfahrt trägt Emil eine dicke Speckseite unterm Hemd – sicher ist sicher für den Fall, dass sie doch noch angehalten werden. »Endlich mal Speck auf den Rippen«, scherzt er. Monscheids Ferkel müssen wohl doch größer als Karnickel sein. Sogar ein Pfund Butter hat er herausgerückt, echte Butter, wie's sie eigentlich gar nicht mehr geben dürfte. Dazu fünf Lucky Strikes und einen Spankorb voll Eier. Emil hat den Wert der Gaben blitzschnell überschlagen: die Butter zweihundertfünfzig Reichsmark, der Speck um die hundertzwanzig, die Ami-Zigaretten sieben Reichsmark das Stück. Dazu die Eier. Alles in allem dürfte das Paket an die fünfhundert Mark wert sein – nicht mehr als der Bommerlunder, den Willi neulich an einen Liebhaber verhökert hat, aber auch nicht weniger. Emil kann zufrieden sein. Hier und da muss er noch an seiner Technik feilen – nicht zuerst fragen, was der andere zu geben bereit wäre, sondern gleich einen Preis nennen. Das wirkt entschlossener. Und auch sofort die begehrte Ware herzeigen, das entfacht mehr Gier. Aber Monscheid war keiner, der ihn übers Ohr hauen wollte. Im Gegenteil, er hat noch den Spankorb für die Eier hervorgekramt aus Sorge, dass sie unterwegs kaputtgehen könnten. »Passt gut drauf auf, ihr beiden. Und auf euch auch«, hatte er sie verabschiedet. So redet kein schlechter Mensch.

Luise ist sehr still auf dem Rückweg. Offensichtlich hat es ihr die Sprache verschlagen. Vermutlich sorgt sie sich auch, dass er nicht ernst machen wird mit dem Teilen. Aber Emil hält seine Versprechen. Kaum sind sie sicher daheim angelangt, packt er unterm schützenden Torbogen seine Beute aus. Er setzt dem Speck mit seinem Taschenmesser zu, halbiert die Butterrolle, nimmt zwei Eier aus dem Spankorb und drückt ihr den Rest in die Hand.

»Das ist nicht dein Ernst, oder?« Sie starrt ihn ungläubig an. »All die Sachen – für mich?«

»Ich habe dir gesagt, dass es eine lohnende Angelegenheit würde.« Emil grinst. Jetzt sind sie quitt, und wer weiß: Vielleicht wird er ihre Hilfe wieder einmal brauchen.

Er schließt sein Rad im Hof weg, greift nach seinem Rucksack und kehrt fröhlich pfeifend zum Haus zurück. Dort grüßt er die hübsche dunkelhaarige Frau, die gerade hinaustritt, und auch Gerrit Mann, die in der offenen Tür steht. Selbst sie kann ihm heute nicht die Laune verderben. Einen so erfolgreichen Tag wie diesen dürfte es öfters geben.

10.

Gerrit schließt die Tür und seufzt laut auf. Diese Marie Werner hat ihr heute gerade noch gefehlt. Wenn der Tag nur bald vorbei wäre! Sie steht einen Moment reglos da und blickt dem jungen Radek nach, der pfeifend und drei Stufen auf einmal nehmend die Treppe hinaufspringt. Dann kehrt sie in den Gastraum zurück und verkriecht sich in ihrer Ecke, die durch einen Vorhang und das ausladende, quer geschobene Küchenbüffet vom Rest abgetrennt ist. Sie lässt sich auf ihr Bett sinken, greift nach ihrem Kopfkissen, presst es gegen ihre Brust. Das Kissen fühlt sich prall und glatt an, ein wohltuender Reiz.

Sie hätte nicht gedacht, dass Frieders Tod sie so mitnehmen würde. Dabei ist sie doch gewarnt worden, sehr eindringlich sogar. *Diese Männer werden sterben. Die meisten von ihnen.* Aber sie hat nicht hinhören wollen. Hat fest geglaubt, er schafft es. Wie albern von ihr! Nein, nicht albern. Anmaßend. Wenn Gerrit Mann sich dazu herablässt, jemandem ihre Zeit zu widmen, hat derjenige sich gefälligst am Riemen zu reißen. Dann hat er nicht einfach den Löffel abzugeben!

Ihre Hände krallen sich fester ins Kissen. Ist sie wirklich so? Sie weiß es selbst nicht. Weiß gar nichts mehr. Spürt nur, dass der Tod des jungen Mannes sie aus der Bahn wirft, dass sie ins Straucheln geraten ist. Ihr kommt das Gespräch mit der Schwester wieder in den Sinn, das sie vor vielen Wochen geführt hat. Ruth hieß sie. Ob es einen bestimmten Grund gebe, dass sie diese Arbeit machen wolle, hat sie sie im Schwesternzimmer gefragt. Diesem düsteren, schlauchartigen Raum, einst vielleicht Hinterzimmer für die Dienstmädchen, denn das Lazarett war ja eigentlich ein Hotel gewesen, das größte und vornehmste im Ort. Doch von der Rheinromantik ist nicht viel geblieben, auch nicht von den wohlhabenden Gästen. Es ist nicht die Zeit für Vergnügungsreisen. Es ist die Zeit der Lazarette, der vor sich hin darbenden Kriegsopfer.

Im Schwesternzimmer hat die Luft gestanden vor Zigarettenqualm. Zigaretten sind die Währung, mit der die Patienten sich bei ihren Pflegerinnen bedanken. Und sie sind heiß begehrt. Ruth hat die Frage zwischen zwei schnell gerauchten Zügen gestellt, fast beiläufig, ohne Argwohn oder Hintergründigkeit, einfach aus Interesse. Und Gerrit glaubte, ihr eine aufrichtige Antwort schuldig zu sein, obwohl sie sich über ihre Motive selbst nicht so recht im Klaren war. Vielleicht habe ich etwas wiedergutzumachen, hat sie gesagt. All diese jungen Männer, die hier liegen: Sie haben ihre Gesundheit, ihre Unversehrtheit, ihr Leben geopfert – zur selben Zeit, in der ich glücklich war. So glücklich wie noch nie. Erst nachdem die Worte heraus gewesen waren, war ihr plötzlich bewusst geworden, dass sie nie mit jemandem darüber gesprochen hatte. Bis zu diesem Moment nicht.

Die Schwester hat nur genickt, dabei den Rauch ihrer Zigarette ausgestoßen, die Kippe dann im Aschenbecher ausgedrückt. Gerrits Antwort schien sie nicht weiter seltsam zu finden. Sie hat nur gefragt, wo das gewesen sei. Hier, am Rhein? Nein, nicht hier. In Frankreich, hat Gerrit geantwortet. Die Schwester hat ihr Schürzenband nachgezogen und gesagt: »Nehmen Sie den Herrn Osterkamp. Frieder Osterkamp. Der könnte passen.«

Und er hat gepasst. Jeden Mittwoch hat sie an Frieders Bett gesessen, ihm vorgelesen, Geschichten erzählt, ihm Zigaretten zwischen die Lippen geschoben, auch das eine oder andere Mal seine Hand gehalten, ihm beim Wegdämmern zugesehen.

»Dass du am Leben bleibst, wäre ja wohl das Mindeste gewesen!« Sie spricht den Gedanken laut aus, boxt in ihr Kissen, boxt noch einmal nach. Ihr ist plötzlich egal, ob der Gedanke anmaßend ist oder nicht. Er hätte nur einfach nicht sterben sollen.

Wenn das so weitergeht, fängt sie gleich an zu heulen. So weit käm's noch! Sie zieht die Nase hoch, wischt sich die brennenden Augen, reibt ihr Gesicht, so fest, als wollte sie sich die Haut herunterrubbeln, sich häuten wie eine Schlange, auf dass darunter ein anderer Mensch zum Vorschein käme. Ein besserer, argloserer, zugewandterer Mensch, wie sie einmal einer gewesen ist, vor ein paar Jahren noch, in der Normandie. *Kaffee-o-lee. Kroissong.* Pierre hat immer zwei Tassen zubereitet, in diesen dicken, tiefen Schüsseln, aus denen die Franzosen ihren Milchkaffee trinken. *Bols.* Manchmal haben ihre ölverschmierten Hände Flecken auf dem weißen Steingut hinterlassen. Öl an den Händen und lackierte Fußnägel. So ist die Zeit gewesen. Und immer hat die Sonne geschienen, zumindest in ihrer Erinnerung. Dann dieser wunderbare Garten! Die verschwenderische Fülle blauer Hortensien, der Duft von Jasmin und Lavendel, dazu die Brise vom Meer. Ein Garten wie geschaffen für die Liebe. Dort, quasi in ihrer natürlichen Umgebung, waren ihr die Worte ganz leicht über die Lippen gekommen. Ohne Scham, ohne einschränkende Vorbehalte, aus der Tiefe ihres Herzens. Ich liebe dich. Zuerst auf Deutsch und dann noch einmal auf Französisch. *Je täme.*

Sein treuherziger Blick hinter den runden Brillengläsern, seine malzbraunen Augen. Wenn er lachte, hat sich ein Grübchen in seine linke Wange gebohrt, nur dort, nicht in die rechte. Sein braunes Haar, weich und glänzend. Wenn er schwitzte, hat es sich im Nacken gekringelt. Und nachdem es einmal angefangen hatte, haben sie einander oft zum Schwitzen gebracht. Sie lächelt ein klein wenig bei dem Gedanken, verspürt ein wehmütiges Ziehen im Herzen.

Dabei hat er sie anfangs nicht einmal gewollt. Oder sie zumindest demonstrativ ignoriert, was ihm schwergefallen sein dürfte angesichts der Tatsache, dass sie die einzige Frau in einem Konvoi von dreißig Lastkraftwagenfahrern gewesen ist. Dazu stach und sticht ihr helles Haar ins Auge. Auch heute noch.

Als die Begegnungen unvermeidlich wurden, hat er sich ihr gegenüber genauso verhalten, wie er den Männern begegnete: höflich, freundlich und zugleich unnahbar. Da war kein Taxieren in seinem Blick, kein Abwägen, Auf-die-Waagschale-Werfen. Auch kein Kalkül oder gespielte Unterwürfigkeit. Pierre war einfach er selbst, wie auch sie sie selbst war. Ein Mensch trifft einen anderen. Zwei Seelen begegnen einander.

Vielleicht war es diese gewisse Leichtigkeit, die sie damals ausgestrahlt hat. Die Langstreckentouren mit den schweren Lastern, sie hat sie wunderbar gefunden. Diese Freiheit, die sie zu Hause nie genossen hatte, dieses Vagabundenleben. Ein Glück, das auf einem Versehen beruhte, ihrem ungewöhnlichen Nachnamen geschuldet. Diesen Namen hatte ihr ihr Ehemann Heiner hinterlassen, und sie hatte schon damit zu hadern begonnen, forderte er doch Missverständnisse geradezu heraus. Nun aber hat er sich unversehens als Glückslos entpuppt.

Der Gestellungsbefehl war auf einen ›Herrn Gerrald Mann‹ ausgestellt. Der Irrtum war später zwangsläufig bemerkt worden, aber Gerrit war ja nun einmal Lkw-Fahrerin, dazu Mechanikerin, und Mechaniker wurden dringend gesucht. Da ihr damals die Enge daheim zu schaffen gemacht hatte, war ihr das Schreiben wie eine Fügung des Schicksals erschienen. Sie litt unter Fernweh und brannte vor Abenteuerlust. Dass sie nicht ledig, wie im Kriegsdienst gefordert, sondern bereits Witwe war, hat man angesichts ihres sprühenden Enthusiasmus und der akuten Notlage stillschweigend unter den Teppich gekehrt. Tatsächlich hatte Gerrit keinerlei Eingewöhnungsschwierigkeiten: Die Kameraden trugen es mit Fassung, zumal sie mit den meisten schon in der Eifel Kolonne gefahren war. Dort hatten sie Material für den Bau der Autobahn transportiert, und was ihre Fahrkünste betraf, stand und steht sie den Männern in nichts nach. Sie galt als eine, die zupacken konnte, die etwas von der Materie verstand. Man akzeptierte sie von Anfang an. Die Sonnenuntergänge auf fernen Straßen. Die Nächte unterm Sternenhimmel. Die Fachsimpelei nach Feierabend, die erzählten Geschichten, der Zusammenhalt. Fern der Heimat trat das Beste in ihr zutage – ihr Wissen, ihr Humor, ihre Kameradschaft.

Schließlich wurden einige von ihnen in die Nähe von Bayeux abkommandiert. Dort gab es eine Kaserne mit großer Fahrzeugreparaturwerkstatt, in der es an Mechanikern fehlte – und auch diese Qualifikation konnte sie vorweisen. Dazu sprachen sich ihre Fähigkeiten auf diesem Gebiet schnell herum. Auch in Bayeux begegnete man ihr tolerant, allerdings konnte man sie nicht in den Gemeinschaftsstuben der Kameraden einquartieren. Also ließ ihr Vorgesetzter im Dorf nach einer Unterkunft Ausschau halten, worauf man bei den Claudels fündig wurde. Die Claudels, ein Ehepaar in den Siebzigern, hatte einst Gästezimmer an Pariser Sommerfrischler vermietet. Inzwischen war der Pensionsbetrieb eingestellt, und Gerrit bezog eins der leer stehenden Zimmer. Eine einfache Kammer mit nur einem Fenster und einer Tür, durch die man gleich ins Haus fiel. Im Zimmer nebenan wurde Pierre einquartiert, der zwangsrekrutierte Übersetzer. So griff ihnen der Zufall unter die Arme, und der Garten tat das Seine. In diesem Garten begegneten sie einander. Begegneten sich wirklich. Physisch und mit ihren Herzen.

Unwillkürlich kommt ihr jener laue Frühsommerabend in den Sinn, an dem sie dort gesessen haben, ein jeder vor seiner Kammer. Wie sie dort die letzten Sonnenstrahlen genossen, den Rosenduft in sich aufsogen. In dieser Atmosphäre war es unmöglich, einander weiterhin zu ignorieren. Vorsichtig suchten sie das Gespräch, wie zwei scheue Nachttiere, die sich mit Einbruch der Dunkelheit aus ihrer Deckung wagten. Am zweiten Abend schon begleitet von einer Flasche Wein, und am dritten erschien ihnen ihr Beisammensein bereits wie eine feste Gewohnheit.

Von da an fieberte Gerrit jeden Morgen auf den Abend hin, lebte nur noch für ihr Zusammensein. Im Gegensatz zu ihr suchte er anfangs vielleicht nur Trost und Zerstreuung, eine zeitweilige Flucht vor der Einsamkeit. Aber dann wurden seine Gefühle zweifellos stärker, abzulesen an den Gewissensbissen, die ihn zunehmend quälten. Von einer Frau und zwei Kindern in Montpellier war die Rede. *Das sollst du wissen, chérie. Ich will keine Geheimnisse vor dir haben.* Frau und Kinder? Das gefiel ihr nicht. Aber ihm gefiel es auch keineswegs, eine Arbeit fern der Heimatstadt annehmen zu müssen, die ihn zum Verräter im eigenen Land abstempelte. Brücken schlagen sollte er zwischen Unüberbrückbarem, zwischen Besatzern und Besetzten, Herrschern und Untergebenen. Seine Sprachkenntnisse hatte er von seiner Mutter, einer Deutschen aus Lothringen, dazu war er Deutschlehrer. Aber im Herzen war Pierre durch und durch Franzose. Von Rechts wegen hätte er sie hassen müssen. Doch dann schlugen ausgerechnet sie beide diese Brücke, jenseits aller unüberbrückbaren Hindernisse.

Sie wären einander nie begegnet, wären die Umstände andere gewesen, auch das hat sie sich oft und oft vor Augen geführt. Schließlich hat sie sich entschieden, eine ferne Ehefrau als das kleinere hinzunehmende Übel zu betrachten. Alles wäre besser gewesen, als ihn niemals kennengelernt zu haben. Die Liebe ihres Lebens.

Über ihr Deutschsein sprachen sie eigenartigerweise nie. Über gewisse Eigenarten schon. Etwa ihre Vorliebe für Salzkartoffeln, ertränkt in pampigen Mehlsoßen – beides fand er scheußlich –, über die gewissenhafte Gründlichkeit, mit der sie jedes Problem anging. Über politische Fragen debattierten sie dagegen nie. Die Politik der Deutschen bedeutete Unterwerfung, und das war nichts, was sie mit ihrer Beziehung in Verbindung bringen wollten. Allerdings war die Schwierigkeit, ihre Liebe geheim zu halten, immer wieder Thema. Dabei ging es jedoch eher um Lösungen praktischer Natur, etwa die Übereinkunft, auf gemeinsame Kantinenessen zu verzichten, um Gerrits Kameraden keine Anhaltspunkte für gewisse Schlüsse zu geben. Auch keine Plaudereien auf dem Werkstatthof und keine gemeinsamen Heimwege. Stattdessen förmliche Höflichkeit von seiner Seite, Ignoranz von ihrer. So glaubten sie, am besten zu fahren. Dass die Luft Feuer fing, wenn sie aufeinandertrafen, dass andere den Brand durchaus bemerkten, dass ihre innige Zugewandtheit umso offensichtlicher wurde, je mehr sie sie zu verbergen versuchten, all das erfuhren sie erst, als es zu spät war.

11.

»Wo kommst du so spät her?« Veronika Wollny klingt ungehalten. So ungehalten, dass mit einer anschließenden Standpauke zu rechnen ist.

»Von draußen«, antwortet Luise, wohl wissend, dass das Aussprechen des Offensichtlichen die Mutter noch mehr reizen wird.

»Was du nicht sagst.« Ihre Stimme vibriert bereits gefährlich. »Die Wäsche wartet, die Zwillinge brauchen Hilfe bei den Hausaufgaben, und gleich beginnt unsere Herdstunde, aber es ist nichts vorbereitet.«

Luise schlüpft unter der quer durchs Zimmer gespannten Wäscheleine hindurch und tritt an den Tisch.

»Fürs Essen habe ich gesorgt«, erklärt sie mit gespielter Gleichmut, öffnet ihren Beutel, nimmt das Spankörbchen mit den Eiern heraus, legt den Speck und die Butterrolle auf die Tischplatte. Der Mutter gehen schier die Augen über.

»Woher hast du das?« Ihr Ton ist jetzt messerscharf.

»Eingetauscht.«

»Eingetauscht? Gegen was?«

»Ich habe jemandem einen Gefallen getan.«

»Wem?«

»Ist doch egal.«

»Luise!« Veronika Wollny baut sich vor ihr auf. »Du sagst mir auf der Stelle die Wahrheit!«

»Es war ein Tausch, glaub mir doch einfach. Und gleich mache ich uns ein schönes Abendessen. Wir dürfen die Pfanne von Frau Mewes benutzen, sie hat's erlaubt. Also freu dich doch! Wann hat's zuletzt Eier mit Speck gegeben?« Luise lächelt stolz. Auch Lukas und Lieselotte sind jetzt zur Stelle und starren mit gierigen Blicken auf die mitgebrachten Schätze.

»Wir wollen Eier!«, fordert Lieselotte.

»Wir wollen Eier!«, echot Lukas und klatscht dazu im Takt.

»Ruhe! Heute gibt's keine Eier!«, weist Veronika die Forderung harsch zurück. »Ihr zwei geht jetzt nach draußen. Ich habe mit eurer Schwester zu sprechen. Und du, Lovis, gehst auch mit!« Die Aufforderung trifft auf wenig Begeisterung, doch Veronika duldet keine Widerrede. »Und dass ihr mir ja auf der Treppe leise seid«, ruft sie ihren Kindern hinterher. »Ich will keinen Mucks hören!« Als die zehnjährigen Zwillinge und der zwölfjährige Lovis das Zimmer verlassen haben, kehrt wieder Ruhe ein. Veronika Wollny bedeutet Luise, sich an den Tisch zu setzen, zieht sich ebenfalls einen Stuhl heran. Das heißt, sie zieht ihn nicht, sondern hebt ihn in die Höhe und setzt ihn vorsichtig wieder ab, damit er nur ja nicht geräuschvoll über die Dielen kratzt. Schließlich nimmt sie Platz, legt die Hände vor sich auf die Tischplatte, ein bisschen so, wie sie früher Klavier gespielt hat, und für eine Sekunde glaubt Luise, die ersten Anschläge von Bachs *Präludium in C-Dur* zu hören. Niemand in der Familie spielte so gut Klavier wie sie, und Bach war ihr Lieblingskomponist. Inzwischen hat sich auch das Klavierspiel erledigt, wie alles andere aus ihrem alten Leben. Vielleicht gibt es nicht einmal mehr diesen Menschen, der die Mutter früher gewesen ist, denkt Luise flüchtig. Die steile Falte über der Nasenwurzel, die nicht mehr verschwinden will, die hat sie früher nicht gehabt. Diese Unterwürfigkeit, die sie der Hauswirtin gegenüber zeigt, wäre ganz untypisch für sie gewesen. Auch hat sie nie so müde ausgesehen, so ausgelaugt und abgemagert. Und doch: Wie sie dasitzt, aufrecht, mit geradem Rücken, so hat sie immer gesessen. Sitz gerade! Auch Luise und die Zwillinge bekommen diese Aufforderung oft zu hören. Lovis sowieso. Weil das wichtig für die Gesundheit ist. Und weil es sich so gehört.

Veronika Wollny schweigt eine Weile, mustert ihre Tochter mit prüfendem Blick. »Lieselotte hat dich mit diesem Jungen aus dem Haus gesehen«, sagt sie schließlich. »Er hätte dich auf seinem Fahrrad mitgenommen, behauptet sie.«

»Das hat Lotte wohl geträumt«, erwidert Luise kurz angebunden und blickt dabei aus dem Fenster.

»Lüg mich nicht an, Kind! Was hat er mit diesem Essen zu tun?«

»Ich habe Briefe für ihn geschrieben«, räumt sie unwillig ein, denn ihr schwant, dass die Mutter weit Schlimmeres vermutet, was auch immer das sein mag.

»Briefe?« Prompt ist da wieder diese tiefe Falte auf der Stirn. »Schreiben können wird er ja wohl noch selbst.«

»Er ist nicht gut im Schriftlichen«, widerspricht Luise. »Dazu ging es ums Formulieren. Es waren Behördenbriefe.«

»Und für ein paar Briefe gibt er dir all das?« Die Hand der Mutter gleitet fahrig über den Tisch.

»Warum nicht?«

»Eier! Butter! Speck!« Sie schüttelt den Kopf. »Niemand gibt so viel für so wenig, und schon gar nicht aus reiner Gefälligkeit.«

»Er hat bekommen, was er wollte, und ich habe die Eier bekommen«, setzt sich Luise zur Wehr. »Ich verstehe nicht, warum du dich darüber beklagst.« Sie fühlt sich gekränkt, hat sie doch auftrumpfen wollen und sich auf das überraschte Gesicht der Mutter gefreut. Doch statt Dankbarkeit nur Vorhaltungen. »Eigentlich waren diese Schreiben nicht für ihn, sondern für seine Mutter«, setzt sie nochmals zu einer

Erklärung an. »Sie möchte herausfinden, ob ihr Mann in Gefangenschaft ist und wann er freikommt.«

Die Mutter erwidert nichts darauf, blickt auf ihre Hände, sagt dann: »Diesem Emil traue ich nicht über den Weg.«

Schon wieder am Thema vorbei, ärgert sich Luise. Es ging um Behördenbriefe, bei denen sie behilflich sein konnte. Um nichts anderes.

»Ich habe ihn mit der jungen Frau aus dem Hinterhaus gesehen«, sagt die Mutter jetzt. »Dieser Hilda Rieger, die verschwunden ist.«

Luise kann das nicht beeindrucken. »Hilda wohnte hier, Emil wohnt hier – wen wundert's also, dass die beiden sich über den Weg gelaufen sind?«, tut sie die Sache ab.

»Sie hatte nicht den besten Ruf«, entgegnet die Mutter.

»Na und? Den haben wir auch nicht.« Luise verspürt heimliche Genugtuung. Diese Replik hat die Mutter getroffen, sie kann es ihr ansehen.

»Er hat dir dieses Tauschgeschäft sicher nicht aus Gefälligkeit oder Freundschaft angeboten«, erwidert sie beherrscht. »Sicher erhofft er sich mehr davon – und etwas ganz anderes womöglich.«

»Mutter, jetzt mal doch den Teufel nicht an die Wand!« Vor Wut würde Luise am liebsten auf den Tisch hauen. Aber sie hat Angst, die Eier könnten Schaden nehmen, also lässt sie es. Sie kann sich nicht vorstellen, dass Emil wirklich Böses im Schilde führt. Ein Aufschneider ist er vielleicht, ein Schlitzohr womöglich. Aber kein Krimineller. Genau das denkt die Mutter jedoch über ihn. Dass er ein Krimineller ist. Luise schleudert ihre Zöpfe zurück, verschränkt die Arme vor der Brust. Für sie war es der erfolgreichste Tag seit Langem. Vielleicht der erfolgreichste überhaupt, seit sie hier sind. Das will sie sich nicht kaputtreden lassen.

»Luise, hör bitte auf mich!«, mahnt die Mutter. »Geh diesem Emil aus dem Weg. Er wird uns nur Ärger einbringen. Die Leute hier halten ohnehin nicht viel von uns, wie du selbst erkannt hast. Wir müssen ihnen nicht auch noch einen Anlass dazu geben.«

»Es ist völlig egal, ob wir ihnen einen Anlass geben oder nicht!«, platzt Luise heraus. Sie will sich ja anpassen, sie will es ja allen recht machen. Aber man muss sie auch lassen. »Weißt du, was sie den Zwillingen in der Schule nachrufen? ›Lukas, Lotte, Lumpengesindel!‹ Das schreien sie ihnen hinterher. Dabei haben die beiden gar nichts verbrochen.« Sie verstummt, und einen Moment lang herrscht bedrückende Stille.

»Lukas, Lotte, Lumpengesindel«, wiederholt die Mutter. Sie spricht leise, ohne jede Betonung, und doch klingt die Aneinanderreihung der Worte wie eine logische Steigerung hin zum zwangsläufigen Fazit.

»Dieser Emil ...«, hebt sie von Neuem an.

»Dieser Emil sagt so etwas nie«, fällt Luise ihr ins Wort. »Er ist immer freundlich zu uns, auch zu Lovis.« In Wahrheit nimmt er Lovis und die Zwillinge kaum wahr, aber immerhin verspottet oder triezt er sie nicht.

»Er kommt mir ein bisschen alt für die Volksschule vor«, lässt die Mutter nicht locker. »Auf den ersten Blick wirkt er jung, mit seinem roten Haar und den Sommersprossen. Aber –« Sie spricht nicht weiter. Die Mutter ist Ärztin, sie kann solche Dinge gut einschätzen. Aber es sind körperliche Dinge. Jemandem in die Seele schauen kann sie nicht.

»Emil hatte in der zweiten Klasse eine schlimme Geschichte mit den Ohren«, nimmt sie ihn in Schutz. »Er hat kaum etwas gehört, ist quasi taub gewesen. Deshalb hat er das Jahr wiederholen müssen.« So zumindest hat er ihr die Sache verklickert. »Außerdem bin ich auch zu alt für die Volksschule.« Sie angelt nach ihren Zöpfen und legt sie sich wieder vorn über die Schultern. Wegen der Kriegswirren hat sie das letzte Schuljahr verpasst, und man hat ihr nun erlaubt, es nachzuholen. Darüber ist sie eigentlich froh. Emil fiebert bereits auf das Ende der Schulzeit im nächsten Jahr hin. Auch für Luise ist dann Schluss mit dem Schulbesuch, aber sie sehnt sich nicht danach. Im Gegenteil. Heimlich hofft sie auf ein Wunder, hofft darauf, auf eine höhere Schule gehen zu dürfen, wie sie das in Breslau zweifelsohne getan hätte. Sie ist eine gute Schülerin und kommt auch mit ihren Klassenkameradinnen aus. Einige sind sogar ganz nett zu ihr. Aber um die Zwillinge sorgt sie sich. Und erst recht um Lovis. Wenn es so weitergeht, wird er bald ernste Probleme bekommen, das spürt sie. Nur wie soll sie es der Mutter erklären? Und was sollte die dagegen ausrichten können? Luise weiß nicht recht weiter, es ist alles gesagt. Also steht sie auf und beginnt die Wäschestücke abzuhängen, die bereits trocken sind. »Am Rheinufer stehen viele Bäume, die niemandem gehören«, wechselt sie das Thema. »Wir könnten eine Leine spannen und unsere Wäsche dort trocknen. Ich könnte darauf aufpassen und die Kleinen derweil bei ihren Schularbeiten beaufsichtigen. Noch ist es warm genug.« Die nasse Kleidung im Zimmer stört sie am meisten. Dieser pupsige Waschküchengeruch. Die dampfende Feuchtigkeit. Und immer hängt irgendein Hemd, ein Rock, eine Unterhose im Weg.

Sorgsam legt Luise die Unterhemden der Zwillinge zusammen und stapelt sie in dem Schrank, den sie sich teilen. »Ich gehe jetzt und brate die Eier. Für ein schönes Abendessen.« Sie tritt hinter den Stuhl, auf dem die Mutter sitzt, schlingt ihr die Arme um den Hals, schmiegt sich an sie. »Wir tun einfach so, als wär heute Feiertag. Was meinst du?«

»Feiertag?« Die Mutter ergreift ihre Hände, drückt sie ein

wenig. »Warum nicht«, zeigt sie sich nachgiebig. »Schließlich haben wir über lange Zeit auf so ziemlich jeden verzichtet.«

»Ein Eier-und-Speck-Feiertag!«, freut sich Luise und klatscht in die Hände. »Das wär doch mal was, bei dem garantiert alle mitmachen würden!«

12.

»Was duftet denn hier so gut?« Guido reckt die Nase in die Höhe und schnuppert. »Eier und Speck – da bekommt man ja selbst einen Mordshunger.«

»Unsere Flüchtlinge aus dem Osten hatten eben Herdstunde«, berichtet Gerrit gleichmütig.

»Sieh einer an!« Guido pfeift durch die Zähne. »Die lassen sich's gut gehen.«

»Vielleicht ist bei denen Feiertag. Kann ja sein.« Gerrit schnäuzt sich in ihr Taschentuch, stopft es zurück in ihre Hosentasche. Ihr Bruder humpelt zum Tisch, zieht sich einen Stuhl heran, lehnt die Krücke dagegen, setzt sich. Eine umständliche Prozedur. Soeben ist er von seiner täglichen Runde um den Block zurückgekehrt. Er nennt sie zwar seinen ›Spießrutenlauf‹, hält aber trotzdem eisern daran fest. Es ist die Zeit des Tages, in der Gerrit ihm gegenüber milde gestimmt ist, in der er sie rührt und sie seinen Durchhaltewillen bewundert. Er will beweglich bleiben, sagt er, sein gesundes Bein trainieren. Doch sie weiß, dass er sich für seinen Anblick schämt. Der kraftstrotzende junge Kerl, der er einst war, hüpft nun wie eine lahme Krähe auf einem Bein – es ist eine Schmach für ihn. In Momenten wie diesen, in denen ihr das zu Bewusstsein kommt, beschließt sie regelmäßig, netter zu ihm zu sein, rücksichtsvoller und auch nachgiebiger. Er hat ungleich mehr gelitten als sie. Heute steht ihr allerdings ohnehin nicht der Sinn nach Zänkereien. Sie fühlt sich nur ausgelaugt und leer.

»Was ist los, Schwesterherz?« Guido mustert sie eingehender. »Du siehst furchtbar aus.«

»Vielen Dank«, gibt sie zurück, jedoch ohne die übliche Schärfe. Noch immer steht sie zwischen Küchenbuffet und Theke, dem imaginären Tor zu ihrem Privatbereich. »Ich hab in rauen Mengen Zwiebeln geschält«, behauptet sie. »Mutter will versuchen, deinen Wehrmachtsmantel zu überfärben. Und das hab ich jetzt davon.«

»Zwiebelschalen?«, wundert sich Guido. »Und das funktioniert?«

»Keine Ahnung.« Das mit den Zwiebelschalen stimmt, zumindest teilweise. Die Wehrmachtsmäntel dürfen nicht weiter getragen werden, Befehl der Alliierten. Da aber niemand davon ausgeht, dass die Deutschen sich für den Winter neu einkleiden können, kam nun die Idee der Überfärbung auf. Elke Schöller, die Nachbarin von schräg gegenüber, hat schon mit dem Gedanken an Holunderbeeren gespielt, aber davon hält Mutter Mewes nichts. Sie fürchtet, die Färbung könnte ins Violette gehen, und ihr ohnehin gestrafter Junge soll nicht auch noch zum Gespött der Leute werden. Also Zwiebelschalen, hat sie beschlossen. Und da für einen schweren Mantel ziemlich viele Zwiebelschalen vonnöten sein dürften, sammeln sie die Frauen schon seit geraumer Weile in einer Kiste unter dem Tresen. Doch für Guido hat dieses Thema keinen hohen Unterhaltungswert. Er interessiert sich für andere Dinge.

»Wer war diese Frau heute Nachmittag?«, erkundigt er sich und nestelt an seinem Kragenknopf. Keine spitzen Bemerkungen jetzt, mahnt sich Gerrit im Geiste. Beantworte einfach seine Frage.

»Es war Marie Werner, Hildas Schwester.«

»Aha. Sie sieht ihr gar nicht ähnlich.«

»Wenn man genauer hinschaut, schon.«

»Zum genaueren Hinschauen blieb leider wenig Gelegenheit«, erwidert ihr Bruder mit sanftem Spott. »Sie ist aus der

Tür geschossen, als wäre der Teufel hinter ihr her. Was war denn los?«

»Sie hat nach Hilda gefragt.«

»Nach Hilda?« Guido hält verwundert inne. »Hat man noch immer nichts von ihr gehört?«

»Es sieht wohl so aus.«

»Merkwürdig.«

Das findet Gerrit nur bedingt. In diesen Zeiten verschwinden dauernd Menschen. Ganz Deutschland ist auf den Beinen, jedermann kommt von irgendwoher und will irgendwohin. Niemand scheint dort bleiben zu wollen, wo er gerade ist. Dazu all die Fremdarbeiter, die sich nun durchs Land schlagen, die heimkehrenden Soldaten, die ehemaligen Gefangenen. Da kommt leicht mal eine unter die Räder. Oder setzt sich einfach ab. Was Hilda betrifft, hält Gerrit Letzteres für am wahrscheinlichsten. Oder sie hofft es zumindest. Guido gewinnt derweil den Kampf gegen seinen Kragenknopf und reibt über seinen befreiten Adamsapfel.

»Ich verstehe nicht, was wir mit der Sache zu tun haben sollen.«

Gerrit lässt einen Moment verstreichen, ehe sie antwortet, überlegt, inwieweit sie ihrem Bruder reinen Wein einschenken soll.

»Sie war schon einmal da, diese Marie Werner. Kurz nach Hildas Verschwinden«, gibt sie schließlich zu. »Hat gefragt, ob ich etwas wisse über sie. Wir sind dann hoch in Hildas Zimmer, um nachzusehen, ob sie einen Brief oder Ähnliches zurückgelassen hat. Aber da war nichts. Alles sah aus wie immer. Hatte ich das nicht schon einmal erzählt? Sicher habe ich das.« Gerrit denkt einen Augenblick nach, ehe sie fortfährt. »Wie gesagt, es sah aus wie immer – sofern ich beurteilen kann, wie es dort normalerweise aussah. Ich bin ja nicht jeden Tag bei ihr hereingeschneit. Einen Tag zuvor allerdings schon, wegen der Miete, mit der sie im Rückstand war. Es wirkte im Großen und Ganzen alles wie am Tag vorher. Nicht sonderlich bewohnt. Allerdings hing ihre Handtasche noch überm Stuhl. So ein kleines, billiges Ding. Die hat sie sonst immer bei sich gehabt. Normalerweise hatte sie ihre Geldbörse drin, eine kleine silberne, mit einem Knebelknöpfchen dran. Daraus hat sie immer ihre Miete gezahlt – wenn sie denn gezahlt hat. Aber jetzt war die Tasche leer. Marie Werner und ich haben dann nicht weiter herumgewühlt. Sie ist auch schnell wieder gegangen. Ich hätte nicht gedacht, dass sie noch mal wiederkommt. Doch nun behauptet sie, jemand hätte die Geldbörse gestohlen.«

»Wie kommt sie denn darauf?« Guido schüttelt verwundert den Kopf. »Hilda wird sie mitgenommen haben.«

»Sie geht davon aus, dass sie dann auch ihre anderen Sachen mitgenommen hätte.«

»Tja, gut möglich.« Guido streicht sich das Haar über der Stirn zurück. »Und, hast du sie genommen?« Er schaut jetzt zu Gerrit hinüber.

»Was soll ich genommen haben? Die Geldbörse?«

»Hm. Du bist pragmatisch veranlagt.«

»Willst du damit sagen, dass ich klaue?« Die Antwort ist nur ein leichtes Schulterzucken. »Du machst wohl Witze!«, gibt Gerrit zurück. »Ich habe Hilda nichts weggenommen.«

»Schon gut. Du brauchst dich nicht künstlich aufzuregen.« Guido weiß, dass seine Schwester Anschuldigungen dieser Art gegenüber ziemlich resistent ist.

»Aber diese Marie Werner«, sagt Gerrit jetzt. »Sie wirkte auf mich wie besessen. Es kommt noch so weit, dass sie uns die Polizei auf den Hals hetzt.«

»Nun sieh nicht gleich so schwarz!« Guidos Tonfall kündet nicht von größerer Besorgnis.

»Sie kennt Eva Koch«, insistiert Gerrit. »Oder vielmehr

umgekehrt: Eva Koch kennt die Schwestern. In Köln waren sie sogar Nachbarinnen. Das ist merkwürdig, oder?«

»So merkwürdig nun auch wieder nicht«, findet Guido. »Viele Kölner sind hier in die Gegend geflohen. Da ist es nicht abwegig, dass sich ehemalige Nachbarn oder Freunde über den Weg laufen.«

»Dann verschwindet jemand, und prompt steht die ehemalige Freundin auf der Matte und erbettelt sich das Zimmer«, bemerkt Gerrit ironisch. »Also, mir kommt das höchst eigenartig vor.«

»Hm.«

»Ich habe kein gutes Gefühl, Guido. Diese Sache zwischen Eva Koch und Hilda, die gefällt mir nicht, ganz und gar nicht.«

»Was glaubst du denn? Sie hätte Hilda im Rhein ertränkt, um ihre paar Mücken zu rauben und sich ihr Zimmer unter den Nagel zu reißen?«

»Ach, mit dir ist ja nicht zu reden!« Gerrit winkt ärgerlich ab, doch Guido grinst nur.

»Mir scheint, du hast diese Eva Koch ganz schön auf dem Kieker.«

»Wenn ich sie auf dem Kieker hätte, würde sie hier nicht mehr wohnen«, erwidert Gerrit spitz. Die Bemerkung, dass eher er es sei, der diese Eva Koch auf dem Kieker zu haben scheine, wenn auch auf eine völlig andere Art und Weise, liegt ihr schon auf der Zunge, doch sie kann sich bremsen. Die Stunde der Rücksichtnahme ist noch nicht vorbei. Guido streckt sein Bein von sich, reibt sich den amputierten Oberschenkel, gähnt herzhaft und fragt dann halb im Scherz:

»Warum bist du eigentlich so früh zurück? Sind alle gesund gepflegt und können nach Hause gehen?« Sein Lächeln gefriert, als er ihren Blick auffängt. Offensichtlich ist ihm klar geworden, dass ihr verquollenes Gesicht nicht auf das

Zwiebelschneiden zurückzuführen ist. Und dass er sich seine Bemerkung besser verkniffen hätte.

Gerrit schluckt hart, ringt um Fassung. Zu spät. Zu spät, Frieder zu sagen, dass auch er ihr geholfen hat. Dass er ihr keine Dankbarkeit schuldete. Dass ihre Besuche ihr ein Gefühl der Sinnhaftigkeit gegeben haben, die sie in ihrem Leben sonst kaum noch kennt, Gretchens Erziehung ausgenommen.

Wie konntest du sterben, Frieder! Wie konntest du dem Leben so einfach den Rücken kehren?

Keine Besuche mehr. Nie mehr. Sie will es einfach nicht glauben.

13.

»Nun kommen Sie schon rein!«, fordert Erika Schott Eva auf. »Bei mir ist Besuch immer willkommen.«
»Aber ich störe doch!«
»Nein, gar nicht. Ich habe nur eben die Wäsche ausgewrungen und konnte nicht so schnell an der Tür sein. Bitte, treten Sie ein!« Die Schott weist mit so galanter Geste zum Tisch hinüber, als hätte sie dort eine festliche Kaffeetafel eingedeckt. »Setzen Sie sich auf das Bett. Das ist bequemer als der olle Stuhl.« Eva folgt der Einladung, hockt sich auf die Bettkante, nimmt den kleinen Norbert auf den Schoß. Martha steht noch immer verloren im Raum.

»Schaut mal, Mädchen!« Erika winkt ihren Töchtern, die in der Ecke auf dem Fußboden hocken, jede mit ihrer Strohpuppe im Schoß. »Eure Freundin Martha kommt euch besuchen. Jetzt könnt ihr schön zusammen spielen!« Sie schiebt Martha zu den anderen beiden Mädchen hin, füllt dann ein Glas mit Wasser, reicht es Eva.

»Bitte schön. Dem kleinen Mann auch ein Glas?«
»Aber nein!«, wehrt Eva ab. »Er kann aus meinem trinken.«
Erika nickt. Noch immer liegt ein freudig-verklärtes Lächeln auf ihrem Gesicht, dessen Erklärung nicht lange auf sich warten lässt.

»Stellen Sie sich vor, mein Manni hat geschrieben!«, platzt es aus ihr heraus. Sie beugt sich ein wenig zur Seite, schlägt einen Zipfel der Tagesdecke zurück und zieht etwas unter ihrem Kopfkissen hervor. Ein grauer Briefumschlag. Darin ein ebenfalls graues Blatt Papier, das sie sorgsam entfaltet. »Hier, sehen Sie selbst!«

Eva wirft einen kurzen Blick auf die graue, ungelenke Bleistiftschrift, die sich kaum von der Farbe des Papiers abhebt und schwer zu entziffern ist. Lesen mag sie den Brief nicht. Von ihrem Ferdi hat sie seit Ewigkeiten keinen Brief mehr bekommen. Sie weiß nicht einmal, wo er ist. Und ob er noch lebt.

»Manni ist in England«, berichtet Erika Schott. »Es geht ihm gut, und er hofft, dass er bald heimkommen darf. Ist das nicht wunderbar?«

»Ja, das ist es«, bekräftigt Eva und bemüht sich, ihrer Stimme eine gewisse Weichheit zu verleihen. Sie will nicht, dass Erika Schott denkt, sie gönne ihr die Freude nicht.

»Die Hoffnung nie aufgeben – wie ich's sagte. Erinnern Sie sich?« Erika schaut sie erwartungsvoll an, worauf Eva sich ein Lächeln abquält. »Wie sieht's denn bei Ihnen aus? Noch immer nichts gehört?«

»Leider nein.«

»Wie schade.« Die Schott seufzt bedauernd. »Aber Sie müssen zuversichtlich bleiben. Irgendwann wird er sich schon melden.« Eva nickt und schluckt den Kloß im Hals herunter.

»Weshalb ich hier bin«, beeilt sie sich zu sagen. »Ich habe Arbeit gefunden.«

»Aber das ist ja wunderbar!« Erika Schott klatscht in die Hände.

»Nachtdienst in der Wäscherei.«

»Prima!« Die Schott lächelt immer noch.

»Es ist nicht viel«, schränkt Eva ein. »Nur zweimal die Woche. Und da wären wir auch schon bei meinem Problem.« Sie zögert, löst Norberts Hand aus ihrem Haar, drückt ihm seinen Stoffhasen in die Hand. »Ich muss erst aufbrechen, wenn die Kinder schon schlafen. Aber mein Norbert – nun, er wacht hin und wieder auf. Und da wollte ich fragen, ob Sie …« Eva hält inne und holt tief Luft. Die Bitte fällt ihr schwer. »Ich wollte fragen, ob Sie vielleicht nach ihm schauen können, bevor Sie selbst zu Bett gehen. Ich weiß, es ist eigentlich eine Zumutung, Sie darum zu bitten, und ich würde es auch nicht tun, wenn ich nicht so ...«

»... verzweifelt wäre«, vollendet Erika Schott den Satz und nickt mitfühlend. »Machen Sie sich mal keine Sorgen, das ist überhaupt kein Problem. Wie ich schon sagte: Wir sind Nachbarinnen. Und Nachbarinnen helfen sich gegenseitig.«

Eva fühlt sich augenblicklich von einer Last befreit. Diese Erika Schott ist wirklich eine nette Person. Vielleicht ist es an der Zeit, ihre steife Zurückhaltung aufzugeben. »Ich hoffe ja, dass ich bald auch etwas für Sie tun kann«, sagt sie. »Vielleicht kann ich Ihnen einen kleinen Teil von meinem Lohn abtreten.«

»Das kommt überhaupt nicht infrage! Wo kämen wir da hin, wenn jeder sich für so einen kleinen Hilfsdienst bezahlen ließe?« Erika Schott beugt sich vor, kitzelt den Jungen unterm Kinn. »Die liebe Tante schaut gern nach dir, Schätzelein. Nicht wahr?«

Eva fühlt sich den Tränen nahe vor Erleichterung. So schwer war es gar nicht, um Hilfe zu bitten. Aber vielleicht ist es ja gerade das. Vielleicht ist es die Einsicht, dass es nicht anders geht. Dass es noch Hilfsbereitschaft gibt. Und damit auch Menschen, denen man trauen kann. Ein Stück weit zumindest und immerhin so viel, dass es einem die nächsten Schritte ermöglicht.

»Wann soll's denn losgehen?«, erkundigt sich die Schott.

»Am Montag. Um acht.«

»Gut. Sehr gut. Brauche ich einen Schlüssel?«

»Ich muss erst Frau Mann fragen. Ich weiß nicht, ob sie ihren herausrückt.«

»Wir werden sie schon rumkriegen«, gibt sich Erika Schott

zuversichtlich. »Kommt der kleine Mann denn einmal zu mir?« Sie streckt die Hände aus, und Eva reicht ihr das Kind herüber. Die ›liebe Tante‹ setzt den Jungen auf ihren Schoß und kitzelt ihn am Bauch. Norbert windet sich, quietscht vor Vergnügen.

»Was merkwürdig war«, hebt Eva von Neuem an. »Im Büro der Wäscherei musste ich meine Personalien angeben. Name, Anschrift und so weiter. Als ich die Adresse im Krug nannte, schaute die Frau mich so merkwürdig an und meinte: ›Im Krug wohnen Sie? Da hatten wir schon mal jemanden.‹ Es klang nicht gerade begeistert. Ich kann mir keinen Reim darauf machen, was sie gemeint haben könnte. Haben Sie vielleicht eine Ahnung?«

Erika Schott denkt kurz nach. »Genau weiß ich's nicht. Aber ich kann mir vorstellen, dass es was mit der Frau Radek zu tun hat. Der Mutter von dem großen Jungen. Emil. Sie haben ihn sicher schon gesehen.«

»Der mit dem Fahrrad?«

»Ja, genau der. Netter Bursche. Soweit ich weiß, hat seine Mutter eine Zeit lang in der Wäscherei gearbeitet, aber dann nicht mehr. Sie ist – nun, wie soll ich sagen? Sie ist ziemlich seltsam. Ein bisschen neben der Spur. Aber, na ja. Das sind wir alle schon mal, oder nicht?«

Eva lacht leise auf. »Da sagen Sie was! Wie sieht's denn nun eigentlich bei Ihnen aus? Mit der Arbeit, meine ich. Haben Sie etwas in Aussicht?«

»Oh, Arbeit gibt's genug!«, behauptet die Schott. »Ich habe inzwischen unsere Mitbewohner aus dem Keller frisiert, die Schulzens, und auch die alte Frau Müllenholz von gegenüber. Die mit den lahmen Beinen. Sie wissen, wen ich meine? Die kommt ja nicht mehr vor die Tür.«

»Das ist sehr freundlich von Ihnen.«

Erika Schott winkt ab. »Ich seh's als Investition in meine

Zukunft. Irgendwann spricht sich herum, dass ich frisieren kann, und dann läuft mein Geschäft wie geschmiert!« Wieder lacht sie zu ihren Worten. »Außerdem hat mir Frau Müllenholz ein Säckchen Kartoffeln mitgegeben, und Kartoffeln kann man immer brauchen. Wer weiß, vielleicht werden die Dinger unsere neue Währung? Wäre doch lustig, die Vorstellung! ›Einen halben Liter Milch wollen Sie? Das macht ein Pfund Kartoffeln.‹« Sie lächeln beide, fallen dann in Schweigen. Der Spaß ist ausgereizt. Norbert lässt seinen Hasen fallen. Erika Schott bückt sich, hebt ihn auf und reicht ihn ihm zurück. »Nein, im Ernst: Ich habe noch andere Pläne«, sagt sie dann und wirft Eva einen bedeutungsvollen Blick zu. »Was ganz Neues.«

»Darf man erfahren, was es ist?«

»Eine Art rollende Frisierstube«, erklärt Erika Schott mit verhaltenem Stolz.

»Eine rollende Frisierstube?« Allzu viel kann Eva sich nicht darunter vorstellen.

»Das kam so«, erklärt die Schott bereitwillig. »Vor ungefähr drei Wochen habe ich unten im Hof zufällig Agathe Glemp kennengelernt. Das ist die Frau, die mit ihrem Lkw die Bauern im Hinterland abklappert und bei ihnen die Waren eintreibt, die sie abgeben müssen. Also, es ist jetzt nicht *ihr* Laster, sie ist ja nur angestellt. Aber trotzdem. Jedenfalls war sie hier, um einen Scheibenwischer austauschen zu lassen. Gerrit Mann meinte, es würde nicht lange dauern, also hat sie gewartet, und so bin ich mit ihr ins Gespräch gekommen. Ein Wort gab das andere, und schließlich ist Agathe mit einem reparierten Wagen und einem neuen Haarschnitt vom Hof gerollt.« Eva muss lächeln. Sie kann sich die Situation genau vorstellen. »Ein paar Tage später kam sie wegen einer anderen Sache in der Werkstatt vorbei«, fährt Erika Schott fort. »Was es genau war, weiß ich jetzt nicht. Jedenfalls kam Agathe extra noch rauf zu mir und erzählte, dass viele Leute sie auf ihre neue Frisur angesprochen hätten, von wegen richtig Pfiff und so. Dabei kam raus, dass die Bauersfrauen nach mir gefragt haben, also hat Agathe vorgeschlagen, dass ich mit ihr fahre, wenn sie morgens zu ihren Touren aufbricht, offiziell als ihre Hilfskraft, du verstehst. Sie setzt mich dann auf einem Hof ab, wo Bedarf ist, und packt mich nach ihrer Runde wieder ein. So haben wir's geplant, und jetzt schauen wir, wie sich's entwickelt.«

»Klingt gut«, meint Eva, die sich insgeheim mehr von der Geschichte erhofft hat. Die Gnade, auf ein paar Bauern angewiesen zu sein, ist ehrlicherweise nicht das, was sie sich unter einer richtigen Arbeit vorgestellt hat.

Gerade drückt Norbert der frisch gekürten Tante seinen Stoffhasen in die Hand, was diese zu einem Ausruf des Entzückens veranlasst. Sie nimmt den Hasen, kaspert damit herum, als wäre er eine Handpuppe, und mümmelt dabei selbst wie ein Kaninchen. Es sieht urkomisch aus. »Die Sache ist die«, fährt sie überraschend sachlich fort und setzt Norbert mit geübtem Griff auf ihrem Schoß um. »Die Frauen auf dem Land möchten ja auch mal wieder gut aussehen. Aber sie kommen nicht weg von den Höfen. Und wenn sie dann sonntags in die Kirche wollen – nur Stroh auf dem Kopf.« Sie lacht. »Jedenfalls nimmt Agathe mich übermorgen wieder mit. Und wenn's gut läuft, wer weiß. Vielleicht haben wir die Kohldampfschieberei dann bald hinter uns.« Sie zwinkert Eva zu. »Jetzt wissen wir schon so viel voneinander. Wäre es nicht endlich an der Zeit, dass wir uns duzen? So als Nachbarinnen?«

»Als Nachbarinnen und Freundinnen«, ergänzt Eva freudig. »Darauf müssen wir anstoßen!«, ruft Erika ausgelassen. »Im Büdchen ist Tanz heute Abend. Lass uns hingehen!«

»Oh, ich weiß nicht.« Ganz so innig hat Eva sich die neue Freundschaft nicht vorgestellt. »Ich bin müde.«

»Ach was! Müde sind wir alle. Das gilt nicht als Ausrede. Also, treffen wir uns um sieben im Hof.«

»Aber was ist mit den Kindern?«

»Schon geregelt!« Erika reckt ihren Zeigefinger in die Höhe, höchst zufrieden mit ihrem Organisationsgeschick. »Die kleine Wollny schaut nach meinen Mädchen. Da kann sie auch gleich bei deinen Sprösslingen nach dem Rechten sehen.«

»Aber, Erika, ich kann ihr nichts geben dafür.« Eva seufzt auf.

»Das ist auch nicht nötig, mach dir keine Gedanken. Sie bekommt einen ordentlichen Haarschnitt von mir und ihre Geschwister auch. Ist doch ein gutes Tauschgeschäft, findest du nicht?«

»Und du meinst, ihr ist zu trauen?« Eva hegt Zweifel, ob sie ihre Kinder einer fremden Person anvertrauen kann. Dazu einem jungen Mädchen von sonst woher.

»Warum sollte ich ihr nicht trauen können?«, fragt Erika verständnislos. »Sie ist höflich und zurückhaltend und macht einen ordentlichen Eindruck. Außerdem ist Kinderhüten nun wirklich keine große Sache. Und Übung hat sie auch darin. Bei den vielen Geschwistern.«

Eva wundert sich im Stillen. Es war Erika, die vor einigen Wochen noch große Bedenken hatte, was die Flüchtlinge betraf. Aber sie ist schlau genug, das jetzt nicht zu erwähnen. Das junge Mädchen hat sie ein paar Mal getroffen. Es sieht aus wie alle anderen, ist dazu höflich und zurückhaltend, wie Erika gesagt hat. »Also gut, aber nur eine Stunde.«

»Juhu!« Erika springt auf und wirbelt einmal mit Norbert im Kreis herum. »Ich bin so froh, ich kann's dir gar nicht sagen!«

»Weil wir ausgehen?«, erkundigt sich Eva nun doch ein wenig verwundert.

»Nein – das heißt darüber schon auch. Aber es ist natürlich wegen meinem Manni! Weil er doch geschrieben hat. Nun kommt er sicher bald heim. Ach, das wird wunderbar!«

14.

Er hat es sich so schön vorgestellt. Ganz anders jedenfalls. Mit einem Brief hätte es anfangen sollen.
Sehr geehrter Herr Radek, vielen Dank für Ihre Zuschrift. Wir haben Erkundigungen eingezogen und können Ihnen erfreulicherweise mitteilen, dass Ihr Vater Gunther Radek am Soundsovielten in die Heimat überstellt werden wird.
So oder so ähnlich hätte es dort gestanden. Emil hätte den Brief auf dem Heimweg von der Schule an die unterste Treppenstufe gelehnt vorgefunden, wo Frau Mewes gewöhnlich die Post für die anderen Hausbewohner deponiert. Er hätte den Brief aufgehoben, ihn noch im Hausflur geöffnet und der Mutter die gute Nachricht sofort überbracht. Wie sie sich gefreut hätte! Wie sie regelrecht aufgeblüht wäre! In der Folgezeit hätten sie Marken für den großen Tag gespart, für ein kleines Festessen, und er hätte auch Extras besorgt. Sie hätten die Stube geputzt, einen Kuchen gebacken, den Vater schließlich vom Bahnhof abgeholt. Emil zur Feier des Tages in seinem alten Braunhemd, dem die Mutter ordentlich mit Bleiche zugesetzt hat. Jetzt hat es einen Stich ins Rosafarbene, aber das macht ihm nichts aus. Die Mutter trägt ihr schickstes Kleid und hat einen Strauß blauer Herbstastern in der Hand. Er hat dieses Bild geradezu vor sich gesehen, für den Fall der Fälle aber noch eine zweite Version in petto gehabt: Eines Abends würde es an der Tür klopfen, während sie beide beisammensäßen, die Mutter nähend, er mit einem Legespiel beschäftigt. Wie sie sich verwundert ansehen würden und er schließlich öffnen ginge. Wie der Vater vor der Tür stünde, abgekämpft, übernächtigt, aber freudestrahlend. Wie er die Arme ausbreiten,

ihn umarmen, ihm dann auf die Schultern klopfen würde, robust und zugleich voller Zuneigung. *Mein Junge!* Derweil würde sich die Mutter aus ihrer Erstarrung lösen wie das Dornröschen nach seinem hundertjährigen Schlaf. ›Endlich bist du wieder da, mein Lieber! Jetzt ist alles gut.‹ Sie würde lächeln dabei, mit klarem Blick, ganz da.

Und dann das.

Emil ist eben zur Tür hereingekommen, wie immer ohne anzuklopfen. Den Schulranzen hat er bereits von der Schulter gestreift, bereit, ihn mit Schwung in die Ecke zu pfeffern. Doch er erstarrt mitten in der Bewegung, erschrickt fürchterlich, und diesem Schrecken haftet nichts Freudiges an.

Am Tisch sitzt der Vater. Eine magere, abgehärmte Gestalt, der Rücken krumm, die tief in ihren Höhlen liegenden Augen auf ihn gerichtet. Wie er ihn mustert mit diesem linkischen, misstrauischen Blick. Wie die Mutter dabeisitzt und schweigt. Schweigt wie immer. Emil verschlägt es die Sprache, was nicht oft vorkommt. Sonst eigentlich nie.

»Da ist er also, unser Sohn. Groß ist er geworden.« Der Vater spricht, als wäre Emil gar nicht anwesend. Mehr eine Feststellung als eine Begrüßung. »Und geht noch zur Schule, wie ich sehe. Nun gut.«

Gut klingt es nicht. Eher verächtlich. Missbilligend. Aber vielleicht täuscht Emil sich, denn jetzt steht der Vater auf, steht für *ihn* auf, tritt auf ihn zu, reicht ihm die Hand. Ein Händedruck von Mann zu Mann. Ein forsches Schulterklopfen. »Schön, dich wiederzusehen, Sohn.«

»Vater.« Erst jetzt bringt Emil das Wort heraus. Und schluckt die Frage hinunter, woher er denn auf einmal komme. So ohne Ankündigung. Ohne Vorwarnung. Ohne Brief.

»Du wirst sicher Hunger haben.« In die Mutter kommt Leben, wenn auch nicht viel. Sie steht auf, geht zum Vorratsschränkchen. Holt Brot, Streichfett, Rübenkraut und einen

Zipfel Wurst, von Emil organisiert. Der Vater setzt sich wieder, lässt sich auftischen, beäugt jeden Handgriff genau. Teller. Tasse. Messer. Brot. Streichfett. Rübenkraut. Sein Blick bleibt an der Wurst haften.

»Euch geht's ja blendend.« Die Mutter schenkt Kamillentee ein, schiebt ihm den Teller noch ein wenig näher hin, wartet ab, doch er regt sich nicht. Schließlich greift sie herüber, schmiert ihm eine Stulle, säbelt die Wurst in Scheiben.

»Setz dich zu uns, Emil.« Sie ist es, die ihn an den Tisch einlädt. Ohne ihn ist es für sie keine Tischgesellschaft, das weiß er. Es gibt nur zwei Stühle, also holt er den dreibeinigen Schemel, der ihm gewöhnlich als Nachttisch dient, hockt sich darauf. Die Mutter wirkt nun doch sehr erleichtert, findet Emil. Sie legt ihre Hand auf die des Vaters, lächelt dabei.

»Willst du nicht ablegen?« Der Vater steckt immer noch in seinem Wehrmachtsmantel, der nach nassem Hund riecht.

»Lass mal«, erwidert er. »Was man anhat, hat man an.«

Die Mutter lächelt tapfer weiter, doch Emil entgeht nicht, dass es sie allmählich anstrengt. Lange hält sie das nicht mehr durch.

Eine jähe Verzweiflung überkommt ihn. Schreien könnte er, sich die Haare raufen, sich auf den Boden werfen, hin und her wälzen. Er hat aufs falsche Pferd gesetzt. Es ist nicht der Vater, der sie wieder gesund machen kann. Er ist es nicht!

»Esst ihr immer Brot und Wurst zu Mittag?«, erkundigt der sich jetzt. »Kartoffeln mit Leinöl wären vernünftiger, da nahrhaft und billiger.«

Weder Mutter noch Sohn sagen etwas darauf. In Wahrheit essen sie mittags meist gar nicht. Sie dürfen die Küche nur von elf Uhr bis halb zwölf benutzen, danach sind die Flüchtlinge dran. Ab zwölf müssen dann alle raus sein. Da kocht Frau Mewes. Und danach Mittagsruhe. Alles streng geregelt. Die Mutter geht nicht gern in die fremde Küche. Eigentlich gar nicht.

Sie verlässt ja ohnehin kaum das Zimmer. Aber sicher weiß der Vater nicht, dass es jetzt diese Regelungen gibt, angeordnet von der Notquartierstelle. Oder vom Bürgermeister. Oder den Besatzern. So genau kann Emil das nicht mehr auseinanderhalten. Fakt ist, dass sich alle daran zu halten haben, sonst gibt's Ärger. Nur die Kellerleute unten, die prötscheln auf ihrem eigenen Herd. Den konnten sie noch retten. Man riecht immer, was es bei denen gibt, weil das Ofenrohr durch die Kellerluke auf die Straße rausgeht, direkt unter Emils Fenster.

Bei Emil und seiner Mutter gibt's mittags höchstens einen Teller Grießbrei. Sie behauptet, so bald nach dem Frühstück noch keinen Appetit zu haben, aber Emil glaubt, sie vergisst bloß, sich ums Essen zu kümmern. Wenn sie näht, vergisst sie alles. Und wenn sie nicht näht, auch. Das wird er dem Vater allerdings nicht auf die Nase binden.

»Kartoffeln sind ausgegangen«, wirft er leichthin ein. »Ich muss später welche holen.« Fürs Einholen ist er ohnehin zuständig, das wird der Vater schon noch merken. Die Mutter geht ja nur selten aus dem Haus. Nicht, wenn's sich vermeiden lässt. Wenn's noch Auswahl gäbe, rechtfertigt sie sich manchmal, an ihren gesprächigeren Tagen. Wenn man noch wählen dürfe, in Auslagen schwelgen. Dann, ja dann würde sie schon selbst gehen. Aber so. Sie beide wissen, dass es nicht die Wahrheit ist, doch manchmal lebt es sich mit der Unwahrheit leichter.

»Haben die Briefe also etwas genutzt«, sagt die Mutter jetzt, halb zu Emil, halb zum Vater gewandt, streichelt dabei dessen Arm.

»Briefe? Welche Briefe?«, fragt er zwischen zwei heruntergeschlungenen Bissen, spült mit Tee nach.

»Emil hat geschrieben. An alle möglichen Stellen.« Die Mutter klingt stolz.

»Von Briefen weiß ich nichts.«

»Er hat sich nach dir erkundigt und darum gebeten, dass man dich nach Hause schicken soll. Und siehe da: Du bist hier.« Wieder dieses Lächeln, der Blick halb da, halb auch nicht. Noch steht es auf der Kippe, denkt Emil. Vielleicht wird's ja doch noch was.

»Briefe hat er geschrieben, sieh einer an!« Der Vater nickt beeindruckt. »Da schreibt der Herr Sohn einen netten Brief, und schon lassen einen die Russen laufen!« Er lacht freudlos, heftet seinen Blick dann auf Emil, fügt mit boshaftem Unterton hinzu: »Nur schade, dass du nicht schon früher auf die Idee gekommen bist.«

»Wenn wir das gewusst hätten!« Die Mutter schlägt die Hände vors Gesicht. »Wir konnten ja nicht ahnen, dass so ein Brief –«

»Ida, nun schalte mal deinen Verstand ein!«, fährt der Vater dazwischen. »Glaubst du im Ernst, die Roten würden sich für irgendwelche lächerlichen Briefe interessieren? Ich war dran, weil ich dran war. Hab meine Entlassungspapiere bekommen, rein in den Güterzug, und ab ging die Post!« Er wirft sich in seinem Stuhl zurück, ruckt gleich wieder nach vorn, will seinen Mantel nun offensichtlich doch loswerden. Die Mutter springt auf, hilft ihm dabei. Ein ranziger Schweißgeruch schlägt Emil entgegen.

»Apropos Entlassungspapiere«, fährt der Vater fort. »Als man mir eure Meldeadresse mitgeteilt hat, habe ich gedacht, es wäre ein Irrtum. Bin dann auch gleich in den Siefenweg marschiert, und was seh ich? So ziemlich das einzige Haus, das hier was abgekriegt hat, ist ausgerechnet das, in dem wir gewohnt haben.« Es klingt beinahe, als gäbe er ihnen die Schuld daran. Emil spürt die Hilflosigkeit seiner Mutter, springt ihr bei.

»Es hat wohl die Kabelfabrik treffen sollen, aber die Amis haben ihr Ziel verfehlt.«

»Ja, vermutlich.« Das sieht auch der Vater ein. Aber Emil weiß: Das eigentliche Problem war der Funkwagen, der vor dem Haus stand. Die Alliierten versuchten stets, diese Wagen zu orten und zu bombardieren, und sie waren meist erfolgreich damit. Höhnscheid, der Luftschutzwart, war zu dem deutschen Soldaten rübergegangen, der ihn dort abgestellt hatte, und bat ihn zu berücksichtigen, dass in dem Wohnhaus nebenan Leute im Keller säßen. Aber geholfen hat's nicht. In derselben Nacht gab es einen massiven Angriff, Granaten schlugen ein, vielleicht sogar eine Bombe. Sie hat die vordere Kellerwand getroffen, diese dann gegen die hintere geschleudert und alles, was sich dazwischen befunden hatte, zerquetscht. Den Hergang hat Emil später von Höhnscheid erfahren, der als Einziger überlebte. Die Soldaten mit dem Funkwagen waren tot, die beiden Schuhmanns aus Parterre und auch ihr betagter Onkel aus dem Ruhrgebiet, der bei ihnen untergekrochen war. Die anderen Nachbarn waren glücklicherweise ins Rathaus gewechselt, den einzigen öffentlichen Luftschutzkeller vor Ort. Auch seine Mutter hatte Emil rechtzeitig dorthin verfrachtet. Derselbe Keller, in dem nebenan die Hakenkreuzfahnen deponiert waren, die er sich später geholt hat.

»Wo wart ihr während des Angriffs? Doch nicht etwa im Haus?«, erkundigt sich der Vater und klingt jetzt deutlich milder.

»Im Luftschutzkeller«, antwortet Emil, den Sachverhalt bewusst verkürzend. Die Mutter war dort. Wie auch die Witwe Gutenkorn, die ein freundlicher Nachbar begleitet hatte. Er selbst war zum Zeitpunkt des Angriffs bereits wieder in den Wald geflüchtet, in dem er seit ein paar Wochen lebte. Genauer gesagt in dem Stollen, den Willi und er gegraben hatten und der ihm noch heute als Versteck dient.

Der Grund dafür waren aber zunächst nicht die Bombardements, sondern der Volkssturm. Unter allen Umständen wollten sie diesem Selbstmordkommando entgehen. Im Gegensatz zu Willi war Emil zwar noch keine sechzehn Jahre alt, doch er hatte welche getroffen, die keinen Tag älter aussahen als er selbst. Im allgemeinen Untergangswahn würden Altersgrenzen womöglich ohnehin bald keine Rolle mehr spielen. ›Bin ja nicht lebensmüde‹, hat Willi gesagt, und dass er nicht noch auf den letzten Drücker ins Gras beißen wolle, zumindest nicht, bevor er eine heiße Braut flachgelegt habe. Dem hat Emil sich ohne Wenn und Aber angeschlossen. Also fingen sie mit der Buddelei an, schleppten Proviant und Decken heran und zogen in den Wald. Heiße Bräute gab es dort keine. Aber später Amerikaner.

Um ein Haar wären sie dann doch noch draufgegangen, zu einem Zeitpunkt, an dem eigentlich schon alles vorbei war. Vielleicht haben seine Sommersprossen ihn gerettet. ›Möwenschisse‹ nannte Jörg Hagemann, der von ihm beinahe vergötterte Fußballtrainer, sie immer. Dazu Emils rötliches Haar, sein breites, rundes Gesicht; die dünnen Beine in den ewigen Lederhosen, die ihm langsam knapp um die Schenkel werden. Der Feind sieht anders aus.

So hat wohl auch der amerikanische Soldat, der ihn aufstöberte, gedacht und ihn nicht gleich erschossen. Zu diesem Zeitpunkt ging Willi zufällig irgendwo seinem großen Geschäft nach.

Nach der ersten Schreckensstarre reckte Emil, einer Eingebung folgend, zwei Finger hoch, deutete erst auf sich selbst und dann in die Büsche unterhalb des Stollens, um seinem Gegenüber zu verklickern, dass sie zu zweit waren. Anschließend hockte er sich hin und tat dabei so, als würde er seine kurze Hose herunterziehen. Der Ami verstand sofort und brach in schallendes Gelächter aus. Dieses Lachen beruhigte auch seinen Kameraden, der bald darauf auftauchte. Emil hat auch gelacht und dann betont fröhlich in den Wald gerufen: »Willi, nimm die Hände hoch, und komm aus dem Gebüsch, sonst erschießen sie dich!« Damit das nicht trotzdem passierte, rief er sicherheitshalber noch: »*Ei sörrender.*« Nicht dass Emil Englisch spräche, aber es hatte da mal Flugblätter gegeben, an die Soldaten gerichtet. *Zwei Worte, die 1 000 000 Leben retten,* hatte dort fett auf rotem Grund gestanden, und darunter: *EI SÖRRENDER.*

»*Ei sörrender!*«, rief er nun ein ums andere Mal, damit sie ihn auch wirklich verstanden. Er wusste ja, dass sie Amis auf der Hut waren und keine Risiken eingingen. Wenn's drauf ankam, schossen sie lieber einmal zu viel als zu wenig. Aber diese beiden waren glücklicherweise nicht bösartig. Sie eskortierten Emil und Willi aus dem Wald und in die Stadt hinunter, beratschlagten sich dort mit ihresgleichen und ließen sie anschließend laufen. Dieser Moment war Emils persönliches Kriegsende, aber die Geschichte mag er dem Vater nicht erzählen.

Der Mann, der ihm hier gegenübersitzt, ist keine Person, der man blindlings vertraut und in deren Anwesenheit man einfach drauflosschwatzt. Aber im Grunde spielt das alles ohnehin keine Rolle mehr. Emil lebt. Das ist das Entscheidende. Und der Vater lebt auch.

»Wieso seid ihr hier im Krug gelandet?«, erkundigt der sich jetzt und kratzt sich am Arm. Ob er Läuse hat? Wahrscheinlich. Hoffentlich bringt er uns kein Fleckfieber ins Haus, denkt Emil und schämt sich gleich dafür.

»Wir konnten uns die Unterkunft nicht aussuchen«, antwortet die Mutter in diesem entschuldigenden Ton, der Emil auf die Palme bringt. Woran trägt sie Schuld? An gar nichts!

»Der Krug gehörte doch deinem Großonkel, diesem Enno Kränger«, meint der Vater. »Was ist mit dem?«

»Enno ist schon lange tot«, winkt die Mutter ab.

»Tot also? Nun ja, das Sterben will nicht enden.« Der Vater greift nach seiner Tasse, trinkt einen Schluck, stellt sie wieder ab. »Aber warum dann dieses Zimmer?« Er lässt seinen Blick durch den Raum schweifen, hebt schwach die Hand. »Es ist viel Platz in Krängers Haus. Da hättet ihr mehr für euch rausschlagen müssen. Ist schließlich Verwandtschaft gewesen.«

»Es ist alles belegt«, versucht sich die Mutter erneut zu rechtfertigen. »Und unten wohnen jetzt die neuen Eigentümer. Gerrit Mann und ihre Mutter. Dann noch der Bruder, Mewes heißt er.«

»Mewes? Nie gehört.« Über ihren Köpfen rumpelt es plötzlich, als wäre ein Stuhl umgekippt. Der Vater fährt erschrocken zusammen, sein Blick schnellt zur Decke. »Was war das?«

»Unterm Dach wohnen Flüchtlinge«, antwortet die Mutter mit ausweichendem Blick.

»Flüchtlinge.« Der Vater weiß mit dem Begriff nichts Rechtes anzufangen, das merkt man ihm an. Doch er fragt nicht weiter und sagt auch nichts mehr. Die Mutter rettet sich wieder in ihr Lächeln, das bald zur Maske gerät.

Emil kommt es plötzlich unerträglich stickig vor. Er braucht frische Luft. Sofort. »Ich bin dann mal weg.« Er steht auf und wendet sich der Tür zu.

»Wo geht er hin?«, erkundigt sich der Vater.

Emil könnte es ihm sagen, aber er will nicht. Soll er ihn doch selbst fragen.

»Ich weiß nicht.« Die Mutter flüstert fast.

»Er verschwindet einfach so, wie's ihm passt?«

Hilfe suchend schaut die Mutter zu Emil hinüber.

»Ich treffe mich mit ein paar Leuten«, antwortet er nun doch.

»Du triffst dich mit ein paar Leuten. Soso. Vormittags die Schulbank drücken, nachmittags Halligalli. Na, du hast ein

Leben!« Emil erwidert nichts darauf. »Wie lang soll das noch gehen mit der Schul'?«

»Nicht mehr lang. Nur bis Ostern. Danach ist Schluss.«

»Wird auch Zeit, dass du ans Arbeiten kommst.«

»Ja, Vater. Wir sehen uns später.« Emil hat bereits die Türklinke in der Hand. Nichts wie weg.

»Halt!« Der Alte hält ihn mit erhobener Hand zurück. »Du bleibst hier und hilfst deiner Mutter!«

»Aber so lass doch den Jungen, Gunther.« Die Stimme der Mutter hat beinahe jede Kraft eingebüßt.

»So weit käm's noch!«, poltert der Vater. »Die Zeiten, in denen der Bursche sich einen schönen Lenz macht, sind von jetzt an vorbei!« Er hebt die Faust, als wollte er sie auf den Tisch donnern lassen, unterlässt es aber. »Da sieht man, was dabei herauskommt, wenn der Mann im Haus fehlt! Ein Rumtreiber ist aus dem Jungen geworden, ein Taugenichts!«

»Aber das ist nicht wahr!«, widerspricht die Mutter und ringt flehend die Hände.

»Natürlich nimmst du ihn in Schutz.« Die Stimme des Vaters trieft jetzt vor Sarkasmus. »Was will man anderes erwarten? Wie die Mutter, so der Sohn.«

Emil steht noch immer da wie erstarrt. Eine bleierne Stille hängt im Raum.

»Du bist sicher sehr müde«, sagt die Mutter schließlich und legt ihrem Mann erneut die Hand auf den Arm. »Ruh dich ein bisschen aus.«

Sie hat's erfasst, denkt Emil. Der Vater muss sich erst eingewöhnen. Muss sich ausruhen, sich hineinschlafen in die neuen Verhältnisse. Vielleicht wird's dann doch noch was.

Vielleicht.

15.

Veronika gähnt hinter vorgehaltener Hand, während sie zügig ausschreitet. Sie hat gehofft, die frische Luft würde sie beleben, doch das Gegenteil scheint der Fall zu sein. Dennoch ist sie froh, der Enge der Dachstube für eine Weile zu entrinnen. Sie geht gern am Ufer dieses Flusses spazieren. Das Gleißen des Lichts auf den Wellen bei Sonnenschein, seine schlammbraune Undurchdringlichkeit bei Regen, all das erinnert sie an die See. Es sind angenehme Erinnerungen und zugleich die einzigen, die sie zulässt. Ansonsten scheut sie davor zurück, an früher zu denken, verbietet es sich meist geradezu. Sie hat einmal ein anderes Leben gelebt. Das Leben einer anderen.

Aber jetzt ist jetzt, und hier ist hier. Würde sie ständig Vergleiche ziehen, sie würde verrückt werden. Was sollte sie auch vergleichen wollen?

Ihr Vater war ein hoch angesehener Advokat und Notar. Sie haben zur besseren Gesellschaft gehört, privilegiert und hofiert. In Breslau haben sie eine herrschaftliche Villa mit zwölf Zimmern bewohnt. Ein Entree, in dem man hätte tanzen können, eine Bibliothek, die sie immer scherzhaft Vaters Bärenhöhle nannte. Und erst das Reich ihrer Mutter: ein Salon mit separatem Ankleideraum und Balkon zum Garten hinaus. Dazu ein halbes Dutzend Angestellte, die putzten, kochten, wuschen, einkauften, den Garten pflegten, sie betreuten und für ihre musische Ausbildung sorgten. Auch ihr späterer Lebensstil als junge Erwachsene, Ehefrau und Mutter kam dem sehr nahe. Doch damit ist es nun vorbei. Sie haust mit den Kindern in einer Dachkammer, in der früher allenfalls die Küchenmädchen untergekommen wären, eingepfercht zwischen Schmutzwäsche, Stockbetten und Nachttöpfen. Die häuslichen Aufgaben, die einst auf so viele Schultern verteilt waren, trägt Veronika jetzt ganz allein. Ausgenommen vielleicht die Gartenpflege – diesen kleinen zynischen Scherz erlaubt sie sich in Gedanken –, denn einen Garten besitzt sie ja nicht mehr.

Über ihrem letzten maßgeschneiderten Kleid trägt sie nun einen fadenscheinigen Baumwollkittel. Statt feiner zweifarbiger Lederschuhe mit zierlichem Absatz ein paar ausgetretene Latschen; ihre Kinder kommen nun gar in Holzpantinen daher. Immerzu muss sie sie ermahnen, sie nur ja auf der Treppe auszuziehen. Nur nicht anecken! Nur keine Umstände machen!

Doch was sie auch tun: Hier im Westen sind sie allenfalls geduldet, und die Vorbehalte sind groß. Man beobachtet die Flüchtlinge misstrauisch, brandmarkt sie als Lumpengesindel, wie sie sich von Luise aufklären lassen musste. ›Flüchtling‹ – ein Schimpfwort, schlimmer noch als Dieb oder Taugenichts. Man gönnt ihnen nicht das Schwarze unter den Nägeln, und manche gehen so weit, ihnen die Kenntnis von Wasserklosetts abzusprechen. Lachhaft!

Wirklichen Respekt bringen den Vertriebenen nur die Menschen aus der Heimat entgegen. Leute wie die Heusners. Sie bewohnen eine Laube in einer Schrebergartensiedlung am Ortsende, nahe am Flussufer. ›Laube‹ nennt sich ihre Hütte. Das klingt romantisch, ist es aber mitnichten. In Wahrheit handelt es sich um kaum mehr als einen Bretterverschlag mit undichtem Dach, einer Tür, die nicht richtig schließt, und zwei Sprossenfenstern mit gesprungenen Scheiben. Sie könnten froh und dankbar sein, überhaupt ein Dach überm Kopf zu haben, hat man ihnen auf der Notquartierstelle gesagt.

Die Laube gehört einem alten Ehepaar, ebenso wie der zugehörige Garten. Sie sind zu hinfällig, um sich darum zu kümmern, weshalb es für sie auch kein großer Verlust ist, dass nun die Heusners in der Hütte wohnen.

Veronika ist an ihrem Ziel angekommen. Sie öffnet das eingehakte Gartentörchen, tritt hindurch. Von ein paar wild wuchernden Brombeersträuchern abgesehen, wurde auf dem Grund schon lange nichts mehr angebaut, weshalb es auch nichts zu ernten gibt. Doch immerhin können die Kinder – acht an der Zahl – auf dem heruntergetrampelten Gras spielen, und Grünfutter für die Karnickel gibt es reichlich.

Mit Leuten wie den Heusners hätte Veronika in der Heimat wohl kaum etwas zu tun gehabt, abgesehen von ihrer Arbeit im Hospital. Aber sie haben etwas an sich, das sie einander erkennen lässt. Ihren Dialekt, ihre Art zu denken. Vielleicht sogar ihr Aussehen. Pommerscher Sand: die Haarfarbe der zahlreichen Heusner-Kinder, wie auch ihrer eigenen.

Wie immer wird Veronika herzlich, geradezu euphorisch empfangen.

»Die Frau Doktor! Bitte, treten Sie doch ein!« Da wird der Stuhl abgefegt, die gesprungene, aber blitzsaubere Tischplatte nochmals gewischt. Da wird Brunnenwasser serviert und Tee angeboten. Wilde Malve, Kamille, Zitronenmelisse. All das, was hier umsonst wächst.

Das Ehepaar Heusner setzt sich zu ihr an den Tisch – der Vater hat aus Treibholz sehr geschickt einige Hocker gezimmert –, und man schaut zu, wie sie ihren Kräutertee trinkt und das Stückchen Stippzwieback dazu knabbert.

Man erkundigt sich nach ihrem Befinden, nach dem der Kinder. Eigentlich wäre das ihr Part, aber sie muss sich gedulden, auch das ist eine unausgesprochene Regel.

Es riecht nach Kartoffeln, die in der Kochbox vor sich hin

simmern, eine Konstruktion aus einer dick ausgepolsterten Munitionskiste, in die der erhitzte Kochtopf gestellt wird. Mit etwas Geduld lasse sich so eine Menge Energie sparen, hat Herr Heusner ihr erklärt. Veronika muss zusehen, dass sie sich auch eine solche Kiste beschafft.

Unausweichlich kommt das Gespräch auf die Heimat, auch das kennt Veronika schon. Wobei die Heimat der Heusners eine ganz andere war als die ihre: sie, das Stadtkind, und die Kleinbauern aus der schlesischen Ebene. Wenn die Nachbarin in drei Kilometer Entfernung die Gardinen aufhängt, kannst du ihr dabei zusehen, scherzt Frau Heusner immer, und Veronika nickt mit verständnisvollem Lächeln, stellt sich dabei das weite, nicht enden wollende Land vor, den hohen blauen Himmel, betupft mit weißen Wolkenbatzen.

Nachdem der Heimat gedacht wurde, widmet sich Frau Heusner am liebsten dem Essen – Mohnklißela, Knoblichwurst, Krientunke, zählt sie auf. Breslauer Knackwurst und Schläsches Himmelreich – was würde sie dafür geben!

Doch genug vom Essen gesprochen.

»Wie geht's Ihnen sonst, Frau Heusner?«

Ja nun, wie soll's gehen. Eine Matratze würde sie sich wünschen. Eine richtige. Weil sie's doch mit dem Rücken hat.

»Zu gemütlich wollen wir's uns erst gar nicht machen«, meldet sich ihr Gatte zu Wort. Auch das ist nichts Neues. Ist die schlesische Küche das Lieblingsthema seiner Frau, so ist seines die Heimkehr. Es handelt sich nur noch um eine Sache von Tagen, höchstens Wochen, ehe es so weit ist, könnte man meinen, wenn man ihn reden hört.

»Schauen Sie, Frau Doktor. Der Osten, das ist so ein riesiges Gebiet – unvorstellbar, dass uns das alles weggenommen wird. Das Land wäre ja wie leer gefegt, kein Mensch mehr da, die Felder und Äcker unbestellt. Und hier tummelte sich alles und hätte nichts zu beißen. Man wird bald einsehen müssen, was das für ein Unsinn ist, sogar die Roten. Deshalb soll meine Minna auch nicht hausieren gehen und nach Möbeln und Betten fragen. Weil wir das alles bald ohnehin nicht mehr brauchen.«

Veronika nickt. Wie so oft schon zuvor. »Und sonst, Herr Heusner? Was macht der Zehennagel?«

»Uijuijuijui.« Er verzieht schmerzvoll das Gesicht. »Ist noch immer vereitert, das olle Ding.«

»Lassen Sie mal sehen. Wenn's nicht besser wird, müssen wir ihn ziehen.«

»So weit kommt's noch!«, wehrt er ab, doch Veronika befürchtet genau das. Seine Füße sehen schlimm aus.

»Sie sollten diese engen Schuhe nicht mehr tragen, Herr Heusner.« Sie weist auf seine Armeestiefel, die ihm viel zu klein sind. Wer weiß, wo er sie herhat.

»Damit bin ich einverstanden!«, tut er nachgiebig. »Dann nehm ich halt eins von meinen anderen fünf Paaren!«

Sie lächelt. Auch diesen Witz kennt sie schon.

»Vielleicht einfach ein bisschen Luft dran lassen«, schlägt sie vor. »Und in Kernseife baden, das kann Wunder wirken.«

»Kernseife!« Er lacht auf, als hätte sie ihm vorgeschlagen, den Fuß in Eselsmilch zu tunken.

»Ein Stück Seife steht jedem zu«, beharrt sie und kramt in ihrer Tasche. Sie hat noch ein Tiegelchen Ringelblumensalbe dabei. Vielleicht kann die helfen.

»Und der Nachwuchs?« Sie dreht sich halb um, blickt in die Reihe von Kindergesichtern, die dem Geschehen mit ehrfürchtigem Schweigen folgen. Zumindest liegt keins im Bett, wie sich leicht erkennen lässt. Das ist schon einmal gut und nicht selbstverständlich. Eins der Kinder nach dem anderen lässt sie vortreten, mustert es genau, überspielt dabei geschickt, dass sie sich nur die Namen derjenigen merken konnte, die sie bereits behandelt hat: Rudi – Splitter im

Fleisch; Erika – Sonnenstich; Frank – Husten, ebenso wie die Jüngste, deren Namen sich ihr außerdem eingeprägt hat, weil sie ihn so hübsch fand: Isabell. Der Husten hat schon im Sommer begonnen, ganz ungewöhnlich für die Jahreszeit, und jetzt, wo der Herbst einzieht und die Erkältungswelle eigentlich erst beginnt, ist er noch immer nicht abgeklungen. Das ist besorgniserregend. Doch die Lunge scheint frei zu sein, und das Kind ist bei Kräften. Dünn zwar, wie alle anderen auch. Aber die Heusners bekommen es irgendwie hin, ihre vielköpfige Familie durchzubringen. Auch das ist eine Leistung. Veronika hofft inständig, dass dies über den Winter so bleiben wird.

Einige der Heusner-Kinder besuchen dieselbe Klasse wie ihre Zwillinge, die oft zum Spielen herkommen. »Bei den Heusners ist es schöner als bei uns«, sagen sie immer. »Wieso haben wir nicht auch einen Garten?« Dass es dort nur schön ist, solange sich das Wetter hält, dass es mit der Begeisterung ein Ende haben wird, wenn erst der Winter hereinbricht, ahnen sie nicht. Veronika mag nicht daran denken, wie es sein wird, wenn erst Schnee liegt. Die Laube hat nicht einmal einen Ofen. Aber vielleicht, so hofft sie, vielleicht gibt es hier ja gar keinen Schnee, so weit südlich, wie sie sind. Dazu müsste sie sich einmal erkundigen. Sie könnte bei sich im Haus fragen, weiß aber nicht recht, wie sie das anstellen soll. Guten Tag, Frau Mann. Fällt hier eigentlich Schnee? Besser, Luise macht das. In der Schule wird sie solche Dinge wohl erfahren können. Allerdings ist ein Winter ohne Schnee so gut wie unvorstellbar. Und sie sind hier nicht in Italien. In jedem Fall sollten die Heusners sich rüsten.

Ihr Blick kehrt zu Minna Heusner zurück. Es wäre gut, wenn nicht noch mehr Kinder kommen, denkt sie unwillkürlich. Die Frau sieht anämisch aus und mangelernährt, trotz ihrer Schwärmerei fürs Essen. Oder gerade deswegen.

Aber der weibliche Körper ist unberechenbar. Wenn er sich erst einmal auf Schwangerschaften eingeschossen hat, dann nutzt er jede Gelegenheit, so ist es Veronika oft vorgekommen. Eine Art Brutlaune, ihrer Theorie nach. Bei ihr hat sich dieses Thema ja nun erledigt, in Brutlaune wird sie in diesem Leben wohl nie mehr geraten. Wenn Herr Heusner nicht ständig zugegen wäre, würde sie das Thema vielleicht sogar vorsichtig zur Sprache bringen. Leider weicht er seiner Frau nicht von der Seite. Diese Rückenprobleme, diese Mattigkeit – es gibt da gewisse Verdachtsmomente, denkt Veronika, und dass sie sich hoffentlich nicht bestätigen werden.

»Pfannkrappla! Millitscher Karpfen! Prasselkuchen!«, ruft Frau Heusner, einer spontanen Eingebung folgend, in ihre Überlegungen hinein. »Das wäre doch was, nicht wahr, Frau Doktor?«

Karpfen und Krapfen – diese unorthodoxe Zusammenstellung bestärkt Veronika eher noch in ihren Befürchtungen. »Sie sollten sehen, dass Sie einen Ofen auftreiben«, wendet sie sich an Herrn Heusner. »Damit Ihre Frau wieder backen kann.«

Ach was, zu Weihnachten sind sie wieder daheim, winkt er ab. Die Frau Doktor wird schon sehen.

»Auch die Übergangsnächte können kalt werden«, versucht sie es mit einem neuen Argument.

»Da haben sie allerdings recht, Frau Doktor. Wir haben des Nachts auch schon Frost gehabt, wenn das Korn noch nicht eingeholt war.«

»Na, sehen Sie! Vielleicht sollten Sie ein paar Kartoffeln anbauen. Nur für alle Fälle.« Veronika sieht jetzt wieder Frau Heusner an, die zugänglicher für dieses Thema ist. »Ich habe gehört, es gibt Setzlinge einzutauschen. Vielleicht wäre das etwas für Sie. Ich habe ja leider keinen Garten. Sonst würde ich es sicher tun.« Sie selbst hat nie Kartoffeln angebaut, das dürfte auch den Heusners klar sein, ja, sie weiß nicht einmal, ob das zu dieser Jahreszeit noch möglich ist. Aber einen Versuch wert wäre es in jedem Fall. Sie glaubt nicht daran, dass sie ihr Breslauer Elternhaus jemals wiedersehen wird, aber sie darf die Heusners nicht vor den Kopf stoßen. Die Hoffnungen dieser Leute hängen an dem Glauben, ihr Durchhaltewille, ihre Überlebenskräfte.

Veronika steht auf. Mehr kann sie nicht ausrichten. Alles, was sie noch besitzt, sind ihr Hörrohr und ihr Stethoskop, dazu ein paar selbst gemixte Salben. Und ihr Wissen aus ihrem früheren, anderen Leben. Wenn auch sonst nichts mehr Bestand hat, immerhin das ist ihr geblieben.

Veronika Wollny, geborene Kleist. Eine gebildete, intelligente junge Frau, im Alter von sechsundzwanzig Jahren bereits Sekundärärztin im Wenzel-Hancke-Krankenhaus in Breslau. Menschen wie die Heusners sind zu ihr gekommen, um sich behandeln zu lassen, und sie konnte ihnen helfen. Für sie war es eine beglückende Zeit, arbeitsreich, fordernd, aber auch ungemein erfüllend. Ihr fehlte nichts in diesen wenigen Jahren. Nichts, bis auf einen Ehemann. Heute glaubt sie allerdings, dass er vor allem ihrer Mutter gefehlt hat. Immer hegte sie die Sorge, über ihre beruflichen Verpflichtungen würde Veronika das Thema Eheschließung womöglich vernachlässigen, und zu ihrem Leidwesen fand sich auch im Hospital kein rettender Oberarzt, mit dem man sich in der Rolle des Schwiegersohns hätte arrangieren können.

Veronika verspürte den Druck sehr wohl, denn ihr berufliches Selbstbewusstsein deckte sich nie mit dem privaten. Ihr war zwar die Freiheit der Berufswahl vergönnt, in einem gewissen Rahmen zumindest. Diese Freiheit schloss jedoch nicht ihr Leben als Frau und Tochter ein. Es erschien ihr ganz selbstverständlich, dass die Eltern beim Thema Eheschließung ein Wörtchen mitzureden hatten, und einen Ehemann ohne Reputation und ausreichende finanzielle Mittel hätten sie nie akzeptiert. So kam eines Abends dieser junge, schnittige Offizier mit Oppelner Wurzeln ins Haus, Sohn eines befreundeten Kollegen des Vaters. Der offizielle Grund dieser Einladung ist Veronika nicht mehr geläufig, aber er spielte auch keine Rolle. Sinn und Zweck war einzig, die jungen Leute miteinander bekannt zu machen. Und dieser Ludger Wollny machte durchaus etwas her. Ein Mannsbild eben, wie ein Mannsbild zu sein hatte. Dieses Entschlossene, Durchsetzungsfähige imponierte ihr, und wie er so schneidig das Wort führte! Sogar verliebt war sie.

Ein halbes Jahr später heirateten sie mit viel Pomp. Ein Jahr darauf kam Luise zur Welt, und mit ihrer Geburt gehörte die Arbeit in der Klinik der Vergangenheit an. Ihr Offizier kaufte ein Haus am Stadtrand, nicht allzu weit von ihren Eltern entfernt. Darauf bestand sie, noch immer ganz Tochter, eindringlich. Ella, ihre Kinderfrau, wechselte zu ihrer großen Erleichterung mit in diesen Haushalt hinüber. Die gute Ella. Noch immer erfüllt sie ein Gefühl der Wehmut und Dankbarkeit, wenn sie an sie denkt. Wie hätte sie ohne sie die schwierige zweite Schwangerschaft mit den Zwillingen überstehen sollen? Ihnen gerecht werden nach der Geburt, die sie sehr schwächte? Wäre es nach ihr gegangen, hätte sich das Thema Familienplanung damit erledigt gehabt, und für Ella waren es tatsächlich die letzten Kinder, die sie aus dem Säuglingsalter herauswachsen sah. Ach, Ella! Wie sehr sie sie noch immer vermisst.

»Wie sieht's denn bei Ihnen aus?«
»Wie bitte?«
»Mit dem Heizmaterial.«
»Ach so. Wir haben einen kleinen Ofen im Zimmer. Das Haus war ja mal eine Pension. Aber es ist kein Kochofen, wir müssen uns arrangieren.«

»Tja, so sieht's aus«, erwidert Herr Heusner. »Das müssen wir wohl alle, bis wir wieder heimkönnen. Nicht wahr, Minna?« Er schaut kurz seine Frau an, lächelt, und sie lächelt zurück.

Veronika schluckt. Diese Heusners, so freundlich, so bescheiden, so gut miteinander. Noch immer. Wie haben sie das geschafft nach all dem, was hinter ihnen liegt? Ludger und sie hatten sich schon lange vor seinem Tod auseinandergelebt.

Sie steht auf, verabschiedet sich schnell. Überzogene Dankbarkeit ist ihr ein Graus. Dankbar muss sie selbst dafür sein, dass diese Leute ihr ein Stück weit ihre Selbstachtung wiedergeben. Dass sie sich für eine kleine Weile nicht wie eine dahergelaufene Strauchdiebin fühlt, wie eine Schmarotzerin, *Lumpengesindel*.

16.

Diese Frau ist die reinste Landplage, denkt Gerrit. Zu ihrem Ärger hat sich Hildas Schwester vor Kurzem hier im Ort eingenistet, gleich gegenüber vom Krug, bei den Baders. Und jetzt hetzt sie ihnen auch noch die Polizei auf den Hals, wie befürchtet. Ärgerlich blickt sie Marie Werner entgegen, die soeben in Begleitung des Wachtmeisters den Innenhof betreten hat. Der Polizist, der in der Altstadt Dienst tut, war schon einmal da, unmittelbar nach Hildas Verschwinden. Damals erkundigte er sich aber nur nach ihrem Verbleib und ging wieder. Wie heißt er noch gleich? Sieckmann, richtig.

»Oberwachtmeister Sieckmann, was kann ich für Sie tun?« Gerrit schenkt ihm ein knappes Lächeln, das gewöhnlich für ihre Kundschaft reserviert ist. Für Marie Werner hat sie nur ein angedeutetes Nicken übrig.

»Wir sind noch immer auf der Suche nach Fräulein Rieger, die das Zimmer im Hinterhof bewohnt hat«, antwortet der Polizist.

»Hier werden Sie sie aber nicht finden, Herr Wachtmeister.«

»Frau Werner und ich würden uns trotzdem gern noch einmal umschauen.«

Gerrit saugt die Wangen ein, streift sich das helle Haar aus dem Gesicht. »Wie Sie sich denken können, wohnen in dem Zimmer inzwischen andere Leute«, erwidert sie kurz angebunden. »Ich kann Sie da nicht einfach reinlassen.« Sie wirft Marie Werner einen scharfen Blick zu. Das alles ist dieser Frau doch längst bekannt. »Wie fänden Sie's denn, wenn Ihre

Hauswirtin während Ihrer Abwesenheit Wildfremde in Ihre Wohnung ließe?«

»Vielleicht ist jemand zu Hause«, lässt Sieckmann sich nicht aus der Ruhe bringen. »Wenn Sie uns also begleiten würden.«

»Klar. Gerne doch. Hab ja nichts anderes zu tun.« Gerrit pfeffert den schweren Schraubenschlüssel zu Boden, wischt sich die Hände an ihrer Arbeitshose ab und stapft los, die Stiege hinauf. Einen Schlüssel braucht sie nicht, denn Eva Koch ist zu Hause. Ihr kleiner Sohn plärrt lauthals, wie schon den halben Vormittag.

Tatsächlich steht die Koch bereits in der Tür, bevor sie oben angelangt sind. Gerrit lässt Sieckmann den Vortritt. Soll er sich doch erklären. Das tut er, und die Geschichte beginnt von vorn. Ob sie kurz reinkommen und sich umschauen dürften?

Eva Koch ist deutlich anzusehen, dass ihr das nicht passt. Aber was will sie machen?

In dem Zimmer wird es eng. Zu fünft drängen sie sich zwischen Tisch und Bett: Sieckmann, Marie Werner, Eva Koch, die ihren Jungen auf dem Arm trägt, und das kleine Mädchen. Martha. Gerrit bleibt mit vor der Brust verschränkten Armen vor der Tür stehen. Die Sache geht sie nichts an. Ein klein wenig neugierig ist sie allerdings schon.

»Frau Werner sagte, Sie und Hilda Rieger seien miteinander bekannt?«, erkundigt sich Sieckmann, was die Koch bestätigt.

»Marie, Hilda und ich waren früher Nachbarinnen.«

»Wie kommt es, dass Sie nun ausgerechnet in Fräulein Riegers Zimmer wohnen? Hat sie Ihnen das angeboten?«

»Hilda? Nein. Ich wusste anfangs gar nicht, dass sie auch in der Stadt war.«

»Reiner Zufall also?«

»Nein, das nun auch wieder nicht.« Eva Koch setzt ihren Sohn auf der anderen Hüfte ab und verlagert ihr Gewicht. »Meine Kinder und ich waren oben in der Burg untergebracht«, fährt sie fort. »Und wie ich einmal in den Ort gehe, treffe ich dort überraschend Marie.« Sie schaut die Werner an, die keine Miene verzieht. »Sie erzählte mir, dass Hilda auch hier gewesen sei und im Krug gewohnt habe, aber vor Kurzem verschwunden sei.«

»Und darauf bist du schnurstracks hierhergerannt und hast dir ihr Zimmer unter den Nagel gerissen«, schaltet sich Marie Werner ein. Ihr Ton ist so eisig wie ihr Blick, doch Eva Koch bewahrt eiserne Ruhe.

»Ich hatte dir erzählt, wie furchtbar es dort oben in der Burg ist. Erinnerst du dich? Damals habe ich überall nach einer Bleibe gefragt. Ja, auch hier, im Krug. War das etwa ein Verbrechen? Wenn Hilda woandershin gegangen ist, warum hätte ich ihr Zimmer nicht übernehmen sollen?«

»Und es kam dir nicht merkwürdig vor, dass ihre Sachen noch da waren?«, hakt die Werner nach.

»Es war nicht viel«, erwidert Eva Koch nach kurzem Zögern. »Nur eine Strickweste. Zu dieser Zeit hatten wir fast dreißig Grad. Wer brauchte da eine dicke Weste?«

»Weiter nichts?«, erkundigt sich Sieckmann.

»Nur noch ein paar Kosmetikartikel. Unterwäsche. Nichts von Wert.«

»Sagst du«, ergänzt Marie Werner bissig.

»Aber so war es! Ich habe die Sachen in einen Karton geräumt, den mir Frau Mann gegeben hatte, und ihn ihr anschließend ausgehändigt.« Eva Koch sucht Gerrits Blick. Ja, so war es. Das kann sie bestätigen. Die anderen drehen sich jetzt ebenfalls zu Gerrit um. Gleich wird sie auch noch die Kiste vom Dachboden holen müssen, denkt sie ärgerlich.

»Was dachten Sie, was passiert ist?«, wendet sich Sieckmann wieder an die Koch. Erneut verlagert sie ihr Gewicht, hebt das Kind mit einer ruckartigen Bewegung auf ihre linke Hüfte zurück, schaut zu Boden.

»Ich dachte, sie hätte jemanden gefunden, der sie mitgenommen hat.« Man merkt ihr an, dass ihr die Antwort nicht leicht über die Lippen geht. »Ich dachte, sie wäre mit jemandem mitgegangen, der sie auch neu eingekleidet hat«, präzisiert sie und wendet sich Marie Werner zu. Leider kann Gerrit die Gesichter der Frauen, die ihr jetzt den Rücken zugewandt haben, nicht sehen.

»Was willst du damit sagen?«, fragt die Werner scharf. »Dass sie sich irgendeinem Kerl an den Hals geworfen hat?«

»Bitte, Frau Werner! Das Gespräch führe ich«, schaltet Sieckmann sich ein. »Noch eine Bemerkung von Ihnen, und ich schicke Sie hinaus!«

»Aber sie unterstellt meiner Schwester gerade, ein Flittchen zu sein!«

»Das habe ich nicht gesagt!«

»Was hast du dann gemeint?«

»Man muss kein Flittchen sein, wenn man sich –«

»Schluss jetzt!«, donnert der Polizist. »Ich habe zwei Töchter zu Hause, da möchte ich zumindest während der Arbeit von weiblichen Dramen verschont bleiben!«

Die Frauen verstummen augenblicklich. Dafür plärrt der kleine Junge wieder los. Eva Koch beginnt, ihn auf ihrem Arm zu schockeln. Er sieht ein wenig fiebrig aus, und auf seinen Wangen zeichnen sich zwei feuerrote Kreise ab. Unwillkürlich muss Gerrit an die Zeit zurückdenken, in der Gretchen gezahnt hat. Veilchenwurzel. Vielleicht sollte sie der Koch diesen Tipp geben.

Sieckmann, der nah beim Fenster steht, deutet jetzt hinaus. »Dieser Junge da unten. Wohnt der auch hier?«

Gerrit späht in den Hof hinunter. Erblickt Emil Radek, der gerade von seinem Fahrrad steigt.

»Ja, im Vorderhaus«, bestätigt sie.

»He, du da! Komm mal her!«, ruft Sieckmann nach unten. Emil Radek schaut auf.

»Sehr gern. Einen Moment, bitte.« Er kettet sein Rad an den in die Wand eingelassenen eisernen Ring und ist kurz darauf bei ihnen.

»Wie kann ich helfen, Herr Oberwachtmeister?«

»Du wohnst hier?«

»Ganz richtig. Im Vorderhaus, im ersten Stock, zusammen mit meiner Mutter ... ähm ... mit meinen Eltern.«

»Name?«

»Emil Radek, Herr Oberwachtmeister.«

»Also gut, Emil. Kanntest du das Fräulein, das hier früher gewohnt hat, Hilda Rieger?«

»Ja, also ...« Der junge Radek streicht sich über sein rötliches Haar. »Sie hat halt hier gewohnt.«

»Du warst also nicht näher mit ihr bekannt?«

»Näher bekannt ... was heißt das?« Er presst kurz die Lippen aufeinander.

»Habt ihr euch manchmal unterhalten?«, hilft Sieckmann nach.

»Unterhalten ... Ich weiß nicht, ob man das Unterhaltung nennen kann. Sie war ja einige Jährchen älter als ich.«

»Wann hast du Hilda Rieger zum letzten Mal gesehen, Junge?«

»Puh!« Emil Radeck bläst die Backen auf. »Da müsste ich nachdenken.«

»Dann streng dich mal an.«

»Tja ... Ah, jetzt weiß ich's wieder! Es war der Abend in Jupps Büdchen. Da war so eine Art Ringelpietz. Hilda war auch da, und sie hat mit mir getanzt.«

»Mit dir getanzt?« Sieckmann hebt die Augenbrauen.

»Was man so Tanzen nennt …«, schränkt Emil ein. »Alle haben das gemacht. Will sagen, dass Hilda auch mit den anderen getanzt hat. Es war nur Spaß, verstehen Sie?«

»Und danach?«

»Danach? Nichts weiter. Irgendwann bin ich nach Hause gegangen.«

»Hast du sie nach diesem Abend noch einmal gesehen?«

»Puh.« Wieder rauft Emil sich durchs Haar, zieht eine Grimasse, schließt kurz die Augen dabei, als zwänge er sich zu äußerster Konzentration. »Nein. Ich glaube nicht, dass ich sie später noch mal gesehen habe.« Er schüttelt den Kopf. »Da bin ich mir sogar ziemlich sicher.«

»Schon gut, Junge«, gibt sich der Polizist zufrieden. »Du kannst gehen.«

Der kleine Radek lässt sich das nicht zweimal sagen. Ein kurzer Abschiedsgruß, dann fliegt er auch schon die Stiege hinunter.

»Aber dass ich dich nicht noch mal im Rheinuferweg sehe!«, ruft Sieckmann ihm nach. Emil hält mitten im Lauf inne, dreht sich noch einmal um, schaut zu ihnen hoch.

»Im Rheinuferweg werden Sie mich bestimmt nicht finden, Herr Oberwachtmeister!«, ruft er mit treuherziger Miene. »Ich wüsste gar nicht, was ich da sollte!«

Gerrit kann sich das Grinsen kaum verkneifen. Der Rheinuferweg: Schwarzmarkt und Umschlagplatz für alles, was man braucht oder entbehren kann, wie jeder weiß. Dieser Emil ist ein gewitztes Bürschchen. Irgendwie hat sie Spaß an ihm, auch wenn er ein Lügner ist. Oder vielleicht gerade deshalb. In jedem Fall ist er ein guter Schauspieler.

»Tja.« Sieckmann streicht sich übers Kinn. »Wo waren wir stehen geblieben?«

»Die Kiste«, sekundiert Marie Werner mit kaum verhohlener Ungeduld. »Wir wollten nach Hildas Sachen schauen.«

Gerrit seufzt leise. »Sie werden nichts Erhellendes finden«, wagt sie einen letzten Abwehrversuch, der aber nicht verfängt. Also doch rauf auf den Speicher.

Zumindest verzichtet Sieckmann darauf, sie zu begleiten, sondern wartet mit Marie Werner unten im Hof.

Bereits im Treppenhaus hört Gerrit die harsche Männerstimme. »Was hast du mit der Polizei zu tun?«

Sie ahnt, an wen die Frage gerichtet ist, doch die Antwort dringt nicht an ihr Ohr. »Lüg mich nicht an!« Wieder die männliche Stimme. »Ich habe doch gesehen, wie er mit dir gesprochen hat!«

Gerrit erreicht den oberen Treppenabsatz, passiert nun das Zimmer der Radeks.

»Ein Rumtreiber ist aus meinem Sohn geworden, ein Strauchdieb! Das hättest du verhindern müssen, Ida! Aber auch das war dir offenbar zu viel. Hockst nur da und starrst die Wand an!« Es rumpelt.

»Nicht doch, Vater! Nun beruhige dich!« Emils Stimme, sehr viel leiser, beschwichtigend.

»Glaubst du, du hast mir etwas vorzuschreiben?«

»Aber Mutter hat –« Es klatscht. Laut und deutlich. Dann noch einmal. Gerrit geht weiter. Der alte Radek wird nicht zum ersten Mal laut, seit er wieder da ist. Wenn's nach Gerrit ginge, hätte er bleiben können, wo der Pfeffer wächst. Noch ein Störenfried mehr. Seine Frau mag ja eine wunderliche Person sein, ein wenig plemplem vielleicht. Aber sie war immer still und friedlich. Gerrit ist nicht entgangen, wie Emil für seine Mutter gesorgt und alles erledigt hat. Ein Lügner ist er, ein Schauspieler, ein kleines Schlitzohr vielleicht. Aber die Kritik des Alten hat er nicht verdient.

Doch die Sache geht sie nichts an. Sie steigt hinauf in den

zweiten Stock, öffnet mit einem Haken die Klappe zum Söller, zieht die Trittleiter herunter, klettert nach oben. Der Karton steht noch da, wo sie ihn hingestellt hat. Sie nimmt ihn mit, bugsiert ihn fluchend die steile Leiter hinunter, stellt ihn wenig später vor Sieckmanns Füßen ab. »Bitte sehr.«

Sieckmann beugt sich hinunter, hebt den Deckel ab, betrachtet den Kisteninhalt. Obenauf liegt Hildas braune, grob gestrickte Jacke. Darunter kommen ein paar Unterhosen zum Vorschein, gewaschen, aber vielfach getragen. Zwei dünne Büstenhalter. Ein Strumpfgürtel. Strümpfe. Braun, kratzig, steif, alles andere als schick. Ganz unten liegt noch eine Trainingshose mit Fußstegen, die allgegenwärtige weibliche Winterkleidung der letzten Jahre, gegen die Kälte unterm Rock getragen. Und Hildas Handtäschchen. Sonst nichts weiter.

»Das ist alles, was sie zurückgelassen hat?« Sieckmann richtet sich auf und blickt in die Runde. Gerrit nickt. Ihre Geldbörse hat Hilda ja offenbar mitgenommen, die kleine silberne mit dem Knebelknöpfchen als Verschluss. Aber das erwähnt sie jetzt nicht mehr.

17.

»Kss, kss!«, macht es. Luise bleibt stehen und schaut sich um. Ein Stück hinter ihr geht Emil. Sie wartet, bis er zu ihr aufgeschlossen hat, schaut ihn fragend an. »Was willst du?«

Er antwortet nicht, gibt ihr nur einen Wink, ihm zu folgen. Ein paar Meter weiter biegt er in einen Seitenweg ein, der in eine Hofeinfahrt mündet. Auf dem Gelände war früher eine Gärtnerei. Jetzt nicht mehr. Das Ladenlokal ist verrammelt, das Gewächshaus steht leer. Ein Friedhof könnte kaum trostloser sein. Ebenso wie das Wetter. Der Himmel hängt tief, und ein scharfer, nasskalter Westwind reißt die Blätter von den Bäumen. Der Sommer ist endgültig vorbei.

Vor dem Gewächshaus bleibt Emil schließlich stehen. Luise zieht ein wenig den Kopf ein, denn es hat zu regnen begonnen.

»Was ist los?«, erkundigt sie sich noch einmal, misstrauisch zwar, aber nicht ohne Neugier.

»Ich will mit dir reden.«

»Warum so geheimnisvoll?«

»Braucht ja nicht jeder mitzukriegen.«

»Aber ich habe keine Zeit, ich muss nach Hause«, wehrt Luise ab. Die Mutter wird sauer sein, wenn sie herumbummelt.

»Ein paar Minuten wirst du schon noch haben«, widerspricht Emil. »Los, komm mit!« Er zwängt sich an dem wild wuchernden Holunderbusch vorbei, hält sich dicht neben der Längsseite des Gewächshauses, stoppt schließlich bei einer zerbrochenen Scheibe und schlüpft hindurch. Im Innern ist es deutlich wärmer als draußen, dazu trocken. Emil steuert auf einen Ballen Stroh zu, der vielleicht einmal zum Abdecken der Beete vorgesehen war, und lässt sich darauf nieder. Luise bleibt vor ihm stehen und mustert ihn skeptisch.

»Nun hock dich hin!« Er klopft auf den Platz neben sich, und nach kurzem Zögern kommt sie der Aufforderung nach.

Für einen Moment hat sie die mahnenden Worte ihrer Mutter im Ohr. »Wenn's was Unrechtes ist, mache ich nicht mit«, sagt sie schnell.

»Du sollst mir bloß in der Schule helfen, damit ich meinen Abschluss krieg. Das kann ja wohl nicht unrecht sein.«

»Dir helfen? Wie denn genau?«

»Hausaufgaben, Aufsatz, Klassenarbeiten, was so anfällt«, präzisiert Emil.

»Du meinst, ich soll mit dir pauken?«

»Pauken?« Er schnaubt verächtlich. »Ich hab keine Zeit für den Firlefanz.«

»Aber wenn du nicht lernen willst, wie soll ich dir dann helfen?«, rätselt Luise.

»Na, du erledigst das für mich.« Emil sagt das mit größter Selbstverständlichkeit.

»Ich?« Luise begreift noch immer nicht ganz.

»Was glaubst du, weshalb ich in der Schule auf einmal neben dir sitze?«, fragt er mit frechem Grinsen.

»Weil du Herrmann Müller eine Kopfnuss gegeben hast, als du hinter ihm saßt? Weil ihr eine Keilerei angefangen habt?«

»War doch eine schlaue Idee von mir.« Emil grinst noch immer. »Ich konnte ja schlecht sagen: ›Ach bitte, ich möchte neben Luise Wollny sitzen!‹ Das wäre nun doch zu auffällig gewesen. Eigentlich solltest du mir dankbar sein, dass du jetzt endlich einen Sitznachbarn hast. Wie hat das denn ausgesehen? Alle sitzen zu zweit am Pult, nur du hockst da wie ein Waisenkind.«

»Mich hat's nicht gestört«, erwidert Luise trotzig, doch er übergeht die Bemerkung.

»Noch einmal: Du sorgst dafür, dass ich meinen Abschluss krieg. Du machst alle Aufgaben für uns beide, und die Klassenarbeiten schreibe ich von dir ab.«

»Und wenn sie mich erwischen?«

»Wobei sollen sie dich erwischen? Schließlich bin ich derjenige, der abschreibt.« Er schaut sie treuherzig an. »Ich würde alle Schuld auf mich nehmen. Ist doch Ehrensache.«

Luise kaut auf ihrer Unterlippe, denkt nach. »Nur wenn ich was dafür kriege«, sagt sie schließlich.

»Hat keiner gesagt, dass du's umsonst machen sollst.« Emil greift nach seinem Ranzen und holt den Füllfederhalter heraus. »Hier, für den Anfang.«

»Aber das ist ja ... Der gehört doch deinem Vater.«

»Jetzt nicht mehr.«

»Du hast ihn gestohlen?« Sie schaut ihn entsetzt an.

»Mein Alter hat ihn mir geschenkt«, behauptet er. »Aber ich habe keine Verwendung dafür.«

»Geschenke verschenkt man nicht einfach weiter«, sagt sie streng.

»Blödsinn. Bei dir ist das Ding viel besser aufgehoben.« Er nimmt ihre Hand, legt den Füller hinein, umschließt sie dann fest, um sie daran zu hindern, ihn zurückzugeben. »Ich will, dass du ihn behältst«, wiederholt er mit Nachdruck, lässt sie dann los. Der Regen prasselt jetzt mit Wucht auf das Dach, ein dumpfes Trommelfeuer von stetig anschwellender Intensität. Es ist gar nicht mal unangenehm, ein Gefühl, als säße man in einer Seifenblase.

»Ich will Brot«, verkündet sie schließlich mit lauter, fester

Stimme, um gegen das Prasseln anzukommen. »Richtiges Brot, jede Woche eins. Ein großes. Und nicht dieses klätschige Mais-Zeugs.«

»Brot ...« Emil atmet tief ein, bläst die Backen auf, atmet ebenso tief aus. »Also gut, wenn ich welches auftreiben kann.«

»Was denn jetzt? Ja oder nein?«

»Wird schon klappen.«

»Wenn nicht, musst du uns was anderes besorgen. Speck oder Wurst. Oder Butter.«

»Wie wär's mit Apfelsinen?«, schlägt er scherzhaft vor. »Oder Zuckeräpfeln?«

»Apfelkuchen mit schimmernder Glasur«, greift sie die Spinnereien auf. »Dazu Käse. Ein ganzes Rad. Echter Käse, versteht sich. Er muss fettig glänzen und Fäden ziehen, wenn er aus dem Ofen kommt.«

»Ich weiß noch was Besseres«, behauptet Emil und schaut sie kurz an, um den Trumpf auszukosten. »Marzipan«, verrät er träumerisch, und beide schwelgen für einen Moment in der Erinnerung. Schließlich zieht er zwei Streifen Kaugummi aus seiner Hosentasche, reicht Luise einen. Er ist verbogen und schon ein wenig bröselig, aber das gibt sich beim Kauen. Luise mag Kaugummi sehr. Er hat ihr schon mal einen geschenkt, vor ein paar Tagen, als sie ihm beim Grießbreikochen geholfen hat. Wäre sie nicht eingeschritten, wäre alles verbrannt.

»Warum ist dir die Schule auf einmal so wichtig?«, fragt sie und kaut dabei mit offenem Mund.

»Weil ich den Abschluss brauche, sogar einen halbwegs guten«, antwortet er. »Wenn der Lehrer mich hängen lässt, ist das mein Tod.«

»Jetzt übertreibst du aber!«

»Hast du eine Ahnung!« Er stößt ein unfrohes Lachen aus.

Da ist sie wieder, diese Niedergeschlagenheit, die sie in letzter Zeit manchmal bei ihm beobachtet.

»Wie lange ist dein Vater jetzt zurück?«, erkundigt sie sich, denn für sie ist offensichtlich, dass da ein Zusammenhang besteht.

»Vier Wochen, glaube ich. Oder schon sechs?« Er gibt sich gleichmütig, setzt aber dann bissig hinzu: »Man sollte meinen, dass er allmählich wüsste, wie der Hase hier läuft. Aber er weiß gar nichts. Null! Er kriegt einfach nichts mit!«

Sie nickt. Dass bei Emils Familie nicht immer eitel Sonnenschein herrscht, seit Herr Radek aus der Gefangenschaft zurück ist, ist im Haus kein Geheimnis. Er brüllt ja laut genug.

»Ihm passt nicht, dass ich noch zur Schule gehe.« Emil spricht jetzt mit flacher, drängender Stimme. »Dafür wäre ich zu alt, sagt er. Aber da es nun mal so ist, will er jetzt, dass ich nur Einser und Zweier anbringe. Kannst du mir sagen, wie ich das schaffen soll? Den Abschluss sollte ich machen, so war's mit der Mutter besprochen. Damit ich die Lehre in der Kabelfabrik anfangen kann, wie's der Vater mal gewollt hat. Das war der Plan. Aber jetzt kommt er daher und wirft alles über den Haufen. Auf einmal soll ich Musterschüler sein – als ob aus mir mal ein Studierter würde. Pah!« Er ballt die Fäuste, verzieht das Gesicht, seine Augen verengen sich zu Schlitzen. »Ich habe einfach keine Zeit für diesen Kram, verstehst du?« Er schaut Luise jetzt direkt an. »Mein Vater glaubt wohl, was wir haben, fällt vom Himmel. Er kapiert's eben nicht.«

»Was kapiert er nicht?«

»Dass ich dafür arbeiten muss! Geschäfte machen sich nicht von allein, da muss man am Ball bleiben. Augen und Ohren überall haben. Aber er hat eben keine Ahnung davon. Im Gegenteil: Egal, was ich tue, es ist immer verkehrt. Wenn ich aus dem Haus gehe, bin ich ein Rumtreiber, wenn ich dableibe, liege ich angeblich auf der faulen Haut. Meine Mutter und ich, wir würden ja ein feines Leben führen, behauptet er ständig. Gleichzeitig beschwert er sich, wenn's nur Kartoffeln gibt. Er wirft uns sogar vor, dass unser Haus im Siefenweg dran glauben musste. Als wären wir diejenigen gewesen, die es weggebombt hätten! Oder nicht genug darauf aufgepasst, was weiß ich. Dabei war es nicht mal unser Haus. Wir haben da bloß zur Miete gewohnt, wie ganz gewöhnliche Leute eben.«

Luise schließt jetzt den Mund beim Kauen, sagt erst einmal nichts darauf. »Meine Mutter verlangt auch von uns, dass wir nur Einser und Zweier nach Hause bringen«, erzählt sie schließlich. »Wenn wir schon sonst nichts mehr haben, sollen wenigstens unsere Noten gut sein, sagt sie.«

»Dann weißt du ja, wovon ich rede«, erwidert Emil knapp. »Mit dem Unterschied allerdings, dass dir die Schule leichter fällt als mir. Du weißt ja, mit dem Schreiben hab ich's nicht so. Aber lassen wir das.« Er macht eine wegwerfende Handbewegung, als wollte er das Thema beiseiteschieben. »Meine Mutter will dir übrigens einen Rock nähen, habe ich dir das schon erzählt?«

»Mir?« Luise ist ehrlich überrascht.

»Du hast bei ihr einen Stein im Brett, wegen der Briefe. Sie meint, mein Vater wäre nur deswegen wieder zu Hause.«

»Glaubst du wirklich, die Briefe haben das bewirkt?« Sie schaut ihn mit großen Augen an und hebt fragend die Augenbrauen. »Das kann ich mir ehrlich gesagt nicht vorstellen.«

»Ich mir auch nicht«, gesteht er. »So schnell, wie der Alte plötzlich da war.«

»So solltest du nicht über deinen Vater reden. Das gehört sich nicht«, mahnt sie mit erhobenem Zeigefinger.

»Es gehört sich nicht, wie der Alte sich benimmt!«, widerspricht er zornig. »Im Ernst, ich weiß nicht mal, ob das noch mein Vater ist.«

»Was meinst du damit?«

Emil beißt sich auf die Lippen. »Er kommt mir vor wie ausgetauscht«, gesteht er schließlich. »Zwar sieht er noch so aus wie früher, im Großen und Ganzen zumindest. Aber das Innere – das ist irgendwie alles weg.« Er hält einen Moment inne. »Als ich klein war, war er freundlich, gutmütig und lustig. So habe ich ihn jedenfalls in Erinnerung. Jetzt ist da nichts mehr. Er ist nur noch mies drauf und bösartig, einfach nicht zu ertragen. Alle paar Tage hat er seine Anfälle, brüllt herum wie ein Irrer, kriegt beinahe Schaum vorm Mund und verpasst dir eine, wenn du nicht bei drei auf dem Baum bist. Und hinterher heult er wie eine Memme. Grauenvoll. Aber am schlimmsten ist es, wenn er meine Mutter anbrüllt. Dann könnte ich ihm eine reinhauen.« Emil schluckt ein paar Mal, ballt die Hände zu Fäusten. »Wer weiß, vielleicht kommt der Tag auch noch.«

»Vielleicht wird es mit der Zeit besser«, versucht Luise ihn zu trösten. »Und mit dem Abschluss, das kriegen wir schon hin.« Sie nickt zuversichtlich. »Eine Sache will ich aber noch dafür.«

»Jetzt werd mal nicht übermütig.« Emil lächelt wieder. Er hat sein Gleichgewicht zurückgewonnen.

»Hab ein Auge auf meinen Bruder, auf Lovis. Den haben sie ständig dazwischen. Er ist schon ganz fertig, der arme Kerl. Und meine Mutter schimpft auch noch mit ihm, weil er neulich einen Vierer gekriegt hat. Ich glaube, das passiert ihm, weil er Angst vor seinen Klassenkameraden hat. Einer hat ihm neulich ein Pausenbrot in seine Schultasche gelegt und dann behauptet, Lovis hätte es ihm geklaut. Daraufhin hat Lovis einen unheimlichen Ärger gekriegt.«

Emil hört sich die Geschichte schweigend an, nickt nachdenklich. »Ich kümmere mich darum«, verspricht er.

Luise seufzt erleichtert auf. Sie fallen in einvernehmliches Schweigen, lauschen dem prasselnden Regen. Schließlich gähnt Emil herzhaft und steckt Luise damit an. Eine angenehme Müdigkeit überkommt sie. Es fällt ihr schwer, sich aufzurappeln.

»Lass uns gehen. Sonst kriege ich auch noch Ärger zu Hause.« Sie fasst Emil bei der Hand, zieht ihn auf die Beine.

»Wir werden klatschnass«, wendet er ein.

»Aber wir sind nicht aus Zucker.«

18.

Eva lehnt sich in ihrem Stuhl zurück, entspannt die Schultern, lauscht dem Regen, der mit Wucht gegen das Fenster hämmert, als schleudere jemand Reiskörner dagegen. Trotz seiner Lautstärke wirkt dieses stetige Prasseln einschläfernd. Für einen Moment schließt sie die Augen und gibt sich der Müdigkeit hin, die ein zuverlässiger Begleiter ihres Lebens geworden ist.

Wann hat es damit angefangen? Vor Ewigkeiten, wie ihr scheint. Nachts Luftalarm, tagsüber allein mit einem Kleinkind, das war ihr Alltag. Dann hochschwanger mit dem Norbertchen und immer noch ständig Luftalarm, sogar in der Nacht, als er geboren wurde. Babygeschrei und Sirenengeheul. Keine Zeit zum Ausruhen.

Dann die Evakuierung aus der Stadt. Gedränge an den Gleisen, überfüllte Bahnhofshallen, das Warten auf irgendeinen Zug. Tagelang, nächtelang. Eine Odyssee von hierhin nach dorthin.

Und irgendwann die Burg. Hunderte Menschen auf engstem Raum. Geschlafen hat sie dort nur, wenn die Erschöpfung sie übermannte. Dann hat sie nicht einmal mehr Norbertchens Weinen gehört. Glücklicherweise hat Martha sich um ihren Bruder gekümmert. Die tapfere kleine Martha.

Diese Müdigkeit. Eva könnte ein Buch darüber schreiben. Sie fühlt sich geradezu als Spezialistin auf diesem Gebiet. Manchmal, nach besonderen körperlichen Anstrengungen, ist sie von einer bleiernen Schwere. Dann hat sie Mühe, auch nur einen Finger zu krümmen. Manchmal trübt sie ihre Wahrnehmung, dann fühlt sie sich wie unter Wasser; alles dringt nur noch gedämpft an ihr Ohr. Manchmal kommt die Müdigkeit anfallartig, und es kann ihr passieren, dass sie mitten im Satz einschläft. Dann wieder hüllt sie sie ein wie ein sanftes Wiegenlied. Schlafen, nur schlafen, summt eine Stimme in ihrem Kopf, und wenn sie es dann darf, wenn sie sich ausstrecken, sich ausruhen, einschlafen darf, ist da dieser kurze Moment reiner Seligkeit.

Es gibt aber auch jene Müdigkeit, die sie reizbar macht – und die ist nicht selten –, in der sie die Kinder für das kleinste Vergehen ohrfeigen, den Kaufmann für seine Gleichgültigkeit anbrüllen, die träge Kollegin in die heiße Lauge schubsen könnte. Dann geht ihr Erikas offensive gute Laune dermaßen auf die Nerven, dass sie von Herzen wünscht, sie niemals getroffen zu haben.

Manchmal dagegen ist die Müdigkeit wie ein dicker, dämpfender Teppich, der alles Harte, Laute, Unangenehme von ihr abhält. Das sind die Tage, in denen keine großen Aufgaben mehr auf sie warten. Kein Anstehen für Marken, kein Anstehen für Milch, Butter, Brot, für einen Hering, ein Zipfelchen Aal, für ein paar Äpfel. Kein Warten mehr auf die Herdstunde in banger Sorge, dass Gerrit Mann ihr über den Weg läuft. Keine Neuigkeiten über Hilda, die sie in Bedrängnis bringen könnten. Kein krankes oder hungriges Kind. Nichts von alldem.

»Aufwachen, Eva!«

Sie schreckt hoch. Vor ihr steht Erika und kämpft sich aus ihrer nassen Regenhaut.

»Wo kommst du jetzt her?«, fragt sie mit belegter Stimme und reibt sich die Augen.

»Ich bin durch den Kamin geflogen.« Erika wendet sich Martha zu, die auf dem Fußboden hockt und Luftalarm spielt. Der kleine Norbert sitzt dabei und sorgt für das nötige Chaos.

»Martha-Mäuschen«, flötet Erika. »Gib mir mal den Topf,

der hinter dir steht. Bei euch regnet es ja durch die Decke.« Martha springt auf und reicht ihr das Gewünschte. »So, das hätten wir!« Erika hat den Kochtopf genau an der richtigen Stelle platziert. Geräuschvoll und mit enervierender Unregelmäßigkeit fallen die Tropfen hinein.

»Willst du mich foltern?« Eva fährt sich an die Stirn.

»Aber nicht doch, Liebelein! Ich will mit dir tanzen!« Erika trällert die letzten Worte und wiegt sich dabei in den Hüften. »Im Büdchen ist heute Abend wieder Programm. Sieh zu, dass du wach wirst! Ich erwarte dich um halb acht unterm Torbogen.«

»Aber ich kann doch nicht –«

»Nein, nein, nein!« Erika hebt mahnend den Zeigefinger. »Ausflüchte lasse ich nicht gelten! Die kleine Wollny hat schon zugesagt. Du kannst also nicht wieder deine Kinder vorschieben.«

»Au ja!«, freut sich Martha. »Luise soll kommen!«

Eva versetzt es einen leisen Stich. Sie weiß: Ihre Tochter mag Luise sehr. Außerdem ist es für sie ein Luxus, jemanden bei sich zu haben. Oft genug sind die Kinder allein, während sie arbeiten muss.

»Nun komm schon.« Erika beugt sich vor und zupft Eva am Ärmel. »Spring über deinen Schatten!«

»Ich weiß nicht.«

»Das sagst du immer, und dann hüpfst du herum wie ein junges Fohlen.«

Wie ein junges Fohlen fühlt sich Eva schon lange nicht mehr. Aber es stimmt. Immer wenn sie mit Erika zum Büdchen hinuntergegangen ist, hat sie mit einem Mal eine gewisse Lebensfreude gepackt, wie ein Widerhall ferner Zeiten. Sie weiß nicht genau, woran es liegt, aber wenn sie Musik hört, richtige Musik, dann gibt es für sie kein Halten mehr, dann drängt ihr Körper nach Bewegung.

»Tanzen, Eva! Tanzen!«, säuselt Erika und rollt dabei lasziv mit den Schultern.

»Ach, du!«

Als sie am Büdchen eintreffen, hat Margarethe sich bereits warm gespielt, und auf dem Tanzboden herrscht reger Betrieb. Es sind vorwiegend weibliche Paare, die dort agieren, mal verhaltener, mal völlig ungehemmt. Auch einige wenige Ehepaare sind da, die Kleinerts aus der Apotheke, die Schilds vom Elektroladen. Alle genießen es sichtlich, wieder ausgehen zu dürfen. Zwar in bescheidenem Rahmen, aber immerhin.

Wie üblich braucht Erika nicht lange, um sich einzufinden. Sofort rein ins Getümmel und mitgemacht, lautet ihre Devise. Eva ist eher der Typ, der die Atmosphäre eine Weile auf sich wirken lässt und nur zögernd darin eintaucht, als gälte es, ein Bad in kaltem Wasser zu nehmen.

»Komm, Zimperlieschen, zier dich nicht so!« Erika fasst sie bei den Händen und zieht sie auf die Tanzfläche. Zu Margarethe hat sich heute eine dreiköpfige Kapelle gesellt, was der Musik entschieden guttut. Soeben haben sie einen Hit von Evelyn Künneke angestimmt, und sofort bebt die Menge. »Das Karussell fährt immer, immer rundherum ... einmal, zweimal, dreimal um das Glück!«

Das Publikum ist wie im Rausch und schreit den Refrain geradezu heraus. Mehrere Paare fassen sich mit verschränkten Händen, wirbeln wie die Kinder ausgelassen im Kreis herum. Auch Eva dreht mit Erika ein paar Runden, bis ihr schwindelig wird. Einmal, zweimal, dreimal um das Glück!

»So, jetzt dürftest du die richtige Betriebstemperatur haben«, konstatiert Erika zufrieden und zieht sie durchs Gewühl in Richtung Theke. Eva kämpft noch immer gegen den Schwindel an. Vermutlich hat sie heute nicht genug gegessen.

Aber auch ihr käme es nicht mehr in den Sinn, jetzt nach Hause zu gehen.

Am Tresen drängt sich eine ungewöhnlich dichte Menschenmenge, was daran liegen mag, dass sich heute auch Männer eingefunden haben. Richtige Männer, nicht bloß Jungs. Laut Erikas Definition muss, was sich ein Mann nennen will, mindestens dreißig Jahre alt sein, um als solcher zu gelten. Eva hat sie auf fünfundzwanzig heruntergehandelt, und diejenigen, die heute hier sind, dürften dieses Kriterium erfüllen. Allerdings ist es nicht das Alter, das bei diesen Männern ins Auge sticht, sondern ihre Uniformen. Zwar löst die Tatsache, dass es sich um englische Soldaten handelt, keine Begeisterungsstürme aus, sorgt aber für ein gewisses Prickeln.

»Männer!« Aus Erikas Mund klingt es wie ein Schlachtruf. Eva muss lachen. Sie trennen sich, um einem Paar auszuweichen, und weitere drängen nach. Für den Moment haben sie sich aus den Augen verloren, und eine sich spontan zusammenfügende Polonaise tut ihr Übriges. Ehe sie sichs versieht, fasst eine große, blond gelockte Frau sie bei den Schultern und zieht sie in die Schlange hinein.

»Ha'm Se nich', ha'm Se nich', ha'm Se nich' 'nen Mann für mich?«, grölt die Menge und hüpft dabei in Schlangenlinien durch den Saal, angeführt von der Metzgersfrau Meyer, die es bis heute geschafft hat, ihre Pfunde auf den Rippen zu behalten.

Eva erhascht wieder einen Blick auf Erika, die weiter vorn mittanzt, einen schlaksigen Engländer vor sich herschiebend. Er ist so groß, dass Erika Mühe hat, ihre Hände auf seinen Schultern zu halten. »Ha'm Se nich', ha'm Se nich', ha'm Se nich' 'nen Mann für mich?«

Die Polonaise zerfällt so plötzlich, wie sie sich gebildet hat, und Eva schnauft erleichtert durch. Erika, auch jetzt wieder vorneweg, steht bereits am Tresen und winkt wie wild. Neben ihr lehnt der schlaksige Engländer. Über die Köpfe der anderen Gäste hinweg gestikuliert er mit Resi, der Bedienung.

Kaum ist Eva zu Erika vorgedrungen, drückt ihr der Engländer auch schon ein Glas in die Hand. Eva stutzt. Was da sprudelt, ist kein Mineralwasser, auch keine Zuckerbrause. Und erst recht keine Molke. Die Tommys sind gekommen, um sich zu amüsieren, das steht fest.

Erika stößt mit dem Schlaksigen an, hebt Eva ihr Glas entgegen, nimmt einen Schluck, legt den Kopf in den Nacken, schließt die Augen. »Ah, ist das herrlich!« Sie strahlt.

Nun wünscht Eva sich doch, sie wäre zu Hause geblieben. Die Situation ist ihr nicht geheuer. Zumal sie bemerkt, dass jemand neben ihr steht und sie anschaut. Und nicht irgendwer, sondern ebenfalls ein Soldat. Doch der Engländer tut nichts weiter, im Gegenteil. Ihr entgeht nicht, dass er darauf bedacht ist, einen gewissen Höflichkeitsabstand zu ihr zu wahren, was im allgemeinen Gewühl nicht ganz leicht ist. Allzu schwer ist es allerdings auch nicht, da niemand einem Besatzer zu nahe treten, geschweige denn sich mit ihm anlegen will. Der junge Mann schaut dennoch eher verlegen als fordernd drein, lächelt jetzt schüchtern. Evas Angst legt sich ein klein wenig. Dieser Mensch wirkt sympathisch. Außerdem ist er kaum größer als sie, falls überhaupt. Auch das findet sie beruhigend. Jetzt lächelt er wieder, und sie lächelt zurück, nippt an ihrem Glas. Sie hört Erika auflachen, dreht sich zu ihr um. Der Lange, Schlaksige hat gerade ihre Hand ergriffen und zieht sie unnachgiebig auf die Tanzfläche. Erika tut nicht einmal so, als würde sie sich zieren. Sofort legen die beiden los und schieben im Foxtrott übers Parkett, als hätten sie jahrelang geübt. Erika lächelt selig. Sie sieht sehr hübsch aus in dem blauen gepunkteten Kleid mit schmaler

Taille und schwingendem Rock. Wo sie dieses Kleid nur herhat? Eva lässt ihren Blick weiterschweifen, fängt wieder den des Engländers auf. Er hat helle Augen und ein Grübchen am Kinn. Erneut hebt er ihr sein Glas entgegen, sagt aber immer noch nichts. Kaum ist das Stück beendet, geht die Kapelle schon zum nächsten über, und Erika und ihr Galan gehen anstandslos mit.

»*Do you wanna dance?*« Der Engländer hat sich ein Herz gefasst.

Eva zögert einen Moment. Aber warum nicht? Zum Weglaufen ist es jetzt ohnehin zu spät.

Er ist ein guter Tänzer, geschmeidig und taktsicher. Und er wird keine Sekunde anzüglich. Wann hat Eva zuletzt so mit Ferdi getanzt? Wann hat sie überhaupt mit ihm getanzt? Sie weiß es schon gar nicht mehr. Jetzt nur nicht ins Grübeln verfallen! Dazu ist später genug Zeit. Und, ja, warum soll sie es nicht zugeben? Es macht Spaß, mit diesem Mann zu tanzen. Und sie tun ja nichts Ehrenrühriges. Doch nach dem dritten Stück ist Schluss. Er begleitet sie zurück zum Tresen, will ihr noch einen Sekt bestellen, den sie dankend ablehnt. Der Alkohol ist ihr bereits zu Kopf gestiegen.

»*Anything else?*«

»*No, thanks.*« Sie sollte bald gehen.

»*Anything else?*«, wiederholt er mit Nachdruck und lächelt dabei spitzbübisch.

Sie lächelt ebenfalls, hebt die Hände, als würde sie sich geschlagen geben. »*A glass of water, please.*«

Auch Erika und der Schlaksige kehren zur Bar zurück, bestellen Getränke nach. Gegen ein weiteres Glas Sekt hat Erika nichts einzuwenden. Die beiden Männer heißen Mike und John.

»Ich bin Erika. Und das ist meine Freundin Eva«, stellt sie vor. Auf Deutsch. »Eva ist Lehrerin und spricht sehr gut Englisch.« Sie lächelt so stolz, als hätte sie es ihr persönlich beigebracht, knufft dann Eva in die Seite. »Nun los, sag schon was!«

Eva fällt partout nichts ein, was sie sagen könnte. »*Unfortunately we have to leave soon*«, erklärt sie schließlich. »*We have to get up early tomorrow because of work.*«

Die beiden Männer lächeln anerkennend ob ihrer Sprachkünste und nicken verständnisvoll, doch man merkt ihnen an, dass sie sich anderes erhofft hatten.

»Was hast du gesagt?«, fragt Erika skeptisch.

»Dass wir früh rausmüssen.«

»Na prima!« Erika verdreht die Augen. »Wenn ich das nächste Mal eine Spaßbremse brauche, rufe ich dich.«

»Aber es stimmt doch!«

»Sag ihnen, du hast nur einen Scherz gemacht. Ein Weilchen können wir noch.« Sie lächelt dem Schlacksigen – Mike – zu, wippt dabei mit dem ganzen Körper, um deutlich zu machen, dass sie gegen ein weiteres Tänzchen nichts einzuwenden hätte.

Eine gute Stunde später bringen die Herren die Damen nach Hause. Der Regen hat aufgehört, doch ein schwerer, kalter Nebel hängt über dem Tal. Eva friert unter ihrer dünnen Jacke, was John nicht entgeht. Er bleibt stehen, zieht seinen Mantel aus, legt ihn ihr fürsorglich um die Schultern. Eva unterdrückt ein Seufzen. Wann hat sie ein Mann zuletzt so zuvorkommend behandelt? Die Wärme, die von dem Kleidungsstück ausgeht – die von seinem Träger ausgeht –, tut ihr gut. Trotzdem hat sie Sorge vor dem, was kommt. Doch als sie beim Krug anlangen, verabschieden sich die beiden Engländer höflich, ohne weitere Anstalten zu machen. Eva reicht John dankend seinen Mantel zurück, und er drückt zum Abschied ihre Hand. Das war's. Nein, doch nicht ganz.

Ob sie am nächsten Wochenende wieder mit ihnen ausgehen dürften, fragt Mike. Eva soll übersetzen.

»Nächstes Wochenende müssen wir leider arbeiten«, bedauert Eva, und das stimmt sogar, zumindest teilweise.

Dann vielleicht ein andermal.

»Ja, vielleicht.«

»Was haben sie gesagt?« Erika kann ihre Neugier kaum zurückhalten.

»Dass sie sich für den schönen Abend bedanken«, antwortet Eva ihr, und in diesem Moment erlischt die Straßenlaterne. Der Strom ist mal wieder ausgefallen.

»*Good night and sleep well*«, wünschen die Engländer und knipsen ihre Taschenlampen an. Auch Eva wünscht ihnen eine gute Nacht und hakt die Freundin unter.

»*Nice to meet you!*«, ruft Erika den Männern hinterher. So viel Englisch hat sie heute Abend schon gelernt.

19.

»*Will you pass me the butter, please?*« Mit einem kecken Lächeln schaut Luise ihre Mutter an.

»Was wird das jetzt wieder, Luise?« Veronikas Tonfall gerät gereizter als beabsichtigt. Sie darf ihre Tochter nicht für alles tadeln, nimmt sie sich mal wieder vor. Auch das Kind hat ein schweres Los.

»Ich lerne jetzt Englisch«, erklärt Luise stolz. »Nur weiß ich leider nicht, was Margarine heißt.«

»Margarine heißt Margarine«, antwortet Veronika. »Es wird nur etwas anders ausgesprochen.« Luises übertriebenes Stirnrunzeln macht deutlich, dass sie ihr nicht glaubt. Sie reicht ihrer Tochter den mageren Rest Streichfett, wirft dabei Lovis einen warnenden Blick zu, weil sie ahnt, dass dieser drauf und dran ist, ihn seiner Schwester wegzugrapschen.

»Warum willst du jetzt Englisch lernen?«, erkundigt sie sich dann.

»Ich will mich mit der Welt verständigen können«, antwortet Luise in gewichtigem Ton. »Mit *Schläsisch* kommt man nicht mehr weit, wie du ja schon gemerkt haben wirst.« In der Tat ist Veronika aufgefallen, dass Luise bemüht ist, jede Spur ihres Breslauer Idioms zu tilgen. Und sie kann verstehen, warum. »Aus mir soll mal was werden«, bekräftigt Luise. Auch wenn es reichlich altklug klingt, versteht Veronika diesen Wunsch nur zu gut.

»Was wird denn mal Besseres aus dir? Eine Prinzessin vielleicht?« Lieselotte kichert. »Prinzessin auf der Erbse!«

»Ich will Dolmetscherin werden«, antwortet ihr Luise. »Frau Koch sagt auch, dass ich das Zeug dazu habe.«

»Na, wenn Frau Koch das sagt!« Veronika liegt weit Bissigeres auf der Zunge, schluckt es aber herunter. Noch immer tut sie sich schwer damit, dass Luise ständig die Kinder der Koch hütet, obwohl andere Aufgaben auf sie warten. Im Gegenzug erhält Luise jetzt Unterricht. Eva Koch hat Veronika extra um ihre Erlaubnis gefragt. Das wiederum weiß allerdings Luise nicht. Einerseits freut es Veronika, dass sich ihrer Tochter diese Bildungschance eröffnet, wo sie doch schon so viel versäumt hat. Andererseits nimmt sie Anstoß daran, dass von dieser Vereinbarung ausschließlich Luise profitiert. Würde sie auf andere Art und Weise etwas dazuverdienen, käme es allen zugute. Zugleich beschämt Veronika dieses ›Andererseits‹. Schließlich hat sie selbst einmal große Träume gehabt, und niemand hat versucht, sie ihr auszureden. Im Gegenteil: Sie hat eine höhere Schule besuchen dürfen, hat Englisch gelernt – das inzwischen ziemlich eingerostet ist –, und sogar studieren durfte sie. Es schmerzt sie, dass ihren Kindern diese Möglichkeiten nun verwehrt bleiben. Und es ist ihr durchaus bewusst, dass ihre eigene Kindheit nicht annähernd so schwer und schicksalhaft war wie die ihrer Sprösslinge, allen voran die der Ältesten, Luise. Dazu ist sie fleißig und schreibt gute Noten. Sie darf Träume für ihre Zukunft haben, wo es in der Gegenwart doch so wenig zu träumen gibt.

Unwillkürlich denkt Veronika an die Zeit zurück, in der Luise geboren wurde. Welche Hoffnungen hat sie an die Zukunft dieses Kindes geknüpft! Ärztin sollte Luise einmal werden, wie sie selbst. Eine berühmte Ärztin, die neue, wegweisende Therapien entwickelt, eine Madame Curie der Medizin. Ha! Sie schüttelt innerlich den Kopf über diesen naiven Hochmut. Heute ist ihr klar, dass sie ihre eigenen zurückgesteckten Wünsche auf das Kind projiziert hat. Luise sollte da weitermachen, wo sie aufhören musste. Dabei hat es sie in den Anfangsjahren nicht einmal gestört. Sie ist gern Mutter, sie war auch bis zu einem gewissen Grad gern Ehefrau. Eine einsame Ehefrau allerdings, denn Ludger hat sich von Anfang an auf seine soldatische Karriere konzentriert. Er war beinahe ständig fort, auch bereits lange vor Ausbruch des Krieges. Nachdem er dann ausgebrochen war, hat sich für sie allerdings erst einmal nichts geändert. Ludger verbrachte weiterhin die meiste Zeit in Berlin, und in Breslau war vom Krieg nichts zu spüren. Er war etwas, von dem man nur in den Zeitungen las und das nicht übermäßig beunruhigte, weil nur Erfolge vermeldet wurden.

In Breslau war und blieb der Krieg über Jahre etwas Abstraktes, etwas, das nur anderen zustieß. Das sollte selbst so bleiben, als all die Schutz suchenden Menschen kamen. Tausende, Zehntausende, deren Wohnungen, Häuser, Städte in Schutt und Asche gelegt worden waren. Von da an trug Breslau im Volksmund den Beinamen ›Luftschutzkeller Deutschlands‹.

Bis zu ihrer eigenen Flucht hatte Veronika keine wirkliche Vorstellung davon gehabt, was sich im fernen Westen abspielte. Über Politik war schon im Elternhaus nie gesprochen worden, und daran änderte sich auch während ihrer Ehe nichts. Was sollte eine junge Frau, Medizinerin und Mutter, zu diesem Thema beizutragen haben? Was sollte sie ihrem Mann voraushaben, der schon von Berufs wegen Spezialist auf diesem Gebiet war? Tatsächlich hatte es ihr nichts ausgemacht, sich herauszuhalten. Dass die Berufe der Frauen in der neuen Zeit nichts mehr wert zu sein schienen, wurmte sie allerdings schon. Sie war ja nicht nur Mutter, sondern immer noch Ärztin. Auch bemerkte sie bei Ludger eine gewisse Veränderung in dieser Richtung: War er in der Zeit ihres Kennenlernens und in den ersten Monaten der Ehe noch ungeheuer stolz auf ihre Bildung gewesen, so schien sie ihm nach Luises Geburt nicht mehr wichtig zu sein, und erst recht nicht nach der Geburt der Zwillinge. *Eine Mutter soll sich auf ihre Kinder konzentrieren.* Wie hätte sie dem widersprechen können? Es stimmte ja. So wenig Ludger allerdings gewusst haben mochte, worin diese mütterliche Konzentration im Detail bestand, so wenig wusste sie, welche Aufgaben er eigentlich im Detail verfolgte. Vom Berliner Leben ihres Mannes hatte sie schlichtweg keine Ahnung.

Merkwürdigerweise änderte sich dies ein bisschen, als er gezwungen war, ihr zu schreiben. Bereits im Juni 1941 war er am Unternehmen Barbarossa beteiligt, dem Angriff auf die Sowjetunion. *Ein neuerlicher Blitzkrieg, legitimiert durch den gerechten Kampf des deutschen Volkes um Raum und Boden,* lauteten seine ersten Zeilen, denen viele weitere gleichen Tenors folgen sollten. Seine Feldpostnummer weiß sie heute noch auswendig. *Nördlich der Prypjatsümpfe weiter mit dem Ziel Smolensk; siegreiche Kesselschlacht bei Białystok und Minsk; Überquerung des Dnepr.* Briefe wie Telegrammdiktate. *Staubstürme und kein Wasser,* schrieb er ein andermal, da wurde langsam deutlich, dass es sich nicht um Spaziergänge handeln konnte. Aber schließlich hieß es *Einnahme von Smolensk.* Die Mission schien erfolgreich abgeschlossen. Im Sommer 1941 war das, sie erinnert sich noch genau, denn damals dachte sie, dass der Krieg ja nun bald ein Ende finden würde. Sie hatte falsch gedacht. Es folgten weitere Briefe im Stil von Frontberichten, angereichert mit ein paar unumgänglichen Standardfloskeln, das Private betreffend. *Hoffe, die Kinder sind wohlauf und munter. Herzliche Grüße auch an die Frau Mama und Dr. Zeidler. Und dass deine Ella unsere Luise nicht so verhätschelt!* Das Verzärtelnde war immer seine Sorge. Vielleicht lag es am Soldatischen, sie weiß es nicht genau. Wirklich gekannt hat sie ihren Mann nicht, das ist ihr allerdings erst spät so recht bewusst geworden. Zu spät wohl.

Heimaturlaub, nach langer Zeit. Er hat so gar nicht gewirkt wie seine Briefe. Eher verwundbar, verletzlich, dankbar für das bisschen häuslichen Frieden. Für seine Nachkommenschaft. Zwei Wochen unverhofften Glücks. *Schön bist du*, hat er ihr abends ins Ohr geflüstert, und sie spürt noch heute das Kribbeln auf ihrer Haut. *Immer muss ich an dich denken in diesem kalten, fremden Land. All mein Sehnen hat einen Namen: Veronika.* Ein Poet ist er gewesen. Für vierzehn Tage. *Wie schön du bist.*

Die Kraft der Poesie trug erneut Früchte, wenn auch nicht von Dauer. Fehlgeburt. Ausschabung. *Besser, Sie gehen das Risiko nicht noch mal ein.* Sie trug ihre Kämpfe daheim aus, er seine an der Front. Schlacht von Kursk. *Wir müssen schwer einstecken, geben uns aber nicht geschlagen.* Das war im Juli 1943 gewesen. Zwei Tage nachdem er diese Zeilen geschrieben hatte, war er schwer verwundet worden. Heim ins Reich, wochenlanger Lazarettaufenthalt, danach Rehabilitation bis zur vollständigen Genesung. Sie waren einander wieder nähergekommen, waren nahbarer gewesen, alle beide, und hinter der Fassade kühler Überlegenheit erkannte sie wieder den Menschen. Doch ehe dieses Sich-aufeinander-Einlassen wirklich an Tiefe gewinnen konnte, musste er auch schon wieder fort. Seine Briefe gaben sich fortan nicht mehr ganz so militaristisch und siegestrunken, wurden dafür aber weniger. Dann, im Hochsommer 44, just an dem Tag, an dem die einsetzende morgendliche Übelkeit sie vollends aufgeschreckt hatte, die Nachricht von Ludgers Tod. Gefallen eine Woche zuvor, am 3. Juli 1944 bei Minsk.

Sie erinnert sich noch an den Schock, an das Gefühl des Leer-gefegt-Seins, wie ausgehöhlt. Aber auch daran, dass die Nachricht sie nicht wirklich überraschte. Sein Tod war eher eine lang gehegte Ahnung, die sich nun bewahrheitete. Doch all das scheint Lichtjahre her zu sein, und manchmal kommt es ihr vor, als wäre es einer Romanfigur widerfahren, die sie sich ausgedacht hat. Geblieben sind ihr nur die Kinder. Bis auf eines. Bei dem Gedanken trifft sie eine Welle des Schmerzes.

»Mama, träumst du?« Lieselotte schaut sie fragend an.
»Nein, Kind. Ich bin nur müde. Und ich denke nach.«
»Worüber denn?«
»Wie wir an Milch gelangen können. Ich habe noch den silbernen Vorlegelöffel.«
»Den gibst du nicht her. Das ist unserer.« Lieselotte legt wie immer Wert auf die präzise Klarstellung, wem was gehört. Und dieser Löffel gehört der Familie. Sie springt auf, öffnet die oberste Schublade der Kommode, hält Veronika wie zum Beweis den Löffel hin. »Hier steht es!« Ihr Zeigefinger tippt mit Nachdruck auf den schweren Griff, in den ein W eingraviert ist. »W für Wollny«, stellt sie klar.
»Schon gut, Mädel. Leg ihn bitte zurück, und räum den Tisch ab. Ich denke, wir sind fertig mit Essen.«

Die Monate nach Ludgers Tod – wie ein Fiebertraum. Im gleichen Sommer wurde Breslau zur Festung erklärt, was bedeutete, dass eine Kapitulation unmöglich wurde. Die Stadt war »bis zum letzten Mann« zu halten. Niemand durfte sie mehr verlassen, auf Flucht stand die Todesstrafe. Nun bekamen auch die Breslauer zu spüren, was dieser Krieg bedeutete. Im Oktober dann der erste Bombenangriff der Alliierten. Von da an war es vorbei mit dem Reichsluftschutzkeller. Im November die plötzliche Aufforderung, die Stadt zu verlassen, weil »Schlimmeres« drohe. Sie richtete sich vor allem an die vielen Geflüchteten, die bereits in der Stadt waren, aber auch erste Bekannte mahnten die Wollnys nun zur Flucht. Wohin fliehen? Veronika hatte keine Ahnung, allein die Vorstellung war für sie ganz und gar abwegig. Und erst recht für ihre Eltern. Am 19. Januar dann – das Datum wird sie nie vergessen – der Befehl des Gauleiters Hanke, die Stadt zu evakuieren. Zu diesem Zeitpunkt marschierte die Rote Armee bereits geradewegs auf Schlesien zu. Es war viel zu spät – und mehr als zwanzig Grad unter null.

Veronika gehörte nicht zu den bemitleidenswerten Geschöpfen, die sich zu Fuß auf den Weg machen mussten, mit Handkarren und Kleinkindern im Gepäck.

Ludgers Verbindungen reichten glücklicherweise über seinen Tod hinaus, man schickte ihr einen Wagen. Ella und sie packten in aller Eile, was sie greifen konnten, entschieden willkürlich zwischen Brauchbarem und Unbrauchbarem, Veronika mit wenig Herzblut, denn für sie stand fest, dass sie wiederkommen würde, wenn der Spuk vorbei wäre. Sie schloss die Fensterläden, drehte das Wasser ab, sperrte die Tür zu, als würde sie zu einer Urlaubsreise aufbrechen. Und die Eltern standen dabei und winkten zum Abschied, ehe sie in die eigene Villa zurückkehrten. Nein, sie würden bleiben, jemand musste ja auf Haus und Grund aufpassen. Währenddessen grollte von ferne schon der Geschützdonner.

Der Wagen war zwar eine Hilfe, allerdings kamen sie damit nicht schnell voran, denn die Ausfallstraßen waren vollkommen verstopft. Sie mussten sich einreihen in den Flüchtlingstreck, zwischen Pferde- und Ochsenkarren, Handkarren und Fußgänger, die ihre Habe in Taschen bei sich trugen. Bald hielt Veronika es nicht mehr aus und bot wildfremden Menschen einen Platz im Wagen an, was der Fahrer mit Protest quittierte. Aber er hatte ohnehin nur Anweisung, sie bis zur Oder zu bringen. Einen ganzen Tag lang warteten sie dort, bis die einzige Fähre, die noch fuhr, sie über den Fluss setzte. Zu groß war der Andrang der Fliehenden. Endlich auf der anderen Seite des Ufers angelangt, ging es auch für die

Wollnys und Ella zu Fuß weiter. Die tapfere Ella mit ihrem schwachen Herzen!

In einem Dorf kamen sie, vollkommen durchgefroren, in einer Turnhalle unter. Sie war beheizt, und es gab warmes Essen. Doch auch dort konnten sie nicht bleiben. Sogar die Helfer waren schon dabei zu packen, und so ging es weiter durch die eisige Kälte. Ein Stück weit durften sie auf einem Planwagen mitfahren. Der Kutscher hatte Mitleid mit den kleinen Kindern, der Alten und der Frau mit dem Säugling. Wieder ein Dorf, in dem man sie in einem heruntergekommenen, verlassenen Hof einquartierte. Drinnen war es fast so eisig wie draußen, und der Treckführer, ihr Kutscher, riss die Fußbodendielen heraus, um Feuer zu machen. Es qualmte fürchterlich, aber lieber ersticken als erfrieren, an diesen Satz erinnert sie sich noch. Die Wollnys erstickten in jener Nacht weder, noch erfroren sie. Aber Ella wachte nicht mehr auf.

20.

Es waren zwei Königskinder, die hatten einander so lieb. Die konnten zusammen nicht kommen, das Wasser war viel zu tief. Das Wasser war viel zu tief.

Gerrit singt leise, es ist mehr ein Summen als ein Singen, und doch besteht Gretchen darauf, dass sie keine Strophe auslässt. Meist schläft sie danach problemlos ein, wie sie überhaupt ein problemloses Kind ist. Ein Königskind.

Gerrit bläst die Kerze aus – Strom gibt es mal wieder nicht an diesem Abend –, verlässt auf Zehenspitzen die Schlafecke. Während sie auf den helleren Teil der Gaststube zusteuert, wirft sie einen Blick aus dem Fenster, sieht das schwankende Tellerlicht, mit dem die kleine Wollny Emil Radek in Eva Kochs Stube lockt. Gerrit hat das schon öfter beobachtet. Es muss sich um eine Art Geheimzeichen handeln. Gleich wird die Tür gehen, und er wird über den Hof schleichen. Was die beiden da oben wohl treiben? Für die Liebe sind sie ein bisschen zu jung. Aber Gerrit, sonst schnell mit ihrem Urteil bei der Hand, hat es sich abgewöhnt, andere Leute über die Liebe belehren zu wollen. Wer im Glashaus sitzt, soll nicht mit Steinen werfen.

Es waren zwei Königskinder ... Diese Nachmittage im Garten. Die kompakten Schatten der Rosmarinbüsche, die Sonnenflecken auf dem Kies. Seine Hand auf ihrer Taille. Das Knistern ihrer Haut.

Der Teller Brioches, den er ihr einmal hingeschoben hat, sie kann sie noch riechen – zu süß für ihren Geschmack und doch köstlich. Köstlich wie seine Küsse. Sie zehrt noch immer von den Erinnerungen, und die Erinnerungen zehren an ihr. Es gibt Tage, da überwältigt sie die Sehnsucht wie ein Blitzhochwasser, sie kann nichts dagegen tun. Dann ist alles in ihr ein Sehnen. Ein Sehnen nach seinem Verlangen, nach seiner Hingabe und Liebe. Seine Hände in ihrem Haar. Seine Brust auf ihrem Busen. Seine Knie zwischen ihren. Ihr Körper schreit nach ihm, noch immer. Und noch mehr ihr Herz.

Der Abend, bevor die Kolonne zurück nach Deutschland aufbrechen sollte. *Je täme.* Der Duft der Wicken in der feuchten Nachtluft, dazu der schwache Ölgeruch ihrer nicht sauber zu kriegenden Hände. Diese Stille, die sie immer »die französische« genannt hat: die singende Nachtigall im Kirschbaum, das Knirschen der Eisenstühle auf dem Kiesbett, das ferne Rauschen des Meeres.

Ja, sie haben einander geliebt. Wirklich geliebt. Mag er auch heute wieder im ehelichen Bett liegen, dort unten in Montélimar, der französischen Stadt, deren Namen sie vorher nie gehört hatte. Mag er wieder der Lehrer für Deutsch und Mathematik sein, als der er die Heimat verlassen hat. Dazwischen war er etwas anderes. Dazwischen hat er ihr gehört. Mit Haut und Haar und allem, was er zu geben hatte. Geblieben ist Gretchen, die Frucht ihrer Liebe.

Wie gern würde sie ihrem Kind den Vater vorstellen! Wie gern würde sie sagen: Schau her, deine Tochter! *Unsere* Tochter. Aber dazu wird es nicht kommen. Niemals. Pierre war die Liebe ihres Lebens, und mit dieser Erinnerung wird sie sich begnügen müssen.

»Kannst du nicht mal was anderes singen?«, begrüßt sie ihre eigene Mutter, die wie immer in ihrem Sessel beim Fenster hockt und zwangsläufig alles mit anhört, was in der ehemaligen Gaststube geschieht. »Das ist doch kein Schlaflied!« Bertha Mewes hat ein Paar Strümpfe im Schoß, die gestopft werden müssen, und einen Korb mit weiteren Flickarbeiten neben sich.

»Du weißt, es ist Gretchens Lieblingslied.« Gerrit tritt näher.

»Doch nur, weil du es dazu gemacht hast.« Die Mutter schaut nicht einmal auf. Sie haben diese Diskussion bereits häufiger geführt.

»Es ist ein Lied über die Liebe, daran ist nichts Verwerfliches.« Auch das hat Gerrit schon oft gesagt. Aber die Mutter scheint heute in Streitlaune zu sein.

»Eine so gestandene, handfeste Person wie du, und dann diese Backfischflausen!« Sie verpackt den Tadel in einen heiteren Ton, schüttelt dabei den Kopf, als hätte man ihr eine lustige Anekdote erzählt. Doch Gerrit hört die Falschheit heraus. Es geht mal wieder um Gretchens Vater. Worum sonst. Es geht ums Verzeihen. Oder um das Gegenteil davon. Sie weiß, es wäre besser, das Thema zu wechseln. Aber einmal in Fahrt geraten, ist auch sie schwer zu bremsen.

»Backfischflausen – was soll das wieder heißen?« Die Frage zu stellen ist dumm. Sie weiß doch, worauf die Sache hinausläuft.

»Dein Hang zu rührseligen Liebesgeschichten«, antwortet die Mutter prompt und nimmt ihre Stopfarbeit wieder auf. Ja, diesen Hang hat Gerrit tatsächlich. Aber erstens sind Neigungen Privatsache – ihr passt es schon nicht, dass die Mutter davon weiß –, zweitens richtet sie damit ja nun wirklich keinen Schaden an. Und drittens war es ausgerechnet die Mutter, die vor nicht allzu langer Zeit die ungelebten Lieben anderer Frauen betrauert hat. Aber es waren eben fremde, nicht die der eigenen Tochter.

»Ihr jungen Leute verwechselt eine Romanze mit Liebe«, wird Gerrit von ihr belehrt, und sie hat auch gleich ein Beispiel zur Hand. »Deine Liebelei während deines Vagabundenlebens dort unten: Sie hat ja nicht lange gehalten, wie wir alle wissen. Und genau da liegt das Geheimnis.«

»Geheimnis? Welches Geheimnis? Du redest Unsinn, Mutter!«

»Keineswegs! Du hattest deine Romanze, und dann war sie vorbei. Etwas vorzeitig vielleicht, aber lass dir gesagt sein: Es wäre ohnehin so gekommen. Die Schmetterlinge flattern nicht ewig. Irgendwann ist es aus mit der Tändelei, dann fallen die Masken, und der Zauber ist verflogen. Puff!«

»Puff!«, äfft Gerrit sie nach. »Puff! Genau das ist mein Leben!« Ihre Stimme wird schrill. »Mit dreiundzwanzig Jahren schon Witwe, bevor ich überhaupt eine richtige Ehe führen durfte! Dann alles verloren, und jetzt das hier.« Ihre Hand schwenkt fahrig durch den Raum. »Was willst du eigentlich, Mutter? Willst du mir die paar Träume, die ich habe, auch noch nehmen?«

»Ich möchte, dass du aufhörst zu leiden, Kind.« Bertha Mewes hat jetzt einen nachgiebigeren Ton angeschlagen. »Die Dinge sind, wie sie sind. Häng dein Herz nicht länger an etwas, das nie existiert hat.«

Gerrit öffnet den Mund, will etwas sagen, doch es hat ihr die Sprache verschlagen.

»Gretchen existiert«, bringt sie schließlich heraus. »Und sie darf davon träumen, zwei Königskinder als Eltern zu haben.«

21.

Emil schaut auf die Küchenuhr. Halb acht und noch immer kein Zeichen. Ob die Kinder noch nicht schlafen? Vor einer Stunde schon hat er Eva Koch zur Arbeit gehen sehen. Vielleicht macht der kleine Norbert wieder Rabatz. Oder Martha nutzt es weidlich aus, sich vorlesen zu lassen. Das Märchenbuch hat ihr Emil beschafft, das heißt, er hat es Luise mitgebracht, damit ihr die Zeit bei den Kochs nicht so lang wird. Ein kleiner Dank für den Zweier in seiner Rechenarbeit.

Endlich! Drüben am Fenster der Schein eines Tellerlichts, das sanft hin und her schwenkt, links, rechts, links. Nach einer kurzen Pause wiederholt sich die Prozedur, aber da ist er bereits auf dem Sprung.

»Bin noch mal weg.« Er haucht der Mutter einen Kuss auf die Stirn, geht leise zur Tür. Bloß nicht den Alten wecken! Er schläft zu den unpassendsten Zeiten – und wacht zu noch unpassenderen wieder auf.

Emil schließt die Tür hinter sich, schleicht die Treppe hinunter, verlässt das Haus. Im dunklen Hof wirft der Mond eine Lache aus Licht aufs Pflaster. Im Stall hört er die Ziegen rumoren. Seid bloß still, mahnt er sie in Gedanken. Wenn sie jetzt zu meckern anfangen, kommt sicher wieder die Hauswirtin herausgeschossen, um sich zu vergewissern, dass niemand den Tieren ans Leder will. Man kann ja nie wissen in diesen Zeiten.

Schon ist Emil die Stiege hinaufgesprungen. Anklopfen nicht nötig, Luise erwartet ihn bereits.

Emil hebt lächelnd die Hand zum Gruß, schleicht auf Zehenspitzen zu dem Matratzenlager hinüber und wirft einen Blick auf die schlafenden Kinder. Der Widerschein des Tellerlichts, das jetzt auf dem Tisch steht, malt zarte Reflexe auf ihre Gesichter. Norberts Mund, geformt wie eine Knospe. Der Flaum auf seiner Wange. Die zu Fäustchen geballten Hände. Marthas Stirn, glatt und rund wie ein Einweckpfirsich. Ihre gebogenen Wimpern. Hübsch sehen sie aus. Hübsch und friedlich. Und so soll es bleiben. Emil wendet sich von ihnen ab und setzt sich zu Luise auf das Bett, die einzige Sitzmöglichkeit für sie beide. Die Koch hat mehrere Decken darauf ausgebreitet, eine davon hat Luise sich um die Schultern gelegt. Der Raum ist kaum beheizt.

Emil streift seine Schuhe ab, macht es sich im Schneidersitz bequem, schnuppert. Im Raum hängt noch der Duft von Grießbrei.

Ihre Unterhaltung beginnt flüsternd, wie immer. Als die Kinder tief genug schlafen, geben sie das Flüstern auf, sprechen jetzt mit gesenkten Stimmen, lachen ab und zu leise. Inzwischen ist es eine Art Gewohnheit geworden, dass Emil Luise besucht, während sie auf die Kinder der Koch aufpasst. Es ist doch ein recht angenehmer Zeitvertreib, finden beide. Angenehmer als in der engen Stube der Wollnys, angenehmer als in Gesellschaft von Mutter und Vater Radek. Nur darf niemand davon erfahren.

»Wollen wir Musik hören?«, schlägt Luise vor und deutet auf das Radio, das auf einem Regalbord über der Waschschüssel steht. »Die beiden stört es nicht. Im Gegenteil, ich glaube, es gefällt ihnen ganz gut.«

»Im Schlaf?«

»Ja, im Schlaf. Norbert schreit jedenfalls nie, wenn ich Musik höre. Ich hab's schon ein paar Mal ausprobiert.« Sie steht auf, geht zu dem Radiogerät hinüber. »Was meinst du? Ob die Koch sich das von ihrem Lohn gekauft hat?«

»Nein, das ist noch von Hilda«, antwortet Emil und bemerkt sofort, dass er einen Fehler gemacht hat.
»Wer ist Hilda?«, kommt es prompt.
»Hilda Rieger. Die Frau, die vorher hier gewohnt hat.«
»Die, die verschwunden ist?«
Emil reibt sich die Nase, sagt nichts darauf.
»Und woher weißt du, dass sie ein Radio hatte?«, bohrt Luise nach.
»Es hat ihr nicht wirklich gehört«, beeilt sich Emil, seinen Fehler zu korrigieren. »Guido Mewes hat es ihr hingestellt. Sie hat gern Musik gehört. Am liebsten Tanzmusik. Das hallte bis in den Hof runter.«
Luise schürzt die Lippen, denkt einen Augenblick nach. »Warum hat sie es nicht mitgenommen?«, fragt sie dann mit gedämpfter Stimme.
»Ich sagte doch: Es gehört Guido Mewes«, tut Emil die Sache ab. »Wollen wir jetzt Musik hören oder nicht?«
Luise steht auf, schaltet das Gerät ein. Rauschen. Sie dreht am Senderknopf. Es pfeift und sirrt. Dann, zwischen Knistern und Knacken, eine Stimme. Sie justiert nach. Die Stimme wird klar.
»Bilitza, Manfred, geboren 22.4.42 in Königsberg, letzte Heimatanschrift Heuhausen, Ostpreußen; Rytel, Witold, Pole, dreißig Jahre alt, geboren in Warschau. Verhaftet, im Oktober 44 nach Groß-Rosen gebracht. Gesucht von seinem Sohn Rytel, Piotr; der Soldat Fritz Unruh, geboren am 17.8.1907 in Kaidjenen, sucht seine Frau Martha Unruh aus Schoschen, Kreis Heiligenbeil.« So geht es weiter, eine endlose Aneinanderreihung von Namen, Orten, Daten, vorgetragen mit dieser tonlosen Stimme, die etwas zutiefst Deprimierendes hat. Dennoch lauschen sie gebannt bis zum Schluss.
»Sie hörten den Suchdienst«, endet die monotone Stimme.
»Wir bitten die Hörer, die Auskunft über den Verbleib der

Genannten geben können, sich an die Suchdienststelle zu wenden.«

»Was war das?« Luise schaut Emil an. Sie wirkt seltsam irritiert.

»Der Suchdienst vom Roten Kreuz.«

»Davon habe ich noch nie gehört.«

»Den gibt's erst seit Kurzem«, klärt Emil sie auf. »Ich bin auch nur durch Zufall darauf gestoßen.«

»Ob sie sich auch um Kinder kümmern würden? Was glaubst du?« Luise schaut ihn mit großen Augen an.

»Keine Ahnung, ob Kinder zählen.« Emil ist schon nicht mehr ganz bei der Sache. Er ist aufgestanden und sucht nach einem britischen Sender. Die sind eindeutig besser, vor allem, was die Musik angeht. »Warum fragst du? Vermisst du eins?« Er sagt das im Scherz, ohne groß nachzudenken. Umso verblüffter ist er, als sie die Frage bejaht. Nur dieses »Ja«, dann eine Weile nichts. Er lässt seine Hand sinken, dreht sich zu ihr um.

»Ich habe nicht genug auf meinen kleinen Bruder aufgepasst«, sagt Luise jetzt leise, und ihr Ton kippt ins Jammervolle. »Ich hätte besser darauf achten müssen, was diese Frau mit ihm vorhat.«

»Moment mal. Da komme ich nicht mit. Welcher Bruder jetzt? Lovis?« Emil kehrt zu ihr zurück, setzt sich wieder zu ihr.

»Nein, nicht Lovis. Leo, mein jüngster Bruder. Du kennst ihn nicht. Kannst du auch nicht. Weil wir ihn nämlich verloren haben.«

»Verloren? Wie kann man denn ein Kind verlieren?« Emil begreift noch immer nicht, doch er sieht, wie Luises Hände sich in ihrem Schoß verkrampfen, wie sie mit sich ringt.

»Wir waren schon Wochen unterwegs«, erzählt sie. »Es war so kalt, und wir hatten kaum zu essen. Wie die Figuren im Märchen.« Ihr entfleucht ein kleines Lachen. Sie beißt sich auf die Lippen, fährt dann fort: »Einmal kamen wir zu einem Haus. Da war niemand. Die Bewohner – alle weg. Es war unheimlich und zugleich auch wieder nicht. Alles wirkte so ... normal. Sogar die Hühner pickten noch im Hof herum. Im Keller fanden wir Kartoffeln und Eingemachtes, Feuerholz war auch da. Wir hatten zu essen, ein Dach überm Kopf, und wir mussten nicht frieren. Also beschlossen wir, eine Weile dazubleiben und uns auszuruhen. Wir waren ziemlich erledigt. Vor allem meine Mutter. Also blieben wir. Zwei, drei Tage vielleicht. Doch dann ...« Sie hält inne, schüttelt den Kopf. »Nein. Das spielt jetzt keine Rolle. Das mit Leo passierte erst später. Wir sind weitergezogen und schlossen uns einem Treck an. Das war besser, als allein zu Fuß unterwegs zu sein. Und sicherer.«

Emil denkt flüchtig an die Trecks am Rheinufer. Diese abgerissenen Gestalten. Es fällt ihm schwer, sich Luise als eine von ihnen vorzustellen. Sie ist ihm irgendwie zu sehr vertraut. Zu sehr ein Mensch wie er. Aber was sie da gerade erzählt ... Vielleicht sind sie doch nicht normal, diese Leute aus dem Osten. Ein Kind zu verlieren wie ein Schnupftuch!

»Willst du's noch wissen?« Luise wirft ihm einen unsicheren Blick zu.

»Klar doch, erzähl weiter.«

»Meine Mutter war schon krank zu dieser Zeit«, fährt sie zögernd fort. »Sie wurde immer kränker und war kaum noch ansprechbar. Wir konnten froh sein, dass uns die Leute dieses Trecks geholfen haben. Es sind so viele gestorben unterwegs, das kannst du dir nicht vorstellen. Überall lagen sie: in den Straßengräben, auf den Feldern. Erfroren und verhungert.«

Emil zappelt ein bisschen. Die Matratze federt. Er weiß

nun doch nicht, ob er das hören will. Ob er es glauben soll. Soldaten sterben, in Gräben und auf Feldern. Menschen sterben bei Bombenangriffen, in Luftschutzkellern und auf der Straße. Aber Leute, die bloß von einem Ort zu einem anderen unterwegs sind? Und wie ist er nun verschwunden, dieser Leo? Vor seinem inneren Auge sieht er ein Kind auf einer Wirtshausbank liegen, wie er es auf irgendwelchen Festen schon oft gesehen hat. Das Kind ist eingeschlafen und wird vergessen, als die Familie weiterzieht. Bei all dem Tohuwabohu, von dem Luise erzählt hat, konnte man womöglich den Überblick verlieren. Wer wollte ihnen daraus einen Vorwurf machen? Jedenfalls, so stellt er sich vor, haben sie erst sehr spät bemerkt, dass der kleine Leo fehlte. Da waren sie bereits zu weit weg, als dass sie noch einmal hätten umkehren können. Vielleicht ist auch der Russe dazwischengegrätscht. Diese Möglichkeit muss man in Erwägung ziehen. Dann wird's dem kleinen Leo schlecht ergangen sein. Aber er greift vor.

»Da war eine Frau. Die war sehr nett zu uns Kindern«, erzählt Luise. »Sie war noch ziemlich jung und hatte keine eigene Familie, bis auf ihren Vater. Die beiden haben uns sehr geholfen, auch meiner Mutter. Ohne sie … Ich glaube nicht, dass wir überlebt hätten.« Luise zieht die Nase hoch, knetet einen Zipfel ihrer Decke zwischen ihren Fingern. »Die Frau hat sich auch um Leo gekümmert, als Mutter es nicht mehr konnte. Sie hat ihn gewickelt, ganz nah am Feuer. Hat ihn gefüttert und gehalten. Er war damals ja gerade mal ein paar Wochen alt.«

Ein wenige Wochen alter Säugling, denkt Emil, und seine Vision von der Wirtshausbank verpufft.

»Er war so süß.« Luise lächelt tapfer. »Ganz helles Haar hat er gehabt, wie Weizenschrot, und ein Gesichtchen wie ein Engel. Wirklich. So etwas hast du noch nicht gesehen.«

Emil nickt bestätigend. Ganz richtig, dieses Kind hat er nie gesehen, und was sein Aussehen betrifft, so denkt er heimlich, dass Luise wohl übertreibt. Aber was soll's. Jeder hat seine eigenen Wahrheiten.

»Ich hatte zwar die Verantwortung für den Kleinen. Doch ich hätte es nicht geschafft, ihn durchzubringen«, gesteht sie leise. »Er wäre verhungert ohne die Hilfe dieser Frau.« Sie hält einen Moment inne.

»Was war mit deiner Mutter?«, fragt Emil.

»Sie war zu der Zeit schon im Krankenhaus. Über Wochen hat sie dort gelegen, aber ich weiß nicht mal mehr, wie die Stadt hieß. Wir sind dann ja mit dem Treck weiter.«

»Wie jetzt? Ihr habt eure Mutter zurückgelassen?«

»Das verstehst du nicht!« Luise ist lauter geworden als beabsichtigt und presst die Hand gegen ihren Mund. »Wie hätten wir dableiben sollen? Die Leute von dem Treck haben uns noch ein Stück weit mitgenommen, dann kam eine Frau, um uns ins Heim zu bringen. Die Frau, die uns geholfen hat – Doris hieß sie –, sie meinte, unser Leo sei zu klein für das Heim. Dort könne er nicht überleben, und deshalb würde sie ihn erst einmal mitnehmen. Später, wenn meine Mutter wieder gesund wäre, könnten wir ihn dann bei ihr abholen. Sie gab mir noch einen Zettel mit ihrer alten Breslauer Adresse. Sie kam auch aus Breslau, habe ich das schon erwähnt? Vielleicht hat sie uns deshalb geholfen, ich weiß es nicht. Sie sagte noch zu mir, dass sie hoffe, bald nach Hause zurückkehren zu können, und dass wir uns dann dort alle treffen würden. ›Eine deutschere Stadt als Breslau kann man sich ja wohl nicht vorstellen‹, hat sie behauptet, genau wie meine Großeltern immer.« Luise lächelt flüchtig über das Gesagte, wird dann wieder ernst. »Wir kamen ins Heim, Leo war fort. Und ich bin schuld, dass die Frau ihn mitgenommen hat.« Der Satz endet mit einem Schluchzen. Wenn sie jetzt nur nicht anfängt zu weinen! Mit Tränen kann Emil nicht umgehen.

»Warum solltest du schuld sein?«, erwidert er heftiger als nötig, als gälte es, sie zu verteidigen. »Du konntest doch nichts dafür.«

»Ich hätte besser auf ihn aufpassen müssen«, widerspricht Luise. »Ich hätte ihn ihr auf keinen Fall mitgeben dürfen.«

Emil will das noch immer nicht einleuchten. »Sie sagte doch, sie würde sich um ihn kümmern. Und ihr hattet ihre Adresse.«

»Eine Adresse, die nichts mehr wert ist. Weil wir nicht zurückkehren werden, wie meine Mutter meint. Weil niemand zurückkehren wird. Darauf müssen wir uns einstellen, sagt sie immer. Und wir hatten ja erlebt, was ...« Sie spricht den Satz nicht zu Ende. »Jedenfalls hasst sie mich dafür, dass ich Leo weggegeben habe.«

»Hassen ist ein starkes Wort«, wendet Emil ein. »Vielleicht siehst du das zu drastisch.«

»Ich sage dir, sie hasst mich!« Luise schaut auf, und in ihren Augen liegt ein harter Glanz. Dieser Blick ist Emil unangenehm. Er schiebt seinen Ärmel hoch und reibt sich das Handgelenk, als würde es ihn dort jucken. »Ihr könnt nach ihm suchen«, schlägt er schließlich vor. »Das haben wir bei meinem Vater doch auch so gemacht.«

»Glaubst du, das hätten wir noch nicht getan?« Luise stößt ein bitteres Lachen aus. »Aber wie soll man so einen Winzling finden in diesem riesigen Chaos? Wie eine Stecknadel im Heuhaufen, sagt meine Mutter. Und genauso ist es.«

»Wir könnten es über diesen Suchdienst im Radio probieren«, schlägt Emil vor.

»Ja, vielleicht.« Luise beginnt nun doch zu weinen, lautlos zwar, aber die Tränen kullern nur so. Bald muss sie sich mit den Händen den Rotz abwischen. Er würde ihr gern ein Taschentuch reichen, wenn er eines hätte. Aber er hat keins. Also legt er ihr die Hand auf die Schulter. Ganz leicht nur, beschwichtigend. »Das wird schon wieder«, behauptet er unbeholfen. »Irgendwann wirst du deinen Bruder schon finden.« Ein schwacher Trost, das merkt er selbst. Aber was soll er sonst sagen? Anderer Leute Kummer ist ihm unangenehm. Er erinnert ihn zu sehr an zu Hause. An seine Mutter. An den Vater, der eigentlich dafür sorgen sollte, dass sie wieder fröhlich ist. Dass dieses unheilvolle Starren aufhört. Dass sie nicht all diese Stoffe und immer mehr Stoffe braucht, um am Leben zu bleiben. Um ein lebendiger Mensch zu bleiben. Nein, er mag Kummer nicht. Und tröstende Worte liegen ihm auch nicht. Ihm passt diese ganze Geschichte irgendwie nicht. Dieser Schmerz wegen eines Phantoms. Eins, wie der Vater eines gewesen ist. Alle Hoffnungen hängen daran, alles Gold und alle Freude. Doch wenn das Phantom dann zum Menschen wird ...

»Du kannst das nicht verstehen.« Luise rückt ein wenig von ihm ab, reibt sich die Augen trocken. »Du hast keine Geschwister. Du weißt nicht, wie es ist, einen Bruder zu verlieren.« Emil schnappt nach Luft. Ihr letzter Satz ist wie ein Schlag in die Magengrube. Er schweigt betroffen, will schließlich etwas sagen, doch sein Mund ist zu trocken.

»Was ist?« Luise schaut ihm forschend ins Gesicht, und in ihren verweinten Augen blitzt so etwas wie Feindseligkeit auf. »Warum atmest du so komisch?«

Er braucht eine Weile, ehe ihm die Worte über die Lippen kommen. »Ich hatte auch einen Bruder«, gesteht er mit belegter Stimme. »Anton.« Jetzt ist es heraus. Und mit ungeahnter Heftigkeit bricht dieses Gefühl wieder über ihn herein, das er so lange verdrängt hat. Jetzt weiß er, warum ihm die Geschichte nicht behagt hat. Warum er nicht bereit war, sich in Luise hineinzuversetzen. »Anton war acht Jahre älter als ich«, erzählt er tonlos. »Er war Soldat. Ist vor vier Jahren gefallen.«

Luise zieht scharf die Luft ein, stößt sie hörbar wieder aus. Doch sie spart sich die Beileidsbekundung, fragt nur: »Ist deine Mutter deshalb so traurig?«

Emil schluckt den Kloß im Hals herunter. Er hat so sehr gehofft, dass es mit der Rückkehr des Vaters besser werden würde. Dass diese abgrundtiefe Traurigkeit ein Ende hätte. Eine Traurigkeit, die er, Mutters jüngerer Sohn, nicht lindern konnte und kann.

»Mein Bruder war –« Weiter kommt er nicht, denn Luise fasst ihn blitzschnell am Arm, legt einen Finger an die Lippen.

»Es ist jemand im Hof«, flüstert sie. Beide werfen einen schnellen Blick auf die Wanduhr. Es ist zu früh, als dass die Koch schon heimkäme. Aber vielleicht ist sie krank. Vielleicht hat man sie entlassen. Vielleicht ist es auch jemand anders. In jedem Fall steht Ärger ins Haus.

22.

»Man wird ja wohl noch tanzen dürfen! Oder steht irgendwo geschrieben, dass das jetzt verboten ist?« Erika reckt trotzig das Kinn vor wie ein Kind.

»Du darfst tanzen, mit wem und so viel du willst«, lenkt Eva vordergründig ein. »Aber behaupte hinterher nicht, ich hätte dich nicht gewarnt!«

»Wovor denn gewarnt? Mike ist Engländer, schon vergessen?« Erika hat einen ungewöhnlich spitzen Ton angeschlagen. »Die Tommys sind anständige Menschen, das schreibt auch mein Mann. Sie behandeln ihn ordentlich. Und damit das auch so bleibt, können wir ruhig ein bisschen nett zu ihnen sein, finde ich.«

Eva sagt nichts darauf. Gegen Erikas sehr spezielle Logik ist nicht anzukommen, das weiß sie inzwischen. Sie will ja nur nicht, dass die Freundin sich in Schwierigkeiten bringt. Und ein kleines bisschen ärgerlich ist sie auch. Erika hat Mike für das kommende Wochenende zugesagt, obwohl Eva in der Wäscherei arbeiten muss. Die Abmachung war, dass keine der beiden Frauen allein Verabredungen trifft. Nun hat Erika sie gebrochen und will ihr auch noch weismachen, diese Regelung habe es gar nicht gegeben.

»Wenn ich gewusst hätte, dass ihr euch wegen irgendwelcher Mannsbilder zankt, hätte ich euch nicht mitgenommen«, sagt Agathe, die Fahrerin des Lkws, in dessen Führerhaus sie alle drei hocken, und schaltet einen Gang herunter.

»Wir zanken uns nicht, wir diskutieren nur.« Erika hat zu ihrer lockeren Art zurückgefunden. »Und manchmal geht mein Temperament mit mir durch.«

»Scheint's auch die Hormone«, erwidert Agathe trocken.

»Fang du nicht auch noch an!« Erika knufft ihr in die Seite. »Es gibt solche Typen und solche. Du musst nur wissen, mit wem du dich einlässt. Engländer sind echte Gentlemen. Was man dagegen von den Amerikanern hört ... Nur drauf aus, ein Mädchen rumzukriegen!«

»Also, mich hat noch keiner von denen rumgekriegt.« Agathe stößt ein bellendes Lachen aus. Der Wagen rumpelt über eine Bodenwelle, dann noch eine. Eva klammert sich an der Haltestange fest, um nicht vom Sitz zu rutschen, denkt über das Gesprochene nach. Es stimmt ja in gewisser Weise, was Erika sagt. John und Mike – die ›boys‹, wie sie sie nennen – haben gute Manieren. Zudringlich geworden sind sie noch nie. Inzwischen kommen sie fast jedes Wochenende vorbei, um sie und Erika zum Tanzen abzuholen. Immer sind es heitere, unbeschwerte Stunden, die auch Eva genießt, wie sie zugeben muss. Ganz wohl ist ihr dabei allerdings nie. Was würde Ferdi dazu sagen?

Ferdi. Manchmal versucht sie noch, mit ihm Verbindung aufzunehmen, wie sie es früher so oft getan hat. Dann spricht sie laut zu ihm oder versucht sich in Gedankenübertragung, aber es fühlt sich anders an als damals. Irgendwie aufgesetzt. Ferdi antwortet ihr auch nicht mehr, und das nicht nur, wenn es ums Thema Tanzen geht. Neuerdings hat sie sogar Schwierigkeiten, sich an seine Stimme zu erinnern. Ohne ihr gemeinsames Hochzeitsfoto, das auf dem Regalbrett neben den Radio steht, wüsste sie womöglich bald nicht einmal mehr genau, wie er ausgesehen hat. Der Gedanke beschämt sie. Nein, sie hat keinen Grund, sich in irgendeiner Weise über Erika erhaben zu fühlen. Trotzdem ahnt sie nichts Gutes bei dem Gedanken, die Freundin allein losziehen zu lassen.

Der Laster kämpft sich dröhnend eine Steigung hinauf; sie passieren jetzt ein größeres Waldgebiet. Dann geht es wieder bergab. Hügeliges Gelände tut sich vor ihnen auf, Felder, Weiden, Höfe. Der Laster gewinnt an Tempo, und Agathe tritt zusätzlich aufs Gas, um Schwung für die nächste Steigung zu holen. Eva wird es flau im Magen. Der Lkw rollt über die Hügelkuppe, dann wieder abwärts. Hier wird die Straße so schlecht, dass sie nur noch vorwärtskriechen können. Der Laster rumpelt durch eine tiefe Bodenwelle, dann durch eine Pfütze, groß wie ein Teich. Prompt drehen die Räder durch. Wasserfontänen schießen auf und lassen Schlammspritzer gegen die Scheiben prasseln.

»Mist!« Agathe gibt Gas, verringert es wieder. Erneut spritzt Schlamm auf. Schon sieht es aus, als müsste sie aufgeben, da gelingt er ihr doch noch, die Räder freizubekommen. Mit einem grimmigen Lächeln setzt sie die Fahrt fort. Eva beugt sich zum Seitenfenster hin, wirft einen besorgten Blick zum Himmel. Dort oben braut sich was zusammen. Und es sieht nicht nach Regen aus. Sie rollen weiter. Irgendwann setzt Agathe den Blinker und rumpelt die Zufahrt zu einem großen Gehöft hinauf: ein zweistöckiges, separat stehendes Wohnhaus, dazu L-förmig angelegte Stallungen und eine riesige Scheune. Die Familie Gallen. Laut Erika die reichsten Bauern weit und breit. Sie war schon einmal zum Frisieren hier und hat ihre Aufgabe wohl zur Zufriedenheit der Leute erledigt, denn man hat sie nun nach recht kurzer Zeit erneut hergebeten. Eva wiederum soll dem Hausherrn einige Lektionen im Englischen erteilen. Während Erika ihm die Nackenhaare zurechtstutzte, erzählte der Bauer ihr, dass er jemanden suche, der ihm einige Brocken Englisch beibringen könne, er wolle mit den Engländern in Verhandlungen treten beziehungsweise seine Position stärken. Ob sie zufällig jemanden kenne, der infrage käme?

Erika verstand es geschickt, Eva die Vorzüge dieser Aufgabe schmackhaft zu machen: Von heimlichen Schlachtungen flüsterte sie, von einer Ölpresse im Kartoffelkeller, von Möhren, die in Sandkisten Winterschlaf hielten, von Maisgrieß und Fässern voller Salzgurken. Tatsächlich fing Eva, in ewiger Sorge um das unterentwickelte Norbertchen mit seiner eingefallenen Hühnerbrust, angesichts dieses Schlaraffenlands schnell Feuer. Jetzt ist sie nervös und will die Sache bald hinter sich haben. Sie sorgt sich um das Wetter, sorgt sich um alles.

Die Gallens empfangen sie freundlich. Sofort werden sie in die Küche geführt, einen großen, zweckmäßig eingerichteten Wirtschaftsraum, in dem offenbar der größte Teil des Familienlebens stattfindet.

Zur Begrüßung bekommen sie ein Glas Milch, fette Bauernmilch, auf der eine Rahmschicht schwimmt. Eva trinkt gierig, schämt sich ein wenig dabei, als würde sie mit jedem Schluck ihren Kindern etwas vorenthalten. Aber ist sie nicht hier, um genau das Gegenteil zu bewirken? Wenn es gut läuft, wird sie um einen ganzen Liter Milch bitten. Nicht von ungefähr hat sie eine leere Flasche dabei.

Agathe trinkt ihre Milch, verabschiedet sich dann und geht mit dem Bauern nach draußen, um die Waren einzuladen. Auf ihrer Liste stehen noch weitere Höfe, und auf dem Rückweg wird sie Erika und Eva wieder einpacken, so ist es abgemacht.

Die Bäuerin schmiert ein paar Schmalzstullen, stellt sie den Gästen hin. Sie ist neugierig, fragt allerlei. Eva muss sich konzentrieren, um ihren verschliffenen Dialekt zu verstehen. Woher sie komme? Ob sie Familie habe? Kinder? Sie selbst hätten Glück gehabt, erzählt die Frau bereitwillig. Der Bauer sei zwar spät noch eingezogen worden, aber das Schicksal habe es gut mit ihnen gemeint. Kaum im Felde, sei ihr Alfred auch schon den Amerikanern in die Hände gefallen, die nicht gewusst hätten, wohin mit den vielen deutschen Soldaten. Eine bittere Woche auf den Rheinwiesen, zusammengepfercht mit Tausenden anderer Kriegsgefangener, unter freiem Himmel, ohne Essen, ohne Versorgung. Aber dann habe man ihn auch schon entlassen.

»Nach einer Woche?«, fragt Eva ungläubig.

Die Bäuerin bestätigt dies. Er habe als Beruf Landwirt angegeben, und die Landwirte müssten doch die Versorgung der Bevölkerung gewährleisten. Es sei wirklich ein Glück, dass nun wieder ein Mann im Haus sei. Sie redet schnell und lächelt viel dabei, doch die Anspannung hinter ihren Worten ist deutlich zu spüren. Eva versteht, dass die Frau große Ängste ausgestanden hat, und doch wundert sie sich im Stillen: Die Geschichte ging für alle Beteiligten gut aus, beinahe unverschämt gut sogar. Alle Familienmitglieder sind lebendig und wohlauf, Haus und Hof unbeschadet und dazu in ihrem Besitz geblieben. Diese Leute haben weder Hunger noch Kälte zu fürchten. Die schlimmsten Zeiten liegen ohne Zweifel hinter ihnen.

Der Bauer, inzwischen zurückgekehrt, zeigt keine Regung, als ginge ihn das alles nichts an. Merkwürdig, wie ein solch tumber Klotz auf die Idee verfallen kann, eine Fremdsprachenlehrerin zu engagieren. Doch nachdem seine Frau geendet hat, kommt plötzlich Leben in ihn, und Eva muss ihr Urteil revidieren. Sein Blick ist klar und wach, als er sie anschaut und ihr durchaus präzise erklärt, was ihm bezüglich des Unterrichts vorschwebt: Zu besonderen Fertigkeiten müsse er es nicht bringen, ein paar Brocken würden ihm reichen. Aber verstehen müsse er, was man von ihm wolle, und das möglichst gut. In offiziellen Angelegenheiten sei zwar in der Regel ein Übersetzer mit von der Partie, aber manchmal müsse es eben auch ohne gehen. Und er habe da gewisse Pläne, die Verhandlungen mit den Engländern betreffend ... Näher erklärt er sich nicht.

Sofern er bereit sei, Zeit und Energie zu investieren, sehe sie keine Hindernisse, zu seinem Ziel zu gelangen, antwortet

Eva und fängt den Blick der jüngsten Tochter auf, ein vielleicht fünfzehnjähriges Mädchen, das still mit am Tisch sitzt und dem Gespräch andächtig lauscht.

»Lassen Sie doch Ihre Tochter auch am Unterricht teilnehmen«, schlägt sie spontan vor. »Dann können Sie sich gegenseitig unterstützen.«

Das Mädchen reißt erschrocken die Augen auf, und Eva fürchtet schon, einen Fehler begangen zu haben. Doch dann spürt sie, dass es ein freudiger Schrecken ist, ein hoffnungsvolles Bangen um Zustimmung.

»Lore? Englisch lernen?« Der Bauer runzelt die buschigen Brauen. »Aber sie ist doch an Ostern mit der Schule fertig.«

»Und Sie glauben, dann lohnt sich das Lernen nicht mehr?« Eva lässt ihre Stimme sanft klingen, lächelt dabei.

»Was denkst du, Frau?« Er schaut die Bäuerin an, die offenbar auch nicht weiß, was sie denken soll.

»Ach bitte!« Lore macht noch immer große Augen, legt dabei die Handflächen zusammen wie zum Gebet.

»Wer kann einem solchen Blick etwas abschlagen!«, springt Erika ihr bei.

»Na gut, dann soll sie's probieren«, brummelt der Vater. »Aber jetzt ist lang genug geredet.«

Lore strahlt. Während Erika, die Bäuerin und die ältere Tochter Wilma sich eine provisorische Frisierecke einrichten, rückt die Lerngruppe am Tisch zusammen. Eva nimmt ein Heft aus der Tasche, das sie eigens in Schulzes Schreibwarenladen besorgt hat, legt es vor sich und daneben ihren Stift.

»*Good morning, all together.*« Sie schaut auf. Die Stunde hat begonnen. »*My name is Eva Koch. What's your name?*« Sie schaut Lore an.

»*My name is Lore Gallen*«, antwortet diese prompt.

»*And what's your name?*« Eva schaut den Bauern an, bekommt aber keine Antwort. »Sie müssen schon etwas sagen,

Herr Gallen. Und bitte auf Englisch.« Sie nickt ihm aufmunternd zu.

»*Mei näm is Gallen. Alfred Gallen.*«

»*Very good!*«

Anfangs ist es in der Frisierecke sehr still. Gebannt lauschen die Frauen dem Unterricht – oder vielmehr den holprigen Sprachversuchen des Bauern. Doch allmählich verlieren sie das Interesse und widmen sich anderen Themen. Unter Scherengeklapper wird bald gescherzt und gelacht.

»Ach du je!«, sagt die Bäuerin plötzlich sehr laut und deutet aus dem Fenster. »Seht euch das Wetter an!«

Alle wenden den Blick nach draußen, auch Eva. Es hat zu schneien begonnen. Aber der Schnee hat nichts Anheimelndes an sich: keine tanzenden Flocken, kein stilles Niedergehen. Vielmehr sind Haus und Hof wie von einer undurchdringlichen Wand umgeben. Schon ist die Fensterbank weiß, verschwinden die Stallungen im dichten Schneegestöber. Eva stöhnt innerlich auf. Wenn nur Agathe es noch schafft, sie abzuholen!

»Meinen Sie, es wird noch schlimmer?«, erkundigt sie sich bei Gallen in der bangen Hoffnung, Bauern besäßen eine gewisse Wetterfroschmentalität.

»Wenn's schneit, dann schneit's«, antwortet dieser nicht sonderlich beunruhigt. »Ist halt Winter.«

Nach der beendeten Englischstunde macht sich Erika daran, ihm und Lore ebenfalls die Haare zu stutzen, dann hat auch sie ihr Werk beendet. Auf die Bauernfamilie wartet wieder die Arbeit, wobei die weiblichen Mitglieder bedauern, ihre frisch frisierten Köpfe dem Wetter aussetzen zu müssen.

Eva und Erika bleiben in der Küche zurück und hoffen darauf, dass Agathe noch eintrifft. Sie hätte schon vor einer halben Stunde da sein müssen.

Rasch fällt die Dunkelheit ein, eine Art allumfassende Trübnis, die Eva schwer aufs Gemüt schlägt. Um vier Uhr ist Agathe noch nicht da, um fünf nicht, und um sechs scheint endgültig klar, dass sie nicht mehr kommen wird.

»Davon geht die Welt nicht unter«, versichert die Bäuerin beruhigend. »Irgendwo findet sich schon ein Plätzchen, wo Sie über Nacht unterkommen können.«

»Aber die Kinder!«, jammert Eva.

»Luise wird sich schon gut um sie kümmern«, wirft Erika ein. »Das hat sie bisher immer getan.«

»Aber nicht über Nacht!«

»Sie werden's überleben, Eva. Es geschieht ihnen ja nichts«, gibt Erika sich zuversichtlich, wirkt aber selbst ziemlich nervös.

»Klingeln Sie doch durch«, schlägt die Bäuerin vor, und Eva nimmt das Angebot dankbar an. Das Telefonat mit der Hauswirtin währt nur kurz. Eva schildert knapp ihre Notlage, worauf Gerrit Mann verspricht, sich des Problems anzunehmen. Wenige Minuten später ruft sie zurück. Luise Wollny wird bei Martha und Norbert übernachten, und sie selbst wird sich um Erikas Töchter kümmern. Auch Veronika Wollny habe ihre Hilfe angeboten.

Nach dem Gespräch fühlt sich Eva sehr erleichtert. Und einmal mehr muss sie feststellen, dass es kein Weltuntergang ist, um Hilfe zu bitten. Ein wenig Unterstützung, eine helfende Hand, kann große Katastrophen verhindern.

»Ich sag ja, dass Gerrit Mann kein Unmensch ist, obwohl sie sich immer aufführt wie einer.« Erika ist schon wieder bei Laune.

»Sie können hier auf der Küchenbank schlafen«, bietet Frau Gallen an. »Hier ist es schön warm. Wir holen noch eine Matratze dazu und ein paar Decken, und dann passt's schon.«

Lang gefackelt wird nicht bei der Familie Gallen, muss Eva bald feststellen. Schon tragen die Töchter das Abendbrot auf, schon wird wieder abgetragen, schon werden Matratze und Decken geholt und das Licht gelöscht. Gute Nacht und bis morgen.

Auf dem Küchentisch brennt noch das Flämmchen des Tellerlichts, das man ihnen gelassen hat. Erika greift nach dem danebenliegenden abgebrannten Streichholz, bricht es in zwei Stücke.

»Wer das kürzere Ende erwischt, schläft auf dem Boden.«

Eva darf wählen, hat aber Pech. Schicksalsergeben rollt sie sich auf der dünnen Matratze zusammen, zieht die Decke über sich, schließt die Augen. Ist wieder oben in der Burg, dann auf den Rheinwiesen, im gleißenden Sonnenschein. Ein unheilvolles Dröhnen liegt in der Luft: Kanonendonner und heranrollende Panzer. Vor ihr steht plötzlich der Bauer, blutüberströmt, und sie hört ihn sagen: Hätte ich nicht diesen Kopfschuss, würden sie mich wohl dabehalten. Aber so können sie nichts anfangen mit mir. Sein Haar ist schwarz vom Blut, die Stirn eine fleischige Masse, das linke Auge kaum noch als solches zu erkennen. Wider Willen schaut sie genauer hin und erkennt plötzlich, dass es Ferdis Gesicht ist. Erschrocken fährt sie auf. Das Tellerlicht ist zu einem bläulichen Pünktchen heruntergebrannt.

»Erika!«, flüstert sie.

»Was ist?«, kommt es träge von der Küchenbank zurück.

»Hörst du das?«

»Was denn?« Erika setzt sich auf, lauscht ebenfalls.

Plötzlich ist sie ganz da. Da draußen sind deutlich Stimmen zur hören. Männliche Stimmen. Keine drei Meter von ihnen entfernt, direkt vor der Hintertür. Etwas weiter entfernt, bei den Stallungen, jetzt ein Ruckeln, Rütteln, Schieben. Die Stimmen werden lauter, zorniger. Eva kann nicht verstehen, in welcher Sprache sie reden. Deutsch ist es nicht. Und auch kein Englisch.

»Mein Gott, was wollen die?«

»Uns ausrauben.« Auf einmal steht der Bauer in der Tür, in Unterhemd und Hosen. Die Träger hängen schlaff an seinen Seiten herab. Hinter ihm taucht jetzt die Bäuerin im Nachthemd auf.

»Sie haben's schon mal versucht, vor drei Tagen«, flüstert sie aufgeregt. »Aber durch einen Zufall waren die Nachbarn da. Sie wollten –«

»Nun sei endlich still, Frau!« Gallen tritt zum Fenster, späht hinaus. »Herrgott! Beim Kälberstall sind sie schon.«

Plötzlich ahnt Eva, woher die unterschwellige Anspannung im Haus kam. Sie hat sich also nicht getäuscht.

»Lore, Wilma, schnell! Haltet die Kartusche zum Fenster raus!«

Die Mädchen gehorchen und rennen aus dem Raum, poltern eine Treppe hinauf. Wenige Sekunden später hallt das schrille Geläut einer Sturmglocke in die Nacht hinaus. Der Bauer ist derweil in der Speisekammer verschwunden. Als er wieder hinaustritt, hält er ein Gewehr in Händen, trotz strengsten Verbots durch die Besatzer. Man wird sich ja wohl noch verteidigen dürfen, sagt sein grimmiger Blick.

»Haut ab!«, brüllt er in Richtung des Pöbels, der sich dort zusammengerottet hat: Fremdarbeiter, Heimatlose, ehemalige Soldaten, wer auch immer. Habenichtse, die in den Wäldern, Steinbrüchen, ausgedienten Schützengräben oder Lagern hausen. Doch sie sind nicht nur auf Geld aus, auf versteckten Schmuck, auf Lebensmittel und Schnaps. Viele dieser Leute sinnen auf Rache. Rache an denen, die sie schlecht behandelt haben, Rache für all das Unrecht, das ihnen widerfahren ist. Jeder kennt die grausigen Geschichten. Ein lähmender Schrecken fährt Eva durch Mark und Bein.

Was, wenn ihr etwas zustößt? Wenn sie nicht in den Krug zurückkehrt? Was soll dann aus Martha und Norbert werden? Es darf nicht sein, es darf einfach nicht sein!

Plötzlich flammt das Licht auf. Der Strom ist wieder da. Fast im selben Moment geht irgendwo Glas zu Bruch. Sie schrecken zusammen. Erika schreit leise auf.

»Kommt und helft mir, schnell!« Die Bäuerin winkt die beiden Frauen heran. Mit vereinten Kräften schieben sie eine wuchtige Kommode vor die Tür zur guten Stube. Aus einem der oberen Zimmer läutet noch immer unentwegt die Sturmglocke. Ein ohrenbetäubendes Geräusch, das sicher über viele Kilometer trägt.

Plötzlich fällt ein Schuss. Die Bäuerin schreit panisch auf und schlägt die Hände vor den Mund. Dann erneut der Ruf ihres Mannes mit der Aufforderung, das ›Pack‹ solle sich verziehen. Frau Gallen nimmt die Hände herunter, wirft Erika und Eva einen bangen Blick zu. Von draußen jetzt Motorengeräusche, lautes Hupen, Gebrüll. »Endlich, die Nachbarn sind da.« Sie atmet erleichtert auf. Mit blendenden Scheinwerfern rollen Traktoren in den Hof ein. Noch mehr Geschrei und Gebrüll. Dann verebbt der Lärm, verstummt schließlich ganz, und die Motoren werden abgestellt.

Einige Minuten später ist die Küche voller Menschen. Sie laufen mit polternden Schritten umher, klopfen sich den Schnee von den Schultern, rumpeln mit den Stühlen und reden alle durcheinander.

»Wie die Hasen sind sie losgeflitzt, hast du gesehen?«

»Ich habe einen am Bein erwischt, glaube ich.«

»Dreckspack! Aufhängen sollte man sie!«

Mit Schimpftiraden, Spott und Schnaps wird die allgemeine Aufregung niedergekämpft. Denn eines ist Eva schnell deutlich geworden: Die wehrhafte Nachbarschaft, die sich hier eingefunden hat, ist zwar männlichen Geschlechts, aber größtenteils bereits dem Greisenalter nah. Einziger Gegenpol ist ein schätzungsweise Fünfzehnjähriger mit pickeliger Haut und dichtem Flaum auf der Oberlippe.

»Denen haben wir's gezeigt! Die kommen nicht so schnell wieder!«, vergewissern sich die Männer gegenseitig mit grimmiger Zufriedenheit.

»Die Waffen müssen weg und der Schnaps auch!«, kommandiert Gallen schließlich. »Falls sich die Polizei doch noch herbequemt.«

Allgemeines verächtliches Gelächter. Vordergründig herrscht eine Stimmung, als hätte man gerade ein Fußballspiel gegen die Mannschaft des Nachbardorfs gewonnen. Doch die angespannten Gesichter der Männer sprechen eine andere Sprache.

So plötzlich, wie sie eingetroffen sind, um Hilfe zu leisten, verschwinden sie auch wieder. Eine gespenstische Ruhe legt sich über das Haus, nachdem der letzte Traktor vom Hof gerollt ist. Die Bauernfamilie macht nicht lange Federlesens und kriecht zurück in ihre Betten.

Auch Eva und Erika schlüpfen zurück in ihre Schlafstätten. Eva zieht ihre Decke bis übers Kinn und lauscht angespannt in die Dunkelheit. Die Stille wirkt hohl und fremd auf sie, als wäre ihr nicht zu trauen.

»Ich weiß nicht, wie es dir geht«, spricht sie in die Dunkelheit hinein. »Ich für meinen Teil bekomme kein Auge mehr zu.«

»Ich auch nicht«, bestätigt Erika.

»Wenn wir die Nacht erst überstanden haben, kriegen mich keine zehn Pferde hierher zurück.« Eva schweigt einen Moment ins Dunkel hinein und bekräftigt dann mit Nachdruck: »Keine zehn Pferde.«

23.

Gerrit macht gerade einen Ölwechsel bei einem Ford Kombi, als sie im Gegenlicht des geöffneten Tors eine weibliche Silhouette erblickt. Sie richtet sich auf, kneift die Augen zusammen.

»Frau Werner! Lange nicht gesehen. Was führt Sie zu uns? Mal wieder auf der Suche nach Hilda?«

Marie Werner tritt näher. »Finden Sie die Frage nicht ein bisschen zynisch?«, entgegnet sie, doch in ihrer Stimme schwingt nicht mehr die Wut mit, mit der sie Gerrit früher begegnet ist.

»Zynisch? Warum das?« Gerrit hebt die Augenbrauen. »Ich erinnere mich nicht, dass Sie uns schon einmal aus einem anderen Grund beehrt hätten. Und leider steht jedes Mal Ärger ins Haus, wenn Sie hier auftauchen. Das macht uns ein wenig nervös, muss ich zugeben.«

»Nervös? Haben Sie etwa Gründe dafür?«

»Eben nicht, Frau Werner! Und das wissen Sie genau. Wir haben mit dem Verschwinden Ihrer Schwester nichts zu tun. Das sieht die Polizei im Übrigen auch so. Also, lassen Sie uns gefälligst in Ruhe!«

»Ich habe trotzdem das Gefühl, dass Hildas Verschwinden irgendwie mit diesem Haus zusammenhängt.«

»Vielleicht stimmt ja mit Ihren Gefühlen etwas nicht«, entgegnet Gerrit brüsk, doch Marie Werner bleibt gefasst.

»Mir scheint, Sie sprechen von einem sehr hohen Ross herunter«, sagt sie, und ihr dunkler Blick bekommt etwas sehr Eindringliches.

»So? Das höre ich zum ersten Mal.«

»Dann ist es vielleicht an der Zeit, dass Ihnen jemand die Meinung sagt.«

Gerrit lacht auf, und ihr Lachen hallt unangenehm laut von den hohen Wänden der Halle wider. »Aber bitte, tun Sie sich keinen Zwang an! Ich habe ja sonst nichts zu tun.«

Marie Werner hält einen Moment inne. Gerrit glaubt schon, sie würde auf dem Absatz kehrtmachen, aber sie entscheidet sich anders. »Wissen Sie«, erklärt sie gefasst, »ich habe keine Eltern mehr, und ich habe meinen Mann im Krieg verloren. Da will ich nicht auch noch meine Schwester verlieren. Das ist doch nur zu verständlich, oder?«

»Ich denke schon«, muss Gerrit zugeben. »Aber bei uns sind Sie an der falschen Adresse.«

»Das mag sein. Allerdings kann ich Ihre engherzige Haltung nicht verstehen. Wenn man Sie reden hört, muss man annehmen, alle Welt liegt Ihnen auf der Tasche und nutzt Sie aus.« Gerrit will etwas erwidern, doch die Werner hebt abwehrend die Hand. »Sie tun, als hätten Sie das Elend der Welt gepachtet, aber das haben Sie nicht!«, fährt sie unbeirrt fort. »Sie haben eine Familie, eine Mutter, einen Bruder, eine reizende kleine Tochter. Sie haben ein Dach überm Kopf, das dazu ihr Eigentum ist. Sie wohnen in einer Stadt, die noch steht und in der Sie aller Voraussicht nach auch werden bleiben können. Sie haben Fähigkeiten, die es Ihnen ermöglichen, sich über Wasser zu halten. Sie sind gesund.« Marie Werner deutet mit dem Zeigefinger auf Gerrit. Ihre Hand zittert ein wenig. »Sie, Frau Mann, haben nun wirklich nicht den geringsten Grund zur Klage!«

Gerrit steht vor Staunen der Mund offen. Mit dieser Anklage hat sie nicht gerechnet. Was denkt sich dieses Weib eigentlich? Sie will etwas Schnippisches erwidern, doch ihr fällt nichts ein. Stattdessen schießt ihr das Blut in den Kopf, und ihre Wangen brennen. Brennen vor Scham. Sie kann nicht abstreiten, dass diese Frau recht hat. Ein Stück weit zumindest.

»Ganz so ein armes Hascherl sind Sie ja nun auch nicht«, schießt sie dann doch zurück, um nicht restlos klein beigeben zu müssen. »Sie sind jung und gesund und sehen fabelhaft aus. Außerdem haben Sie Geld. Was also wollen *Sie* mir erzählen?«

»Sie sind hart in Ihrem Urteil«, entgegnet die Werner gepresst.

»Das Leben ist hart«, gibt Gerrit zurück. »Nichts anderes wollten Sie mir doch eben verklickern. Ich denke also, damit sind wir quitt.« Sie schaut Marie Werner herausfordernd an, doch diese scheint urplötzlich das Interesse an der Diskussion verloren zu haben.

»Quitt – von mir aus. Ich wollte mich nicht mit Ihnen messen.« Und scheinbar zusammenhanglos setzt sie hinzu: »Übrigens: Ihr Name – der ist schon sehr besonders, finde ich.«

»Mann?« Gerrit lacht verwundert auf. »Frau Mann. Die meisten finden das unmöglich«, räumt sie ein. »Aber glauben Sie mir, der Name ist mir schon so manches Mal nützlich gewesen.« Ihr Lächeln ist echt, denn mit diesem Thema tut sie sich entschieden leichter. Und es stimmt ja, was sie sagt: Der Name Mann hat ihr nur Glück beschert. Mit Heiner, ihrem Ehemann, war es ein kleines, stilles Glück, das vielleicht nicht sonderlich tief gereicht, aber auch keine Zeit gehabt hatte, sich abzunutzen wie der schmucke Goldrand einer Sammeltasse. Und letztendlich ist es dieser angeheiratete Name, dem sie es zu verdanken hat, sich einen Sommer lang wie eine Göttin in Frankreich gefühlt zu haben. Dieses leidenschaftliche, geradezu närrische Glück damals. Ihre *Amour fou*. Sie hat gestaunt, dass die Franzosen sogar ein Wort dafür haben. Die Deutschen nicht. Wen wundert's.

»Ich meinte Ihren Vornamen«, durchbricht Marie Werner ihre Gedanken. »Gerrit. Das klingt ungewöhnlich und schön. Mein Mann und ich hatten beide eine Schwäche für alles Nordische. Sechs Kinder wollten wir haben, und ihre Namen hatten wir bereits ausgesucht: Ake, Annbritt, Göran, Lars, Sören, Sonja«, zählt sie auf und fügt mit traurigem Lächeln hinzu: »Jetzt habe ich all diese schönen Namen, aber keine Kinder, denen ich sie geben kann.« Sie hält einen Moment inne, schaut Gerrit dann überraschend freundlich an. »Wie ich hörte, sind Sie auch Witwe. Das tut mir leid. Aber immerhin hat Ihr Mann Ihnen ein Kind hinterlassen. Sie dürfen sich gesegnet fühlen.«

»Gesegnet?«, wiederholt Gerrit mit spöttischem Unterton, bemerkt aber sofort, wie unpassend ihre Reaktion ist. »Nun, in gewissem Sinne trifft das sicher zu«, lenkt sie daher ein. »Allerdings ist Gretchen nicht das Kind meines verstorbenen Mannes. Sie ist die Tochter eines Franzosen, den ich sehr geliebt habe.«

Marie Werner hält wie erstarrt inne. Mit diesem Geständnis wird sie ebenso wenig gerechnet haben wie Gerrit, die selbst nicht recht weiß, warum sie das gesagt hat. Außerhalb ihrer Familie weiß niemand, dass Gretchen ein außereheliches Kind ist, und nicht einmal ihre Mutter oder Guido wissen, wer ihr Vater ist.

Sie hatte nie vor, dieses Thema an die große Glocke zu hängen, allein schon um ihre Tochter zu schützen. Sie will nicht, dass Gretchen verhöhnt, beleidigt oder beschimpft wird, dass sie womöglich jemand einen Bastard nennt oder ihr unter die Nase reibt, ihre Mutter sei ein Franzosenliebchen.

Gerrit fährt sich mit der Hand durch ihr helles Haar, sucht Marie Werners Blick. »Es war nicht meine Absicht, Sie zu beleidigen«, setzt sie entschuldigend hinzu. »Was ich damit sagen will, ist, dass Sie Ihre Kinder vielleicht noch bekommen. Es ist nicht unmöglich, das sehen Sie an mir.«

Marie Werner erwidert ihren Blick, und ihre dunklen Augen blitzen. »Sie sind unverschämt und respektlos!«, entgegnet sie mit erzwungener Ruhe.

»Das ist wohl wahr«, gibt Gerrit unumwunden zu. »War es das, was Sie mir sagen wollten? Oder haben Sie noch etwas anderes auf dem Herzen?«

Sie schauen einander unverwandt an.

»Eigentlich bin ich wegen meinem Volkswagen hier«, gibt Marie Werner schließlich zu.

»Ein schickes kleines Wägelchen«, lobt Gerrit.

»Sie haben ihn gesehen?«

»Aber ja. Er steht doch drüben bei den Baders im Hof. Oder ist Anschauen etwa verboten?«

»Natürlich nicht.« Marie Werner winkt ungeduldig ab. »Der Wagen war ein Geschenk meines Mannes«, erzählt sie dann.

»Ein Geschenk …« Gerrit nickt anerkennend. »Er muss sehr großzügig gewesen sein, Ihr Mann.«

»Ja, das war er«, bestätigt die Werner. »Großmütig und großzügig. Deshalb werde ich diesen Wagen in Ehren halten.« Sie legt eine kurze Sprechpause ein. »Nun – ich denke, er bräuchte neue Reifen.«

»Ja, das denke ich auch«, antwortet Gerrit gedehnt. »Besonders hinten links. Aber eigentlich sind beide reichlich abgefahren.«

»Sie haben wohl sehr genau hingeschaut.«

»Ist so meine Art, wenn's um Fahrzeuge geht.« Gerrit vergräbt die Hände in den Taschen ihrer Arbeitshose, kraust die Nase, schürzt die Lippen, ringt sich zu einer Entscheidung durch. »Es tut mir leid, dass ich nicht weiß, wo Hilda geblieben ist«, bekennt sie unerwartet. »Was die Reifen betrifft, so werde ich mich bemühen, welche aufzutreiben. Kann ein Weilchen dauern, aber irgendwie kriegen wir das schon hin.«

»Ja, irgendwie kriegen wir das hin«, entgegnet die Werner doppeldeutig, und ein kleines Lächeln huscht über ihr Gesicht.

24.

Evas dritte Lehrstunde bei der Familie Gallen ist vorüber, und das Tuckern des Dieselmotors draußen im Hof kündet Agathes Rückkehr an.

Es hat keine zehn Pferde gebraucht, um Eva und Erika zur Rückkehr aufs Land zu bewegen. Milch, Eier, Brot und Kochwurst haben gereicht. Dazu die Versicherung, dass die marodierenden Horden inzwischen weitergezogen seien. Kein einziges Mal hätten noch irgendwo die Sturmglocken geläutet.

Inzwischen ist der Schnee wieder geschmolzen und hat eine schlammige Ödnis hinterlassen. Schmutzig weiße Ränder säumen Straßen und Wege. Während sie vom Hof rollen, zerbricht knackend eine dünne Frostschicht unter den Rädern des Lasters.

Agathe macht sich Gedanken darüber, ob der Kühler defekt sein könnte. Der Wagen verliert Kühlwasser. Vielleicht ist es auch die Wasserpumpe. Sie wird das Problem mit Gerrit Mann erörtern müssen.

Nein, sie fürchte nicht, unterwegs liegen zu bleiben, versichert sie Eva. Sie habe für den Fall der Fälle bereits Wasser nachgegossen. Danach hört Eva nur noch mit halbem Ohr zu. Sie hat keine Ahnung von Technik, doch gerade ihre Inkompetenz in diesen Dingen steigert ihr Vertrauen in Agathes und Gerrits Fähigkeiten. Auch Erika, die sie in einem kleinen Weiler eingesammelt haben, in dem sie den Familienmitgliedern zweier benachbarter Höfe zu neuen Haarschnitten verholfen hat, kann Agathes Ausführungen zu Wasserpumpen und Kühlkreisläufen nicht viel abgewinnen.

»Und, macht der alte Gallen Fortschritte?«, erkundigt sie sich, Agathe beinahe das Wort abschneidend. Sie klingt seltsam aufgekratzt. Auch der Blick, den sie Eva von der Seite zuwirft, hat etwas Unstetes, Irrlichterndes.

»Er bemüht sich ordentlich«, antwortet Eva ausweichend. Eine gewisse Schweigepflicht, die Belange ihrer Schüler betreffend, gehört für sie sozusagen zur Berufsehre. Erika lacht laut auf, als hätte sie einen Witz gemacht, dann fällt sie wieder in Schweigen, und auch Eva sagt nichts mehr.

»Ihr seid mir ja zwei Stimmungskanonen heute!«, mokiert sich Agathe, ohne wirklich ärgerlich zu sein. Sie setzt den Blinker und beginnt zu pfeifen: *La Paloma*. Dem Gassenhauer folgt eine weitere Melodie, die Eva zwar kennt, aber nicht benennen kann. Sie ist müde. Wie immer. Während sie darüber nachdenkt, fallen ihr die Augen zu, und als der Kleinlaster mit sanftem Ruck zum Stehen kommt, wird ihr bewusst, dass sie fast die ganze Fahrt über geschlafen hat.

Agathe wird mit Kartoffeln und Streichfett für ihre Fahrdienste entlohnt, dann steigen ihre beiden Mitfahrerinnen aus.

»Und denk beim nächsten Mal an die Lockenwickler«, erinnert sie Erika, die bereits ausgestiegen ist. »Mit diesen Zeitungspapier-Papilotten-Locken seh ich aus wie ein Topfschwamm.« Ein bisschen was ist dran an ihrem Vergleich. Die drahtigen Spiralen, zu denen sie ihr angegrautes Haar aufgedreht hat, erinnern entfernt an Stahlwolle. Erika verspricht ihr, ihrer Frisur baldmöglichst zu neuem Chic zu verhelfen und das Gewünschte zu beschaffen, dann verabschieden sie sich voneinander. Qualmend rattert der Laster davon.

»Kann ich zu dir kommen, später?« Sie schaut Eva an und bemüht sich um einen beiläufigen Ton, den ihr Blick jedoch Lügen straft. »Wir könnten ein bisschen quatschen«, schlägt sie vor. »Aber ich will nicht, dass meine Töchter ...«

»Schon gut«, unterbricht Eva sie beinahe brüsk. »Zuerst muss ich mich um meine Kinder kümmern. Und du dich um deine. Komm um acht, wenn du magst.«

Erika nickt mit zusammengepressten Lippen, dann streicht sie ihr zum Dank kurz über die Schulter.

Eva tritt noch einmal an das Nachtlager ihrer Kinder, um sich zu vergewissern, dass sie eingeschlafen sind. Martha liegt mit weit von sich gestreckten Armen da, als wollte sie die gesamte Schlafstatt für sich reklamieren. Manchmal grätscht sie auch die Beine dazu, dann muss Eva sie zurückschieben, damit das Norbertchen nicht aus dem Bett fällt. Sie deckt die Kinder nochmals zu und stopft die Decke zwischen Matratze und Bettrahmen fest. Anschließend schlägt sie ein Brikett in feuchtes Zeitungspapier und schiebt es in den Ofen, sodass er über Nacht nicht komplett ausgeht; die einzige Wärme, die sie sich leisten kann. Als auch das erledigt ist, seiht sie den Kamillentee ab, den sie eben aufgebrüht hat. Die Kamille hat sie im Spätsommer am Bahndamm gesammelt und anschließend getrocknet. Sie trägt die Tassen zum Tisch, stellt sich selbst die mit dem angeschlagenen Henkel hin, setzt sich. Sie stülpt ihre Fingerhandschuhe über und hüllt sich in die bereitliegende Decke. Erst dann schaut sie Erika an.

Diese betupft sich mit ihrem Taschentuch die Augen, knüllt es anschließend in der Hand zusammen, atmet hörbar.

»Du hattest mich gewarnt!«, stößt sie gequält hervor, und ihre Augen füllen sich mit Tränen. »Aber ich wollte ja nicht hören. Und jetzt haben wir den Salat. Jetzt ist es passiert.« Eva muss nicht fragen, was passiert ist. Sie kann es sich denken. »Was bin ich nur für eine schreckliche Frau!«, setzt Erika ihre Selbstanklage fort. »Lasse mich von einem Engländer trösten, vom Feind! Oh, ich bin schwach, schwach, schwach!« Sie trommelt sich gegen die Brust.

Eva streckt ihre Hand aus, legt sie sanft auf Erikas Unterarm, der in einem dicken Mantelärmel steckt. »Engländer sind Gentlemen«, sagt sie leise, und ein nachsichtiges Lächeln umspielt ihren Mund. »Erinnerst du dich?«

Erika schnaubt verächtlich, rümpft die Nase, knetet ihre Finger. »Damals, als wir zum ersten Mal tanzen waren«, hebt sie mit dünner Stimme an. »Ich war so guter Dinge, weil mein Manni mir doch gerade geschrieben hatte. Endlich wusste ich, dass er lebt und wohlauf ist. Das war eine solche Erlösung für mich! Aber dann ... Irgendwie hatte ich gedacht, er käme nun auch bald nach Hause. Dem war leider nicht so. Ich wartete und wartete ... Nun, du weißt selbst, wie das ist. Doch du bist ein stärkerer Charakter, Eva. Du hältst das Alleinsein aus. Und du hast nicht ... bist nicht ...« Sie ringt nach Worten, findet offenbar keine. »Ich war so ... liebesbedürftig. Ich sehne mich nach jemandem, der mich in den Arm nimmt, mich tröstet, mich ein bisschen hofiert. Der mit mir tanzt und flirtet. Und dann ist da auf einmal Mike, dieses fesche junge Mannsbild. Und solch ein gutes Benehmen! Viel feiner, als ich das so gewohnt war, wenn ich ehrlich bin.«

Eva nickt. Mit guten Manieren ist Erika mächtig zu beeindrucken, das hat sie bereits früher bemerkt.

»Man hat doch seine Bedürfnisse«, fährt die Freundin fort. »Und Benehmen hin oder her, Mike ist nun mal ein Mann. Er kann auch nicht ... Er wollte ... Ach, wie ich mich schäme!« Sie schlägt die Hände vors Gesicht, verharrt so eine Weile, schaut dann wieder Eva an. Die scharfen schwarzen Kohlestriche, mit denen sie ihre Lider betont, sind jetzt verschmiert. Eigenartigerweise verleiht gerade dieses Unperfekte, Zufällige dem ansonsten eher unauffälligen Blau ihrer

Augen einen derart intensiven, dramatischen Ausdruck, wie Eva ihn sonst nur von Filmschauspielerinnen kennt.

Sie war zwar zeitweise nicht sonderlich gut auf Erika zu sprechen, und ihre ans Hysterische grenzende Fröhlichkeit in der letzten Woche ging ihr auf die Nerven. Aber Erika ist ihr Fels in der Brandung, muss sie sich eingestehen: unerschütterlich in ihrem Glauben an das Gute. Sie so unglücklich zu sehen, schmerzt Eva doch.

»Dieses Halbwitwenleben, das wir führen!«, jammert Erika und reibt sich die Augen. »Ich fühle mich so betrogen! Wenn ich nachts allein in meinem Bett liege, halte ich es manchmal kaum aus. Man will doch nicht vertrocknen wie eine Blume ohne Wasser.« Schniefend beugt sie sich auf ihrem Stuhl vor, steckt ihre Hände zwischen die Aufschläge ihres Mantels. Eva versteht nur zu gut. Doch gerade dieses Nachempfindenkönnen ist es, was sie sprachlos macht.

»Nicht dass du jetzt denkst, ich wäre prüde!« Erika lacht auf und klingt plötzlich wieder wie Erika. »Es war ja nicht so, dass Manni und ich nicht schon mal herumprobiert hätten, vor unserer Verlobung. Aber ich war ihm immer treu, Ehrenwort! Es hätte einfach nicht passieren dürfen!«

»Dinge passieren«, wiegelt Eva ab. »Nimm es dir nicht so zu Herzen.«

»Aber dir passiert so etwas nicht!« Es klingt wie ein Vorwurf, untermalt von Erikas dramatisch umschwärztem Blick. »Du bist stark, und ich bin schwach!«

»Ach, Erika!« Eva spürt auf einmal, dass ihre kühle Gefasstheit als Überlegenheit, wenn nicht gar als Überheblichkeit aufgefasst werden kann. Dabei fühlt sie sich gar nicht überlegen. Eher … feige? Der junge Engländer, John, er gefällt ihr. Ziemlich gut sogar. Wenn er sie bei der Hand fasst zum Tanz, wenn er ihr in die Augen schaut mit diesem schüchternen Blick, in dem gleichzeitig Bewunderung loht, dann fühlt auch sie sich besser, keine Frage. Ist es ihre Treue zu Ferdi? Sie fürchtet, es wäre nicht die ganze Wahrheit. Eher sind es ihre Erlebnisse in der Burg, die sie so zurückhaltend machen. Sie schluckt. Plötzlich hat sie einen Geschmack von Galle im Mund. Auch diese Sache hätte nicht passieren dürfen. Aus ganz anderen Gründen zwar, aber dennoch nicht. Nie wollte sie darüber reden, hat sie sich vorgenommen, und nun redet sie doch. Keine Ausflüchte, keine Halbwahrheiten, keine Beschönigungen. Erikas Geständnis hat Respekt verdient und eine ebensolche Offenheit.

»Was mir passiert ist, ist viel schlimmer als dein Fehltritt«, erklärt sie mit flacher Stimme, vergewissert sich mit einem Blick über die Schulter, dass die Kinder schlafen, umreißt dann noch einmal die Zustände in der Burg, von denen sie Erika bereits früher erzählt hat. »Ich bin mit diesem Mann mitgegangen, weil er mir eine Wohnung für mich und die Kinder versprochen hat. Das hat er ausgenutzt, und es geschah nicht freiwillig. Aber vielleicht ...« Sie stockt, beißt sich auf die Unterlippe, setzt neu an. »Wäre er nicht so unbeherrscht gewesen, vielleicht hätte ich dann ...« Erneut bricht sie ab, schaut zu Boden. »Diese Sache ist mir nur passiert, weil ich auf meinen Vorteil aus war. Eine schäbige Angelegenheit von Anfang bis Ende. Bei dir dagegen waren es Zuneigung und Sehnsucht. Was kann daran verwerflich sein? Und es hat dir ja auch geholfen. Es war schön. Schluss, aus. Also hör auf, dir Vorwürfe zu machen.«

Erika sitzt noch immer mit gesenktem Kopf da, hebt jetzt aber den Blick. »Und was sage ich Manni?«

»Gar nichts.«

»Aber wir haben uns geschworen, immer offen und ehrlich zueinander zu sein.«

»Das könnt ihr ja auch, wenn ihr wieder zusammen seid«, entgegnet Eva. »Du liebst ihn noch. Das ist das Wichtigste.

Und wer weiß schon, ob er dir alles erzählt.« Sie hält inne. Den letzten Satz hätte sie besser nicht sagen sollen. »Entschuldige, das war dumm von mir.«

»Schon gut.« Erika winkt ab. »Ich habe den Krieg nicht im Nonnenkloster verbracht. Ich kenne die Geschichten der Landser. Natürlich denkt dabei keine an den eigenen Mann. Aber wer weiß.«

»Hast du dich noch einmal verabredet mit ihm?«, erkundigt sich Eva vorsichtig. »Mit Mike, meine ich?«

»Um Himmels willen, nein!« Erika setzt sich wieder auf. »Es ist besser, wenn wir uns nicht mehr begegnen. Ich will ihn auch nicht mehr sehen.«

»Also keine Tanzabende mehr?«

»Keine Tanzabende.« Erika schüttelt heftig den Kopf.

Eva nimmt einen Schluck von ihrem Tee, der inzwischen fast kalt geworden ist, stellt die Tasse wieder ab.

»Lass uns aufhören davon!« Sie beugt sich vor, fasst Erikas Gesicht mit beiden Händen. »Vergiss die Geschichte. Einmal ist keinmal, weißt du doch.«

25.

Nun hat es sich also ausgetanzt. Vor einer ganzen Weile schon. Seit Erikas Fehltritt haben Eva und sie keinen Fuß mehr ins Büdchen gesetzt. Ohnehin wurden die Tanzveranstaltungen vorerst eingestellt, denn der Saal ist nicht beheizt.

Unter keinen Umständen wolle sie mehr Mike begegnen, sagt Erika, wobei Eva den Verdacht hegt, dass die Gefahr der Versuchung größer ist als ihre Empörung über ihn. Aber die Sorge ist unbegründet, Mike hat sich längst anderwärtig orientiert, wie Eva weiß. Und zwar von John. Ausgerechnet. Denn auch wenn das Tanzen ein Ende genommen hat, so hat sie doch den Kontakt zu ihm gehalten. Jeden Samstagnachmittag, wenn es das Wetter zulässt und er keinen Dienst hat, gehen sie gemeinsam am Rheinufer spazieren. Auch die Kinder sind dabei. Für das Norbertchen hat er sogar eine Schiebekarre besorgt, die bequemer und komfortabler zu handhaben ist als der Bollerwagen.

Bei schlechtem Wetter kürzen sie ihre Tour ab und kehren gleich beim Kaffee Kranz ein, wo John Kakao und Törtchen bestellt. Wegen der Törtchen mag Martha ihn ganz besonders. Eva schämt sich ein wenig für die Treffen und versucht, sie vor Erika zu verheimlichen. Das gelingt ihr auch für eine Weile, da der Samstag inzwischen einer der Hauptfrisiertage ist, schließlich wollen die Landfrauen beim sonntäglichen Kirchgang etwas hermachen. Aber irgendwann gesteht Eva ihr doch, dass sie und John sich noch treffen.

»Wasser predigen, Wein trinken«, lautet Erikas Kommentar, während sie gemeinsam in der Schlange vor dem Milchladen stehen. Aber sie sagt es mit einem Augenzwinkern. Kein Neid, keine Wehmut. »Muss ja jeder selbst wissen, was er macht«, fügt sie achselzuckend hinzu. So ist Erika. Eva bewundert sie oft für ihre klaren Gefühle und Haltungen. Ihr kommt es vor, als lebte sie selbst in einer viel komplizierteren Welt mit mannigfachen, unlösbaren Widersprüchen.

Erika jedenfalls ist entschlossen, sich ganz auf ihr Geschäft zu konzentrieren, bis ihr Manni zurückkehrt, sagt sie. Das schließt den Spaß nicht aus, denn ohne Vergnügen geht's nun mal nicht. »Aber man kann sich auch anders die Zeit vertreiben.« Wieder dieses zweideutige Grinsen.

Und Eva? Wie unverfänglich sind ihre Begegnungen mit John? Sie stellt es vor sich selbst als Freundschaft dar, als angenehmen Zeitvertreib, gekoppelt mit der Möglichkeit, auf Englisch zu parlieren, was auch John, der sich nach der Heimat sehnt, zu schätzen weiß.

Er weiß, dass sie verheiratet ist. Sie hat es ihm gleich zu Anfang gesagt, um keine Missverständnisse aufkommen zu lassen.

In die Warteschlange kommt Bewegung. Eine Frau mit einem roten Kopftuch, die ihre Zuteilung bereits erhalten hat, berichtet den Wartenden, dass es nur noch Molke gibt. Allgemeines Stöhnen unter denen, die leer ausgegangen sind.

»Unter Hitler hat man wenigstens bekommen, was auf den Marken versprochen wurde!«, beschwert sich eine Frau lautstark.

»Ohne unseren Führer ständen wir jetzt nicht hier!«, ruft Erika laut zu ihr herüber. Alle drehen sich nach ihr um, aber niemand sagt etwas darauf.

26.

Dieser Winter. Längst hat er mit Veronikas Zweifeln aufgeräumt, dass er in hiesigen Gefilden überhaupt seinen Namen verdienen könnte. Er ist zwar nicht so grimmig und frostklirrend wie daheim im Osten, auch der Schnee liegt hier nicht mannshoch in den Gassen. Aber die Pfützen, die sich während der ergiebigen Regenfälle im November gebildet haben, sind längst zugefroren. Sogar am Flussufer gibt es Stellen, an denen sich das Eis wie eine dünne Haut übers Wasser legt.

Auf dem Weg zur Familie Heusner friert Veronika bis in die Fingerspitzen. Die Handschuhe, die sie auf dem Kleidermarkt ergattert hat, sind zwar besser als nichts, taugen aber dennoch nicht viel. Doch das frostige Schmuddelwetter hat auch sein Gutes: Es verringert die Gefahr, dass ihr auf dem recht einsamen Weg zur Schrebergartenkolonie irgendwelches Gesindel auflauert. Ihr fällt auf, dass fast alles, was sie denkt, von einem gewissen Zynismus geprägt ist. Das gefällt ihr nicht. Es nimmt die Energie.

Veronika zwingt sich, an etwas anderes zu denken, und unweigerlich fällt ihr das Gespräch mit Luise ein, das sie heute geführt haben. Luise ist nach wie vor festen Willens, nach dem Abschluss eine weiterführende Schule zu besuchen. Aber Veronika weiß nicht, ob das unter den gegebenen Umständen möglich sein wird. Ihr den Wunsch vielleicht abschlagen zu müssen, tut ihr in der Seele weh. Luise hat es wie immer persönlich genommen. Als würde Veronika bei einem anderen Familienmitglied anders denken, sich womöglich mehr ins Zeug legen. Aber Veronika kann sich nicht noch mehr ins Zeug legen. Sie kann es nicht, und sie schafft es auch nicht.

Allerdings darf sie ihrer Tochter keinen Vorwurf daraus machen, dass sie Pläne hat. Vielleicht ist es ohnehin an der Zeit, ihr einiges nachzusehen. Beispielsweise hätte sie neulich nicht so brüsk werden müssen, als sie Luise und den kleinen Radek in Eva Kochs Stube erwischt hat. Sie haben ja nichts Unrechtes getan, nur friedlich beisammengesessen mit ihren Schulbüchern.

Es war nicht das erste Treffen, wie Veronika sehr genau weiß. Die beiden glauben ja, es würde niemand merken, aber dem ist nicht so, und sie als Mutter darf nicht zulassen, dass bald das halbe Haus davon erfährt. Es ist nicht einmal so, dass Veronika Luise in dieser Hinsicht nicht über den Weg traute. Aber was sollen die Leute denken? Die Kleine aus dem Osten lädt sich männliche Gesellschaft ein, allein, ohne Aufsicht, in einer fremden Stube. Undenkbar!

Veronika ertappt sich dabei, dass auch diese Gedanken nichts mit Nachsicht zu tun haben. Statt verärgert über ihre Tochter und Eva Koch zu sein, die die Treffen erst ermöglicht, ob nun wissentlich oder nicht, sollte sie sich vielleicht einmal bei der Koch dafür bedanken, dass sie mit Luise ihre Wissenslücken aufarbeitet und ihr Englisch beibringt.

Eva Koch ist eigentlich Lehrerin, wie Veronika weiß, und dieses Eigentlich kommt ihr nur allzu bekannt vor. Als gäbe es irgendwo noch ein anderes, richtiges Leben, mit richtigen Berufen, die man ihnen geraubt hat. Auch die Lehrerin ist ja im Grunde eine Gestrandete.

Doch mag sie auch ebenfalls eine Fremde im Ort sein, die Wollnys sind eindeutig fremder. Fremd wie die Heusners, deren Hütte nach der nächsten Biegung in Sicht kommt. Nur noch ein paar Schritte, und Veronika ist da. Sie öffnet das niedrige Holztor, das Herr Heusner gleich nach dem Einzug wieder instand gesetzt hat, durchquert den brachliegenden Garten. Anklopfen ist nicht nötig, denn ihre Ankunft wurde bereits bemerkt. Schon reißt Rudi die Tür auf; der Zweitjüngste, dem sie vor einigen Wochen einen Splitter aus dem Fuß gezogen hat.

»Guten Abend, Frau Doktor«, begrüßt er sie artig und lässt sie ein. Erleichtert stellt sie fest, dass es in der Stube nicht ganz so eisig ist wie draußen. Von Wärme zu reden, wäre übertrieben, aber das Waschwasser in den Schüsseln wird über Nacht sicher nicht gefrieren. Noch im Spätherbst ist es dem umtriebigen Heusner gelungen, einen altertümlichen Kochofen aufzutreiben, der der Gartenbaracke nun etwas Wärme spendet. Vor den Blicken von Herumtreibern und Dieben einigermaßen geschützt, hat er hinter der Hütte einen Stapel Holz angelegt. Auch das Hühnerhaus – eine ehemalige, etwas aufgestockte Hundehütte – sowie die zusammengezimmerten Kaninchenställe sind dort untergebracht. Allerdings hausen die Jungtiere gerade nicht darin, sondern hoppeln in der Stube herum und dienen den Kindern als Spielgefährten.

»Die sind aber gewachsen!«, staunt Veronika und deutet auf die beiden Schecken.

»Bald gibt's Karnickelbraten«, freut sich Herr Heusner und stößt sein meckerndes Lachen aus. Wie immer ist er eisern bemüht, bei Laune zu bleiben. Beim Wort ›Braten‹ läuft Veronika unwillkürlich das Wasser im Mund zusammen, wofür sie sich schämt. Wie kann sie sich so wenig im Griff haben? Aber sie weiß auch, dass es Dinge gibt, die nicht in den Griff zu kriegen sind. Hunger und Durst gehören dazu.

Dieses nagende Gefühl im Bauch. Die Schwächeanfälle. Veronika kennt sie zur Genüge. Was dem ›Normalverbraucher‹ mittlerweile noch zusteht, ist weder normal noch annähernd ausreichend für den Verbrauch. Ein Kanten Brot, eine Messerspitze Fett, ein Schlückchen Milch, sofern erhältlich. Viel mehr geben die Marken nicht her. Deutschland hungert. Die Heusners hungern. Veronika hungert, um ihre Kinder nicht hungern zu lassen.

Im Raum hängt wie immer der Geruch des Tabaks, den sich Friedrich Heusner aus getrockneten Blättern von Ahorn, Brombeere, Eiche und Kirsche zurechtmischt. Doch kaum ist sie eingetreten, wird er von einem beißenden Gestank überlagert. Schwefelig gelber Qualm dringt aus dem Ofenrohr und breitet sich schnell im Raum aus; alles beginnt zu husten. Auch Veronika fällt plötzlich das Atmen schwer.

Den Bewohnern bleibt nichts anderes übrig, als Fenster und Türen aufzureißen. Da geht sie hin, die schöne Wärme! Endlich hat sich der Rauch verzogen, eiligst wird wieder alles geschlossen.

»Das blöde Ding qualmt wie eine Dampflock, nur heizen will's nicht ordentlich«, beschwert sich Heusner, während er sich an dem Rohr zu schaffen macht.

»Das Problem kommt mir ziemlich bekannt vor«, behauptet Veronika und verschweigt dabei, dass es vor allem die Besuche bei den Heusners sind, die zu dieser Bekanntschaft geführt haben. In ihrer Stube im Krug ist es zwar kalt, aber der Ofen im ehemaligen Gastraum zieht hervorragend.

Nachdem das unfreiwillige Lüften ein Ende gefunden hat, stellen sich die Heusnerkinder wie gewohnt in Orgelpfeifenmanier auf, vom sechzehnjährigen Halbwüchsigen bis zur an der Hand geführten Zweijährigen. Auf den ersten Blick scheinen alle wohlauf, doch Veronika sticht sofort ins Auge, dass ihr Sorgenkind fehlt.

»Wo ist Isabell?« Sie schaut suchend über die Köpfe der Jüngeren hinweg in Richtung der Betten, die sich halb hinter einer gut bestückten Wäscheleine verbergen.

»Hier sind wir.« Frau Heusners Stimme. Normalerweise ist sie immer die Erste, die ›die Frau Doktor‹ begrüßt. Doch als Veronika unter einer Reihe langer Unterhosen durchgetaucht ist, um zu ihr zu gelangen, nickt sie ihr nur mit einem gequälten Lächeln zu. »Isa ist hier.« Sie spricht leise und lehnt sich ein wenig in ihrem Stuhl zurück, damit Veronika die kleine Gestalt sehen kann, die dort liegt.

Vor einer Woche hat sich Isas Husten, der nie ganz abgeklungen ist, wieder verschlimmert, wie Veronika bereits weiß. Doch das Mädchen jetzt derart elend daliegen zu sehen, erschreckt sie. Sie zwängt sich an Frau Heusner vorbei, setzt sich zu dem Kind aufs Bett. Isas blaue Augen glänzen fiebrig, ihre Haut wirkt wächsern.

»Na, Isabellchen, wie fühlst du dich?«

»Schlecht.«

»Das glaube ich dir gern.«

»Haben Sie Fieber gemessen?«, wendet sie sich an die Mutter. Die schaut drein, als hätte sie sie bei einer Sünde ertappt.

»Nein, weil … wir haben keins«, muss sie zugeben.

»Kein Problem.« Veronika holt Thermometer und Stethoskop aus ihrer Tasche, hilft Isabell, sich aufzusetzen, schiebt ihr Nachthemd hoch, horcht Herz und Lungen ab. Was sie hört, klingt nicht gut. Sie misst die Temperatur. Auch nicht gut. Fast vierzig Grad. Sie schaut zu den Eltern Heusner auf, die nun beide am Bett stehen, holt tief Luft.

»Wir haben ja schon früher darüber gesprochen«, hebt sie an. »Ich fürchte, nun wird es allerhöchste Zeit. Isabell muss ins Krankenhaus.«

»Ins Krankenhaus?« Frau Heusner reißt erschrocken die Augen auf. »Aber nein! Das kommt gar nicht infrage!«

»Wir hatten ausgemacht, dass wir so entscheiden werden, wenn es nicht besser wird«, erinnert Veronika sie sanft.

»Dieser Punkt ist erreicht. Es ist das Beste für Ihre Tochter, glauben Sie mir. Ich kann hier nichts für sie tun.«

Frau Heusner ringt die Hände, schaut Hilfe suchend ihren Mann an.

»Wenn die Frau Doktor sagt, sie muss ins Krankenhaus, dann wird es wohl sein müssen«, erwidert er auf ihre stumme Frage hin. Veronika kann die Sorgen der Eltern verstehen, sie hat ja selbst ihre Erfahrungen gemacht. Aber die Sturheit dieser Leute ist nun doch etwas, das sie nicht gutheißen kann. Dieses Kind gehört in klinische Behandlung, eher gestern als morgen.

»Hast du etwas getrunken, Isa?«, wendet sie sich wieder an das Kind. Isabell nickt schwach. »Und gegessen?« Normalerweise brauchen kranke Kinder nichts zu essen, wenn sie nicht mögen, aber Isa ist so zart, beinahe ätherisch. Noch ein paar Gramm weniger, und man könnte sie wie ein Staubkorn hinwegpusten.

»Pfannkuchen«, antwortet Isa kaum hörbar.

»Du hast Pfannkuchen gegessen?«, staunt Veronika.

Isa schüttelt kaum merklich den Kopf, flüstert jetzt: »Ich hätte so gern Pfannkuchen.«

»Haben Sie das gehört, Frau Doktor?« Frau Heusners müdes Gesicht strahlt plötzlich. »Pfannkuchen will sie!« Sie nickt über die Maßen zufrieden. »Wenn sie anfangen zu essen, sind sie über den Berg. So ist es doch, nicht wahr, Frau Doktor?« Aber sie scheint keine Antwort auf ihre Frage zu erwarten. »Ich sag's ja immer: Das Fieber treibt die Krankheit aus. Den Rest kriegen wir mit Wadenwickeln in den Griff.«

Veronika zögert. Dass Isa essen will, ist wirklich ein gutes Zeichen. Vielleicht täuscht sie sich in ihrer düsteren Prognose. Wünscht es sich sogar. Aber ihr Verstand sagt etwas anderes.

Schon hat Herr Heusner begonnen, dem Herd mit dem provisorisch geflickten Ofenrohr tüchtig einzuheizen. Schon steht seine Frau davor und schlägt die sorgsam gehorteten Eier auf, gibt löffelweise Mehl und Wasser dazu, lässt ein bisschen Margarine in der Pfanne aus. Es zischt, als sie den Teig eingießt. Keine fünf Minuten später ist der Raum vom Duft des Pfannkuchens erfüllt. Mutter Heusner füttert Isabell damit wie ein Vögelchen, Bissen für Bissen, und sieben Augenpaare beobachten sie dabei, Bissen für Bissen, Veronika und Herr Heusner nicht eingerechnet.

Ein genussvolles Entzücken liegt auf dem Gesicht des Mädchens. Doch nach zwei, drei Mundvoll hat Isa genug. Sie hebt schwach die Hand, und ihr Kopf fällt aufs Kissen zurück. Beinahe augenblicklich ist sie eingeschlafen.

»Trotzdem …«, versucht Veronika es noch einmal beim Abschied. »Sie sollten wirklich –«

»Wir machen es wie besprochen«, fällt ihr Friedrich Heusner ins Wort. »Bisher haben wir alle durchgebracht, und so soll's auch bleiben.«

Dann beauftragt er Fritz, seinen ältesten Sohn, die Frau Doktor zurück zum Krug zu begleiten. Schweigend marschieren die beiden nebeneinanderher, jeder in seiner eigenen Gedankenwelt versunken. Auf dem Rheinuferweg kommt ihnen Emil Radek entgegen, und die beiden Jungen begrüßen einander freundlich. Veronika wusste nicht, dass sie sich kennen. Aber Jugend ist Jugend, denkt sie. Egal, woher sie stammt.

Als sie beim Krug angelangt sind, bedankt sie sich fürs Bringen, und Fritz Heusner verabschiedet sich ebenso höflich und freundlich wie sein Vater. Dann ist er auch schon fort.

Am nächsten Morgen macht sich Veronika zeitig auf den Weg, um sich in die Warteschlange beim Versorgungsamt einzureihen. Von einer inneren Eingebung getrieben, entscheidet sie sich jedoch kurzfristig um und eilt weiter in Richtung Rheinufer, hin zu den Schrebergärten. Zäher Nebel liegt über dem Tal und hemmt jede Sicht. Sie hört einen Kahn stromaufwärts tuckern, hört das Stampfen der Maschinen, kann ihn aber nicht sehen. Als plötzlich ein Schwarm Krähen vor ihr auffliegt, fährt sie erschrocken zusammen. Das Krächzen der großen Vögel wirkt überlaut in der Gedämpftheit des Wintermorgens.

Dieses Mal dauert es sehr lang, bis bei den Heusners geöffnet wird, und schließlich steht Friedrich Heusner selbst in der Tür. Er ist unrasiert und grau im Gesicht, und in seinen tief eingefallenen Augen liegt ein harter Glanz.

»Unsere liebe Isabell ist nicht mehr«, teilt er Veronika mit, tapfer wie ein General, der eine schwere Schlacht verloren hat.

Das Mädchen ist noch in der Nacht verstorben.

27.

Dienstag, der 11. Dezember 1945. Nach dem kärglichen Frühstück schaut Eva im Haupthaus nach Post. Nebeneinander aufgereiht wie Ansichtskarten, lehnen die Briefe der Hausbewohner gewöhnlich an der untersten Treppenstufe im Flur.

Eva bekommt sehr selten Post. Mal ein Brief von Ferdis Eltern, hin und wieder auch ein Lebenszeichen von ihrer alten Freundin Luzie, ansonsten nur Amtliches. Der graubraune Umschlag mit der maschinengeschriebenen Empfängeradresse muss sie nicht zwangsläufig beunruhigen, dennoch zittern ihre Hände, als sie sich danach bückt.

Es wird nichts von Belang sein, redet sie sich ein und überlegt gleichzeitig, wo sie den Brief öffnen soll. Sofort hier im Flur, wo jederzeit jemand vorbeikommen kann? Oder besser oben in ihrem Zimmer, wo die Kinder alles mitbekommen? Vielleicht sollte sie warten, bis Martha und Norbert eingeschlafen sind, für alle Fälle.

Der Gedanke ist noch nicht zu Ende gedacht, da schlitzt sich ihr Daumennagel bereits durch den Umschlag. Ihr Magen krampft, während sie das eingeschobene Blatt entfaltet.

Sehr geehrte Frau Koch,

aufgrund widriger Umstände ist es uns leider erst jetzt möglich, Sie darüber zu informieren, dass Ihr Gatte Ferdinand Koch, geboren am 27. 01. 1916, im Juni des Jahres 1943 ums Leben kam. Er fiel nahe der Stadt Caen, Normandie, Frank-

reich, mutmaßlich während eines Vorstoßes der schottischen 15. Infanteriedivision (Operation »Epsom«) zwischen dem 24. Juni und dem 1. Juli 1944.

In diesem Tonus geht es weiter. Der Verfasser des Schreibens ist bemüht, ihr eine ungefähre Vorstellung von den damaligen Geschehnissen zu vermitteln, ohne das Gemetzel allzu deutlich aufleben zu lassen, das im Krieg dem Tod vorausgeht. Obwohl sie die Ausführungen pflichtschuldig bis zum Ende überfliegt, dringt das Gelesene nicht bis ins Detail in ihr Bewusstsein. Tot, tot, tot, hallt es in ihrem Kopf.

Ihre Knie wollen sie nicht mehr tragen. Sie wankt einen Schritt zurück, lässt sich auf eine Treppenstufe sinken, winkelt die Beine an. Die Hand, die den Brief hält, hängt schlaff zur Seite herab, als gehörte sie nicht zu ihr.

Nun weiß sie es also. Die Befürchtung ist zur Gewissheit geworden. Ihr Blick geht ins Leere, sie fühlt sich wie taub. Nicht einmal die beißende Kälte, die durch den Türspalt ins Haus fegt, spürt sie noch.

Sie weiß nicht, wie lange sie dort sitzt, doch irgendwann kommt ihr Erika in den Sinn. Wäre sie, Eva, so optimistisch gestrickt wie die Freundin, hätte sie nur stärker an Ferdis wohlbehaltene Rückkehr geglaubt – wirklich fest und unerschütterlich geglaubt –, wäre er dann womöglich noch am Leben? Hätte dieser Schutzzauber, von dessen Wirkungskraft Erika überzeugt ist, auch Ferdi helfen können, sofern sie ihn denn angewendet hätte?

Aber nein. Sie leben nicht in einer Märchenwelt. Wunsch und Wirklichkeit stimmen höchst selten überein. Wie sollten Evas Wünsche und Wollen den Gang der Welt beeinflussen? Ein Artilleriegeschoss womöglich?

Eine Tür wird geöffnet. Schritt – klack – Schritt – klack.

Sie braucht nicht den Kopf zu wenden, um zu wissen, wer es ist.

»Frau Koch! Geht es Ihnen gut?« Sie antwortet nicht. »Frau Koch?« Eine Hand legt sich sanft auf ihre Schulter. Langsam hebt Eva den Blick, schaut in Guido Mewes' besorgtes Gesicht. Jetzt bemerkt er den Brief, den sie noch immer in der Hand hält, und seine Miene wird noch sorgenvoller. »Schlechte Nachrichten?«

Sie will antworten, öffnet den Mund, bekommt aber keinen Ton heraus. Sie versucht es nochmals, ohne Erfolg.

Er beugt sich zu ihr herab, fasst sie beim Arm. »Bitte, kommen Sie. Setzen Sie sich einen Moment zu uns in die Stube. Sie müssen doch frieren.« Als sie keine Anstalten macht aufzustehen, schiebt er sicherheitshalber nach: »Meine Mutter und meine Schwester sind unterwegs. Sie wären ungestört. Also, nun kommen Sie bitte.«

Sie lässt sich von ihm aufhelfen, folgt ihm willenlos in die ehemalige Gaststube, in der sich die Wärme wie ein Daunenmantel um sie legt. Erst jetzt bemerkt sie ihr Zittern, ihre eiskalten Hände und Füße.

Guido Mewes rückt ihr einen Stuhl zurecht, weit weg von den Fenstern, fordert sie mit einladender Geste auf, sich zu setzen. Wieder gehorcht sie. Weiß noch immer nicht, was sagen oder denken.

»Soll ich Sie allein lassen?«, erkundigt sich Mewes. »Oder möchten Sie, dass ich bleibe?«

Sie weiß nicht, was sie will. Doch als er geht, bemerkt sie einen leisen Stich. Wie oft hat sie sich allein gefühlt in den letzten Jahren! Und nun ist sie es wirklich. Wirklich und wahrhaftig. Ein heftiger Schwindel erfasst sie; und einen Augenblick fürchtet sie, vom Stuhl zu fallen. Sie lehnt sich ein wenig zurück, klammert sich mit ausgestreckten Armen an der Tischplatte fest. Nicht mehr denken, nur atmen. Einatmen und ausatmen. Flüchtig registriert sie den Geruch, der im Raum hängt. Ein Gemisch aus nasser Wolle, Ofenrauch und Suppe. Nicht unangenehm.

Da ist der junge Mewes wieder. Sie richtet sich auf, streicht mit schnellen Bewegungen über ihre Knie.

»Hier, trinken Sie! Sie ist noch heiß.« Er hat ihr eine Tasse Brühe gebracht. Sie nimmt sie dankbar entgegen und umklammert sie mit ihren Händen, als wollte sie sich daran festhalten, trinkt sogar. Die Brühe ist salzig und würzig und tut gut.

»Soll ich Ihnen eine Decke holen?«

Eva schüttelt den Kopf, aber er macht sich trotzdem die Mühe. Kommt mit einer braunen Wolldecke wieder, legt sie ihr über die Schultern, setzt sich zu ihr. Sie trinkt von der Brühe, lässt die Tasse nicht los. »Ich glaube, ich gehe wieder«, hört sie sich sagen, aber es kostet sie Überwindung, die Tasse abzusetzen.

»Bleiben Sie noch einen Moment«, fordert Mewes sie auf. »Warten Sie, bis Sie sich ein wenig gefangen haben.«

»Gefangen?« Sie schaut ihn an und zugleich durch ihn hindurch.

»Ich denke, Sie haben einen Schock«, erklärt er sanft. »Lassen Sie sich Zeit. Mehr wollte ich nicht sagen.«

Sie nickt, starrt weiter vor sich hin. Hat plötzlich das Gefühl, sich nicht mehr bewegen zu können, nicht mehr die Kraft zum Aufstehen zu finden. Niemals mehr.

»Hoffen und harren hält manchen zum Narren«, sagt sie plötzlich und weiß selbst nicht recht, woher der Gedanke auf einmal kommt.

Doch Guido Mewes nickt verständnisvoll. »Ja, so ist es wohl manchmal. Leider.« Er schaut sie nicht an dabei, seufzt nur leise. Unvermittelt beginnt sie zu weinen. Wieder steht er auf, geht irgendwohin, kehrt mit einem sauberen gebügelten

Stofftaschentuch zurück, das er vor sie auf die Tischplatte legt. »Ich lasse Sie jetzt ein Weilchen allein. Aber Sie können mich jederzeit rufen.«

Eva nickt unter Tränen, unterdrückt ein Schluchzen, bis er zur Tür hinaus ist, und weint dann hemmungslos.

28.

Als Gerrit mit ihrem Kleinlaster vom Hof rollt, herrscht noch tiefste Finsternis. Sie hat ein straffes Programm vor sich, und man weiß nie, was der Tag bringen wird. Neben Chaos und Zerstörung hat der Krieg tausenderlei Unwägbarkeiten hinterlassen. An Ersatzteile, Materialien und Werkzeug zu kommen, ist meist mit Herumreiserei verbunden und ein abenteuerliches Unterfangen. Nicht selten ist irgendwo ein Blindgänger hochgegangen und hat die Straße unbefahrbar gemacht. Oder es gibt Kontrollposten, schlecht gelaunte womöglich. Oder, noch schlimmer, Wegelagerer, die es auf das Fahrzeug abgesehen haben. Die deutsche Ordnung und Verlässlichkeit, es gibt sie nicht mehr. Jetzt regiert der Zufall, alles ist mehr oder weniger eine Frage von Glück oder Pech. Eine Zeit der Glücksritter und Hasardeure.

Gerrit hat nicht wirklich etwas dagegen, es entspricht ihrem Temperament. Müssten sie sich zwischen Abenteuer und Langeweile entscheiden, sie würde immer das Abenteuer suchen, und sie verfügt sozusagen sogar über die Erlaubnis dazu: Neben ihrem Führerschein besitzt sie den ›Lenkerausweis für Kraftfahrzeuge‹, der auf ihren Antrag hin ausgestellt wurde, und zwar auf Deutsch, Englisch, Französisch und Russisch. Dieser Ausweis berechtigt sie, sich frei zu bewegen, um Ersatzteile für die Werkstatt zu besorgen, denn den Besatzern ist daran gelegen, dass der Fuhrverkehr funktioniert. Die Versorgung der Bevölkerung muss in diesen schweren Zeiten gewährleistet bleiben.

Normalerweise begleitet Guido sie auf längeren Fahrten, doch heute ist er verhindert. Er hat jemanden besorgt, der das Dach über der Stube der Koch repariert. Aber dieser Jemand ist gefragt und hat nur heute Zeit. Guido selbst hat sich vorgenommen, derweil neuen Kitt in das Stubenfenster zu schmieren. Als Hauswirte seien sie verpflichtet, die Zimmer instand zu halten. Gerrit hat es hingenommen. Zwar hat er auch als Bruder und Kompagnon diverse Verpflichtungen, aber sie will nicht kleinlich sein und hat ihm deshalb auch nicht gesagt, dass sie allein fahren wird. Er wird's schon früh genug merken.

Statt Guido hat sie heute Erika Schott neben sich sitzen. Agathe hat die Grippe erwischt. Auch die Schott sieht müde aus und ist ungewohnt schweigsam. Man merkt ihr an, dass Morgenstund für sie nicht gerade Gold im Mund hat.

Sie rumpeln die leere Hauptstraße entlang, begegnen allenfalls ein paar Fußgängern oder – noch seltener – Radfahrern auf dem Weg zur Frühschicht. Am Ortsausgang kommt ihnen ein Laster mit Holzvergaser entgegen, dessen stinkender Auspuffqualm sofort in die Fahrerkabine dringt. Noch immer ist es eisig kalt im Wagen, und die Schott hüllt sich fröstelnd enger in die mitgebrachte Decke. Nach einigen Kilometern biegt Gerrit von der Hauptstraße ab, und sie verlassen das Rheintal. Vorbei an brachliegenden Weinbergen, Obstwiesen und stillgelegten Steinbrüchen geht es nun bergauf.

Das Fahren auf der unbeleuchteten, teils kaum befestigten Straße erfordert hohe Konzentration. Die Scheinwerfer ihres Wagens sind kaum mehr als zwei verschwommene gelbliche Lichtpfützen, die sofort im Pflaster zu versickern scheinen. Allmählich verwäscht sich die Schwärze in ein stetig heller werdendes Grau. Bar jeden Glanzes bricht der neue Tag an. Doch die Sicht wird klarer, der Blick weiter, die Konturen schärfer.

Und die Schott erwacht zum Leben.

Sie sei froh, in einer so schönen Gegend untergekommen

zu sein, sagt sie. Wie sie überhaupt viel Glück gehabt habe in den schlimmen Zeiten. Man dürfe sich gar nicht vorstellen, wie's ausgegangen wäre, wäre sie in Essen geblieben. Das ganze Haus, vom dritten Stock bis in Parterre: nur noch Schutt und Asche.

Zuerst sei sie in Bayern untergekommen, erzählt sie. Da sei es auch schön, von einigen grantigen Zeitgenossen abgesehen, aber die gute Luft und die Landschaft: einmalig! Allerdings ist das Rheintal eher ihr Fall, hier fühlt sie sich fast wie zu Haus. Wegen der Leute, wegen ihrer Art, zu denken und zu reden, und vielleicht auch, weil sie schon als Kind oft zu Wochenendausflügen hier war. Auf dem Drachenfels beispielsweise. Da gibt es noch ein Foto von ihr, wie sie auf einem Esel reitet. Ein Fotograf hat es gemacht. Das heißt, so genau weiß sie jetzt nicht, ob das Foto noch existiert. Als es losging mit den Bombardierungen, hat sie das Album zu ihrer Tante gebracht, was ja an und für sich eine schlaue Idee gewesen war. Wer hätte denn ahnen können, dass sie gegen Ende auch noch Mülheim bombardieren, wo es doch so lange verschont geblieben ist?

»Mülheim?«, fragt Gerrit verdutzt. »Sie haben Verwandte in Mülheim?«

»Ja, habe ich«, bestätigt die Schott. »Sie auch, wie ich hörte.«

»Stimmt. Ich bin dort aufgewachsen.«

»Es gibt schon merkwürdige Zufälle, nicht wahr?«

Gerrit sagt nichts darauf, und die Schott plappert weiter. Die geschlossenen Schranken eines Bahnübergangs zwingen sie schließlich zum Halt. Weit und breit nur Wald und Wiesen, doch das Wärterhäuschen ist besetzt. Durch das beschlagene Fenster ist schemenhaft ein alter Mann zu erkennen.

»Unser Land liegt in Schutt und Asche, aber da oben hockt noch einer in seinem Bahnwärterhäuschen, als würde er die

Geschicke der Welt lenken«, sagt Gerrit und schüttelt halb amüsiert den Kopf.

»Was ist daran komisch?«, fragt die Schott. »Er macht nur die Schranken auf und zu.«

»Eben. Wenn das nicht komisch ist.«

Die Schott zuckt die Schultern. Offensichtlich teilen sie nicht dieselbe Art von Humor. Der Zug rauscht heran und rollt ratternd an ihnen vorbei. Hinter den Abteilfenstern drängen sich die Menschen, weitere stehen auf Trittbrettern und ölverschmierten Puffern und klammern sich irgendwo fest. Andere hocken auf den rußigen Waggondächern, als wären es Aussichtsplattformen. All diese Reisenden tragen Rucksäcke auf den Schultern in der Hoffnung, dass sie prall gefüllt sein werden, wenn ihre Tagesmission beendet ist. Aber es ist nur Wunschdenken, auch das wissen die Leute. Ein paar Kartoffeln, ein Kohlkopf, ein halbes Dutzend Eier, wenn's hochkommt, und mit ganz viel Glück eine Speckseite. Mehr ist nicht zu holen auf dem Land, mehr nicht einzutauschen gegen Tafelsilber, Klöppelspitze und Familienschmuck.

Gerrit kennt die Klagen über die Bauern, die die Not der Städter ausnutzen und sich an ihnen bereichern. Jeder kennt sie. Doch alle sind sie nun einmal auf die Bauern angewiesen.

»Früher war das streng verboten.« Gerrit ruckt das Kinn vor und spricht dabei laut gegen das Rattern des Zuges an.

»Was war verboten? Etwa das Hamstern?« Erika Schott lacht auf.

»Sich das Genick zu brechen«, widerspricht Gerrit trocken. Und es stimmt ja: Jetzt, wo dieses Land in seine Bestandteile zerfällt, wo sich das Altgewohnte ins Unbestimmte auflöst, ist es nicht mehr verboten, auf jedwede Weise sein Leben zu riskieren. Glücksritter und Hasardeure. Das sind sie nun alle.

»Da haben wir's noch gut«, sagt die Schott und stößt einen

tiefen Seufzer aus. »Wir sitzen hier gemütlich beisammen und müssen nicht unseren Hals riskieren.«

Wo sie recht hat, hat sie recht, denkt Gerrit, hat aber keine Lust, sich weiter über das Thema auszulassen, also schweigt sie. In der Fahrerkabine ist es inzwischen einigermaßen warm, sodass sie ihre Fingerlinge abstreifen kann. Über den Winter sind ihre Hände rot und rissig geworden, und die kratzige Wolle ist ihr unangenehm.

Der Zug rauscht vorbei, der Bahnwärter drückt einen Hebel, die Schranke geht auf. Sie fahren weiter und passieren einen ausgebrannten Schützenpanzer am Rand eines Weilers. Auch vom Ort selbst ist nicht viel übrig geblieben. Die Ställe niedergewalzt, die Fassaden halb eingestürzt, die Dachstühle nur noch schwarz verkohlte Skelette. Eine trostlose, verlassene Ödnis ohne jede Hoffnung. Im Schritttempo rollt Gerrit über die notdürftig freigeräumte Straße.

»Ein Volk, ein Reich, ein Trümmerhaufen«, sagt die Schott mit Blick aus dem Seitenfenster, einen Spruch zitierend, der bereits zum Allgemeinplatz geworden ist. »Manchmal kommt mir das alles vor wie ein schlechter Traum.« Sie braucht sich nicht näher zu erklären. Diese Ödnis da draußen spiegelt die Ödnis im Herzen, weiß Gerrit. Und wie es so ist mit Spiegelbildern, erschrickt man leicht davor. Das also soll die Realität sein? Nein danke, dann lieber nicht.

Aber das Leben ist, wie es ist. Man bekommt keine Einladung, die man ablehnen könnte, und muss auch noch bleiben bis zum Ende. Keine Möglichkeit, sich vorzeitig davonzuschleichen. Keine reelle jedenfalls.

»Die haben sicher auch gedacht, sie sind unverwundbar«, mutmaßt Erika Schott. »Ich habe gehört, dass es diesen Ort erst ganz am Schluss erwischt hat, als die Amerikaner schon da waren. Ein paar Hundertfünfzigprozentige wollten nicht akzeptieren, dass das Spiel aus war. Und das ist nun dabei herausgekommen.« Ihre Hand vollführt einen vagen Schwenk. »Hätten sie mal besser klein beigegeben.«

»Woher wissen Sie davon?«, erkundigt sich Gerrit und drückt kurz auf die Hupe. Ein Schwarm Krähen fliegt auf.

»Im Nachbarort habe ich Kunden, die mir davon erzählt haben«, berichtet die Schott. »Ich bin diese Route noch nie gefahren, aber es kann nur dieser Flecken gemeint sein.«

»Ihr Kundenstamm reicht ganz schön weit raus«, stellt Gerrit fest.

»Nein, eigentlich nicht«, widerspricht ihr die Schott. »Aber heute bin ich sozusagen die Feuerwehr für frisurentechnische Notfälle.« Sie lacht über ihre eigenen Worte.

»Und was ist das für ein Notfall?«

»Eine Hochzeit. Oder sagen wir genauer: eine Nothochzeit.«

»Klingt dramatisch. Liegt jemand im Sterben?« Gerrit schaut fragend zu der Friseurin hinüber.

»Eher das Gegenteil«, antwortet diese grinsend und setzt vielsagend hinzu: »Es ist was im Anmarsch.«

»Ah!« Gerrit hat verstanden. »Wenn das so ist, dann wollen wir uns mal beeilen.« Sie tritt demonstrativ aufs Gas, lacht dabei, verringert aber gleich wieder das Tempo. Die Straße ist in schlechtem Zustand, sie will keinen Achsbruch riskieren.

»Ich find's schön, dass noch Kinder geboren werden«, meint die Schott. »Sie sind der beste Beweis, dass das Leben weitergeht, nicht wahr?«

»Ja, unsere Kinder.« Gerrit seufzt. »Die sollen's mal besser haben als wir.« Einen Moment lang herrscht Schweigen.

»Meine Tochter Ursula macht mir Sorgen«, gesteht die Friseurin unerwartet. »Immer so traurig. Oder gemein. Man kann's ihr nie recht machen. Wenn Sie sich doch nur einmal freuen würde! ›Sei doch mal fröhlich wie andere Kinder!‹, sage ich zu ihr. Aber nein, immer der reinste Trauerkloß. Also, von mir hat sie das nicht! Glauben Sie mir, ich versuche nun wirklich mein Bestes. ›Schau her, ich habe Haarseife mitgebracht‹, sage ich beispielsweise. Echte Haarseife! Davon können andere nur träumen. Aber sie: keine Regung. Alles prallt an ihr ab. Ich könnte verrückt darüber werden!«

Gerrit erwidert lange Zeit nichts darauf, schaltet herunter, tritt das Gaspedal durch. Der Laster kämpft sich einen steilen Bergrücken hinauf.

»Es sind die Bombennächte«, sagt sie schließlich mit erhobener Stimme, um das Motorgeräusch zu übertönen. »Ihre Töchter sind etwas älter als Gretchen. Sie haben das alles bewusst miterlebt.«

»Aber heißt es nicht immer, Kinder vergessen schnell?« Die Schott wendet sich ihr zu, und ihr Gesichtsausdruck hat etwas Flehendes.

»Lassen Sie ihr Zeit«, rät Gerrit. »Wir alle brauchen Zeit. Sie auch.«

»Zeit, Zeit!«, entgegnet Erika Schott unerwartet heftig. »Immer soll ich mich gedulden! Bis mein Mann heimkommt, bis die Kinder aus dem Gröbsten raus sind, bis ich wieder anknüpfen kann an mein altes Leben. Ach, es ist alles so neu und rau und kalt. Und jeder Tag bedeutet Kampf, Kampf, Kampf!« Sie dreht sich nun vollends zu Gerrit hin und schaut ihr ins Gesicht. »Wir Frauen kämpfen rund um die Uhr ums Überleben. Wir können nicht einfach nur dasitzen und warten. Worauf denn auch?«

»Es stimmt, was Sie sagen«, pflichtet Gerrit ihr bei. »Aber wir müssen vorwärtsgehen und das Gewesene hinter uns lassen.«

Erika Schott hält kurz inne, knetet die Hände in ihrem Schoß. »Die Bombennächte also, sagen Sie. Nun ja. Da ist wohl was dran. Wissen Sie, mit meinem Mann hatte ich abgemacht, dass wir nach Essen zurückkehren, wenn endlich alles vorbei ist. Aber ich habe mich anders entschieden. Ich möchte nie wieder in einer Großstadt leben, nie wieder eine Zielscheibe sein.« Wieder hält sie inne, verschränkt die Hände ineinander, lacht fahrig auf. »Herrje! Wenn ich nur drüber spreche, wird mir schon wieder ganz blümerant.«

Auch Gerrit kennt das Phänomen. Denkt sie an ihre finstersten Stunden zurück, dann tritt ihr der kalte Schweiß auf die Stirn, tost das Blut in ihren Ohren wie das Sirren der Bomber, steigt ihr der Gestank von verkohltem Holz, Blut und Exkrementen in die Nase. Sie weiß, wovon die Schott spricht. Auch sie hat die Hölle durchlebt. Nur einmal, aber das reicht ihr fürs Leben.

Der 28. Oktober 1944: Ein so strahlend schöner Herbsttag, dass er sie ihre Sehnsucht nach dem fernen Frankreich fast vergessen lässt. Sie, mit Gretchen an der Hand, ihrer wunderschönen Tochter. Gretchen trägt ein neues Kleid, das ihr die Oma genäht hat. Strahlend weiß und mit hübscher Lochstickerei am Saum.

Gerrit hat das Sticken ihr Leben lang gehasst. Blüten, Ranken, Muster und Hohlsäume zu fabrizieren, ist für sie mit einer schier unbezwingbaren Ungeduld verknüpft und mündet stets in tadelnswerte Schlamperei. Handarbeiten waren noch nie ihr Ding. Sie hat schon immer die fundamentaleren, schweißtreibenden Arbeiten bevorzugt. Ein Erbe ihres Vaters, möglicherweise.

Gretchen und sie steuern gerade die Promenade bei der St. Clemens Kirche unmittelbar am Mülheimer Rheinufer an, einen ihrer Lieblingsplätze. Es sind viele Menschen unterwegs, die vor dem anstehenden Winter noch einmal das schöne Wetter auskosten wollen. Gegen fünfzehn Uhr dann Fliegeralarm. Gerrit hält Gretchen die Ohren zu. Bleiben oder zum nächstgelegenen Bunker? Die Entscheidung fällt ihr nicht leicht. Es hat bereits einige Fehlalarme gegeben, und der Tag wäre verdorben. Doch noch ehe sie sich zu dem einen oder anderen durchringen kann, heißt es plötzlich: Entwarnung.

Sie schlendern weiter, steuern die Schaukel an, die allerdings besetzt ist. Gretchen möchte hinüber zu der Sandgrube, in der ein halbes Dutzend Kinder hocken, aber Gerrit erlaubt es nicht. Das schöne neue Kleid! Dann wird die Schaukel freigegeben. Sie hebt die Tochter auf das Sitzbrett, gibt ihr einen Schubs. Sie weiß nicht, wie lange sie dort steht und der Dreijährigen beim Schaukeln zusieht, aber sie weiß noch, wie sich allmählich ein Surren und Brummen in ihre Wahrnehmung mischt, das nicht zum allgegenwärtigen Hintergrundrauschen der Stadt gehört. Und dann brüllt auch schon jemand, sie solle sich in Sicherheit bringen, scheucht zugleich die Kinder in der Sandgrube auf. Alles rennt los, aber da ist es schon zu spät.

Die Welt um sie her explodiert. Die Detonationen der Sprengbomben sind so laut, dass Gerrit um ihr Trommelfell fürchtet. Eine Druckwelle erfasst sie und schleudert sie zu Boden, während mit berstendem Prasseln Scheiben zu Bruch gehen; das Dach eines nahe gelegenen Hauses stürzt ein. Dann gehen Brandbomben nieder und entzünden alles, womit sie in Berührung kommen. Phosphorbomben regnen vom Himmel wie glühender Sternenstaub.

Gerrit weiß nicht mehr, wie sie in den Luftschutzkeller gelangt ist, weiß nicht, wie sie es geschafft hat, so schnell zu rennen mit dem Kind auf dem Arm und einer Platzwunde am Kopf, deren heftige Blutung ihr fast die Sicht nimmt. Sie weiß nur noch, dass die Menschen, die sich keuchend, verzweifelt und verletzt in den Keller gerettet haben, grau wie Gespenster sind. Auch Gretchen ist ganz grau im Gesicht, grau überall, grau auch das Kleidchen. Nur ihre braunen Augen glühen wie Kohlen.

Nach vierundvierzig Minuten – so wird Gerrit später erfahren – ist der Angriff vorbei; die Flieger der Royal Air Force drehen ab. Und Mülheim ist nicht mehr. Buchheimer Straße, Keupstraße, Clevischer Ring – alles steht in Flammen, und der Widerschein des Feuers lodert hoch in den nachtschwarzen Himmel. Ihr Haus, die Werkstatt – alles hin, das weiß Gerrit sofort. Aber ihr Herz will es nicht glauben. Bis zum heutigen Tag nicht.

»Bombenweiber«, sagt die Schott und reißt sie aus ihren Gedanken.

»Wie bitte?«

»Bombenweiber – so haben sie uns genannt. Sagen Sie bloß, Sie kennen den Ausdruck nicht?« Die Friseurin stößt ein bitteres kleines Lachen aus, schüttelt den Kopf dabei. »Die Leute, die es nicht mitgemacht haben, können es sich einfach nicht vorstellen. Sie wissen nicht, wie das ist, wenn der Stuhl unterm Arsch wackelt, bis er umkippt, und einem gleichzeitig die Zimmerdecke auf den Kopf fällt.«

Auch Gerrit lacht nun auf. Die Schott ist manchmal von erfrischender Direktheit.

»Wie diese Kleinstädter die Sirenen ignoriert haben! Als ob sie's nichts anginge«, fährt sie mit neuerlichem Kopfschütteln fort. »Und wie sie mich angeguckt haben, als ich bei Alarm in Panik aus dem Laden gerannt bin! Aber ich hab noch genau gehört, wie die Schulzemeier zu einer anderen Kundin sagte: ›Diese Bombenweiber, die haben überhaupt keine Nerven. Wenn unsereins gleich so außer Fassung geriete, man käme ja zu nichts mehr!‹«

Gerrit glaubt ihr die Geschichte sofort. Sie hat ganz Ähnliches erlebt, verspürt allerdings nicht das Bedürfnis, darüber zu reden.

»Nichts haben diese Menschen begriffen, rein gar nichts!« Die Schott hat sich offenbar in Wut geredet. »Haben stattdessen nur die Nase gerümpft und behauptet, man hätte sich nur ins gemachte Nest setzen wollen.« Auch dazu schweigt Gerrit. Sie fühlt sich plötzlich seltsam ertappt, aber die Schott bemerkt ihre Verlegenheit offenbar nicht. »Der Junge von nebenan, Emil. Er und seine Mutter sind auch ausgebombt worden«, erzählt sie weiter und zupft an ihrer Decke.

»Ach ja?« Gerrit hätte es sich denken können. Warum sonst sollten sie zu dritt in einem Zimmer hausen, wo sie zuvor eine ganze Wohnung für sich hatten? Aber über diese Dinge hat sie sich nie Gedanken gemacht. Sie hatte genug mit ihren eigenen Belangen zu tun.

»Frau Radek ist schon ein wenig seltsam«, findet die Schott. »Wie sie immer so durch einen hindurchblickt, als wäre man ein Geist. Aber wer will's ihr verdenken, wo doch ihr Junge gestorben ist.«

»Wer? Doch nicht Emil?« Gerrit kommt nicht ganz mit.

»Nein. Der ältere Sohn. Er ist gefallen, gleich im zweiten Kriegsjahr.«

Erneut muss Gerrit einräumen, davon nichts gewusst zu haben. Spätestens jetzt dürfte offensichtlich sein, wie wenig Interesse sie für ihre Mitbewohner aufgebracht hat.

»Ja, man weiß so vieles nicht«, stimmt ihre Beifahrerin ihr mit sanfter Nachgiebigkeit zu, die nichts Kriecherisches hat. Es schwingt keine unterschwellige Kritik mit, keine Besserwisserei. Bislang hat Gerrit dieser Frau wenig Achtung entgegengebracht, aber jetzt wird ihr klar: Wäre die Welt ausschließlich von Menschen wie Erika Schott bevölkert, sie wäre eine weitaus bessere.

Der verlassene Weiler liegt längst hinter ihnen. Die Straße ist nicht mehr von Trümmern gesäumt, dafür gespickt mit tiefen Schlaglöchern. Sie zu umfahren, erfordert Gerrits ganze Konzentration. Links und rechts brachliegende Wiesen und

Felder, in winterlicher Starre verhaftet. Dann, nach einigen Kilometern, ein weiteres Dorf, so unversehrt und friedlich, als hätte der Krieg nie stattgefunden. Auch dieses Dorf lassen sie hinter sich, durchqueren nun ein Waldgebiet.

»Rehe! Schauen Sie!« Erika Schott deutet auf eine Lichtung. »Wie schön, dass nicht allem der Garaus gemacht wurde«, stellt sie befriedigt fest. »Die Natur lässt sich eben nicht unterkriegen.«

Gerrit denkt an Rehbraten, spricht es aber nicht aus.

Sie rollen weiter. Urplötzlich endet der Wald, und in einiger Entfernung wird ein Gehöft sichtbar. Die Schott zeigt mit dem Finger darauf. »Das muss es sein.«

Gerrit setzt den Blinker und biegt in die Hofeinfahrt ein. Eine Tür wird geöffnet, und eine Gruppe junger Frauen stürmt dem Wagen mit erwartungsvoller Fröhlichkeit entgegen. Eine von ihnen hat einen kugelrunden Bauch. Keine Frage, hier sind sie richtig.

»Wunderbar!«, freut sich die Schott beim Anblick all der zu frisierenden Köpfe. Sie scheint ihre Arbeit wirklich gern zu tun. Hastig bedankt sie sich bei Gerrit, die ihr verspricht, sie auf dem Rückweg wieder einzusammeln. Kaum ist die Friseurin aus dem Wagen gestiegen, schließt sich auch schon der Pulk um sie.

Nach einer weiteren Stunde Fahrt erreicht Gerrit den Schrottplatz. Der Betreiber Ewald Bern ist ein alter Geschäftspartner ihres Vaters, den sie seit ihrer Kindheit kennt. Schon damals hat der Vater sie häufig zu Ewald mitgenommen, wenn er auf der Suche nach einem besonders schwer zu findenden Ersatzteil war. »Was Ewald nicht hat, das gibt es nicht«, pflegte er zu sagen. Aber das war vor dem Krieg.

»Wen erblicken da meine müden Augen? Die kleine Mewes!« Sichtlich erfreut kommt ihr Ewald entgegen. Den Namen Mann hat er sich nie gemerkt. Für ihn ist und bleibt sie die kleine Mewes. »Welch Glanz in meiner bescheidenen Hütte!« Er nimmt sie in den Arm und drückt sie an sich. Früher war mehr an ihm dran. Offensichtlich gehört er zu den Typen, die im Alter hager werden. »Wie ich mich freue, dich zu sehen, Kindchen!«

Gerrit nimmt die angebotene Zigarette und lässt sich Feuer geben. Der Tabak ist stark, und sie hat Mühe, ein Husten zu unterdrücken. Aber sie will sich nicht lumpen lassen. Schon ihr seliger Vater hat vor der Kulisse des gigantischen Schrottbergs gestanden und mit Ewald geraucht. Manchmal sogar Zigarre, als die Zeiten noch bessere waren.

»Was macht die Familie?«, erkundigt sich Ewald in seinem schweren Dialekt, und sie plaudern eine Weile, bevor sie zum geschäftlichen Teil übergehen.

Gerrit zählt auf, was sie braucht: Fensterkurbeln, Seitenspiegel, Scheinwerfer und Rückleuchten, Anlasser, Batterien. »Das war der Kleckerkram. Kommen wir zu den wirklich wichtigen Dingen: Lichtmaschine, Lichtmaschinenregler, Spurstange, Austauschmotor, Austauschgetriebe.«

Ewald lauscht ihrer Aufzählung, wiegt skeptisch den Kopf hin und her, runzelt zweifelnd die Stirn, kratzt sich den Nacken. Bei dem einen oder anderen nickt er auch einfach nur.

»Mädel, es ist zwar bald Weihnachten, aber ich bin nicht das Christkind«, scherzt er, nachdem sie geendet hat.

»Wünsche darf man ja wohl haben«, entgegnet sie grinsend.

»Darfst du, Mädel. Darfst du! Dann wollen wir mal sehen, was wir für dich tun können.«

Gemeinsam betreten sie das Lager, in dem im Gegensatz zu draußen eine erstaunlich penible Ordnung herrscht. Ewald schreitet die Regale ab, zieht Dinge heraus, legt sie auf einem langen Tisch ab.

Dann marschieren sie gemeinsam über den Schrottplatz, um nach weiteren Ersatzteilen Ausschau zu halten. Ewald geht Gerrit beim Ausbau zur Hand, und schließlich ruft er seinen Gehilfen heran, einen jungen, drahtigen Kerl namens Fred, um ein Getriebe in Gerrits Kleinlaster zu wuchten.

Jemanden wie Fred könnte sie daheim auch brauchen, denkt sie. Zum Ausladen wird sie den depperten Sohn der Kränger um Hilfe bitten müssen. Er hat zwar Bärenkräfte, begreift aber rein gar nichts. Wieder einmal wird ihr klar, dass das Problem bald nach einer Lösung verlangt.

Als alles zusammengetragen, abgerechnet und verstaut ist, fällt Gerrit doch noch etwas ein. »Ich bräuchte noch ein paar Hinterreifen für ein schickes VW Cabrio. Weißwand, wenn möglich.«

»Aber sicher! Wer hätte die nicht gern?«, erwidert der Schrotthändler mit breitem Grinsen.

»Du hast also keine?«

Ewald schüttelt den Kopf. »Wenn ich welche reinkriege, sind sie am selben Tag weg. Alle Welt fährt Volkswagen, und alle Welt braucht neue Reifen.«

»Sagst du mir Bescheid, wenn du welche bekommst?«

»Für dich tu ich alles, Schätzelein.«

Gerrit klopft Ewald freundschaftlich auf die Schulter, und er begleitet sie zu ihrem Wagen.

»Ach, fast hätt ich's vergessen!« Sie greift ins Handschuhfach, zieht etwas heraus und reicht es ihm.

»Eine Zigarre!«, staunt er.

»An guten Traditionen soll man festhalten«, erklärt sie lächelnd, und die Freude des alten Schrotthändlers verschafft ihr ein Gefühl tiefer Zufriedenheit. Als sich ihre Wege trennen, erscheint ihr der Tag um einiges heller.

29.

»Schon wieder Schule aus?« Eine an und für sich harmlose Frage, hinter der jedoch die reinste Provokation lauert. Emil kennt das mittlerweile.

»Unser Lehrer ist krank«, antwortet er, um einen sachlichen Tonfall bemüht. »Deshalb haben wir früher frei.«

»Was du nicht sagst!« Der Alte grunzt verächtlich. »Wenn dem ein Furz quer liegt, ist er schon krank. Das hätte sich unsereins mal erlauben sollen.«

»Schulessen gab's noch«, beeilt Emil sich zu sagen. »Seine Frau ist mit den Mädchen los, Kräuter sammeln für eine grüne Soße.«

»Kräuter, sagst du? Damit ihr besser lesen und rechnen könnt, oder wie?«

Emil stöhnt innerlich auf. Warum kann der Vater nicht einmal irgendetwas stehen lassen? Warum muss er alles auf seine ätzende, niedermachende Art kommentieren? Ein Faktotum ist er, wie Schildebach, der Amtmann. Nur viel schlimmer. Redet noch immer vom Nazialltag, als würde die Zeit stillstehen. Schlingt sein Essen runter wie ein Straßenköter. Nicht dass Emil was auf Tischmanieren gäbe, aber das Rohe, Tierhafte stößt ihn ab. Er will den Vater wiederhaben, an den er sich erinnert: den starken, gütigen Mann, der ihn auf den Schultern getragen und dabei munter gepfiffen hat.

Der Mann, der hier vor ihm sitzt, so linkisch und lauernd, ist weder stark noch gütig, noch pfeift er Lieder. Alles, was er kann und tut, ist, andere niederzumachen. Alles an ihm ist Vorwurf. Und das Schlimmste ist: Er geht nicht vor die Tür.

»Möchtest du nicht einmal an die frische Luft gehen?«,

wagte die Mutter ihn neulich in ihrer Verzweiflung zu fragen. »Das täte dir sicher gut.«

»Täte dir sicher auch gut«, hat er ihr schnippisch geantwortet, und damit war die Sache vom Tisch. Die Mutter geht ja auch nicht aus dem Haus. Nicht, wenn es sich irgendwie vermeiden lässt. Seitdem macht sie ihm keine Vorschläge mehr. Und Emil fehlt die Luft zum Atmen.

Er schiebt die Gardine beiseite, öffnet das Fenster, blickt auf den Hof hinunter, verzieht angewidert das Gesicht.

Gerade ist ein elegantes BMW 320 Cabriolet eingefahren. Cremeweiß mit schwarzen Kotflügeln und Weißwandreifen. 1937er Baujahr, das sieht Emil sofort. Ganz was Feines; wird heute gar nicht mehr gebaut. Nach einem solchen Wagen drehen sich die Leute auf der Straße um.

So eins wird er später auch mal haben, beschließt er trotzig. Was dieser aufgeblasene Wichtigtuer Schöntau geschafft hat, wird ihm auch gelingen.

Rudolf Schöntau aus der Kantstraße. War mal ein hohes Tier in der Partei. Hat ganz oben in der Kommunalpolitik mitgemischt, heißt es, bis man ihn wegen eines nicht näher bekannten Vorfalls abgesägt hat. Es wird von Unterschlagung gemunkelt, aber so genau weiß Emil das nicht, er ist noch zu jung gewesen. Jetzt verkauft Schöntau sich als Naziopfer, und das offenbar erfolgreich. Fährt bei schönem Wetter mit seinem Angeberschlitten durch die Gegend und gabelt junge Frauen auf. Auch Hilda ist mal zugestiegen. Emil hat's mit eigenen Augen gesehen. Besonders wählerisch war sie wirklich nicht.

Gerade kommt Eva Koch mit ihren Kindern über den Hof. Von hier oben betrachtet, könnte man fast meinen, da käme Hilda, denkt er nicht zum ersten Mal. Die Haarfarbe, die Figur, die zielstrebige, leicht kantige Art, mit der sie sich bewegt. Vor Schöntaus Wagen bleibt sie stehen wie vom

Donner gerührt. Dass eine wie sie sich auch von diesem Schmierlappen blenden lässt, unfassbar! Emil schüttelt den Kopf. Er könnte wetten, dass sie sich gleich von Schöntau zu einer Spazierfahrt einladen lässt. Aber die Wette würde er verlieren, denn Eva Koch geht schnell weiter, rennt jetzt beinahe. Vielleicht hat sie ja doch Geschmack.

Schöntau glotzt ihr nach, wendet sich dann wieder Gerrit Mann zu, die gerade die Motorhaube öffnet, sagt irgendwas, lacht jetzt mit offenem Mund. Emil ballt die Fäuste. Am liebsten würde er diesem widerlichen Kerl die Fresse polieren. Trotzdem hat er ihm einmal zwei Flaschen erstklassigen Cognac verkauft beziehungsweise eingetauscht gegen einen silberfarbenen Revolver von anno dunnemals.

Nach Kriegsende erschien es Schöntau ratsam, sein Hobby aufzugeben und die private Waffensammlung aufzulösen. Emil war ein dankbarer Abnehmer. Zuerst wollte Schöntau nicht auf den Handel eingehen. Emil sei ja noch ein Kind. Aber dann hat der Cognac doch zu sehr gelockt. Jedenfalls hat Emil ein gutes Geschäft gemacht. Die Amis, die anfangs hier waren, waren ganz scharf auf alte Waffen. Sie glaubten, das Ding würde noch aus Zeiten stammen, in denen sich die Burgherren des Rheintals gegenseitig zum Duell herausforderten.

»*Can you smell it?*«, fragte Emil seinen amerikanischen Kunden, einen unverschämt muskulösen, glattgesichtigen jungen Mann mit Stoppelhaarschnitt, und hob dabei den Revolver kurz an, wirklich nur für einen Moment, doch er bemerkte das panische Aufblitzen in dessen Augen. »*Don't worry! There's no bullet in it.*« Die Worte hatte er sich vorher extra bei Hilda erfragt. »*No bullet, you understand? But you can smell the breath of death, really. Come on and try it!*« Die Panik seines Gegenübers wich einer unverhohlenen Begeisterung, und beinahe glaubte Emil selbst, noch einen schwachen Pulvergeruch erschnuppern zu können.

Es war ein risikoreiches, um nicht zu sagen tolldreistes Geschäft. Aber es hat sich gelohnt.

Idioten, denkt er mit innerlichem Kopfschütteln. Alles Idioten, hier wie dort. Aber der Amerikaner damals war ihm weit weniger gefährlich erschienen als dieser schmierige Schöntau da unten.

»Hast du nichts Besseres zu tun, als aus dem Fenster zu glotzen?« Die ätzende Stimme des Vaters.

»Doch, hab ich«, gibt Emil zurück, greift nach seiner Jacke und ist auch schon wieder draußen. Diesen Blödmännern wird er's zeigen!

30.

Bereits das Schrillen der Türglocke löst bei Emil Appetit aus, während er die Metzgerei Meyer betritt.

Seinem inneren Frohlocken steht das dürftige Angebot in den Auslagen gegenüber: zwei Flönswürste, etwas Selchfleisch, ein halbes Dutzend Krautwickel, ein Schweinskopf am Haken. Mehr ist nicht da. Aber er bleibt zuversichtlich, begrüßt mit strahlendem Lächeln die Metzgersfrau. Ob sie vielleicht Freude an einem Täfelchen Schokolade habe, eröffnet er seine Bestellung. Die Meyer starrt ihn nur ausdruckslos an, also setzt er, seinem eigentlichen Plan folgend, hinzu, dass er unter gewissen Umständen auch Kleidung anzubieten habe. Nicht irgendwelche, o nein! Haute Couture. Maßgeschneidert. Das Schickste vom Schicksten. Die Schnitte geradewegs aus Paris. »Kommen Sie doch einmal vorbei. Meine Mutter ist eine gute Schneiderin.«

»Ja, das war sie mal«, pflichtet die Meyer ihm bei, ohne jedoch irgendwie aufgeschlossener zu wirken.

»Sie ist es noch«, verspricht Emil mit zuversichtlichem Lächeln. »Rot ist derzeit der allerletzte Schrei«, behauptet er, und wie immer gehen ihm die Worte leicht über die Lippen. Er braucht nicht darüber nachzudenken. »Würde hervorragend zu Ihrer Haarfarbe passen. Ein Kostüm könnte ich mir sehr gut für Sie vorstellen: Roter Rock, weiße Bluse, schwarzes Jäckchen – todschick sähe das aus.«

Die Meyer kneift die Augen zusammen. »Versuch keine billigen Tricks, Junge. Wo sollte sie denn den ganzen Stoff hernehmen? Ihr seid doch abgebrannt.«

Emil schenkt ihr ein nachsichtiges Lächeln. »Sie hat welchen, glauben Sie mir. Vorkriegsware. Eins-a-Qualität. Nur leider in begrenzter Menge, wie Sie sich denken können.« Ein kurzer, bedauernder Blick, dann gibt er sich wieder zuversichtlich. »Kommen Sie vorbei! Schauen Sie es sich an! Aber fürs Erste hätte ich gern ein ordentliches Stück Speck, schön fett, wenn möglich. Und Schinken, eine dicke Scheibe. Sehr dick.«

»Siehst du welchen?«

»Sie haben ihn sicher noch nicht in die Auslage geräumt.« Emil kniept der Frau zu, zückt dann weltmännisch seine Börse. Es ist eine Faltbörse aus gepresster Pappe, und das eng dimensionierte Münzfach verdient seinen Namen kaum. Eine Kinderbörse, ein So-tun-als-ob. Hier gilt es dringend, Abhilfe zu schaffen, fällt Emil auf. Aber vorläufig muss es ihm auch so gelingen, Frau Meyer von seinem Anliegen zu überzeugen.

Er legt die Scheine auf den Tresen, die er für den Verkauf zweier Tafeln Amischokolade bekommen hat, als besonderes Geschenk für zwei Goldhochzeiter. Die Metzgersfrau lugt skeptisch nach draußen, ob auch ja niemand im Anmarsch ist oder gar lauscht. Dann nimmt sie schnell das Geld, lässt sich seinen Einkaufsbeutel geben und verschwindet hinter der halb verglasten Tür. Als sie zurückkehrt, ist der Beutel deutlich schwerer.

Emil bedankt sich und teilt ihr mit, dass er ihr den Stoff reservieren lasse. Ein Kostüm in Rot und Schwarz, das wär's doch für sie. Spätestens, wenn sie mal wieder einen richtigen Sauerbraten habe, solle sie sich daran erinnern.

Die Metzgersfrau sagt nichts darauf, doch auf ihrem Gesicht liegt der Anflug eines Lächelns. Zufrieden und voller Zuversicht tritt Emil den Heimweg an. Zu befürchten hat er nichts, trotz der verbotenen Ware. Ein Junge geht einkaufen. Was könnte uninteressanter sein?

Als er nach Hause zurückkehrt, ist der Vater nicht da. »Nanu? Wo steckt er denn?« Er tut, als suche er ihn hinter den zum Trocknen aufgehängten Handtüchern, schlägt die Bettdecke auf, bückt sich unter den Tisch. Die Mutter muss lachen, oder was man bei ihr so Lachen nennt: Ihre Mundwinkel kräuseln sich, und sie lässt ein kaum wahrnehmbares Glucksen hören.

»Er ist auf dem Amt«, antwortet sie dann. »Wegen seiner Ansprüche.«

»Tja, das wird dann wohl hoffentlich sehr lange dauern«, entgegnet Emil, worauf die Mutter noch einmal gluckst.

Er tritt zum Tisch, legt seinen Einkaufsbeutel behutsam darauf ab. Eigentlich hat er den Vater bloßstellen wollen. Hat ihm zeigen wollen, dass ein Schuljunge schafft, wovon der Alte bloß redet: eine ordentliche Mahlzeit auf den Tisch zu bringen. Eine, die ihren Namen verdient. Jetzt ist es anders gekommen. Aber auch das soll ihm recht sein.

»Hier, Mutter. Schau!« Grinsend holt er Fleisch, Eier und Mehl hervor, legt alles nebeneinander. Die Mutter vergisst tatsächlich einmal ihre Nähmaschine.

»Himmel!«, seufzt sie und legt ihre Hände ans Gesicht. »Wo hast du das nur wieder alles her?«

»Durch ehrlicher Hände fleißige Arbeit.« Emils Grinsen wird noch breiter. Diese Antwort gibt er ihr immer. Und er kann sich sicher fühlen, dass sie nicht weiter nachbohren wird. Das ist ja das Angenehme an ihr: Sie will nicht über jeden seiner Schritte informiert sein. Ein unschätzbarer Vorteil. Sein Freund Willi dagegen ist nicht mehr zu gebrauchen für ihre gemeinsamen geheimen Geschäfte, denn seine Mutter wacht mit Argusaugen über jeden seiner Schritte. Dass der Junge nur nicht unter die Räder gerät! Emil dagegen durfte schon immer schalten und walten, wie er wollte. Die Zurückhaltung der Mutter erklärt er sich als eine Mischung aus Desinteresse, Schwäche und Vertrauen. Wichtig war und ist ihr nur, dass Emil nicht ›wirklich kriminell‹ wird. ›Halbkriminelles‹ verurteilt sie dagegen nicht, denn niemand kann es sich in diesen Zeiten leisten, alle Verbote einzuhalten. Das weiß auch sie sehr gut.

»Und jetzt?« Sie schaut ihn mit großen Augen an.

»Jetzt essen wir«, antwortet er, als wär's das Selbstverständlichste der Welt.

»Aber sollten wir nicht auf deinen Vater …«

»Wir essen, Mutter. Bis uns die Bäuche platzen. Für Vater wird sicher auch noch was übrig bleiben. Was meinst du: Spiegelei mit Speckstreifen oder Rührei mit Schinken?« Emil ist es gleich. Hauptsache, schön fett.

Wie gut, dass gerade Herdstunde ist. Gemeinsam gehen sie nach unten. Die Mutter schlägt die Eier auf und rührt den Teig an, während Emil fette Scheiben vom Speck säbelt. Er lässt ihn in der Pfanne aus, legt die knusprigen Scheiben auf einen Teller. Die Mutter gibt noch etwas Öl in die Pfanne und gießt eine Kelle Teig ein. Kaum ist der erste Pfannkuchen fertig, folgt schon die nächste Kelle. Schließlich hocken sie sich hin und stopfen sich gierig mit Speck und Pfannkuchen voll. Welch eine Wonne! Satt und zufrieden lehnt sich Emil im Stuhl zurück und verschränkt die Hände vor dem Bauch. Was für ein wundervoller Augenblick.

Leider verträgt ein Hungermagen nicht viel, und die Rache lässt nicht lange auf sich warten. Vorwärts, marsch! Das Fett scheint geradewegs durch den Körper zu rinnen. Eine halbe Stunde lang kommt er nicht vom Lokus runter, was schlecht ist, weil's auch der Mutter im Bauch grummelt. Zeitgleich beschwert sich Erika Schott lautstark darüber, dass dauernd besetzt ist. Doch schließlich beruhigt sich Emils Gedärm, und die Sache ist ausgestanden.

In der Stube nimmt er wieder seinen Fensterplatz ein, erblickt Luise, die gerade die Stiege zu Eva Kochs Stube hinaufsteigt. Ein paar Minuten später sieht er die Tür erneut gehen, und die Koch tritt heraus.

Nur ein paar Augenblicke danach verlässt Emil seinen Posten und drückt der Mutter, die wieder ihren angestammten Platz an der Nähmaschine eingenommen hat, einen Kuss auf die Stirn. »Die Frau Meyer von der Metzgerei kommt wohl demnächst mal vorbei«, sagt er wie nebensächlich. »Sie will sich ein Kostüm nähen lassen. Roter Rock, weiße Bluse, schwarze Jacke dazu. Ich denke, da hättest du genau das Passende für sie.« Er lacht über die gelungene Überraschung und verlässt das Zimmer.

Um ein Haar läuft er geradewegs seinem heimkehrenden Vater in die Arme, kann sich aber noch in den Winkel unter der Treppe drücken. Schnell legt er den Finger an die Lippen und bedeutet Mutter Wollny, die gerade den Flur putzt, sich über seine Anwesenheit auszuschweigen. Sie tut ihm den Gefallen und wischt um seine Füße herum, während er bewegungslos abwartet, bis der Alte sich schwerfällig die Treppe hochgeschleppt hat. Als oben die Tür geht, wirft er der Wollny eine Kusshand zu, eilt dann wie der geölte Blitz aus dem Haus, über den Hof und die Stiege hinauf. Nur nicht, dass der Alte ihn im letzten Moment noch sieht.

31.

Veronika hat bereits die Treppe gewischt, von oben nach unten, wie sich's gehört. Nun widmet sie sich dem Parterre. Gerade ist der alte Radek heimgekommen und wäre fast mit dem jungen Radek zusammengetroffen, der sich aber vor ihm unter der Treppe versteckt hat.

Sie hat nichts dazu gesagt, die Familienstreitigkeiten dieser Leute gehen sie nichts an. Emil Radek hat sich bei ihr mit einer Kusshand für ihr Schweigen bedankt, und sie weiß nicht recht, ob sie die Geste charmant oder anmaßend finden soll. Sie wringt mehrfach den Feudel aus und holt frisches Putzwasser, bevor sie mit der Gaststube weitermacht.

Nachdem sie den Linoleumboden gewischt hat, putzt sie die Fenster und schüttelt die Kissen von Frau Mewes' Bettstatt auf. Sie wischt den Tresen und entstaubt die Regale, auf denen mal Spirituosen gestanden haben. Jetzt stehen nur noch ein paar Gewürze darauf, eine Teedose, Kaffee-Ersatz, ein paar Tassen und Gläser.

Gerrit Mann hat sie vor einiger Zeit gefragt, ob sie die Putzarbeiten übernehmen wolle. Sie selbst stehe ja den ganzen Tag über in der Werkstatt, und die alte Frau Mewes habe Probleme mit dem Rücken. Aber Ordnung und Sauberkeit seien nun einmal wichtig. Veronika war dankbar für das Angebot, denn sie hat das Gezeter der Kinder satt.

»Die anderen haben Spielsachen. Jede Menge davon. Warum haben wir nichts?«, lag Lieselotte ihr ständig in den Ohren.

»Gretchen Mann bekommt mittags immer einen Apfel.

Warum wir nicht?« Lukas' ewige Leier. Und Lovis fragt beinahe täglich nach einem Stück Drachenschnur.

Jetzt kann sie die Wünsche zumindest in bescheidenem Maßstab nach und nach erfüllen, und auch ihre Versorgungslage hat sich ein bisschen gebessert. Luise bringt neuerdings immer gutes graues Brot ins Haus. Fürs Kinderhüten, angeblich.

Immerhin halten wir uns über Wasser; immerhin kommen wir durch, hat Veronika vor Kurzem noch gedacht. Und ganz zaghaft hat sie zu glauben gewagt, der erste Schritt in eine bessere Zukunft sei getan.

Sie lässt sich auf einen Stuhl sinken, schöpft Atem. Der Tod der kleinen Heusner hat sie völlig aus der Bahn geworfen. Wie sehr es sie schmerzt, dass sie nicht helfen konnte! Und immer wieder fragt sie sich, warum sie so lange tatenlos zugeschaut hat. Sie hätte die Heusners viel früher zwingen müssen, das Mädchen im Krankenhaus behandeln zu lassen, zumal sie auch einen Herzfehler bei der Kleinen vermutet hat. Aber sie hat es nicht getan.

Ein Kind zu verlieren ist das Schlimmste, was einem Menschen widerfahren kann, das weiß sie aus eigener Erfahrung.

Nur nicht daran denken, hat ihr selbst auferlegtes Verbot gelautet. Aber sie schafft es nicht mehr, sich daran zu halten. Isas Tod hat es ihr unmöglich gemacht, die eigenen Erinnerungen zurückzudrängen, und der Schmerz überrollt sie wie eine frisch aufgeplatzte Wunde.

Ihr kleiner Leo. Ihr Augenstern. Nach den Schwierigkeiten mit den Zwillingen hat sie seine Geburt nicht gerade herbeigesehnt. Aber als es im Oktober 1944 so weit ist, macht der Knabe es ihr leicht. Überhaupt ist er ein besonderes Kind: sein helles Haar, heller noch als Flachs, die runden blauen Augen, das spontane Engelslächeln. Alle sind entzückt von ihm – am meisten sie selbst.

Als sie aus Breslau fliehen müssen, ist er gerade drei Monate alt. Eine Flucht mit fünf Kindern, darunter einem Säugling, ist kein Pappenstiel. Nach ein paar Wochen sind alle völlig erschöpft, und für die liebe alte Ella ist es schließlich zu viel.

Das rote Haus am Bober. Kein Mensch mehr da, aber das Federvieh läuft noch im Hof herum, und nicht einmal die Haustür ist abgeschlossen. In stiller Begeisterung bereiten sie sich eine warme Mahlzeit auf dem fremden Herd, legen sich schließlich in fremde Betten. Alle genießen diesen Anflug von Normalität, alle träumen davon, einfach hier auszuharren, bis der Krieg ein Ende hat.

Aber dann kommen sie. Mitten in der Nacht. Das Dröhnen von Motoren, dann Grölen, Fluchen und Geschrei. Panisch scheucht Veronika die Kinder in die Küche, öffnet die Kellerluke, fordert sie auf, die Leiter hinabzuklettern. Nur schnell, schnell! Veronika ist die Letzte und zieht die Luke hinter sich zu. Gerade noch rechtzeitig.

Sie kauern sich auf den Boden, und auf ihre Körper fällt ein bizarres Streifenmuster aus Licht, das von den breiten Ritzen der Holzdielen herrührt. Schon tobt die Meute durchs Haus, zertrümmert das Mobiliar auf der Suche nach Schnaps.

Veronika macht sich nichts vor: Es kann nur eine Frage der Zeit sein, bis sie sie finden werden. Leos Breitopf steht noch auf dem Küchentisch, ebenso die leer gegessenen Teller. Luise hat ihren Schal vergessen. Überhaupt Luise.

Das Gegröle nimmt stetig zu, offenbar sind die Männer fündig geworden; in ihren Stiefeln trampeln sie nun direkt über ihren Köpfen herum. Veronika muss handeln. Sofort. Sie drückt Lieselotte den wundersamerweise immer noch schlafenden Leo in die Arme, ermahnt Lovis, Lukas und sie, sich nicht zu rühren. Sie befiehlt Luise, in die Kartoffelschütte zu kriechen, wirft ihr anschließend einen Sack über. Dass sie sich nur ja nicht muckst, ganz gleich, was geschieht! Nun schnell zurück zur Stiege. Fast im selben Moment ein Poltern, und die Klappe fliegt auf. Der grelle Schein einer Stablampe trifft ihr direkt ins Gesicht und blendet sie. Überraschtes Auflachen. »Dawai, dawai!« Beim Hinaufkriechen nimmt sie zuerst nur wieder die Filzstiefel wahr – warme Stiefel, die vor Erfrierungen schützen. An diesen absurden Gedanken erinnert sie sich, weil die Soldaten an der Ostfront so fürchterliche Erfrierungen erlitten haben. Aber jetzt schnell hinauf! Die Kerle dürfen gar nicht erst auf die Idee kommen, in das Kellerloch zu kriechen.

Verschont meine Kinder! So denkt sie bis zum Schluss. Die Kinder sind ihr rettender Anker.

Durchhalten. Einfach nur durchhalten. Für die Kinder.

Ein paar Tage später kommt das Fieber. Trotzdem schleppt sie sich weiter, zu Fuß und mit dem Karren an der Hand, den Lovis in der Scheune des roten Hauses entdeckt hat.

Irgendwann stoßen sie auf einen Treck gen Westen und schließen sich ihm an. Von da an ist es leichter, zumindest für die Kinder. In fremde Decken gehüllt, dürfen sie abwechselnd auf den Planwagen sitzen. Auch sie selbst darf dort sitzen, später liegt sie dann nur noch. Es geht ihr zusehends schlechter, und sie ist sich sicher, woran sie leidet. Zugleich weiß sie, wie gefährlich die Sache werden kann. Ich bin ein Fall für die neue Wundermedizin, denkt sie noch. Penicillin. Es ist viel wirksamer als die Sulfonamid-Präparate, die während ihrer Zeit als Krankenhausärztin zum Einsatz kamen. Doch die Ampullen stehen nur Soldaten zu, und ohnehin wäre kaum dranzukommen. Es sind ihre letzten halbwegs klaren Gedanken, dann liegt sie nur noch apathisch auf dem Pferdekarren, in eine braun karierte Decke gehüllt und glühend vom Fieber trotz der Eiseskälte. Wem der Wagen gehört oder wer ihn lenkt, erfährt sie nicht. Aber da ist die

Frau, die sie anfangs so warmherzig begrüßt und ihr den kleinen Leo aus dem Arm genommen hat. Sie ist mittleren Alters, und ihre dunklen Augen sind klar; die Brauen fast schwarz unter dem wollenen Kopftuch. Da ist auch ein Mann, allerdings schon alt. Vielleicht ihr Vater. Auch er sehr hilfsbereit – und das will was heißen in ihrer Situation. Sind es diese Leute, die sie schließlich in ein Krankenhaus bringen? Sie weiß es nicht. Erinnert sich nur an die ruhige, angenehme Stimme, vielleicht die der Frau mit den dunklen Augen, die ihr versichert, dass sie sich nicht um ihre Kinder sorgen müsse. Veronika ist dankbar dafür. Dankbar und sterbenskrank.

Es dauert drei Wochen, ehe sie wieder einigermaßen bei Sinnen ist, und weitere drei, ehe sie die Kraft hat, sich auf die Suche nach ihren Kindern zu machen. Nach Luise, die als Älteste für die anderen verantwortlich ist.

Veronika weiß, Luise trifft keine Schuld. Immer wieder muss sie sich das vergegenwärtigen. Muss es sich vorhalten, in Gedanken diesen Satz formulieren. Luise trifft keine Schuld. Sie hat den Lauf der Geschichte nicht zu verantworten. Sie kann nichts für den Überfall im roten Haus. Nichts für Veronikas Gebärmutterentzündung.

Und auch nichts dafür, dass sie den kleinen Leo verloren hat.

32.

Der Aufsatz in Religion, den Luise für ihn geschrieben hat, ist schön fromm geworden, findet Emil. Und dabei ist sie nicht mal katholisch. Allerdings musste er ihn abschreiben, wegen der Handschrift. Ob sie die nicht auch irgendwie fälschen könne, hat er sie zu überreden versucht, aber darauf wollte sie sich nicht einlassen. Die Schreiberei hat länger gedauert als gedacht, und auch die Suchmeldungen mussten sie sich noch anhören.

Als Emil von seinem Besuch bei Luise zurückkehrt, hofft er, der Vater würde längst schlafen. Aber er schläft nicht.

»Wo warst du?«, herrscht der Alte ihn an, kaum dass er zur Tür herein ist.

»Ich war noch unterwegs.«

»Ist das eine Antwort?«

»Denke schon.«

»Willst du jetzt auch noch frech werden?«

»Wie käme ich dazu?« Emils gespielte Lockerheit provoziert den Vater umso mehr.

»Du hast dich abzumelden!«, poltert er, springt auf und reißt dabei fast seinen Stuhl um.

»So lass doch«, sagt die Mutter ohne jede Kraft. Augenblicklich fährt Gunther Radek herum und hebt die Hand.

»Wage es nicht!«, schreit Emil und springt nach vorn. »Wenn du sie anrührst, kannst du was erleben!«

»Du willst mir Befehle erteilen?«, brüllt der Vater mit hochrotem Kopf. Ein Fetzen Spucke trifft Emils Arm, worauf er angewidert das Gesicht verzieht. Da holt der Alte aus. Der Schlag trifft Emil an der rechten Wange, knapp vor dem Ohr.

Beim nächsten duckt er sich weg und springt zur Seite, worauf eine wilde Hatz durchs Zimmer einsetzt. Der Vater brüllt und tobt wie von Sinnen. Ein Wunder, dass er bei all dem Gelärm das Klopfen hört.

»Herr Radek?« Guido Mewes' Stimme. Wie erstarrt hält der Alte inne. »Herr Radek, ich möchte mit Ihnen reden.«

Emils Vater zögert kurz, reißt dann die Tür auf. »Was ist?«

»Kommen Sie bitte einen Moment heraus.« Nach neuerlichem Zögern tut der Alte, worum er gebeten wurde, tritt hinaus in den Flur und zieht die Tür hinter sich zu, wenn auch nicht ganz. Emil hofft darauf, dass das Pfeifen in seinem Ohr bald nachlässt, und schleicht hinterher, um zu horchen.

»Herr Radek, ich würde es begrüßen, wenn Sie sich mäßigen würden«, hört er den jungen Mewes sagen.

»Ich, mich mäßigen? Was soll das heißen?« Der Vater gibt sich forsch, klingt aber längst nicht mehr so gereizt wie noch gerade eben. Keine Frage: Er hat Respekt vor dem kriegsversehrten Kameraden.

»Ich möchte nicht, dass es in diesem Haus zu Handgreiflichkeiten kommt, schon gar nicht Frauen und Kindern gegenüber«, erklärt Guido Mewes bestimmt. »Wir alle müssen uns am Riemen reißen. Sie als Soldat sollten da mit gutem Beispiel vorangehen.«

Einen Atemzug lang herrscht Stille.

»Wollen Sie mir drohen?« Wieder die Stimme des Vaters.

»Ja.«

Emil ballt triumphierend die Faust. Gib's ihm, Mewes! Gib's ihm! Erneute Stille. Der Vater brüllt nicht, geht Mewes nicht an den Kragen, sagt gar nichts mehr.

»Wir alle haben viel mitgemacht.« Mewes hat nun einen versöhnlicheren Ton angeschlagen. »Der Unfrieden muss ein Ende haben. Und auch die Gewalt.«

»Ich pfeif auf Ihre schönen Reden!«, gibt der Alte zurück,

doch es ist nur ein letztes trotziges Aufbäumen, das hört Emil genau.

»Tun Sie, was Sie wollen. Aber sollte diese Raserei kein Ende finden, sorge ich dafür, dass Sie rausfliegen«, entgegnet Guido Mewes. »Wir sind die Eigentümer. Wir müssen nicht jedem Unterschlupf bieten.«

»So einfach ist das also«, sagt der Vater. Es klingt provozierend. Aufbegehrend. Aber auch so, als ob ihm nichts Besseres einfällt.

»So einfach ist das«, wiederholt Mewes ruhig. Das Gespräch scheint beendet. Ungelenke Schritte in Richtung Treppe. Dann ein Poltern. Etwas fällt zu Boden. Emil erschrickt. Die Krücke! Der Alte wird doch nicht ...

»Lass dir helfen, Kamerad!« Wieder die Stimme des Vaters. Vor Staunen klappt Emil der Mund auf, und blitzartig schießt ihm eine Erinnerung durch Hirn und Herz.

»Komm her, mein Junge. Lass dir helfen.« Der Vater beugt sich herunter und bindet dem Sohn die Schuhe. Emil kann damals nicht älter als vier oder fünf Jahre gewesen sein.

»Danke, Kamerad.« Mewes scheint Gott sei Dank wohlauf. Emil hört, wie er die Treppe hinunterhumpelt, und verlässt schnell seinen Horchposten.

Der Vater kommt durch die Tür, geht wortlos zu seinem Platz, setzt sich. An diesem Abend fällt kein böses Wort mehr.

Am nächsten Tag wartet Emil unter dem Torbogen auf Guido Mewes. Er will ihn abpassen, wenn dieser wie jeden Nachmittag zu seinem Spaziergang aufbricht. Und tatsächlich, da kommt er auch schon.

»Herr Mewes? Einen Moment bitte. Ich hab was für Sie.« Emil tritt vor, wirft schnelle, prüfende Blicke nach links und rechts – Zeugen kann er in diesem Moment wirklich nicht gebrauchen –, dann zieht er die Schnapsflasche unter seinem Pullover hervor und drückt sie ihm in die Hand.

»Ein Cognac?« Guido Mewes starrt ungläubig auf das Etikett. »Willst du den eintauschen?«

»Der ist für Sie. Ein Geschenk.«

Mewes sagt nichts darauf, hebt nur den Blick und schaut ihn fragend an.

»Sie haben meinem Vater ins Gewissen geredet«, erklärt Emil. »Dafür möchte ich mich bedanken. Also, machen Sie sich einen schönen Abend!« Und ehe sein Gegenüber reagieren kann, sprintet er auch schon davon.

33.

Nun also Witwe.
Eva hat Ferdis Eltern benachrichtigt, vor einer knappen Woche schon und schweren Herzens. Die Antwort ließ auf sich warten und gibt keinen Aufschluss darüber, ob sie bereits über den Tod ihres Sohnes informiert waren. Überhaupt enthält der Brief wenig Persönliches.

Untröstlich über den Verlust ... tapfer fürs Vaterland ... werden alles daransetzen, sein Grab bald zu besuchen ...

Keine Frage nach ihr, nach den Enkelkindern.
Eva versteht es nicht. Wenn sich Ferdis Eltern schon nicht für ihre Schwiegertochter erwärmen können, so müssten sie doch zumindest Trost in den Kindern ihres Sohnes finden. Aber dem scheint nicht so zu sein.
Eva bedauert es, dass ihr auch die Schwiegereltern keine Stütze bieten, zumal ihre eigenen Eltern bereits früh verstorben sind. Kurz nacheinander und zu einer Zeit, in der Eva gerade einmal als Lehrerin zu arbeiten begonnen hatte. Ihr Bedauern, was die alten Kochs betrifft, liegt allerdings eher auf theoretischer Ebene, denn mit ihnen verbindet sie nichts. Schade ist es trotzdem. Der Kontakt zu den Enkeln würde sicher auch ihnen helfen, über den Verlust hinwegzukommen: Marthas graue Augen, Norbertchens schmale Wangen mit dem spitzen Kinn: Sie erinnern so sehr an Ferdi. Das schmerzt. Aber der Trost, dass etwas von ihm weiterlebt, ist größer.
Halb aus Mitgefühl, halb aus Trotz beschließt Eva, den Kochs bald einmal ein paar Bilder von den Kindern zu schi-

cken. Doch vorerst hat sie andere Sorgen. Und sie sind so groß, dass sie ihr über den Kopf zu wachsen drohen und sie nicht mehr zur Ruhe kommen lassen. Wie soll sie damit fertigwerden, nun wirklich und wahrhaftig allein zu sein? Wie die Kinder allein durchbringen? Und was wird aus ihnen, sollte sie es nicht schaffen? Immerzu nagt dieses Gefühl an ihr, dass sie noch mehr tun, es geschickter anstellen müsste. Doch sie darf sich von diesen Ängsten nicht lähmen lassen. Sie muss weitermachen. Kämpfen. Jeden Tag. Zunächst gilt es dringend, einen Antrag bei der Fürsorge zu stellen. Am besten gleich morgen. Und eine neue Arbeit wird sie sich suchen müssen.

Aber für heute muss es gut sein.

Sie schaut zu den Kindern hinüber, die spielend auf dem Bett hocken. Wieder und wieder wirft Norbert Holzklötzchen zu Boden, die Martha ihm geduldig zurückreicht. Eva wird ganz schläfrig davon. Ihr Blick schweift aus dem Fenster, durch das es nicht mehr so fürchterlich zieht, seit Guido Mewes es repariert hat.

Unten im Hof steht John, und sein Anblick überrascht sie völlig. Er hat einen kleinen Strauß Christrosen in der Hand, den er verlegen sinken lässt, als ihre Blicke sich treffen. Sie winkt ihm zu, bedeutet ihm heraufzukommen.

In großen Sprüngen nimmt er die Stufen, steht nun vor ihr, will ihr ein wenig ungeschickt die Hand reichen, die den Blumenstrauß hält. Kurzerhand klemmt er ihn sich zwischen die Lippen, streckt ihre nochmals seine Rechte hin, und sie ergreift sie. Sie lächelt über seinen kleinen Scherz, um ihn nicht zu brüskieren, nimmt dann die Blumen entgegen.

»*Thank you very much.*«

»*Have time? In the evening? A ride in the –*«

»*Sorry, John. I can't. Not today and not tomorrow. Never ever.*«

In Johns Blick liegen erschrockenes Erstaunen und Verständnislosigkeit. Er ist ein netter Kerl, der Ehrlichkeit verdient hat.

»*My husband – he died. I got the information a few days ago.*«

»*Oh!*« Mehr sagt er zunächst nicht, starrt nur peinlich berührt auf die Blumen, die sie noch immer in Händen hält. Schließlich bekundet er ihr sein Beileid, spricht von einer schrecklichen Nachricht. Dann umarmt er sie und drückt sie fest. Es ist das erste Mal, dass er ihr so nahe kommt. Sie schlingt ihre Arme um ihn, schmiegt sich an ihn. Ein Moment der Schwäche, den sie am liebsten ewig ausdehnen würde. Stattdessen rückt sie von ihm ab.

John räuspert sich, bedankt sich ein wenig steif für die schönen Stunden, die er mit ihr verbringen durfte. Eva bedankt sich ebenfalls, wünscht ihm viel Glück im weiteren Leben.

»Ich werde dich vermissen«, fügt sie dann noch hinzu. Zuerst auf Deutsch, dann auf Englisch.

Er nickt, halb traurig, halb geschmeichelt, wendet sich bereits zum Gehen, doch sie hält ihn zurück und umarmt ihn noch einmal, innig und fest, wie einen langjährigen Weggefährten, von dem es Abschied zu nehmen gilt.

Unten im Hof springt die Werkstattleuchte an. Das Licht blendet sie. In diesem Moment hätte sie gern einmal auf den Strom verzichtet.

Sie gibt John frei, und er eilt leichtfüßig die Stiege hinunter. Unten angekommen, hebt er noch einmal kurz die Hand, dann verschwindet er im schwarzen Schatten des Torbogens. Sie wird ihn wohl nicht mehr wiedersehen.

All diese Abschiede. Sie fühlt sich zu jung dafür.

Was jetzt? Was nun anfangen mit ihrem Leben?

34.

Gerrit richtet sich auf, drückt vorsichtig den Rücken durch. Die Kälte ist ihr in die Glieder gefahren. Und die schwere Arbeit ohne Zweifel auch. Alles tut weh. Wird sie etwa alt? Mit vierunddreißig Jahren ist sie jedenfalls kein junger Hüpfer mehr.

Sie rollt den Reifen des VW 82 heran, dessen Bremstrommel sie zuvor ausgetauscht hat, setzt das Rad auf, zieht die Radmuttern an. Nun noch den Wagenheber herunterkurbeln. Fertig.

Lichtmaschinen austauschen, Motorblöcke einbauen, es gibt so viele Reparaturen, bei denen mehr als zwei Hände nötig sind. Schon ihre Fahrten zu Ewalds Schrottplatz gestalten sich als Herausforderung. Früher wurden solche Probleme durch Eheschließungen geregelt, denkt sie zynisch. Doch aus dem heiratsfähigen Alter ist sie ja nun raus.

Was soll's. Aktuell kommt sie noch allein zurecht – die Einäugige ist die Königin der Blinden –, aber wenn sich die Zeiten ändern sollten, wenn das Leben hoffentlich wieder einmal einen geregelten Gang gehen wird, sind die Zustände in der Werkstatt unhaltbar. Dann wird sie ohne Hilfe nicht mehr auskommen.

Guido bemüht sich zwar nach wie vor, sie zu unterstützen. Er übernimmt Handreichungen und erörtert das eine oder andere Problem mit ihr. Aber eine richtige Hilfe ist er nicht mehr, das wissen sie beide. Also hat sie ihn vor einer Stunde zurück ins Haus geschickt. Warum sollte er sich auch noch den Hintern abfrieren? Er ist in dieser Hinsicht sicher noch empfindlicher als sie.

Kommt Zeit, kommt Rat, schiebt sie das Problem gedanklich beiseite und räumt die Werkzeuge fort. Demnächst muss sie sich dringend um einen Werkstattofen kümmern, nimmt sie sich vor, während sie den Hallenboden fegt. Sie hat kaum noch Gefühl in den Händen, trotz der Fingerlinge, die die Mutter ihr gestrickt hat. Orange und blau waren sie anfangs, jetzt sind sie nahezu schwarz.

Nach getaner Arbeit schließt Gerrit das Tor und geht festen Schrittes zum Haus hinüber. Als sie die Gaststube betritt, schlägt ihr eine dumpfe Ofenwärme entgegen. Welch eine Wohltat! Sie zieht ihre Stiefel aus, schlüpft in ein Paar dicke, vorgewärmte Socken. Es könnte so schön sein, wäre da nicht dieser plötzliche Schmerz in den Ohren, als hätte ihr jemand eine Eispackung verpasst. Die Mütze, die sie bei der Arbeit trägt, ist eindeutig zu dünn. Da muss die Mutter noch mal ran.

Gerrit geht zur Spüle, schrubbt ihre Hände mit Waschpaste sauber.

»Mama, da bist du ja!« Gretchen springt ihr entgegen und schlingt ihre Arme um ihre Hüften. Augenblicklich wird es ihr warm ums Herz. Ihr Mädchen, ihr Augenstern! Sie küsst ihre Tochter auf beide Wangen, streicht ihr über die dunklen Zöpfe.

»Na, wie war dein Tag?«

»Wir haben Anbrennholz gemacht, die Oma und ich.«

»Ihr habt Späne geschnitten? Etwa mit einem richtigen Messer?«, erkundigt sie sich mit gespieltem Tadel.

Gretchen nickt voller Stolz. Sie weiß, Messer sind gefährlich. Wer sie führen darf, ist schon groß. »Die Oma hat's erlaubt.«

»Na dann.« Gerrit fasst sie bei den Schultern und schiebt sie, untermalt von nachgeahmten Dampflokgeräuschen, vor sich her zum Tisch. »Und was habt ihr sonst noch getrieben?«, erkundigt sie sich, nachdem sich beide hingesetzt haben.

»Onkel Guido hat mir vorgelesen«, erzählt Gretchen bereitwillig. »Die Geschichte von dem Ritter, den sie im Burgverlies vergessen haben, bis er verschimmelt ist, und der jetzt als Geist –«

»Dein Onkel soll dir nicht immer seine Schauermärchen auftischen«, unterbricht sie Gerrit mit einem Lächeln. »Aber so stand es in seinem Buch«, beharrt die Tochter.

Gerrit weiß es besser, denn sie kennt den Inhalt des Buches, aber sie lässt dem Kind seinen Glauben. »Du magst deinen Onkel, nicht wahr?«

Gretchen nickt eifrig. »Onkel Guidos Geschichten gefallen mir am besten«, antwortet sie mit leuchtenden Augen.

Vielleicht sollte er eines Tages tatsächlich Bücher schreiben, fährt es Gerrit durch den Sinn. Fantasie genug hätte er dafür. Sie beugt sich ein wenig vor, um ihrer Tochter einen Kuss auf die Stirn zu drücken, und schnuppert an ihrem Haar. Gretchens Geruch würde sie unter Tausenden erkennen. Er hat eine seltsam beruhigende, tröstliche Wirkung auf sie. Wenn sie nur ihr Kind nahe bei sich hat, ist alles gut, dann ist alles zu ertragen. Sie küsst Gretchen noch einmal, wobei ihr die leichte Schärfe, die sich unter den Wohlgeruch mischt, nicht entgeht. Es wäre mal wieder eine Wäsche fällig. Aber wer hat dazu schon Lust bei dieser Kälte? Gerrit fällt ein, dass Erika Schott von Haarseife gesprochen hat, zuletzt verbunden mit der Frage, ob sie sie nicht auch einmal frisieren dürfe. Dieses wunderschöne blonde Haar! Was man daraus machen könne! Aber Gerrit will nichts daraus machen. Sie mag es, wie es ist. Nur die Spitzen könnten vielleicht mal wieder geschnitten werden. Es gab Zeiten, da hat sie auf so etwas Wert gelegt.

Die Sache mit der Haarseife geht ihr nicht mehr aus dem

Sinn. Sie muss einmal mit der Schott reden, allein wegen Gretchen. Gerrit hat es gern, wenn ihre Tochter adrett aussieht, schließlich ist sie eine halbe Französin! Aber mehr noch sorgt sie sich um deren Gesundheit. Erst Läuse, dann Fleckfieber, dann Schicht im Schacht. So sieht's aus.

Sie hat die elenden, vom Fleckfieber dahingerafften Kreaturen mit eigenen Augen gesehen. Eine vierköpfige Familie in einem Kellerloch – die Mutter und drei Kinder. Niemand hatte ihnen mehr zu helfen gewagt, selbst der Arzt nicht. Aber er hätte ohnehin nichts mehr tun können. Diese bemitleidenswerten Menschen waren zum Sterben verurteilt.

Und wenn's nicht Fleckfieber ist, dann gibt es ja noch Typhus oder Tuberkulose, denkt Gerrit bitter. Sie ist nicht leicht zu ängstigen, aber vor ansteckenden Krankheiten graut ihr. Daher ist es ihr so wichtig, das Haus sauber zu halten, und das verlangt sie von allen, die darin wohnen. Die Stuben sind täglich nass zu wischen, ebenso wie Treppe und Hausflur; Handtücher und Bettwäsche sind regelmäßig zu waschen, Teppiche auszuklopfen.

Im Großen und Ganzen halten sich die Bewohnerinnen klaglos daran, allen voran die Wollny, das muss man ihr lassen. Deshalb hat sie sie auch gefragt, ob sie nicht das Reinemachen der Gaststube übernehmen wolle, gegen Bezahlung natürlich. Es klappt ganz gut, wie's aussieht. Jedenfalls spürt Gerrit deutlich die Entlastung.

Doch der Einsatz der Wollny befreit die anderen Mitbewohner natürlich nicht von ihren Pflichten. Das haben auch alle sofort verstanden, nur Radek hat sich über die angebliche Bevormundung beschwert. Wenn's ihm nicht passe, könne er jederzeit ausziehen, hatte Gerrit ihn zurechtgewiesen und hinzugefügt, dass sie rein gar nichts dagegen habe, wenn er sich eine andere Bleibe suchen würde. Der Kinderlärm im Haus ist nichts gegen diesen Choleriker.

Wie Radek dreingeschaut hat! Bei dem Gedanken daran muss Gerrit unwillkürlich grinsen.

Wie kommt sie jetzt auf Radek? Wegen der Sauberkeit, richtig. Haarseife. Gleich morgen wird sie mit der Schott darüber sprechen.

»Wo ist eigentlich Oma?«, erkundigt sie sich bei ihrer Tochter.

»Bei der Witwe Geißner«, antwortet Gretchen wie selbstverständlich. ›Witwe Geißner‹, so tituliert Gerrits Mutter diese Frau aus der Nachbarschaft, mit der sie offenbar Freundschaft geschlossen hat. Es vergeht kaum noch ein Tag, an dem sie nicht bei ihr vorbeischaut.

»Da scheinen sich ja zwei gesucht und gefunden zu haben«, sagt Gerrit mehr zu sich selbst als zu ihrer Tochter und bemerkt plötzlich, wie hungrig sie ist. Ein Teller Kartoffeln wäre fein. Dicke Kartoffeln mit einem ordentlichen Klecks Margarine, dann alles schön mit der Gabel zerquetschen, ein bisschen Salz drüber, und rein damit! Auch Gretchen muss noch zu Abend essen.

Gerrit steht auf und steuert auf den Topf zu, der auf dem Herd steht. Hoffentlich keine Gerstensuppe, denkt sie, bevor sie den Deckel hebt. Doch es ist Gerstensuppe. Was sonst?

Mutter und Tochter essen gemeinsam zu Abend, anschließend bringt Gerrit Gretchen zu Bett.

»Schlaf schön, Lämmlein.« Sie küsst sie ein letztes Mal, zupft ihre Decke zurecht. Dann löscht sie das Nachtlicht und zieht den Vorhang zu, der ihr privates Reich vom Rest des Schankraums trennt.

In der Gaststube brennt kein Licht mehr. Merkwürdig. Strom war doch bis eben da. Gerrit dreht am Schalter, und mit einem hohen Surren flammt die Deckenlampe auf. Sie durchquert den Raum, sieht nun Guido mit abgewandtem Rücken am Fenster sitzen.

»Ach, du bist hier? Ich habe dich gar nicht kommen hören.«

Guido sagt nichts darauf.

»Hast du schon gegessen?« Wieder bekommt sie keine Antwort. Sie tritt zu ihm. »Guido? Was ist denn los?« Noch immer reagiert er nicht, starrt nur aus dem Fenster. Auch sie wirft nun einen Blick hinaus. Sieht gerade noch eine männliche Gestalt vom Hof her kommend in die Dunkelheit des Torbogens eintauchen. Was, zum Kuckuck …? Im letzten Moment registriert sie die englische Uniform. Kein Dieb also, der womöglich den Ziegen ans Leder wollte, stellt sie erleichtert fest. Zugleich geht ihr ein Licht auf: der Liebhaber der Koch! Jetzt weiß sie, was ihren Bruder quält.

Sie könnte allerlei bissige Bemerkungen über lustige Witwen und nicht eingehaltene Trauerzeit fallen lassen, über Krokodilstränen und Besatzerliebchen. Aber nichts davon kommt ihr über die Lippen. Stattdessen steht sie auf und geht zum Herd, um die Suppe nochmals zu wärmen. Der arme Kerl. Wie soll er sich jetzt fühlen? Guido wird nie wieder als Mechaniker arbeiten können. Muss die Arbeit seiner Schwester überlassen, die nicht einmal mehr auf hilfreiche Tipps angewiesen ist. Und die Frauen … von denen muss er womöglich auch lassen. Von der da draußen zumindest.

Neulich hat Guido zu ihr gesagt, er fühle sich wie sein eigener Großvater. Scharwenzele ums Haus, gebe ungebetene Ratschläge und gehe damit allen auf die Nerven. Ein Mohr, der seine Schuldigkeit getan habe. Ein Gaul, dem man sein Gnadenbrot lasse. So hat er sich ausgedrückt. Gerrit würde ihm gern den Schmerz von den Schultern nehmen, aber wie soll sie das anstellen? Er wehrt ja jede Hilfe ab.

»Alles, was dir fehlt, ist ein Bein«, hat sie ihn vor einiger

Zeit zu ermuntern versucht, aber der Schuss ging nach hinten los. Guido wurde nur umso deprimierter.

›Nur‹ ein Bein. Das sagt sich so leicht. Immerhin das ist ihr bewusst. Ein Bein, das nicht mehr da ist, abgerissen wie der Schwanz einer Echse. Der Verlust hat ihn am Leben erhalten, aber zu welchem Preis! Sie kennt die Geschichten aus dem Hospital.

Eine Zeit lang hat neben ihrem Schützling Frieder Osterkamp ein Beinamputierter gelegen, der dem Tod nur knapp von der Schippe gesprungen war. Ein junger Kerl, höchstens dreiundzwanzig. Unüblicherweise hat er nicht hinterm Berg gehalten mit seinen Erlebnissen und Empfindungen.

Die Schilderungen dieses Mannes, eher noch ein Junge, waren ihr damals kaum erträglich erschienen, hatte sie doch unentwegt sein Pendant in Gestalt ihres Bruders vor Augen. Doch dank seiner Schilderungen weiß sie, was es heißt, auf einen Teil seines Körpers verzichten zu müssen, physisch wie psychisch. Und sie hat eine ungefähre Ahnung gewonnen, was Phantomschmerzen sind. Der Verstand muss passen, wenn der Schmerz mit sehr realer Brutalität ins nur noch imaginäre Körperteil schießt. Arme und Beine, die nichts mehr halten, nichts tragen, nichts mehr fühlen können außer diesen surrealen Schmerz.

»Manchmal schießt er von den Zehen aufwärts, die Waden und Schenkel hinauf bis in die Wirbelsäule«, erzählte der Landser. »Manchmal ist es eher wie ein dumpfes Pochen. Er ist da und doch wieder nicht. Als wollte man sich am Rücken kratzen und kommt nicht dran. Es macht einen verrückt.«

Als Kind ist Gerrit einmal in einen Froschteich gesprungen und hat sich den Zeh gebrochen. An das Gefühl erinnert sie sich genau. Dieser scharfe, Übelkeit verursachende Schmerz. Sehr lokal und doch überall. Ihr ganzer Körper war in Aufruhr, als der Doktor den Bruch mit einer ruckartigen

Bewegung richtete. Sie hat dem Landser davon erzählt, und er nickte ergriffen. Endlich verstand ihn jemand.

Ein fehlender Fuß, ein Unterschenkel: tragisch, aber nicht die Welt. Und vor allem nichts, was das Denken beeinträchtigen würde. So hat sie sich zu Anfang die Sache schöngeredet. Damals, unmittelbar nach Guidos Rückkehr. Aber es beeinträchtigt alles, das hat sie längst begriffen.

Die Suppe wallt auf. Sie dreht die Flamme ab, nimmt einen Teller aus dem Abtropfgitter, schöpft Suppe hinein und trägt ihn zum Tisch.

»Es ist angerichtet, der Herr!«

Tatsächlich gibt Guido seinen Fensterplatz auf, humpelt zum Tisch hinüber, setzt sich zu ihr.

»Was ist mit dir?«, erkundigt er sich mit Blick auf ihren fehlenden Teller.

»Ich habe schon mit Gretchen gegessen.«

Guido nickt nur, macht aber keine Anstalten, zum Löffel zu greifen.

»Nun iss!«, weist sie ihn an.

»Hab keinen Appetit.«

»Der Hunger kommt beim Essen. Also zier dich nicht so!« Sie lächelt aufmunternd.

»Hör auf, mir ständig Vorschriften zu machen.«

»Das tue ich nicht. Ich sagte nur –«

»Lass mich in Ruhe!«, fährt er sie an, und sie weicht verdutzt in ihrem Stuhl zurück. Gefühlsausbrüche sind sonst nicht seine Art.

»Was sind wir aber empfindlich heute!« Sie schüttelt den Kopf und schluckt eine giftige Bemerkung runter, die sie noch hinterherschicken könnte. Nachsicht, ermahnt sie sich stattdessen. Übe Nachsicht!

»Nimm's dir nicht so zu Herzen.« Sie beugt sich vor und klopft ihm versöhnlich auf die Schulter.

»Wovon sprichst du?«, fragt Guido und beäugt sie argwöhnisch.

»Von dem, was sich im Hinterhof tut.«

»Keine Ahnung, was du meinst.«

»Die Liebschaften unserer Mitbewohnerin«, wird Gerrit deutlich, greift zugleich nach seiner Rechten und tätschelt sie. »Keine Sorge, wir finden schon noch eine für dich. Eine Bessere.« Sie zwinkert ihm zu, doch Guido straft sie mit einem schneidenden Blick und entzieht ihr die Hand.

»Weißt du was? Du kannst mich mal!« Er rappelt sich hoch und humpelt, auf seinen Gehstock gestützt, zurück in seine Ecke.

35.

Die können ihr doch gestohlen bleiben! Eva pfeffert den Bescheid der Fürsorge zurück auf den Tisch, schnippt ihn dann noch ein Stückchen weiter von sich weg. So stellen die Herrschaften sich also ihre Zukunft vor! Zum Leben zu wenig, zum Sterben zu viel.

Es ist bereits das zweite Schreiben, das sie erhält, denn sie hat die Richtigkeit des ersten Bescheids angezweifelt. Aber nein, angeblich ist alles korrekt.

Sie muss an Inge Schmitz denken. Sie wohnt schräg gegenüber, hinter der Mauer, die den Innenhof des Krugs umgibt. In einem Kellerloch. Die Schmitz ist keine junge Frau mehr, schätzungsweise Ende dreißig. Sie hat drei Kinder und ist schon ein paar Jahre lang Witwe. Man sieht's ihr an: der Mantel zerschlissen, die Schuhe ausgelatscht, und Geld für den Friseur hat sie auch keins. Die liebe, großherzige Erika hat ihr neulich mal die Haare gemacht. Dafür hat die Schmitz ihr neue Gummilitze in sämtliche Schlüpfer gezogen und den Mädchen noch zwei Unterwäschegarnituren aus Zuckersackwolle abgetreten, die ihren eigenen Töchtern zu klein geworden waren. Außerdem hat sie die Kinderstrümpfe gestopft. Erika war begeistert. Seitdem ist Frau Schmitz nicht mehr Frau Schmitz, sondern die Inge.

Die Inge arbeitet nicht. Sie widmet sich ganz ihren Kindern, so, wie es von einer Witwe erwartet wird. Wie sie sie durchkriegen soll, bleibt allerdings ihr überlassen.

Dass Inge Schmitz ihr einmal zum Vorbild werden sollte, damit hat Eva nun nicht gerechnet. Sie hat immer gehofft, die allumfassende Knappheit wäre ein temporäres Problem.

Aber für eine Witwe ist offenbar nichts anderes vorgesehen, das hat sie nun schwarz auf weiß.

»Sie können ja putzen gehen oder Privatleuten stundenweise den Haushalt führen«, hat der Mann auf der Arbeitsvermittlungsstelle ihr vorgeschlagen, nachdem sie ihn auf ihre Situation hingewiesen hatte.

»Ich kann's mir nicht leisten, solchen Arbeiten nachzugehen. Ich muss meine Familie ernähren«, zitierte sie zur Antwort einen allseits bekannten Spruch, wenn auch in leicht abgewandelter Form. Der Mann auf der anderen Seite des Schreibtischs fand das nicht lustig. Eine Witwe macht keine Scherze. Und sie wird auch nicht frech.

»Halten Sie das Andenken Ihres Mannes in Ehren«, ermahnte er sie und schob sicherheitshalber nach: »Denken Sie an Ihre Kinder.« Ja, die Kinder. Die mussten und müssen immer für alles herhalten. Also ob man sich jemals wirklich für ihr Schicksal interessiert hätte! Hätte man an die Kinder gedacht, so wäre dieser Krieg gar nicht erst angezettelt worden. Dann stünde sie jetzt nicht hier. Dann wäre sie keine Witwe, sondern Ehefrau, und ihre Kinder hätten noch einen Vater.

»Warum sollte ich für einen Hungerlohn irgendwem den Haushalt führen, anstatt einer Arbeit nachzugehen, die das Überleben meiner Kinder sichert?«, hat sie ihn noch einmal gefragt.

»Niemand wird verhungern«, versicherte er ihr, als hätte er das zu entscheiden, hob dabei aber gleichzeitig bedauernd die Hände. Wir haben es alle schwer, sollte die Geste besagen. So sind die Dinge nun einmal. Während er sie schon hinauskomplementieren wollte, fiel ihm noch ein weiteres Argument ein: »Bedenken Sie nur, Frau Koch: Wo kämen wir hin, wenn die Frauen den Männern ihre angestammten Arbeitsplätze wegnähmen? Es gibt so viele Versehrte, für die wir Arbeit schaffen müssen. Ein Mann muss doch Arbeit haben, da werden Sie mir nicht widersprechen. Sollen wir unsere Versehrten etwa aufs Abstellgleis schieben, wo sie schon genug gestraft sind?«

»Ich beabsichtige nicht, einem dieser Bemitleidenswerten die Arbeit wegzunehmen«, hat Eva spitz erwidert, dabei den Kampf innerlich aber schon aufgegeben.

Er wolle sehen, was sich machen lasse, vertröstete der Beamte sie, um sie loszuwerden. Und das war's.

Wo andere ihr Leben noch vor sich haben, steht Eva also nun schon auf dem Abstellgleis. Ihre Aufgabe ist es lediglich, die Kinder großzuziehen, und das möglichst geräuschlos und ohne eigene Ansprüche zu stellen.

Witwen, Waisen, Krüppel – sie seien die menschlichen Mahnmale eines Krieges, hat sie in irgendeinem Artikel gelesen. Vermutlich in der *Konstanze*, die widmet sich ja neuerdings gern diesen Themen. Aber vielleicht auch anderswo. Mahnmale, an die sich schon jetzt niemand mehr erinnern wolle, stand dort. Sie hat darüber den Kopf geschüttelt, wollte nicht mit diesem Unsinn in Verbindung gebracht werden. Aber es ist was dran: Niemand spricht aus, dass sie eine Last sind. Niemand würde es den Betroffenen ins Gesicht sagen, und doch spüren sie es. Der Bescheid der Fürsorge lässt es sie spüren und auch die Arbeitsvermittlung. Selbst die kleine Martha spürt, dass ihre Familie keine normale Familie ist. Sie hat den Tod ihres Vaters zwar recht gefasst aufgenommen und sich schnell damit zufriedengegeben, ihn jetzt irgendwo im Himmel zu wissen. Himmel oder Front – für ein Kind macht das keinen großen Unterschied. Aber in der Schule quälen vor allem zwei ihrer Mitschülerinnen sie ständig mit Fragen: Wo ist dein Papa? Warum hast du keinen? Martha spürt den Makel und leidet darunter. Kinder können sehr böswillig sein. Vor allem die, die nie auf ihren Vater verzichten mussten. UK, denkt Eva bitter. Unabkömmlich. Es hat viele gegeben, die nie eingezogen worden sind, und mancher von ihnen im Rückblick aus zweifelhaften Gründen. Aber es gibt auch Kinder, die sich in einer ganz ähnlichen Lage wie Martha befinden, deren Väter tot sind oder weiterhin als vermisst gelten, wie die kleine Wagner oder Sabine Lutz. Nur schweigen sich diese Kinder darüber aus. Sie schweigen wie ihre Mütter.

Lebendige Mahnmale. Immer wieder kommt Eva dieser blöde Ausdruck in den Sinn. Sie will kein Mahnmal sein. Sie will auch nicht in ewiger Trauer verharren. Das hätte Ferdi nicht gewollt. Er hätte gewollt, dass es ihr gut geht, damit seine Kinder eine gute Mutter haben. Längst gehörte Eva nicht mehr zu den Frauen, die nur auf den Tag hinlebten, an dem der Mann zurückkehrte. Sie hatte eigene Pläne. Simple Pläne. Die Kinder durchbringen war einer. Es ist ihr gelungen. Den Krieg überleben. Auch das hat sie geschafft. Die Burg verlassen. Ihre kleine Familie in Sicherheit wissen, ihr Nahrung und ein Dach überm Kopf geben. Dito. Darüber selbst bei Kräften zu bleiben, sich nicht vollkommen zu vergessen. Sie versucht es immerhin. In Erika und Agathe hat sie Freundinnen gefunden. Oder zumindest Verbündete. Auch John und Mike haben ihren Beitrag geleistet, das weiß sie sehr wohl. Sollen die Leute darüber denken, was sie wollen. Sie ist keine Hure, nur weil sie mit einem Mann ausgegangen ist. Auch Erika ist keine, bloß weil sie sich nach ein bisschen Zärtlichkeit gesehnt hat.

Eva leistet, was sie leisten kann, dessen ist sie sich bewusst. Die Arbeit in der Fabrik gegen Geld, die Beaufsichtigung ihrer Kinder gegen Englischstunden, Englischstunden gegen Nahrungsmittel, Tipps zu Klassenarbeiten gegen geklaute Briketts oder Kohlen. Außerdem muss sie sich um die Beschaffung der Lebensmittel, um ihren Haushalt und die Kinder kümmern. Und irgendwann muss sie auch einmal schlafen.

36.

Gerrit fährt aus einem nervösen Halbschlaf auf. Sie hört die Tür gehen, hört, wie die Wollny im Gastraum zu rumoren beginnt. Sie setzt sich auf, fasst sich mit den Händen an die schmerzenden Ohren, zieht scharf die Luft ein. Dann steht sie auf und schiebt den Vorhang zur Seite.

»Frau Wollny?« Die Angesprochene wendet sich zu ihr um.

»Ja bitte?«

»Wenn Sie sich einmal meine Tochter anschauen könnten?« Gerrit bringt die Worte nur mit Mühe heraus, weil sie gegen einen plötzlichen Hustenreiz ankämpfen muss.

»Was ist mit Gretchen?«, erkundigt sich die Wollny. Sie sieht noch ausgezehrter aus als sonst.

»Sie ist krank. Das heißt, jetzt ist sie wirklich krank. Nicht bloß dieser Husten.«

»Das tut mir leid«, entgegnet die Wollny. »Aber ich fürchte, ich kann gar nichts tun.«

Gerrit stutzt. Mit so wenig Hilfsbereitschaft hat sie nicht gerechnet.

»Aber Sie sind doch Krankenschwester, wenn nicht sogar Ärztin«, insistiert sie.

Die Wollny stützt sich auf ihren Schrubber, antwortet nicht direkt. »Ich habe keine Arzneien, keine medizinischen Geräte«, sagt sie dann. »Ich bin gar nicht befugt –«

»Der Koffer! Sie haben einen Arztkoffer«, fällt Gerrit ihr ins Wort. »Ich habe ihn selbst gesehen.« Sie versteht nicht, warum die Wollny so peinlich berührt dreinblickt. Sie müsste doch stolz darauf sein. Womöglich ist sie eine Scharlatanin, fährt ihr durch den Sinn. Gibt sich unter ihresgleichen als Frau Doktor aus und kassiert ab. Wer weiß, was überhaupt drin ist in der Tasche. Sie hätte sie gar nicht erst ansprechen sollen.

»Natürlich werde ich mir das Kind einmal anschauen«, gibt die Wollny nach.

Gerrit nickt nur und hält den Vorhang ein Stückchen weiter auf, damit sie hindurchschlüpfen kann. Vom Bett aus dreht Gretchen leicht den Kopf in ihre Richtung, schaut verwundert die Wollny an.

»Guten Abend, Gretchen. Wie geht es dir?«

»Nicht gut«, antwortet das Mädchen mit schwacher Stimme. »Mir ist so heiß, und mein Kopf dröhnt.«

Die Wollny scheint beinahe zusammenzuzucken und schaut noch unglücklicher drein als sonst. Ob sie Enttarnung fürchtet? Oder ob es so schlecht um Gretchen steht?

»Wie hoch ist das Fieber?«, erkundigt sie sich bei Gerrit.

»Weiß ich nicht. Unser Thermometer ist zerbrochen. Aber Sie sehen ja, wie sie glüht. Erst dachte ich, es wäre nur eine Erkältung. Sie hustet seit ein paar Tagen, wie Sie in den Ofenstunden bemerkt haben werden. Und sie klagte über Halsschmerzen. Aber jetzt ...« Gerrit spricht nicht weiter, sie muss selbst husten.

»Ich hole den Koffer«, sagt die Wollny und legt ihre Schürze ab. Dann ist sie auch schon fort.

»Herz und Lunge zeigen keine Auffälligkeiten«, berichtet sie wenig später, nachdem sie Gretchen untersucht hat. »Die Lunge ist frei, Gott sei Dank. Aber das Fieber ist recht hoch.« Sie bittet Gretchen, ihren Mund zu öffnen, nimmt Mundhöhle und Rachen in Augenschein. »Aha, Kalkspritzer«, murmelt sie, wendet sich dann wieder Gerrit zu. »An der Wangenschleimhaut sehe ich kleine weiße Stippchen. Man nennt sie Kalkspritzer oder Koplik-Flecken.«

»Koplik-Flecken?« Gerrit verzieht ängstlich das Gesicht. »Es wird doch kein Fleckfieber sein? In der Schule hatten sie mal wieder Läuse. Immer hat irgendwer Läuse, und wer weiß –« Veronika Wollny hebt ein wenig die Hand, um sie zu unterbrechen, doch Gerrit lässt sie nicht zu Wort kommen. »Was ist es dann? Diphtherie? Oder Meningitis womöglich?«

»Nichts von alledem.« Die Wollny schüttelt den Kopf. »Diese Koplik-Flecken sind das erste sichere Anzeichen für Masern. Dafür sprechen auch Gretchens Allgemeinzustand und die geröteten Lider.«

»Masern? Aber sie hat doch gar keinen Ausschlag.« Gerrit runzelt skeptisch die Stirn.

»Der kommt noch.« Die Wollny lächelt zum ersten Mal. »Noch zwei, drei Tage, und Sie werden sehen.« Sie wendet sich wieder Gretchen zu. »Ich gebe dir jetzt etwas gegen das Fieber. Und Kompressen mit Augentrosttee helfen sicher gegen deine entzündeten Lider. Ich werde Lovis zur Apotheke schicken, damit er dir welchen holt. Ansonsten ist es wichtig, dass du viel trinkst. Ein paar Tage noch, dann hast du das Schlimmste hinter dir.« Die Wollny steht auf. »Machen Sie sich keine allzu großen Sorgen um Ihre Tochter«, sagt sie zu Gerrit. »Komplikationen sind selten, und Gretchen ist stark. Wir sollten allerdings vorsichtig sein. Die Krankheit ist hochansteckend. Hatten Sie die Masern?«

Gerrit denkt kurz nach. »Ich glaube schon. Doch, ganz sicher. Und mein Bruder auch. Uns hat's damals beide erwischt.«

»Sehr gut.« Die Wollny nickt zufrieden. »Aber wir müssen die anderen Hausbewohner warnen. Wer die Krankheit noch nicht hatte, wird sich unweigerlich anstecken.«

»Also keine Wärmestunden mehr?« Gerrit hält das nicht für realistisch.

»Ich denke, es muss jeder für sich selbst entscheiden, inwieweit er sich dem Risiko aussetzen will«, antwortet die Wollny diplomatisch. Damit kann Gerrit leben. Sollen die anderen sehen, wie sie klarkommen. Sie ist nur froh, dass es kein Fleckfieber ist. Oder Tuberkulose. Oder Kinderlähmung. Typhus. Lungenentzündung. Drüsenfieber. Die Liste der todbringenden Krankheiten ließe sich schier endlos fortsetzen.

»Nun würde ich gern Sie untersuchen«, unterbricht die Wollny ihre fiebrigen Gedanken.

»Mich?«

»Ja, Sie. Mir scheint, Sie sind noch kränker als das Kind.«

Gerrit stützt sich auf die Lehne ihres Stuhls. Sie will widersprechen, aber ihr fehlt die Kraft. Diese Ohrenschmerzen! Und auch das Husten kann sie nicht länger unterdrücken.

Die Wollny diagnostiziert eine Mittelohrentzündung und eine starke Bronchitis. Sie verordnet strikte Bettruhe, andernfalls drohe Gerrit eine Lungenentzündung.

»Aber wer soll sich um Gretchen kümmern?«, wagt sie einen letzten Einwand.

»Ich denke, es sind genug Personen im Haus, die sie beide pflegen können. Ihre Mutter und mich eingeschlossen«, entgegnet die Wollny sehr zuversichtlich.

Guido Mewes übernimmt die Aufgabe, den Hausbewohnern während der nächsten Wärmestunden mitzuteilen, dass seine Nichte an Masern erkrankt ist. Alle, die noch keine gehabt hätten, sollten die Gaststube unverzüglich verlassen und in den kommenden zehn Tagen meiden.

Hinter ihrem Vorhang hört Gerrit, wie sich die Anwesenden nahezu unisono einig sind, die Infektionskrankheit bereits überstanden zu haben.

Acht Tage später sind fünf Kinder im Haus erkrankt, darunter auch Veronika Wollnys Zwillinge. Ebenso die beiden Töchter von Erika Schott. Und auch Emil Radek hat es erwischt. Veronika Wollny kümmert sich aufopferungsvoll um all ihre Patientinnen und Patienten, und nach zwei Wochen ist der Spuk vorbei.

Gerrit schenkt ihr zum Dank einen warmen Mantel, den sie im Gegenzug für einen Ölwechsel erhalten hat. Außerdem einen Laib Brot und drei Gläser Eingemachtes aus der Vorratskammer ihrer Mutter.

»Wünschen Sie sich noch etwas Bestimmtes?«, erkundigt sie sich.

Die Wollny zögert, dann fasst sie sich ein Herz. »Ein Radio könnten wir dringend brauchen«, gesteht sie. »Nicht geschenkt, nur geliehen, selbstverständlich.«

»Warum haben Sie das nicht früher gesagt?«, fragt Gerrit verwundert. »Mein Bruder hortet die Dinger geradezu und vertreibt sich die Zeit damit, sie zu reparieren. Ganz sicher hat er für Sie auch noch eins übrig.«

»Das wäre wunderbar«, entgegnet Veronika Wollny, und ein Freudenschimmer huscht über ihr Gesicht.

37.

Eva nimmt das Norbertchen auf den Arm und schiebt Martha vor sich her aus dem Zimmer. Wie jeden Nachmittag brechen sie zur Ofenstunde im Haupthaus auf. Es ist und bleibt ein merkwürdiges Gefühl, sich in die Stube anderer Leute setzen zu müssen, weil in der eigenen der Atem zu Eis gefriert. Dennoch haben diese Gemeinschaftsstunden auch ihre guten Seiten. Unter Menschen zu sein, die ihr Schicksal teilen, nimmt Eva ein wenig den Schmerz und lenkt sie von ihrem Kummer ab. Diese Ofenrunden sind auch nicht mit den von Hektik und Angst geprägten Zwangsgemeinschaften in den Luftschutzkellern oder Bunkern zu vergleichen. Es herrscht eine ruhige Atmosphäre, in der jeder seiner kleinen Beschäftigung nachgeht. Stricken, häkeln, Strümpfe stopfen, Rätsel lösen, basteln oder dösen. Außerdem haben sich die Treffen zur Informationsbörse entwickelt. Wo gibt es morgen Hering? Wann ist mit der nächsten Lieferung Mehl zu rechnen? Wer kann eine Schüssel entbehren?

Die Hauswirtin muss diese Treffen dulden, Vorschrift ist Vorschrift. Dennoch ist Eva ihr dankbar. Ohne Gerrit Mann wäre sie nicht hier. Auch Guido Mewes schuldet sie etwas. Er war so freundlich zu ihr, so zuvorkommend und einfühlsam. Warum hat sie es noch immer nicht fertiggebracht, sich bei ihm zu bedanken, obwohl sie reichlich Gelegenheit dazu gehabt hätte?

Wie an den meisten anderen Tagen auch drehen sich die Diskussionen mal wieder ums Essen und die neuesten Ersatzrezepte. Glaubt man den Gazetten, so kann man nahezu jedes Gericht auf den Tisch bringen, ohne Eier, Milch, Mehl oder

Fleisch zu verwenden. Für alles lässt sich angeblich Ersatz finden, und wenn der Ersatz fehlt, dann ein Ersatz für den Ersatz.

Während Eva Frau Mewes bereitwillig ihre Arme hinhält, damit diese die mühsam aufgeribbelte Wolle eines alten Pullovers ordentlich aufwickeln kann, hört sie nur noch mit halbem Ohr zu. Ihr Blick ruht auf den vielen Kindern im Raum, die wie immer Guido Mewes in Beschlag genommen haben. Selbstvergessen hängen sie an seinen Lippen, während er seine Geschichten von dem Ritter zum Besten gibt, der als Geist mit verräterischem Schimmelgeruch zu ungeahnter Form aufläuft. Allerdings scheint es Eva, dass er nicht mehr ganz so bei der Sache ist wie früher. Außerdem ist er für seine plötzlichen Abbrüche bekannt. Mit einem Schlag verlässt ihn die Lust, dann ist nichts mehr zu machen. Gerade ist es einmal wieder so weit. Die Kinder geben murrend ihre Plätze auf und zerstreuen sich im Raum. Als die Wolle aufgewickelt ist, geht Eva zu Guido Mewes hinüber.

»Darf ich mich zu Ihnen setzen?« Er schaut auf und bedeutet ihr mit einer Bewegung seiner Augen, auf dem freien Stuhl neben ihm Platz zu nehmen. »Wie geht es Ihnen?«, erkundigt sie sich und streicht mit den Händen über ihren Rock.

»Danke, gut. Und selbst?«

»Man schlägt sich so durch«, antwortet sie vage. »Es muss ja irgendwie weitergehen.«

Er sagt nichts darauf.

»Ich wollte mich bei Ihnen bedanken«, fährt sie fort. »Sie waren sehr gut zu mir, als ich …« Sie unterbricht sich kurz. »Als ich die Sache mit meinem Mann erfahren habe.«

»Das war doch eine Selbstverständlichkeit«, antwortet er knapp. Damit ist nun eigentlich alles gesagt, aber sie kann das Gespräch unmöglich so enden lassen.

»Gibt es Neuigkeiten bei Ihnen?«, erkundigt sie sich, denn sie weiß von Erika, dass er sich um Arbeit bemüht.

»Eigentlich schon«, erwidert er nach kurzem Schweigen. »Vielleicht sind wir demnächst Kollegen.«

»Kollegen?«

»Ich soll Lehrer werden«, konkretisiert er und schaut dabei drein, als koste es ihn Anstrengung, ein Lächeln zu unterdrücken.

»Lehrer?« Sie klingt wenig begeistert, bemerkt es selbst und schämt sich dafür.

»Trauen Sie mir den Schulmeister etwa nicht zu?« Er spielt den Erheiterten.

Nein!, würde sie am liebsten rufen. Mewes ist Mechaniker oder war es zumindest. Und so einer wird jetzt Lehrer? Diese Nachricht trifft sie, verletzt sie gar. »Das ist eine Überraschung«, erwidert sie, um irgendetwas zu sagen.

»Ja.« Er nickt. »Nächste Woche bekomme ich eine Art Schulung. Wahrscheinlich im Rohrstockschwingen. Ich bin schon sehr gespannt.« Nun grinst er doch. »Nach den Osterferien geht's los.«

»Was Sie nicht sagen.« Sie schafft es nicht, freundlich zu bleiben. »Und wo, wenn ich fragen darf?«

»Gleich hier in der Volksschule.«

Sie sagt nichts darauf, doch ihr Unbehagen ist greifbar.

»Was ist mit Ihnen?«, erkundigt er sich. »Habe ich etwas Falsches gesagt?«

»Aber nein.« Sie winkt ab. »Ist ja nicht Ihre Schuld.«

Guido Mewes hebt irritiert die Brauen. »Was meinen Sie damit?«

»Schon gut. Ich freue mich für Sie!«

»Nein, das tun Sie nicht«, antwortet er leise und sieht sie eindringlich an. »Sagen Sie mir auf der Stelle, warum nicht.«

»Weil ich dort unterrichten wollte«, gesteht sie ebenso leise und senkt den Blick.

»Ach so«, sagt er gedehnt und reckt sein Kinn vor. »Wenn das so ist, tut es mir leid.«

Sie schürzt leicht spöttisch die Lippen, entspannt sie wieder. »Herr Mewes, das war ein Witz«, sagt sie herablassend und schlägt die Beine übereinander. »Verstehen Sie denn keinen Spaß mehr?«

»Das kann man sehen, wie man will«, erwidert er nebulös, steht auf und humpelt aus dem Raum.

»Nanu? Was war denn los?«, erkundigt sich Erika und setzt sich auf den frei gewordenen Stuhl. »Du wirkst so grantig. Ist irgendwas passiert?« Sie legt den Kopf schräg und schaut Eva an, mit diesem forschenden Blick und dem kleinen Lächeln auf den Lippen, das für sie so typisch ist.

»Keine Sorge. Alles bestens.«

»Aber irgendwas stimmt doch nicht mit dir.«

»Alles prima. Zu meinem Glück fehlt mir nur ein Wiener Schnitzel mit Kartoffelsalat.« Der Witz ist ein wenig abgenutzt, aber Eva fällt gerade kein besserer ein.

Erika sagt nichts darauf, zieht nur eine Augenbraue hoch, um ihr zu zeigen, dass sie ihr nicht glaubt.

»Guido Mewes wird im nächsten Jahr Lehrer in der Volksschule«, platzt es aus Eva heraus.

»Aber das ist doch gut für ihn. Dann bekommt er eine Aufgabe«, erwidert Erika und betastet dabei vorsichtig ihre Frisur.

»Wenn man's so sieht …« Eva starrt stur geradeaus. »Er freut sich auch schon drauf.«

»Und die Freude gönnst du ihm nicht?« Erika runzelt die Stirn. »Guido Mewes ist doch ein feiner Kerl.«

»Er hat keine Ahnung vom Unterrichten.«

»Ach was!« Die Freundin winkt ab. »Für die Volksschule wird's schon reichen.«

Eva zuckt innerlich zusammen. Die gedankenlose Bemerkung kommt für sie einer Ohrfeige gleich. Begreift Erika denn gar nichts? Wie naiv und unbedarft diese Frau doch oft ist! Man wundert sich, wie sie durchs Leben kommt. Und das nicht mal schlechter als andere, muss sie ärgerlich zugeben.

»Ich würde auch gern wieder als Lehrerin arbeiten«, sagt sie mit vorwurfsvollem Unterton. Und es stimmt ja auch. Wie gern würde sie wieder vor einer Schulklasse stehen, anstatt sich in der Wäscherei die Hände blutig zu schrubben! Sie hat ihren Beruf geliebt, auch wenn nach der Eheschließung Schluss war. Lehrerinnen haben ledig zu sein. Heute kann sie nicht mehr recht begreifen, wie leichtfertig sie sich damals mit allem abgefunden hat.

»Wenn du wieder Lehrerin sein willst, dann bemüh dich doch auch um eine Stelle«, schlägt Erika treuherzig vor.

»Ich bin Witwe. Schon vergessen?« Die Unbedarftheit der Freundin reizt Eva einmal mehr. »Witwe – wie das schon klingt! Nach alter Frau mit schwarzem Wollschal, nach Häkeldeckchen und Sonntagskirchgang. Nach fünftem Rad am Wagen, überflüssig wie ein Kropf.«

»Nun übertreib mal nicht«, beschwichtigt Erika und legt ihre Hand auf ihren Arm. »Du bist nicht überflüssig.«

»Richtig! Ich habe ja noch Kinder großzuziehen.« Eva fasst sich an die Stirn, als wäre ihr das gerade erst wieder eingefallen. »Das ist allerdings ein Grund mehr, weshalb es gut für mich wäre, wieder als Lehrerin zu arbeiten. Erklär mir also bitte, weshalb ich es nicht darf!«

Erika nimmt die Frage wörtlich und sucht nach einer Antwort. »Vielleicht gerade deswegen, weil du Kinder hast?«, überlegt sie laut.

»Eine Witwe mit Kindern darf in anderer Leute Haushalten schuften oder nachts in der Wäscherei. Aber einen richtigen Beruf ausüben, das soll sie nicht«, gibt Eva zu bedenken. »Die Frauen sind immer die, die draufzahlen! Erinnere dich: Wie viele Mütter mussten ihre Kinder bis in die Walachei schicken, angeblich um sie zu schützen! Dabei ging es nur darum, sie nicht von der Arbeit abzuhalten. Schuften bis zum Umfallen durften sie, um die Männer zu ersetzen. Plötzlich gab's nichts mehr, was man Frauen nicht zutrauen konnte: Bagger fahren, Kräne führen, Flakgeschosse bedienen – für nichts durften wir uns zu schade sein, keine Zumutung war zu groß. Und daran hat sich auch jetzt nichts geändert. Aber wenn eine ihren erlernten Beruf ausüben will, dann gibt's auf einmal Probleme. Ein Guido Mewes dagegen darf sich ohne jede Ausbildung vor eine Klasse stellen.«

Erika atmet tief ein und aus. »Aber er ist nett zu Kindern, und er scheint kein Dummkopf zu sein«, wendet sie ruhig ein.

Doch es ist nicht das, was Eva hören möchte. Guido Mewes will nicht als Krüppel abgestempelt werden. Das ist sein gutes Recht. Aber wäre er es nicht, hätte man ihm dann diese Arbeit angeboten? Niemals! Und das weiß auch er. Trotzdem reizt ihn die Aufgabe, daraus hat er ja keinen Hehl gemacht. Sie kann ihn sogar verstehen: Auf Jahre mit der Mutter und der bevormundenden Schwester unter einem Dach zu hocken, ist keine Perspektive. Er will der häuslichen Enge entrinnen – und wohl auch der Schmach, die Werkstatt nicht mehr führen zu können. Aber warum muss es ausgerechnet ihre Stelle sein?

»Guido Mewes kann dir nichts wegnehmen, was du ohnehin nicht bekommen würdest, wie du ja selbst gesagt hast«, folgert Erika mit überraschender Scharfsicht, als hätte sie ihre Gedanken gelesen. »Ärgere dich nicht über den armen Kerl. Die Zeiten ändern sich. Deine kommt noch, Eva. Du musst nur fest daran glauben. Also schau nach vorn, und lass den Kopf nicht hängen.«

38.

»Eine Scheißkälte«, murrt Uta, Evas Schichtkollegin in der Wäscherei, als sie in den frühen Morgenstunden auf die Straße treten. Wie immer machen sie sich gemeinsam zu Fuß auf den Heimweg, um das Busgeld zu sparen.

Mit unterm Kinn festgezurrten Kopftüchern, die Hände tief in ihren Manteltaschen vergraben, hasten die Frauen stumm nebeneinanderher, und ihre Atemwolken wehen ihnen wie etwas Kompaktes, Stoffliches voraus. In den Straßen und Gassen herrscht eine Finsternis, als gälte noch das Verdunkelungsgebot. Nur vereinzelt brennt irgendwo eine funzlige Glühbirne über einer Eingangstür, fällt der Widerschein eines erleuchteten Fensters auf das Pflaster.

An der Ecke Kreuzgasse/Rheinuferweg trennen sich ihre Wege, und Eva eilt allein weiter in Richtung Krug. Wie immer schreckt sie zusammen, als hinter einer Mauer ein Kettenhund anschlägt. Eigentlich hätte sie gewappnet sein müssen, denn er bellt jedes Mal, aber mit ihren Nerven ist es nicht zum Besten bestellt.

Als sie beim Krug eintrifft, fühlt sie sich halb erfroren. Nur schnell ins Bett! Hoffentlich hat Martha daran gedacht, den Ziegelstein auf den Ofen zu legen, damit sie sich die Füße daran wärmen kann, denkt sie noch und bleibt wie angewurzelt stehen. Unter dem Torbogen liegt etwas. Oder vielmehr jemand. Sie zwingt sich, weiter vorzutreten, beugt sich über die Gestalt. Trotz der nachtschwarzen Finsternis erkennt sie sofort, dass es Guido Mewes ist. *Bitte, lass ihn nicht tot sein!*

»Herr Mewes? Hören Sie mich?« Sie hockt sich neben ihn, fasst ihn bei der Schulter, rüttelt daran. »Herr Mewes?« Die

Antwort ist ein unwilliges Brummen. Er lebt! Vor Erleichterung seufzt sie laut auf. Jetzt gilt es, ihn schleunigst aus der Kälte zu schaffen. »Sie müssen aufstehen, sonst erfrieren Sie!«

»Gehen Sie!«, murmelt Mewes und fügt noch etwas hinzu, das sie nicht versteht.

»Was sagen Sie?« Sie beugt sich zu ihm herunter, bringt ihr Ohr nah an seinen Mund. Sein alkoholgeschwängerter Atem steigt ihr direkt in die Nase.

»Lassen Sie ... mich liegen.« Er hebt eine Hand, als wollte er Eva abwehren, lässt sie aber sofort wieder aufs Pflaster sinken. »Wenn ich ... tot bin ... Lehrerstelle ... Bittschön ...!«

Eva glaubt ihren Ohren nicht zu trauen. Hat sie sich je im Leben so geschämt? Am liebsten würde sie weglaufen, sich irgendwo verkriechen. Aber das würde alles noch schlimmer machen.

»Schluss mit dem Unsinn!« Entschlossen greift sie nach seiner Krücke, die ihm entglitten sein muss, fasst seinen Arm. »Sie stehen jetzt auf! Ich helfe Ihnen.« Sie versucht ihn hochzuziehen, und nach einigen Anläufen gelingt es ihr tatsächlich. Sie schiebt ihm die Krücke unter den Arm, mit dem anderen lehnt er sich schwer auf ihre Schulter. So schaffen sie es bis in den Innenhof.

»Hallo?« Evas Stimme hallt von den Mauerwänden wider. Sie will um Hilfe rufen, doch Guidos Hand krallt sich plötzlich in ihren Arm.

»Nicht ... meine Mutter«, lallt er, und wieder trifft sie sein alkoholgeschwängerter Atem. »Nich' ... Schwester ...«

»Aber wo wollen Sie denn hin?«

»Nehmen Sie ... mich mit.«

»Sie sind ja voll wie eine Haubitze!«, schimpft Eva. Sie könnte Mitleid mit ihm haben. Aber seltsamerweise hat sie keins. Nur Verständnis. Schließlich ist er kein kleiner Junge mehr. Was also nun?

»Ich sterbe, wenn Sie mich nicht ... mitnehmen ...«
»Unsinn.«
»Doch, ich sterbe!«
»Irgendwann sterben wir alle«, gibt sie ihm zur Antwort. »Aber nicht heute Nacht.« Sie erneuert ihren Griff um seine Seite, wankt mit ihm über den Hof hin zur Stiege. Schon in nüchternem Zustand ist es eine Herausforderung, mit nur einem Bein die steilen Stufen zu erklimmen. In Mewes' jetziger Verfassung erscheint es nahezu unmöglich. Trotzdem unternimmt sie den Versuch und kann nur hoffen, dass kein weiteres Unglück geschieht. Ein paar Mal sieht es ganz danach aus, doch schließlich schaffen sie es. Trotz der Kälte ist sie schweißgebadet. Sie schließt die Tür auf, führt Mewes in die enge Kammer, in der die Kinder fest schlafen, bleibt schwer atmend stehen. Wohin nun mit dem ungebetenen Gast?

Wenn sie ihn auf den eiskalten Boden bettet, hätte sie ihn auch gleich draußen liegen lassen können. Also bleibt ihr nichts anderes übrig, als ihn zu ihrem eigenen Bett zu führen, auf dem er sich sogleich bereitwillig ausstreckt.

Da sie kein Licht machen will, entzündet sie nur die Kerze auf dem Nachttisch. Dann beugt sie sich über ihn, schnürt seinen Stiefel auf, zerrt daran. Nur mit Mühe gelingt es ihr, den Schuh vom Fuß zu bekommen. Sie breitet die Decke über ihm aus, und ihre Hände streifen den rauen Wollstoff des Armeemantels, den er noch immer trägt. Nach einigen fehlgeschlagenen Färbeversuchen hat Frau Mewes schließlich Rotkohl zum Erfolg verholfen. Das Ergebnis ist ein stumpfes Violett, das im Schein der Kerze ins Purpur spielt.

»Die Farbe der Kardinäle und Könige«, hat Guido Mewes anfangs darüber gescherzt. Nun liegt er hier, der Mann im lila Mantel, und sie hat keinen blassen Schimmer, wie sie ihn wieder loswerden soll, ohne Aufmerksamkeit zu erregen.

Seufzend richtet sie sich auf, legt ihren Mantel ab, entledigt sich ihrer Schuhe. Sie tritt an den Waschtisch, trinkt einen Schluck Wasser. Es ist so kalt, dass ihre Zähne schmerzen. Sie spült ihren Mund aus und schlüpft zu den Kindern ins Bett.

Herr im Himmel! Was hat sie nur getan? Eine warnende Stimme in ihrem Kopf will ihr die Burg ins Gedächtnis rufen, aber ihr fehlt die Kraft, sich zu sorgen. Fröstelnd dreht sie sich auf die Seite und schmiegt sich an Norbert, ihre kleine Wärmflasche, wie sie ihn gern nennt. Mit einer Hand greift sie über ihn und lässt sie auf Marthas Schulter ruhen. Und dann schläft auch sie.

39.

Der Winter zieht sich bis in den März hinein, doch im April 1946 kommt der Frühling mit so geballter Kraft, als ob er die Menschen für ihr langes Darben entschädigen wollte. Von einem auf den anderen Tag schnellt das Thermometer an Grundemanns Kolonialwarenladen auf sommerliche Temperaturen hoch. Plötzlich sind die Straßen, Gassen und Plätze voller Leben, ist das Rheinufer mit Spaziergängern und Sonnenanbetern bevölkert.

Auch Emil hält es nicht mehr in den vier Wänden. All die Mädchen mit ihrer alabasterweißen Haut und ihren bunten Sommerkleidern!

Voll frischer Energie und mit sechzig Mark in der Tasche radelt er am Rheinufer entlang, glücklich über die plötzliche Freiheit, die ihm die milden Temperaturen eröffnen. Wie hat ihm das gefehlt!

Er tritt so plötzlich auf die Bremse, dass der Hinterreifen seines Rades ausbricht, schlittert über den sandigen Gehweg, springt schließlich in einer geschmeidigen Bewegung vom Sattel. Sein Herz hämmert gegen seine Brust wie der Dieselmotor eines Schleppkahns. Nur viel schneller.

Die Frau dort am Ufer. Eine junge Frau in einem gelben Kleid. Nein, er muss sich irren; die blendende Mittagshelle täuscht ihn. Und doch ...

Er legt das Rad hin, rennt über den Streifen Wiese, klettert die Basaltfelsen hinunter. Sie steht halb von ihm abgewandt auf dem schmalen Kiesband des Ufers und späht, eine Hand schützend über die Augen gelegt, in die Ferne.

»Hilda?« Hastig tritt er auf sie zu.

Die Frau dreht sich um, und ihre Hand beschattet noch immer ihre Augen, die ihn verwundert anblicken. »Meinst du mich?«

Es ist nicht Hilda. Natürlich nicht.

»Woher haben Sie das Kleid?«, fragt er schroff und räuspert sich gegen seine brechende Stimme an.

»Das Kleid?« Sie schaut an sich herab, als nähme sie es zum ersten Mal wahr, streicht mit ihren Händen über ihre Hüften.

»Ja, dieses Kleid!«, wiederholt er, brennend vor Ungeduld.

»Ich … ich weiß nicht mehr.« Die Frau wirkt plötzlich unsicher, fast verängstigt. »Es ist meins«, schiebt sie nach, wie um die Sache klarzustellen.

»Es ist Hildas Kleid.«

»Eine Hilda kenne ich nicht.«

»Hilda Rieger. Sie hat hier gewohnt.«

»Es ist mein Kleid.«

»Vorher war es Hildas«, beharrt er.

»Aber jetzt ist es meins!« Sie wendet sich von ihm ab und will sich davonmachen.

»Also kennen Sie sie doch?«, ruft er ihr nach.

»Nein, zum Kuckuck! Ich kenne sie nicht. Und jetzt lass mich gefälligst in Ruh!«

»Erst wenn Sie mir sagen, woher Sie dieses Kleid haben.« Schon hat Emil zu ihr aufgeschlossen. Er geht jetzt dicht neben ihr, bemerkt ihren ängstlichen Seitenblick, als fürchte sie, er könne sie festhalten.

»Ich hab's gefunden«, gesteht sie unvermittelt.

»Gefunden?«

»Ja. Hier, am Rhein. Letzten Sommer schon.« Emil will antworten, will etwas sagen, doch er muss erst den Schrecken verdauen, der ihm in die Magengrube gefahren ist.

»Ge-gefunden«, stottert er. »Und wo genau?«

Sie bleibt nun von sich aus stehen, scheint seine Not zu spüren und auch, dass er ihr nichts will. Ihre Miene wird milder. »So genau weiß ich das nicht mehr. Etwa dort drüben.« Sie deutet auf eine Pappelgruppe etwa hundert Meter entfernt. Unmittelbar davor liegt, von hier aus nicht sichtbar, die sichelförmige Einbuchtung des Ufers. Der Sandstrand. »Jemand muss es dort wohl vergessen haben«, ergänzt sie.

»Jemand hat es vergessen und ist dann nackt nach Hause gelaufen, oder wie habe ich mir die Sache vorzustellen?«, fragt er spitz zurück. Sie schaut drein, als würde sie sich ertappt fühlen, scheint mit sich zu ringen.

»Das Kleid hat mir jemand angeboten«, verrät sie schließlich.

»Wer ist ›Jemand‹?«

»Keine Ahnung. Ein Mann eben. Ich habe ihn zufällig morgens getroffen, als ich mit dem Hund Gassi gegangen bin.«

»Und die Schuhe?«

»Welche Schuhe?«

»Hildas Sandalen.«

»Von Schuhen weiß ich nichts.« Die Frau schüttelt den Kopf.

»Woher hat dieser Mann das Kleid gehabt?«, bohrt Emil weiter.

»Was weiß ich? Im Fluss gelegen hat es jedenfalls nicht. Es war trocken und sauber.«

»Und Sie haben sich nicht gefragt, woher es stammen könnte?«

»Nein, habe ich nicht!«, erwidert sie ärgerlich. »Wer kann sich's heute schon leisten, sich über alles Gedanken zu machen? Es war ein Tauschgeschäft. Das Kleid hat mir gefallen, ich hab's genommen, und es passt, wie du siehst.« Sie lässt ihre Hände flüchtig an ihrem Körper entlang nach unten gleiten.

»Es passt Ihnen nicht! Sie sind zu fett!«, giftet Emil und spürt zugleich, wie ihm die Schamesröte ins Gesicht schießt. Mit den Tränen kämpfend, stürzt er davon und wünscht sich innig, die Begegnung hätte nie stattgefunden.

Emil wartet, bis der Vater das Haus verlassen hat, ehe er in die gemeinsame Stube zurückkehrt. Auch die Mutter ist ausgegangen. Seit der Alte zurück ist, muss sie selbst einholen gehen, ob ihr das nun gefällt oder nicht.

Schnell zieht Emil die sechzig Mark aus der Hosentasche, die er auf dem Schwarzmarkt für zehn Lucky Strikes bekommen hat. Sechzig Mark. Das reicht immerhin für ein Pfund Fleisch. Für achtzig könnte er sich ein Pfund Zucker leisten. Für echte Butter müsste er schon zweihundertfünfzig auf den Tisch legen. Aber momentan ist ihm das Geld ganz lieb, damit bleibt er flexibel. Nur darf's der Alte nicht finden. Er darf nichts wissen von Emils Geschäften und auch nicht, dass er der Mutter manchmal etwas zusteckt.

Wo also hin mit den Scheinen? Heute Morgen hat er den Vater erwischt, wie der in seiner Ecke hinter dem schwarzweiß gewürfelten Vorhang herumkramte. Wahrscheinlich auf der Suche nach Zigaretten. Nur gut, dass Emil die Luckys schon eingesteckt hatte. Für den Alten sind sie zu schade, der soll Eckstein qualmen oder irgendein anderes deutsches Kraut.

Nein, bei Emil ist das Geld nicht sicher. Aber viele andere Möglichkeiten bieten sich in der Enge der Stube nicht. Am besten, er steckt es in die Truhe, in der die Mutter ihre Unterwäsche deponiert. Die wird den Alten wohl nicht interessieren. Emil geht hin, klappt den Deckel auf, und ein schwacher Geruch nach Mottenpulver und Lavendel steigt ihm in die Nase. Mit spitzen Fingern schiebt er die Büstenhalter zur Seite, drei an der Zahl, hebt die ordentlich zusammengelegten Schlüpfer hoch – und erstarrt. Auf dem Grund der Truhe liegt etwas silbrig Glitzerndes. Etwas, das ihm sehr wohl bekannt vorkommt. Hildas Portemonnaie. Er weiß nicht, wie ihm geschieht, weiß nicht, was er denken soll, fühlt sich unfähig, sich zu bewegen. Schon nähern sich Schritte auf der Treppe, schon geht die Tür. Es ist die heimkehrende Mutter. Sie sieht sofort, was Sache ist, bleibt aber zunächst stumm, schließt nur die Tür leise hinter sich, legt ihr Einkaufsnetz auf dem Tisch ab, schaut Emil noch immer nicht an dabei.

»Mutter, wie kommt diese Geldbörse hierher?«

»Sie gehört mir«, antwortet sie ihm. Es klingt kläglich.

»Aber das stimmt nicht. Sie hat Hilda gehört.«

Die Mutter sagt nichts darauf.

»Bitte, Mutter! Wie kommst du an Hildas Portemonnaie?«

»Ich hab's genommen«, gesteht sie tonlos. »Hilda war doch verschwunden.«

»Ja, aber … Hast du es aus ihrem Zimmer geholt?« Emil starrt sie mit großen Augen an. Sie nickt.

»Ich bin keine Diebin, Emil.«

Er lacht entrüstet auf. »Da habe ich aber gerade einen anderen Eindruck gewonnen.«

»Das Geld stand mir zu«, behauptet Ida Radek. »Hilda war hier und hat ein Kleid bestellt. Blau, mit weißen Tupfen, tailliert und mit schwingendem Rock. Es war ein teurer Stoff, Vorkriegsware, und mein blaues Garn ist komplett dafür draufgegangen. Hilda war noch zur Anprobe hier. Das Kleid war ihr zu weit, aber ehe ich es ändern konnte, war sie plötzlich verschwunden.« Die Mutter hält kurz inne, zupft an ihren Fingern. »Alle Welt hat gedacht, sie wäre abgehauen«, fährt sie schließlich fort. »Nun saß ich da mit dem Kleid.

Was hätte ich denn machen sollen?« Sie schaut Emil ängstlich an. Das viele Reden scheint sie sichtlich anzustrengen.

»Und wo ist dieses ominöse Kleid?«, hakt Emil misstrauisch nach.

»Später habe ich doch noch eine Abnehmerin gefunden. Erika Schott hat es mir abgekauft. Du kannst sie fragen.«

Erika Schott also angeblich. Emil kann nicht beurteilen, ob das stimmt oder nicht. »Und wie bist du an die Geldbörse gelangt?«

Die Mutter seufzt tief. »Vom Fenster aus habe ich oft gesehen, wie Hilda nach Hause kam«, antwortet sie zögerlich. »Wie sie die Tür geöffnet hat. Der Schlüssel lag immer oben auf dem Türsims.« Abermaliges Seufzen. »Nachdem sie weg war und es so aussah, als würde sie nicht wiederkommen, habe ich einen günstigen Moment abgewartet. Gerrit Mann war gerade vom Hof gefahren, Frau Mewes hielt Mittagsschlaf. Ich bin dann rüber und zu ihr ins Zimmer. Da hing ihre billige Handtasche, und darin lag die Börse. Es war nicht viel drin, glaub mir. Nicht annähernd das, was sie mir für das Kleid schuldig war.« Die Mutter ringt jetzt die Hände und schaut Emil flehend an. »Sie schuldete uns doch Geld, und es ist ja auch niemandem etwas aufgefallen!«

Emil schluckt. Es stimmt nicht, was sie sagt. Ihm ist es aufgefallen. Auch er war heimlich in Hildas Zimmer. Hat nach Hildas gelbem Kleid und ihrer Geldbörse Ausschau gehalten. Beides hat er nicht gefunden. Wenn er gewusst hätte, dass inzwischen eine andere Frau das Kleid spazieren trug und dass die Börse in der Wäschetruhe seiner Mutter gelandet ist …

»Junge, du bist ja kreidebleich!« Die Mutter tritt zu ihm, legt ihm sacht die Hand auf die Schulter, weint jetzt fast. »Bitte, verzeih mir!«

Er starrt ins Leere, bekommt keinen Ton heraus.

Jener Abend am Ufer. Hildas Neckereien. Wie sie dasteht, die Hände emporgereckt, sich hin und her wiegt wie ein zartes Algengewächs. Wie eine Meerjungfrau. Aber sie war keine Meerjungfrau.

Es gibt nur eine einzige Erklärung. Eine, die ihm sofort in den Sinn kam, die er aber schnellstens von sich geschoben hat. Er wollte nicht wahrhaben, dass es passiert sein könnte. Wollte es nicht glauben müssen. Wollte nicht hineingezogen werden in diese Geschichte, die ihm nur Ärger eingebrockt hätte.

Und jetzt? Das Geständnis der Mutter lastet wie ein Mühlstein auf ihm. Wenn herauskommt, dass er es war, der Hilda zuletzt lebend gesehen hat, wird alles noch schlimmer. Dann schlägt der Alte ihn tot. Die Gedanken wirbeln in seinem Kopf herum. Es ist ja schon Gras über die Sache gewachsen, versucht er sich selbst zu beruhigen. So viele sind verschwunden. So viele werden vermisst. Eine mehr oder weniger fällt da wohl kaum auf. Es hat auch schon lange niemand mehr nach Hilda gefragt. Irgendwann wird nur noch er es sein, der sich an sie erinnert. Er und Hildas Schwester, Marie Werner.

»Wo willst du hin, Junge?« Die Mutter streckt ihre Hände nach ihm aus, versucht ihn aufzuhalten, aber er ist schon bei der Tür. »Emil, geh nicht!«

»Keine Sorge. Die Geldbörse bleibt unser Geheimnis«, verspricht er und ist auch schon draußen.

Marie Werners Zweizimmerwohnung hat keinen eigenen Eingang, weshalb er bei den alten Baders klingeln muss. Er hört von drinnen Geschlurfe, dann stehen sie beide in der Tür, wie ein Empfangskomitee.

»Ich muss mit Frau Werner sprechen. Ist sie da?«

»Jawohl, Junge. Aber was willst du denn von ihr?«

Das geht die Alten einen feuchten Kehricht an, aber so etwas würde Emil niemals sagen. Sofort schaltet er auf Geschäftsgebaren um.

»Weiberkram«, behauptet er und grinst jungenhaft, wobei ihm urplötzlich die Stimme wegbricht. Es ist, als würde sie einen Schacht hinabstürzen, von wo sie tief und voll heraufhallt. Er wird sich eine andere Masche zurechtlegen müssen. Die des arglosen Buben zieht bald nicht mehr. »Frau Werner hat neulich bei meiner Mutter ein Kleid zur Änderung gegeben«, erklärt er mit seiner neuen Stimme. »Es geht um irgendwelche Aufschläge und Schößchen oder wie immer das heißen mag.« Er verdreht ein wenig die Augen, um zu signalisieren, dass ihn das Ganze nicht die Bohne interessiert.

»Jetzt wünschst du dir wahrscheinlich, du hättest eine Schwester, die das für dich erledigen könnte, was?« Herr Bader stößt ein meckerndes Lachen aus. »Na, dann komm rein, Junge.« Er legt ihm wohlwollend die Hand auf die Schulter, führt ihn durch den dunklen kalten Flur, in dem es nach Knoblauch und Kohlrouladen riecht. Ob sie Fleisch reingetan haben, fragt Emil sich flüchtig und wie unter Zwang, während die Alten vor ihm her die enge Treppe in den ersten Stock hinaufkrauchen. Sogar das Anklopfen übernimmt Herr Bader für ihn.

»Frau Werner? Sie haben Besuch.« Ein aufmunterndes Lächeln in Emils Richtung, doch das Paar macht keine Anstalten, sich zu entfernen. Die Tür geht auf, und im Türrahmen erscheint das blasse, schöne Gesicht der Werner. Sie wirkt noch hohlwangiger als sonst, und unter ihren Augen liegen tiefe Schatten. Die hat sie sonst nicht, will Emil scheinen. Aber der Winter war für alle hart.

Die Werner hat überhaupt keine Ähnlichkeit mit Hilda, denkt er nicht zum ersten Mal, um dann wieder rasch seine Meinung zu ändern. Doch, da ist etwas. Diese ganz bestimmte Art von Schönheit. Wobei Hilda der leicht verkorkste Typ war, bei dem man zweimal hinschauen musste. Bei Marie Werner reicht ein flüchtiger Blick.

»Nanu?« Ihre schmalen dunklen Augenbrauen wandern in die Höhe.

»Meine Mutter schickt mich wegen des Kleids«, behauptet er und fügt dann mit kaum noch verhohlener Verzweiflung hinzu: »Wenn ich hereinkommen dürfte?«

Marie Werner mustert ihn mit ihren eisblauen Augen. »Aber bitte.« Sie tritt zur Seite, und ihr Blick heftet sich an die Baders, während sie ihnen einen kurzen Dank ausspricht. Emil spürt, dass auch sie die Alten loswerden möchte.

»Und?«, fragt sie nur, nachdem sie die Tür hinter sich geschlossen hat. Ihre schnörkellose Direktheit erinnert ihn plötzlich sehr an Hilda.

Sein Kinn schwenkt in Richtung Tür hinüber, und wieder versteht sie. »Keine Angst. Sie sind ziemlich taub.« Der Anflug eines Lächelns huscht über ihr Gesicht.

Also gut. Er stößt erleichtert die Luft aus, als läge die Sache bereits hinter ihm. Aber so ist es mitnichten.

»Hilda und ich waren schwimmen«, beginnt er unvermittelt. »Im letzten Sommer. Bevor sie verschwunden ist.«

Marie Werner regt sich nicht, doch er spürt ihre plötzliche Anspannung.

»Ihr beide wart also schwimmen«, wiederholt sie ruhig, als müsste sie Missverständnisse ausschließen.

Emil ballt seine Hände zu Fäusten, zwingt sich, sie anzusehen. »Ja. Und ich glaube, sie ist ertrunken.« Nun ist es heraus.

»Ertrunken.« Die Werner wirkt noch immer merkwürdig gefasst. »Und warum hast du nie davon erzählt?«

»Weil ich keinen Ärger wollte«, gibt Emil unumwunden zu. »Und weil ich geglaubt habe, dass sie in die Schweiz abgehauen ist. Das hatte sie nämlich vor. Oder hat es zumindest behauptet. Bei ihr wusste man ja nie. Sie hat viel erzählt und immer schnell ihre Meinung geändert.«

»Du scheinst sie ja ganz gut gekannt zu haben«, stellt Marie Werner fest.

Emil nickt, obwohl er ihren beinahe erheiterten Ton nicht recht deuten kann. »Und weshalb hast du deine Meinung geändert?«

Er wippt auf den Zehen, steckt seine Hände in die Hosentaschen, nimmt sie wieder heraus. Wer A sagt, muss auch B sagen. Es hilft ja nichts. »Vor ein paar Tagen habe ich eine Frau getroffen, die Hildas Kleid getragen hat«, gesteht er. »Es war so ein ganz dünnes gelbes. Irgendwie einfach geschnitten und zugleich sehr auffällig. Als ich diese Frau darauf angesprochen habe, hat sie zuerst alles abgestritten. Aber schließlich ist sie mit der Wahrheit rausgerückt. Irgendjemand hatte das Kleid im letzten Sommer am Ufer gefunden und ihr zum Tausch angeboten. Vielleicht hat sie es auch selbst genommen, ich weiß nicht. Aber selbst wenn's so war, spielt es keine Rolle.« Er schaut zu Boden, ringt nach Worten. »Auf einmal wusste ich ganz sicher, dass etwas passiert sein musste. Denn Hilda kann ja nicht nackt abgehauen sein, oder?« Er wirft der Werner einen ängstlichen Blick zu, fühlt sich ihr plötzlich vollkommen ausgeliefert. Wie wird sie reagieren? Was wird sie tun?

Marie Werner zieht sich einen Stuhl heran, setzt sich rücklings darauf, stützt ihre Unterarme auf der Lehne ab. »Ich weiß deine Aufrichtigkeit zu schätzen.« Ihr Blick ruht auf ihm, kühl und undurchdringlich. »Zwar hätte ich mir gewünscht, du wärst früher damit herausgerückt. Aber Hilda war ein verrücktes Huhn, das weißt du anscheinend so gut wie ich. Ich kann verstehen, dass du keinen Ärger wolltest.« Sie presst die Lippen aufeinander, deutet ein Nicken an und wirkt plötzlich wesentlich nahbarer. »Du wirst es vermutlich nicht wissen, aber vor ein paar Tagen wurde ich zur Polizei einbestellt«, fährt sie unerwartet fort. »Man wollte mir etwas vorlegen, das möglicherweise Hilda gehört hat.« Sie hält kurz inne, ihre Wangenmuskeln zucken. »Die feine Silberkette mit dem Kleeblatt.«

Die Kette! Emil erinnert sich sehr genau daran. »Sie ... Sie wissen es also?«, stottert er.

»Man hat eine weibliche Leiche gefunden, schon vor einer ganzen Weile. Unten am Niederrhein. Sie hatte sich in einem eingestürzten Brückenpfeiler ...« Marie Werner unterbricht sich, winkt ab. »Erzähl mir lieber, wie es passiert ist.«

Wieder bohrt sich ihr eisblauer Blick in seinen. Er spürt, wie seine Hände zu zittern beginnen, und widersteht dem Drang, sie wieder in die Taschen zu stopfen.

»Es war sehr warm an dem Tag«, beginnt er stockend. »Ungewöhnlich warm, auch am Abend noch. Ich habe Hilda eher zufällig am Rhein getroffen, und sie sagte, sie hätte alles satt und wollte in die Schweiz gehen. Ein Lastkahn kam vorbei, und sie meinte, mit dem würde sie abhauen. Ich habe das für einen Witz gehalten. Und es war wohl auch einer. Trotzdem sind wir schwimmen gegangen. Es wurde schon dunkel, und auf einmal habe ich sie nicht mehr gesehen. Ich wurde schnell abgetrieben und bin dann viel weiter flussabwärts wieder an Land gegangen. Als ich zu der Stelle zurückkam, an der wir losgeschwommen waren, lag ihr Kleid nicht mehr da und auch nicht ihre Sandalen. Deshalb dachte ich, sie hätte mich mal wieder zum Narren gehalten und wäre heimlich nach Hause gelaufen.« Nun ist auch das heraus. Tags drauf, als er bemerkte, dass Hilda nicht da war, schlich er heimlich in ihr Zimmer und durchsuchte ihre Sachen. Das gelbe Kleid fehlte und auch ihr Portemonnaie mit dem Bügelverschluss. Aber diesen Teil der Geschichte verschweigt er.

»Ich dachte, sie wäre einfach weggegangen, mit irgendjemand.«

»Mit einem Mann?« Emil nickt. »Mit einem bestimmten?«

»Keine Ahnung. Sie hatte ja ständig –« Er unterbricht sich.

Marie Werner steht auf und tritt ans Fenster. Eine Weile steht sie reglos da, dann wendet sie sich ihm erneut zu. »Ich danke dir, dass du es mir gesagt hast. Und jetzt geh bitte.«

40.

Wieder ein sonnendurchwirkter Vormittag. Eva beschließt, mit Norbertchen einen Spaziergang zum Rheinufer zu unternehmen. Das Kind braucht Licht und Luft und Bewegung. Vor allem Bewegung. Seine Schritte sind nach wie vor unbeholfen, seine Orientierung im Raum nicht sonderlich geschickt. Martha war damals ganz anders, erinnert sie sich. Immerhin schafft Norbert es neuerdings, auf seinen Steckenbeinchen vom Bett zum Tisch zu tappen.

Eva hätte gern mehr Zeit für ihren Sohn und auch für Martha, doch wer essen will, muss arbeiten. Aber nein, die Sorgen haben bis zum Nachmittag Zeit. Grübeln kann sie später. Sie packt ihren Korb, zieht dem Kind Jacke und Schuhe an und hilft Martha beim Schleifebinden, dann machen sie sich gemeinsam auf den Weg. Das schöne Wetter lockt die Menschen vor die Tür. Am Flussufer herrscht fast so etwas wie Ferienstimmung. Alles wirkt frisch und bunt, sogar die Kleider der Frauen, als hätten sie sich abgesprochen. Eine trägt ein wunderbares blaues mit kleinem Krägelchen und weit ausgestelltem Rock. Dann dieses grüne dort drüben mit dem gewagten Saum fast überm Knie! Und da, dieses zauberhafte gelbe! Eva erschrickt. Einen Moment lang glaubt sie, Hilda zu sehen. Aber nein. Hilda war viel schmaler.

Am Büdchen wird wieder Kaffee ausgeschenkt. Eva überlegt, ob sie sich ein Getränk leisten soll, entscheidet sich aber, das Geld zu sparen. Sie gehen ein Stück weiter und gelangen zu einer Wiese, in deren Mitte eine Gruppe Erlen steht. Während Norbert und Martha Löwenzahn und Gänseblümchen rupfen, lässt sich Eva dort nieder. Sie lehnt sich mit dem Rücken gegen einen Baumstamm, hebt den Kopf und schaut hinauf in das Gespinst Tausender runder Blätter. Ein komplizierter Scherenschnitt vor lichtgleißendem Grund. Wunderschön.

Für einen Moment schließt sie die Augen, bis Martha lachend Blütenköpfchen auf sie herabregnen lässt wie Konfetti.

Schließlich ziehen die drei weiter bis hin zur Schrebergartenkolonie. Durch ein Holztörchen beobachtet Martha ein paar Kinder, die einen Kreis um ein großes weißes Kaninchen mit schwarzen Ohren bilden. Fasziniert beobachtet sie das Tier.

»Willst du's auch mal streicheln?«, fragt ein etwa vierjähriger Junge sie unvermittelt. Martha sagt nichts darauf, starrt nur entgeistert den Jungen an, der nun das riesige Kaninchen unter den Vorderläufen hochhebt und zum Törchen herüberschleppt. »Es heißt Katharina«, verrät er. »Katharina die Große. Den Pitter hat der Papa geschlachtet, weil er gebissen hat.« Sein Zungenschlag erinnert Eva an den der Wollnys, obwohl er bei ihnen längst nicht so ausgeprägt ist. Sie mustert den Jungen unauffällig, lässt ihren Blick über seine vielen Geschwister schweifen, dann über die armselige Hütte. Es könnte die Familie sein, die im Winter ein Kind verloren hat, überlegt sie. Luise hat ihr davon erzählt.

Eva hat Mühe, ihre Kinder von dem Kaninchen loszueisen, aber sie müssen ans Umkehren denken. Bald ist Zeit fürs Essen und für Norberts Mittagsschlaf, und danach steht die Fahrt zu den Gallens an.

Noch bevor sie in den Rheinuferweg einbiegen, entdeckt sie in einiger Entfernung Guido Mewes, der gerade von der Schule heimkommt. Sein Anblick ist keine große Überraschung, sie sieht ihn oft morgens zur Arbeit gehen und mittags heimkehren. Sie nimmt es zur Kenntnis, es schmerzt sie nicht mehr. Ein wenig freut sie sich sogar für ihn. Er wirkt gelöster, besser gestimmt. Auch wenn sie einander aus dem Weg gehen, so weiß sie doch im Geheimen, dass er es sich eigentlich anders wünschen würde, und dieses Wissen beruhigt sie seltsamerweise.

In der Stube angekommen, kocht sie den Kindern ihren Maisbrei und zieht sich um. Heute Nachmittag steht ihre letzte Unterrichtsstunde beim Bauern Gallen an. Das heißt, eigentlich hat sie letzte Woche schon stattgefunden, aber die Hallers haben sie zu einer Art Abschiedskaffee eingeladen. Hoffentlich gibt es Schnittchen dazu, denkt sie unwillkürlich. Die Schnittchen waren für sie oft das Beste an den Stunden. Und natürlich die Entlohnung in Naturalien.

Schade, dass es nun vorbei ist. Der Unterricht war ein wirklich gutes Zubrot. Aber ein Landwirt hat im Frühjahr anderes zu tun, als englische Grammatik zu pauken. Ohnehin hat Gallens Motivation schon um Weihnachten herum spürbar nachgelassen. Es gebe da einen neuen Major, erwähnte er einmal, ohne näher auf die Sache einzugehen. Nun ja. Die Dinge sind, wie sie sind. Eine Plattitüde, die Eva durchs Leben trägt.

Und dann kommt es doch wieder anders.

Nach der Mittagsruhe bringt Eva ihre Kinder zu Frau Mewes hinunter, die sich neuerdings als Kinderfrau verdingt. Die Alliierten haben die Rentenzahlungen erst einmal eingestellt, und das bekommt sie zu spüren.

Auch Erika bringt neuerdings ihre Töchter zur Frau Mewes in die Gaststube. Danach steigen beide bei Agathe zu, die bereits im Hof auf sie wartet.

Nach einer Dreiviertelstunde hat Eva ihr Ziel erreicht. Die Gallens begrüßen sie herzlich und führen sie in die gute Stube, die für die Lernstunden immer extra eingeheizt wurde. Geheizt werden muss nun nicht mehr. Stattdessen ist dort festlich eingedeckt, und Eva wird an den Tisch gebeten. Mit stolzem Lächeln trägt Lore einen Gugelhupf auf und serviert ihr ein Stück. Eva bestaunt die buttersatte Pracht auf ihrem Teller, gekrönt vom Goldschimmer der in Rum eingeweichten Rosinen. Sie lobt Lores Backkünste und bedankt sich für die Freundlichkeit, ahnt aber gleich, dass Kuchen und Leberwurstschnittchen nicht ausschließlich ihr zu Ehren kredenzt werden. Dafür sprechen auch das überzählige Gedeck und die gespannte Erwartung, die in der Luft hängt. Tatsächlich: Kaum haben alle Platz genommen, fährt draußen ein Wagen vor. Gallen steht wieder auf und geht noch einmal hinaus, um kurz darauf in Begleitung eines weiteren Gastes zurückzukehren.

»*Sis is mei fämily. And sis is Major Miller*«, radebrecht der Bauer.

Miller grüßt freundlich in die Runde, reicht den Damen die Hand, nimmt Platz. Lore legt ihm ungefragt ein Stück Kuchen auf den Teller, schenkt Kaffee ein.

»*Milk and sugar?*« Der Major nimmt beides. Sie schiebt die Schnittchenplatte ein wenig näher zu ihm hin. »*Please, help yourself!*«

»Sie sind sicher die Tochter, die so fleißig unsere Sprache lernt«, sagt der Major auf diese typisch englische Art, bei der am Satzende die Stimme hochgeht, als wollte sie Begeisterung oder Empörung zum Ausdruck bringen. In diesem Fall aber ist es eher Wohlwollen. Ob sie auch noch diesen prächtigen Kuchen gebacken habe? Lore bejaht dies und erklärt, es sei ein altes Familienrezept, das sie von ihrer Großmutter übernommen habe, die im vorletzten Jahr verstorben sei. Alles ebenfalls in fehlerfreiem Englisch.

»Ich merke schon, Sie haben eine sehr gute Lehrerin gehabt«, erwidert er charmant, und sein Blick fliegt kurz zu Eva hinüber. »Schade, dass Ihre Tochter nicht älter ist«, sagt er zu Gallen. »Sonst hätte ich ihr den Job angeboten.« Er lacht, und der Bauer lacht auch. Auch die Bäuerin strahlt. Zwar versteht sie kein Wort, aber dass der Major ihre Tochter gelobt hat, ist auch ihr nicht entgangen.

»Und Sie sind also die Lehrerin«, wendet sich Major Miller an Eva, nachdem er seinen Kuchen verzehrt hat. »Herr Gallen hat Sie uns empfohlen.«

»Empfohlen?« Eva ist sich nicht sicher, worauf das Ganze hinauslaufen soll.

»Wir suchen eine Übersetzerin«, klärt er sie ohne Umschweife auf. »Uns ist eine Kraft ausgefallen, und wir benötigen dringend Ersatz. In der Region spricht schließlich nicht jeder so gut Englisch wie unser Herr Gallen hier.« Er zwinkert dem Bauern kurz zu. »Sie sind Witwe?«, wendet er sich dann wieder an Eva. Sie bestätigt dies. »Und Sie haben Kinder?« Wieder nickt sie und spürt gleichzeitig, wie aller Mut sie verlässt. Damit hat sich die Sache wohl sofort erledigt.

»Nun, ich gebe zu, das ist ein Problem.« Major Miller schiebt ein wenig den Unterkiefer vor, schaut sie prüfend an. »Sicher möchten Sie lieber zu Hause bleiben und sich um Ihre Kinder kümmern.« Es klingt wie eine Feststellung. Eva sagt noch immer nichts darauf, starrt nur vor sich auf die Tischplatte. »Ich möchte nicht unhöflich sein«, lenkt Miller ein, ihre Zurückhaltung offenbar falsch deutend. »Ihr Deutschen denkt ja, eine Mutter sollte bei ihren Kindern sein. Das ist richtig, keine Frage. Aber die Umstände sind nun einmal, wie sie sind. Und ich möchte zu bedenken geben, dass eine gut bezahlte Arbeit auch ihre Vorteile hat. Große Vorteile.« Er spricht jetzt mit größerem Ernst und sucht ihren Blick. Höchste Zeit, sich aus ihrer Erstarrung zu lösen.

»Aber ja, unbedingt!«, beeilt sie sich zu sagen und setzt halb im Scherz hinzu: »Geld zu haben kann nie verkehrt sein.« Alles lacht.

»Ich sehe, wir verstehen uns«, erklärt Major Miller zuversichtlich. »Kommen Sie am nächsten Montag in unsere Kommandozentrale. Dann können wir alles Nähere besprechen. Sagen wir um neun Uhr?«

»Ich werde pünktlich sein«, verspricht Eva und spürt ihr Herz in der Brust pochen, kraftvoll und schnell.

»Daran zweifle ich bei euch Deutschen nicht.« Miller legt seine Serviette beiseite, trinkt den letzten Schluck Kaffee und steht auf. »Wir sehen uns am Montag, Ms Koch.« Es folgt ein kurzer Dank für die Einladung, eine Ermunterung an Lore, beim Lernen nicht nachzulassen, und dann ist er auch schon draußen.

»Ein fesches Mannsbild«, lobt die Bäuerin, während ihr Gatte den Gast zur Tür begleitet. »Man mag ja über uns Bauern denken, was man will. Aber niemand kann uns vorwerfen, wir wären faul«, schiebt sie scheinbar zusammenhanglos hinterher. »Ich habe immer geschafft und geackert, auch nach dem ersten, zweiten, dritten Kind. Anders wär's gar nicht gegangen.« Trotz Anstrengung und Verzicht klingt sie gar nicht verbittert, im Gegenteil: Sie lächelt bei ihren Worten, und Eva erkennt, dass sie es gut mit ihr meint. Sie will sie ermuntern, will ihr Mut machen.

Auch beim Abschiednehmen zeigt sie sich großzügig und überlässt Eva ein großes, in Fettpapier gewickeltes Stück Kuchen für die Kinder, eine Flasche Milch, ein Säckchen Mehl und sechs hart gekochte Eier. Ein Festessen. Und dann rumpelt auch schon Agathe mit ihrem Lieferwagen die Einfahrt herauf.

Eine Taube gurrt im Geäst des Kastanienbaums. Eine Windböe lässt die jungen Blätter rascheln. Irgendwo auf dem Feld brüllt eine Kuh. Das Leben geht weiter, so oder so.

41.

Wochen über Wochen ist es nun schon her, dass Veronika mit Luises Unterstützung die Suchanfrage für den kleinen Leo ans Rote Kreuz geschickt hat. Seit jenem Tag hocken Mutter und Tochter Abend für Abend gemeinsam vor dem Radiogerät, das Guido Mewes ihnen überlassen hat. Nur wenn Luise die Kinder der Koch hütet, lauscht jede für sich allein.

Das stundenlange Zuhören hat etwas sehr Einschläferndes und zugleich Deprimierendes. Manchmal schafft es Luise nicht, bis zum Ende der Sendung durchzuhalten. Dann nickt sie mit dem Kopf auf der Tischplatte ein, und Veronika muss sie wecken und ins Bett schicken. Auch ihr fällt es oft schwer, nach einem langen Tag die Konzentration aufrechtzuerhalten, weshalb sie stets dafür sorgt, dass ihre Hände beschäftigt sind. Sie nimmt sich einen Korb mit Stopfwäsche vor, trennt zu kurz gewordene Säume auf oder zerreibt getrocknete Kräuter zu Tees.

Aber weder erhalten sie Post noch einen Anruf, noch wird Leos Name im Radio genannt. Schließlich schlägt Luise vor, einen zweiten Brief zu schreiben. Wer wisse schon, ob der erste überhaupt sein Ziel erreicht habe? Veronika zögert, sie will keine weiteren Enttäuschungen erleben. Mittlerweile erscheint es ihr beinahe vermessen, an den Erfolg dieses Unterfangens zu glauben. Millionen haben ihr Zuhause verloren, Millionen Menschen waren auf der Flucht. Wie viele sind dabei gestorben, verschollen oder an unbekannten Orten gestrandet. Sie hören es ja jeden Abend und wissen zugleich, dass das, was sie da hören, nur die Spitze eines gigantischen Eisbergs sein kann.

Auf Luises Drängen lenkt Veronika dann aber doch ein. Was hat sie schon zu verlieren? Noch am selben Tag wird ein zweiter Brief verschickt, und wieder beginnt das Warten. Woche um Woche vergeht ohne Nachricht. Doch dann, eines Abends – Veronikas Konzentration hat bereits merklich nachgelassen, Luise spielt mit den Zwillingen nebenbei Paschen –, halten beide plötzlich wie elektrisiert inne. Veronika legt ihren Stößel ab, Luise unterbindet mit forscher Geste das Würfelgeklapper.

»… Leopold Wollny, heute ungefähr vierzehn Monate alt. Der Junge wurde im März 1945 auf der Flucht in der Nähe von Görlitz von seiner Familie getrennt.« Die Stimme des Sprechers klingt gewohnt gedämpft. Luise und Veronika starren einander ungläubig an. Nichts scheint diese Meldung von den Vorangegangenen zu unterscheiden, und doch verändert sie alles. Leos Verschwinden ist nicht länger ein dunkles Familiengeheimnis. Jetzt ist es raus, jetzt weiß es alle Welt: Vor nunmehr bald einem Jahr haben die Wollnys ihren kleinen Leo verloren: Sohn, Bruder, Augenstern.

Der fast schmerzhafte Schrecken über das soeben Gehörte, das Unerhörte, weicht nur allmählich. Und ebenso allmählich macht er einer leisen Freude Platz, von der sich beide nicht sicher sind, ob sie sie sich gestatten dürfen.

»Jetzt haben wir endlich eine realistische Chance, den Jungen zu finden«, sagt Veronika laut, um Luise die Last von den Schultern zu nehmen. Diese geht nur zu bereitwillig darauf ein, und ihre Erleichterung steigert sich bald zur Euphorie. Auch Lovis und die Zwillinge werden eingeweiht, und in den Tagen darauf gibt es ein Rangeln um die Post. Wer hört den Briefträger zuerst? Wer ist als Erstes unten und nimmt Frau Mewes die Briefe aus den Händen, sofern es denn welche gibt?

Aber meist gibt es keine. Schon gar nicht die, auf die sie so dringlich warten. Die Kinder verlieren das Interesse, und

Veronikas Hoffnungen weichen einer umso tieferen Depression.

Doch ihr bleibt keine Zeit, sich vollends in ihren Kummer zu vergraben. Sie hat ihre Verpflichtungen.

Und dann, eines sonnigen Nachmittags im Mai:
»Frau Wollny, Frau Wollny!« Gerrit Manns Stimme. Zugleich pocht sie laut an der Tür. »Telefon für Sie!«

Veronika folgt der Hauswirtin die Treppe hinab hin zu dem Telefonapparat, der im Parterre neben dem Eingang zur Küche an der Wand hängt. Seit sie Breslau verlassen musste, hat Veronika noch nie einen Anruf bekommen. Ihre Hände zittern, als sie den Hörer ergreift.

»Wollny hier. Mit wem spreche ich?«

»Mein Name ist Doris Bronsky«, antwortet eine tiefe Frauenstimme am anderen Ende der Leitung. »Ich habe im Radio Ihre Suchmeldung gehört. Wegen des kleinen Jungen, Leopold.«

»Leo!« Veronika erfasst ein so heftiger Schwindel, dass sie sich mit ihrer freien Hand an der Wand abstützen muss. »Können Sie ... etwas über ihn sagen?«, bringt sie mühsam hervor.

»Ich weiß nicht, ob wir uns tatsächlich begegnet sind. Wir –« Es knackt in der Leitung. »... aus Breslau ... mit einem Treck ...« Veronika hört nur noch Pfeifen und Rauschen, doch dann wird die Verbindung plötzlich wieder klar. »Eine Mutter mit fünf Kindern, die sich uns angeschlossen hat. Das jüngste Kind war noch ein Säugling. Leo, so haben ihn die Geschwister genannt. Ich weiß nicht, ob Leonard oder Leopold oder nur einfach Leo. Die Mutter wurde sehr krank.« Wieder Rauschen in der Leitung. »... Fieber ... nicht mitnehmen, also haben wir sie –«

»... ins Görlitzer Krankenhaus gebracht«, ergänzt Veronika, und ein Schauer durchfährt sie von der Kopfhaut bis in die Zehenspitzen. Einen Moment herrscht Totenstille. Sie glaubt, die Verbindung sei nun endgültig unterbrochen. »Hallo, sind Sie noch da?«

»Ja«, sagt die Stimme am anderen Ende der Leitung tonlos und fährt dann stockend fort: »Da war ein Mädchen, die Älteste. Sie hat sich um ihre jüngeren Geschwister gekümmert. Aber sie war ja selbst noch ein Kind, und der Kleine ... Ich hatte Angst, er würde sterben, wenn ich ihn in dieses überfüllte Heim gebe ...« Doris Bronsky schluchzt plötzlich auf. »Entschuldigen Sie die Störung. Falsch verbunden.«

»Halt!«, ruft Veronika panisch. »Nicht auflegen!« Doch es ist bereits zu spät. Das Gespräch ist beendet. Fassungslos starrt sie auf den Hörer, dann zu Gerrit Mann hinüber, die noch in der Tür steht und lauscht. Veronika wundert sich nicht einmal über das indiskrete Verhalten der Hauswirtin, sagt nur: »Sie hat aufgelegt.« Wieder wird ihr schwindelig. Alles dreht sich. Der Boden scheint auf sie zuzukommen. Hätte sie Gerrit Mann nicht gerade noch an der Schulter zu fassen bekommen, sie wäre gestürzt. »Diese Frau hat meinen Jungen, aber sie hat aufgelegt!«

»Nicht doch!« Die Mann hakt sie unter, führt sie zur nahe gelegenen Treppe, damit sie sich setzen kann.

»Wie soll ich ihn jetzt finden?« Veronika schlägt die Hände vors Gesicht.

»Nur nicht die Nerven verlieren!«, entgegnet die Hauswirtin. »Diese Frau Bronsky hat sich beim Roten Kreuz gemeldet. Also wird man dort etwas über sie sagen können. Es besteht immer noch die –« Sie hält inne, denn das Telefon schrillt erneut. Veronika fährt auf, stolpert nach vorn und reißt den Hörer von der Gabel.

»Ich habe Ihren Jungen bei mir«, sagt Doris Bronsky ohne Einleitung und mit tränenerstickter Stimme. »Seine Schwester, Luise hieß sie, glaube ich. Sie hat mir einen Zettel mit Ihrer Adresse gegeben, doch ich habe ihn verloren. Später wusste ich nicht, wie ich Sie suchen sollte. Aber jetzt ...« Sie schluchzt erneut auf. »Mein Vater sagt, ich muss den Jungen zurückgeben ...«

»Ja«, sagt Veronika tonlos, »das müssen Sie.«

Schweigen in der Leitung. Schon hat sie Angst, die Bronsky würde erneut auflegen.

»Haben Sie ... etwas zu schreiben?«, fragt die Frau am anderen Ende. Veronika wendet sich zu Gerrit Mann um, bedeutet ihr gestisch, dass sie Blatt und Stift braucht. Diese tritt zu ihr, zieht die Schublade des kleinen Tischchens auf, das unter dem Telefon steht, nimmt beides heraus und legt es ihr griffbereit hin.

Sie wohne jetzt in einem kleinen Ort im Norden, in der Nähe von Hannover, erklärt Doris Bronsky. Berenbostel. Schnell notiert Veronika die Adresse.

»Und Leo?«, wagt sie schließlich zu fragen. »Ist er wohlauf?«

»Es geht ihm gut. Er fängt gerade an zu laufen. Und er ist wirklich ... ein kleiner Engel.« Doris Bronsky weint jetzt hörbar. Dann ist das Gespräch beendet, Veronika hängt den Hörer ein. Sie braucht einen Moment, um sich zu sammeln, nickt Gerrit Mann schließlich dankbar zu.

»Mutter?« Am oberen Treppenabsatz steht Luise. Gut möglich, dass sie die ganze Zeit über dort gewartet hat. »Was ist denn, Mutter?«

Veronika will antworten, doch ihr versagt die Stimme. Abermals wirft sie Gerrit Mann einen bittenden Blick zu.

»Euer kleiner Bruder, Leo«, ergreift diese für sie das Wort, und auch ihr stehen die Tränen in den Augen, »ihr habt ihn wiedergefunden.«

42.

Nach dem sonnigen April gerät der Start in den Mai zur herben Enttäuschung. Die erste Woche bringt Regen, Sturm und Kälte wie im Spätherbst. Allen steckt der Winter in den Knochen, das Hungern und Frieren. Alle sehnen sich nach Wärme und Licht, nach einem Neuanfang.

Doch schließlich kehrt der Frühling mit entschiedener Macht zurück. Die Tage beginnen mit einem strahlenden Sonnenaufgang, und mit ebenso strahlender Klarheit verabschieden sie sich. Das schöne Wetter lockt wie eine Portion Sahneeis.

Gerrit tritt aus der Werkstatt und blinzelt gegen die Sonne an, entdeckt Erika Schott und Eva Koch, die beide im Hof sitzen, ihre Gesichter der Sonne zugewandt und mit nackten, lang von sich gestreckten Beinen.

»Ihr lasst euch's ja gut gehen!« Sie tritt neben sie und wischt sich die ölverschmierten Hände an ihrer Hose ab.

»Setz dich zu uns!« Mit nur halb geöffneten Augen deutet Erika auf den Hocker, der neben ihr steht. »Es tut so gut, ein bisschen Sonne zu tanken.« Sie seufzt wohlig. »Nur ein paar Minütchen, dann kannst du wieder in deiner dunklen Höhle verschwinden«, fügt sie hinzu, als sie bemerkt, dass Gerrit nicht sofort reagiert.

Die Frauen haben sich offiziell nie das Du angeboten, aber es hat sich so ergeben. Man kann nicht nahezu das gesamte Leben teilen und immerfort so tun, als wäre man einander fremd.

Gerrit setzt sich für einen Moment, lehnt sich mit dem Rücken gegen die Ziegenstalltür, reckt ihr Gesicht der Sonne entgegen. Sofort ist sie wieder in Frankreich. Sie glaubt sogar, das Salz des Meeres auf ihren Lippen zu spüren, auch wenn es nur ihr Schweiß ist. Aber wer will ihr die Illusion nehmen?

Eine angenehme Müdigkeit überkommt sie. Angenehm auch, dass ihre Mitbewohnerinnen den schönen Moment nicht zerreden. So lässt sich das Leben aushalten.

Sie hört einen Wagen in den Hof einfahren und erkennt, ohne hinzuschauen, das Modell. So klingt nur ein Volkswagen. Beinahe gegen ihren Willen öffnet sie die Augen, sieht ein champagnerfarbenes Cabriolet mit zurückgeklapptem Verdeck heranrollen. Sein kurzes Begrüßungshupen schreckt die Ziegen auf.

Am Steuer des Cabrios sitzt Marie Werner. Ihr dunkles Haar kontrastiert wunderbar mit dem sanften Cremeton des Lacks. Fast wie auf einem Reklamefoto, denkt Gerrit unwillkürlich. Dafür müsste sie allerdings ihren Platz mit einem Galan im besten Mannesalter tauschen. Doch der Gedanke beschäftigt Gerrit allenfalls am Rande. Weit größere Zufriedenheit löst der Anblick der Weißwandreifen aus. Wie gut sie sich doch machen!

Mit halb geschlossenen Lidern beobachtet sie, wie Erika Schott und Eva Koch zu der Werner hinübergehen. Erika sagt irgendwas. Na klar. Die redet ja immer.

»Frau Mann?« Die Stimme der Werner, laut und bestimmt.

»Was gibt's?«

»Kommen Sie rüber! Wir machen eine Spritztour!«

»Tut mir leid, für so was hab ich keine Zeit.«

»Und ob Sie die haben werden! Sie haben mir diese Reifen verkauft, da sind Sie mir schuldig, ihre Fahrtüchtigkeit zu testen!«

Schon öffnet Erika Schott die Beifahrertür, klappt den Sitz nach vorn. Auch Eva Koch steigt ein.

»Also gut, meinetwegen.« Gerrit steht auf, schaut dann

aber skeptisch an sich herab. »Ich werde mich wohl erst umziehen müssen.«

»Sie können sofort einsteigen!«, entgegnet die Werner. Und tatsächlich: Zum Schutz vor möglichen Flecken hat sie ein altes Handtuch über die Rücksitzbank gebreitet. Gerrit klemmt sich neben Eva, und auch Erika Schott steigt wieder ein.

Geschickt wendet Marie Werner ihren Wagen, und schon geht es wieder aus dem Hof hinaus, auf die Straße. Mit offenem Verdeck rollen sie durch den Ort, spüren die Blicke der Passanten, die sogar ihre Köpfe drehen, um ihnen nachzuschauen.

»Vier schicke Frauen im schicken Cabriolet – das sieht man nicht alle Tage!« Erika lacht und lehnt sich entspannt in ihrem Sitz zurück. Kurz vor dem Abzweig zum Siefenweg kommt ihnen Luise Wollny auf dem Fahrrad entgegen. Hintendrauf sitzt Emil Radek in Werksmontur. Seit er die Schule beendet hat, ist er als Hilfsarbeiter in der Kabelfabrik angestellt. Es wird Zeit, dass Gerrit mit ihm redet. Statt in der Kabelfabrik kann er genauso gut bei ihr in der Werkstatt schuften. Sie fragt sich, warum sie nicht früher auf die Idee gekommen ist, einen kräftigen Lehrjungen einzustellen.

Luise ist nach den Osterferien aufs Lyzeum gewechselt, wie alle wissen. Auch dass Veronika Wollny in den Norden gereist ist, um ein weiteres Kind abzuholen, hat sich im Haus herumgesprochen.

Als Luise unmittelbar an ihnen vorbeirollt, lehnt Erika Schott sich winkend aus dem Wagen. Das Mädchen hebt kurz die Hand zum Gruß, muss sich aber wieder aufs Radeln konzentrieren. Dafür wirft Emil Radek ihr feixend eine Kusshand zu.

Sie passieren den Ortsrand und haben bald die letzten Häuser hinter sich gelassen. Jetzt gleitet der Blick ungehindert über die Flusslandschaft, die in gleißenden Sonnenschein getaucht ist. Auf dem Wasser tanzen die Lichter, junges Blattgrün schmückt die Ufer, Vogelgezwitscher liegt wie Musik in der Luft.

»Hurra!«, ruft Erika Schott plötzlich und reckt lachend ihre Arme empor. Eva Koch tut es ihr nach, und sogar Marie Werner lässt für einen Moment das Lenkrad los.

Gerrit spürt: Dieser Moment kommt nie wieder. Zuschauen oder mitmachen? Sie reißt die Hände in die Höhe und johlt aus Leibeskräften.

ENDE

Die Autorin dankt für die Förderung des Werks durch ein Künstlerstipendium im Rahmen der NRW-Corona-Hilfen.

Die Entstehung dieses Buches wurde ebenfalls gefördert durch ein Stipendium der VG WORT im Rahmen von NEUSTART KULTUR.

*Exakt recherchiert, mitreißend erzählt:
ein bewegender Roman – und eine wahre Geschichte*

MICHAELA KÜPPER

DIE EDELWEISS PIRATIN

ROMAN

Köln im Sommer 1933: Die SA stürmt die Wohnung der Familie Kühlem, die dafür bekannt ist, regelmäßig kommunistische Treffen abzuhalten. Gertrud und ihre Tochter Mucki lässt man zunächst in Ruhe, doch Peter Kühlem wird ins Braune Haus verschleppt – wo erst einen Tag zuvor eine Freundin und Genossin zu Tode kam – und muss später als »Moorsoldat« in einem Arbeitslager um sein Leben bangen.

Trotz ihrer Sorge um Peter hält Gertrud jetzt erst recht an ihrem Kampf für eine bessere, gerechtere Welt fest. Als die Herrschaft der Nazis immer erdrückender wird, schließt Mucki sich den »Edelweißpiraten« an, einer Gruppe Jugendlicher, die im Widerstand aktiv ist und immer größere Risiken eingeht …

*Die Kinderlandverschickung im Zweiten Weltkrieg –
eine Irrfahrt durch die Wirren des Naziterrors*

MICHAELA KÜPPER

DER KINDERZUG

ROMAN

Das Ruhrgebiet im Sommer 1943. Die junge Lehrerin Barbara soll eine Gruppe Mädchen im Rahmen der sogenannten Kinderlandverschickung begleiten. Angst, aber auch gespannte Unruhe beherrschen die Gedanken der Kinder, die nicht wissen, was sie erwartet. Das Heim auf der Insel Usedom, das ihr zeitweiliges Zuhause werden soll, erweist sich zunächst als angenehme Überraschung, doch dann muss dieses geräumt werden. Es beginnt eine Odyssee, die nicht nur die Kinder, sondern auch Barbara an ihre Grenzen führt, denn mehr und mehr wird sie, die sich bisher aus der Politik herauszuhalten versucht hat, mit der Realität und den grausamen Methoden der Nationalsozialisten konfrontiert. Als schließlich ein Mädchen verschwindet und ein polnischer Zwangsarbeiter verdächtigt wird, kommt für die Lehrerin die Stunde der Entscheidung.